À TOI ET À MOI

LACEY SILKS

À ceux dont l'amour a résisté à l'épreuve du temps.

« Tu es à moi et je suis à toi. Si on meurt, on meurt. Mais avant, on va vivre. » - Ygritte, Game of Thrones

CHAPITRE 1

— Je te montre le mien si tu me fais voir le tien.

Qui aurait pu s'imaginer qu'une stupide partie de ricochet aurait débouché sur l'amitié de toute une vie ? Assise dans l'herbe, sur la rive, la main derrière le dos, je serrais de toutes mes forces le caillou plat, en priant pour qu'il s'agisse du challenger que je cherchais depuis si longtemps.

— Je te parie que je fais mieux, me taquina Nick. Au moins dix rebonds.

Il venait de piquer ma curiosité, et je me demandai s'il avait trouvé une meilleure pierre que la mienne. Mais pas question d'accepter si facilement la défaite. Le caillou plat que j'avais dégoté une demi-heure plus tôt et fourré dans ma poche était un champion, pas de doute…

— Impossible. Pas avec celui-là.

J'aurais tout de même voulu voir la taille du sien, et je tentai de distinguer ce qu'il cachait dans sa main.

— Pas de triche, Jo ! Tu connais les règles.

Nous avions passé l'heure qui venait de s'écouler à arpenter les falaises de Hope Bay pour trouver les projectiles idéaux. La quête du caillou parfait, un caillou capable de remporter la médaille d'or des Jeux olympiques de ricochet, celui qui ricocherait le plus loin, le plus haut et le plus grand nombre de fois, avait commencé. Nous aurions chacun une chance de jeter nos pierres sur l'eau bleue de Stone Lake, et cette journée de juillet, ensoleillée et sans vent, n'aurait pas pu mieux se présenter pour notre petite compétition.

Le vainqueur aurait le droit de choisir notre point d'observation pour cette nuit : mon toit ou celui de Nick. Le ciel nocturne, non content de nous offrir d'innombrables surprises, recelait également bon nombre d'étoiles filantes pour qui voulait faire des vœux. Et des vœux, j'en avais tellement que j'arrivais à peine à les empêcher de déborder de mon crâne ; mon toit n'attendait plus que ce jour spécial où je remporterais le concours et où je pourrais partager ma vue sur le ciel avec mon meilleur ami. Il n'y avait même pas deux mètres entre les deux toits, du reste, le sien à l'ouest et le mien à l'est.

Puisque je n'avais encore jamais gagné, je m'imaginais avoir autant de chance de triompher que de voir un astéroïde toucher l'atmosphère pour venir se poser sur ma tête : il aurait fallu un miracle. Mais ça, c'était avant que je trouve le caillou parfait, rond et plat, sans le moindre défaut, la moindre aspérité. Celui-là allait bien me faire au moins quinze sauts. Jouissant de huit années de pratique – notre petite rivalité amicale avait commencé au CP – et d'un bras robuste, je me disais qu'à moins que Nick ait déniché son caillou sur Mars et que celui-ci dispose de pouvoir antigravité, la situation se présentait plutôt bien dorénavant.

— Les femmes d'abord.

— T'as peur que je gagne ? demandai-je.

— Aucun risque.

— On verra bien. Allez, mate un peu ça !

Je brandis ma trouvaille, l'exposant entre mes doigts comme une pépite d'or. Et pour moi, elle valait bien plus que de l'or !

Grâce à cette pierre, j'allais pouvoir frimer tout l'été, au moins. Il écarquilla les yeux un moment avant de reprendre ce calme qui ne le quittait jamais.

D'un petit geste, il me fit signe de prendre ma place.

La tête haute, j'inclinai le cou et je m'approchai de la rive. Aucun vent ne soufflait sur Hope Bay ce jour-là, comme si Mère Nature avait su que j'avais besoin de cette victoire. Je m'échauffai en répétant trois fois mon lancer avant que la pierre ne s'envole de ma main, et je me mis à compter.

Cinq, sept, dix, douze, quatorze...

— T'as vu ça ? Quinze et demi !

Je sautai sur place, tentant de m'affranchir de la gravité comme ma pierre venait de le faire.

— Et *demi* ?

— Je l'ai vu. Il en a presque fait seize.

— Comme si je pouvais pas battre un demi, fit-il en levant les yeux au ciel.

— Quinze et demi. Je viens de battre mon record, alors que t'as pas fait quinze depuis... ben, depuis un sacré bout de temps. Je suis sûre que je vais gagner, cette fois.

Les mains calées sur les hanches, j'attendis patiemment, et Nick dévoila enfin le caillou qu'il avait caché dans son dos. J'en restai bouche bée. J'avais cru le mien parfait, mais le sien était une merveille, travaillée pendant des millénaires par les vagues délicates de Stone Lake dans l'unique but que Nick le trouve.

Mon cœur me martela la poitrine.

Nick m'adressa un clin d'œil et me sourit, plein d'assurance, tandis qu'il prenait son élan comme un champion de baseball, rassemblant toute la force de son épaule pour la propulser jusqu'au bout de ses doigts et la transmettre à son projectile. Le sifflement du caillou qui partait comme une fusée suffit à me faire douter de mes quinze rebonds et demi si parfaits...

Je regardai la pierre glisser sur l'eau calme, presque au ralenti, en comptant chacun de ses longs sauts. Mon cœur s'emballa lorsque les bonds se firent plus courts, précipitant le terme de leur gracieux trajet.

Huit, dix, douze, quatorze, seize... non !

— C'était qu'un demi-saut, le dernier ! Égalité, protestai-je en désignant les ronds dans l'eau.

— Tu vas quand même pas encore faire ta mauvaise joueuse, Jo ?

— Je. Ne suis. Pas. Une mauvaise joueuse.

— C'est les mauvaises joueuses qui disent ça...

— De toute façon, c'est pas juste. Les hommes sont plus musclés des bras.

— Alors pourquoi tu me défies toutes les semaines ?

— Parce que... eh ben, si t'avais un frère aîné, il t'expliquerait comment on est censé se comporter, avec les filles.

— Mais de quoi tu parles ?

Comment étais-je censée lui expliquer que parfois, les mecs doivent laisser gagner les nanas ? Les hommes doivent s'arranger pour que les femmes se sentent spéciales, en tout cas c'était ainsi que mon père s'était occupé de moi. Il me laissait lancer la première ligne à l'eau quand nous pêchions, m'ouvrait la porte de la voiture, et restait poliment debout à table jusqu'à ce que je me sois assise. Nick me traitait-il ainsi parce que je n'étais pas encore une femme ? Dans ce cas, il me faudrait encore attendre quelques années que Nick grandisse et agisse comme un homme, un vrai.

— T'inquiète, dis-je avec un petit geste. Tu comprendrais pas.

— Parce que je suis un mec ?

— Ben oui, tiens !

Il fit mine de tousser dans sa main pour murmurer *mauvaise joueuse* et je lui décochai un regard noir.

— Un jour je te battrai. Tu verras.

— Le jour où j'irai sur Mars, peut-être.

— Oh, la ferme. Au fait, quelle heure il est ?

Il consulta sa montre – il était le seul de nous deux à en avoir une – pour s'assurer que nous rentrerions en ville à dix heures. Pendant l'été et les vacances, mon père avait besoin d'aide à la boulangerie, et Nick aidait sa mère à décorer les gâteaux dans sa boutique. Et il était vraiment doué pour ça, même s'il n'acceptait de participer qu'à condition qu'elle n'en parle à personne. Les deux magasins voisins, avec leurs appartements à trois chambres, juste au-dessus, se trouvaient à la limite de la ville, à quinze minutes à pied de l'autre extrémité et de la caserne des pompiers. Il y avait moins d'un mètre entre la fenêtre de ma chambre et celle de Nick : c'est comme ça que nous étions devenus amis avant même d'aller à l'école, parce que nous avions vécu dans ces maisons depuis notre naissance. Techniquement, je le connaissais depuis toujours.

— Jo, c'est moins le quart. Faut qu'on se grouille !

Le lac n'était pas si loin, mais nous avions choisi l'endroit où personne ne venait jamais à cause des cailloux : tout le monde l'appelait Pebble Beach, la plage des galets, et il nous faudrait bien huit minutes pour rentrer à la maison en courant.

Je m'élançai la première, mais Nick ne tarda pas à me suivre. Étant un garçon, il avait toujours couru plus vite, mais après m'être entraînée en secret tous les matins, j'arrivais à suivre son rythme. Nous courûmes à perdre haleine, traversâmes la forêt et regagnâmes la ville. Je m'égratignai la jambe sur une branche, mais sans m'arrêter. Donner un coup de main à mon père était important pour moi, et je ne l'aurais jamais laissé tomber, en particulier parce qu'il ne pouvait souffler un peu que pendant l'été, quand je venais l'assister.

— Sur le toit, ce soir ? demanda Nick avant de passer en trombe le seuil de sa pâtisserie.

— Ta maison à toi ou ma maison à moi ?

Est-ce qu'il aurait la bonne idée de proposer la mienne, pour changer ?

— La mienne, bien sûr, répondit-il.

Ouais, je me doutais bien. Je soupirai, et je me promis de retourner ensuite sur mon propre toit pour pouvoir observer les étoiles filantes et faire des vœux. Pourquoi Nick refusait-il de me croire quand je lui expliquais qu'on voyait plus de comètes côté est ?

— On se retrouve après le coucher du soleil.

Je lui fis signe et nous poussâmes les portes de nos boutiques respectives.

— Salut, papa ! dis-je en courant vers mon père pour le serrer dans mes bras.

— C'était moins une, hein, ma puce !

— Hé, je suis à l'heure, quand même.

— En effet. Tu sais quoi faire.

Je me dirigeai vers le fond de la boulangerie, où j'allais passer le reste de la journée à faire et à pétrir la pâte, puis à la couper en parts égales pour les petits pains et les baguettes avant de les laisser monter. Mon père s'occupait de la première fournée à quatre heures du matin, et je l'aidai pour celle de l'après-midi, avant que les clients n'affluent en rentrant du travail. Parce que voyez-vous, mon père n'était pas n'importe quel boulanger : c'était le meilleur boulanger au monde, et ses pains étaient réputés dans toute la Virginie-Occidentale. Les camions de livraison se bousculaient aux aurores pour pouvoir distribuer ses produits dans les plus grandes villes. Le parfum du pain frais qui se répandait en ville chaque jour suffisait à assurer la promotion de ces délices. Pendant les périodes scolaires, il embauchait Mme Gladstone, qui habitait près de la caserne des pompiers avec trois vaches et un taureau, pour que je me concentre sur mes devoirs et que je profite de mon enfance. Et comme j'entrais en quatrième, une année de transition, en septembre, je n'aurais sans doute pas beaucoup de temps pour travailler.

— Arrange-toi pour avoir de bonnes notes et une bonne

éducation, pour pouvoir devenir quelqu'un, répétait-il souvent. C'est ce que ta mère aurait voulu.

Au bout d'une heure de travail, j'entendis la cloche de la porte sonner et je consultai l'horloge murale. Trop tôt pour les premiers clients. Dans une petite ville comme la nôtre, tout le monde savait où chacun était à tout moment. Voilà pourquoi j'aimais m'éclipser avec Nick les matins. Je me demandai qui venait d'entrer.

— Bonjour Walter.

C'était la voix de Marge, la mère de Nick, et je me demandai s'il viendrait avec elle, ce dont je doutais. Il était probablement accaparé par la décoration des gâteaux.

— Bonjour Marge, qu'est-ce qu'il vous faut, aujourd'hui ?

— Une baguette, s'il vous plaît.

D'aussi loin que je me souvienne, nos parents s'étaient toujours comportés bizarrement en présence l'un de l'autre. À moins que Mme Tuscan ait vidé quelques verres de vin, et mon père plusieurs canettes de bière, ces deux-là restaient toujours un peu guindés alors qu'ils se connaissaient depuis toujours.

J'entendis mon père encaisser sa monnaie, mais ils n'échangèrent pas un mot de plus. En jetant un coup d'œil par la petite vitre de la porte du fond, je vis Mme Tuscan sur la pointe des pieds, en train d'embrasser mon père sur la bouche.

— Oh mon Dieu ! soufflai-je avant de m'accroupir pour éviter qu'ils ne me voient.

Nick. Où était Nick ? Il fallait que je lui dise. Mais il était en train de travailler.

Qu'est-ce que ça voulait dire ? Depuis combien de temps ça durait, et pourquoi mon père ne m'en avait-il rien dit ? Bon, d'accord, ce genre de conversation aurait peut-être paru déplacé avec une fille de douze ans, mais j'étais presque une ado, et Nick aussi. Et de l'ado à l'adulte, il n'y a qu'un pas, non ?

Nick et moi étions nés le même jour. Nos mères avaient accouché à quelques minutes d'intervalle, m'octroyant le privilège de l'âge et de la sagesse sur Nick, que j'avais précédé de trois cent trente secondes exactement. Trois cent trente secondes, ça sonnait bien mieux que cinq minutes trente, et je me faisais une joie de le lui rappeler chaque fois qu'il prenait de grands airs de champion de ricochet.

Je retournai travailler en mettant de côté ce que je venais de voir, du moins pour le moment. Je décidai de ne pas en parler à mon père, qui s'occupait de la boulangerie avec un entrain renouvelé.

Quand je passai de ma chambre à celle de Nick, ce soir-là, il avait déjà ouvert la porte de son balcon pour que j'entre. Peut-être que tout espoir d'en faire un gentleman n'était pas perdu ? J'escaladai l'échelle du toit et je déployai une couverture sur les tuiles. Peu incliné comme le nôtre, il offrait le point d'observation idéal pour contempler le firmament.

Je soupirai.

— Qu'est-ce qui se passe ? s'enquit Nick. T'es toujours vénère d'avoir perdu ? J'ai gagné à la loyale, et je ne faisais que te taquiner, tu sais.

— Non, c'est pas ça.

— Ben quoi, alors ?

— T'étais au courant que mon père et ta mère en pinçaient l'un pour l'autre ?

— Hein ?

Je me retournai sur le ventre pour le regarder en face. Il avait les mêmes yeux que sa mère : d'un beau vert, ils vous attiraient de loin. Pour le moment, ils reflétaient les étoiles.

— Je les ai vus s'embrasser, aujourd'hui.

— Quoi ? Nos parents ?

— Ouais.

— C'est dégueu.

— Pourquoi c'est dégueu ?

— Je sais pas, peut-être parce que c'est ton père. J'ai jamais pensé que ma mère pourrait se remettre avec quelqu'un d'autre.

— J'ai jamais pensé que mon père se remettrait avec quelqu'un d'autre non plus, mais c'est peut-être une bonne chose. Il faut bien qu'ils aient quelqu'un à aimer, non ?

— Ils nous ont, nous.

— Arrête de dire des bêtises, Nick. Je parle d'amour, entre un homme et une femme. Oh mon Dieu, tu crois qu'ils vont se marier ?

— Mais pourquoi tu demandes ça ? C'était qu'un baiser. D'abord, ils faut qu'ils sortent ensemble, et tout. Et si ma mère veut se marier, il lui faut mon accord.

— T'es en train de dire que t'approuverais pas mon père ?

— Non, mais je suis l'homme de la maison, maintenant.

— T'as que douze ans.

— Bientôt treize.

— S'ils se marient, tu deviendras mon demi-frère.

Je me retournai de nouveau sur le dos pour regarder les étoiles. Cette perspective ne me plaisait pas. Je préférais que nous restions amis, plutôt que demi-frère et demi-sœur.

— Jo, c'était qu'un baiser, enfin ! En plus, ma mère n'a pas encore oublié mon père.

— Nick, ça fait cinq ans.

— Je sais, mais des fois, je l'entends pleurer, la nuit.

— Peut-être qu'elle est trop malheureuse d'avoir une andouille de fils qui ne sait pas comment on traite les femmes.

— Jo ! Combien de fois il faudra que je te répète que t'es pas une femme ?

— Eh ben t'es pas un homme non plus.

— Mais je sais bien !

— Argh !

Je détestais ça, quand on se disputait. Depuis que le père de Nick était mort en service dans la Navy, il n'était plus le même. Son père me laissait le souvenir d'un homme courageux. Nous étions allés en voyage scolaire à New York, pendant le CP, et M. Tuscan avait maîtrisé un homme qui portait une veste pleine d'explosifs, là-bas. Plus tard, nous avions appris qu'il s'agissait d'un fanatique religieux. C'était à cause de cette expérience que j'adorais vivre dans une petite ville, qui ne débouchait sur rien du tout, bloquée par les montagnes d'un côté, par un lac de l'autre, et bordée de fermes à l'ouest. À moins de se perdre, personne ne venait jamais ici. Ce n'était même pas le genre de patelin qu'on traversait.

M. Tuscan avait sauvé de nombreuses vies ce jour-là, y compris la mienne. Nous avions eu de la chance, et Nick était fier de son père, le héros. Il voulait devenir exactement comme lui. Je n'oublierais jamais le jour où un policier s'était présenté chez lui pour lui apprendre que son père était mort au service de son pays. Je l'avais regardé depuis la boulangerie. Nick changea radicalement après l'enterrement. Il ne parlait plus que de protéger sa famille, et en particulier sa mère.

— Je crois que nos parents ont besoin d'un changement. Ils ont besoin de quelque chose de bien dans leur vie.

— Je crois que ton cerveau fait encore ce truc de nana.

— Quel truc de nana ?

— Quand tu te fais des films sur les gars, les héros et les histoires qui finissent bien. Les histoires qui finissent bien, ça n'existe pas. Ma mère est toute seule, et ton père aussi. Ils ont perdu ceux qu'ils aimaient et ils ne les retrouveront jamais.

— Mais nous, on est heureux, non ?

— Ouais, mais on n'est que des gamins.

— Eh ben ils se sont quand même embrassés, alors il faut croire que ça les rendait heureux.

— Un baiser, ça ne veut rien dire du tout, Jo.

Je secouai la tête en soupirant. C'était bien un garçon, tiens...

— T'as déjà embrassé une fille ? demandai-je, en sachant bien que non : s'il l'avait fait, il m'en aurait parlé.

Et s'il s'était abstenu de m'en parler, je l'aurais appris par une des filles à l'école, d'autant que nous n'étions pas bien nombreuses. Huit dans notre classe, pour être exacte.

— Pourquoi tu poses la question ? T'as déjà embrassé un garçon ?

— Non. Et je laisserai aucun garçon m'embrasser tant que je suis pas sûre qu'on est amoureux.

— C'est idiot.

— C'est toi, l'idiot. Ça ne sert à rien de s'embrasser, sinon.

— Et si tu tombes amoureuse et qu'il est vraiment pas doué pour embrasser ?

Je n'y avais pas réfléchi sous cet angle.

— Il faudra que je lui apprenne comment faire, alors.

— Un homme à qui il faut qu'on apprenne comment embrasser n'est pas un homme.

— Depuis quand t'es un expert, toi ?

— J'en suis pas un. Mais c'est comme ça, c'est tout. Ça devrait être naturel. Mais pourquoi on parle de se lécher la pomme ? Nos parents sont assez vieux pour savoir ce qu'ils font, quand même.

Je l'espérais pour eux, parce que dans le domaine des sentiments, je me sentais de plus en plus remuée au fil des mois… en particulier quand j'évoquais le sujet avec Nick.

— Au fait, qu'est-ce que tu fais pour ton anniversaire ? demanda-t-il. C'est dans une semaine.

— Rien, j'imagine. T'as prévu quelque chose ce jour-là ?

— Nan. Tu veux qu'on le fête ensemble ?

Une question idiote : je ne me rappelais pas avoir jamais passé un anniversaire sans lui.

— Bien sûr. Hé, mate un peu celle-là ! C'est une comète ou un satellite ? demandai-je en désignant le ciel piqueté de points lumineux.

— Un satellite. C'est trop régulier pour une comète.

— J'aurais préféré qu'on regarde depuis mon toit. Je parie

qu'on verrait plus d'étoiles filantes qu'ici.

— Eh bien peut-être que si tu apprends à faire de meilleurs ricochets, ça arrivera, me taquina-t-il.

Je le détestais, quand il faisait ça. Peut-être que notre lien était davantage du genre fraternel qu'amical ?

J'écartai cette pensée, parce que je ne voulais pas de Nick comme frère. Il avait beau être une belle andouille, parfois, je le préférais comme ami.

— *B*onjour ma belle. Joyeux anniversaire. Tu es officiellement une adolescente à présent.

Mon père se tenait à l'entrée de ma chambre et me souriait de toutes ses dents. Je ne l'avais pas interrogé au sujet du baiser de la semaine passée, mais je n'avais pas vu la mère de Nick passer plus qu'une fois par jour pour prendre son pain, et je me demandais donc s'il s'agissait d'un événement unique, ou s'ils ne s'étaient pas disputés.

— Merci.

— Tu as des projets pour aujourd'hui, ou ce sera dîner et ciné avec Nick comme d'habitude ?

— Comme d'habitude. J'aurais bien voulu que tu viennes, ajoutai-je en faisant la moue, sachant très bien que cette expression faisait craquer mon père.

— Moi aussi, ma chérie. Mais tu sais bien qu'il faut que je m'occupe de la boutique. Mais j'aurai une surprise pour toi à ton retour.

— Tu n'as pas besoin de me faire de cadeau, papa. J'ai tout ce qu'il me faut.

— Et j'ai la fille la plus attentionnée au monde. Si je t'emmenais jusqu'à la porte sur mon dos ?

— Papa, j'ai treize ans ! Je suis un peu trop vieille pour ça.

Lui aussi fit la moue. Maintenant, je savais de qui je tenais ce don.

— Bon, une dernière fois, alors.

Je grimpai sur son dos et il me conduisit jusqu'à l'entrée avant de m'y déposer.

— Tu es sûr que tu n'auras pas besoin de moi cet après-midi ? demandai-je.

— J'ai toujours besoin de toi, mais aujourd'hui, c'est un jour spécial.

Il me prit dans ses bras pour me serrer très fort. Je sentais toutes les émotions qui le traversaient, qu'il me transmettait, et je savais qu'il pensait encore au passé.

— Si ta mère pouvait te voir, elle serait tellement fière ! Tu es la meilleure fille qu'un père puisse avoir.

Ma mère était morte à ma naissance, et les seuls souvenirs que j'avais d'elle provenaient des photos que mon père avait mises de côté. Je ne possédais aucun cliché de nous deux, et la seule figure féminine de ma vie était la mère de Nick, la chef pâtissière d'à côté. La boutique de Marge sentait encore dix fois meilleur que la nôtre, grâce aux glaçages, aux fruits et aux motifs en sucre dont elle décorait ses gâteaux, ses muffins, ses cupcakes et ses cookies. Mais je parie que ma mère aurait été un million de fois mieux pour moi.

— Je t'aime aussi, papa. À ce soir !

— Oui, à ce soir, répondit-il en sortant quelques billets de sa poche pour me les tendre. Amusez-vous bien au cinéma.

— Merci !

Je pris mon sac à dos, qui contenait mon maillot de bain, et je sortis en courant. Nous avions prévu d'aller nager à la plage un peu plus tard. Dehors, je tournai à droite et je gravis au pas de course les trois marches menant à la pâtisserie de Marge.

— Bonjour, Mme Tuscan.

— Joyeux anniversaire, Joelle !

Elle sortit de derrière le comptoir où elle était en train d'aligner une fournée de cookies tout chauds et me prit dans ses bras. J'adorais ça, en particulier à cause de son parfum doux et sucré, comme celui d'une mère.

— Merci. Nick est prêt ? demandai-je en me dirigeant vers la porte du fond, derrière laquelle j'espérais trouver mon meilleur ami.

— Oh, tu ne peux pas y aller, Joelle ! s'exclama-t-elle en écarquillant les yeux.

— Il est arrivé quelque chose ? dis-je en me figeant sur place.

— Non, c'est juste que…

— C'est rien, m'man. J'ai fini.

Nick passa la porte battante. La boutique occupait l'avant du bâtiment, et à l'arrière, les Tuscan avaient une cuisine immense qui occupait tout le reste du rez-de-chaussée. Ils disposaient d'une minuscule zone où s'asseoir, avec une porte donnant sur le patio, comme chez nous, et la qualifiaient de salle à manger, mais c'était juste une table et quatre chaises au fond de la cuisine. Un jour, quand j'aurais un travail, je rêvais d'acheter à mon père une vraie maison, avec une cheminée, un salon, une vraie salle à manger et une cuisine bien plus réduite que la nôtre.

— Fini quoi ? demandai-je en essuyant un peu de crème au beurre sur la poche de sa chemise.

— Je te dirai après le film. Prête ?

J'acquiesçai, et nous filâmes vers la porte. Nous avions prévu de retrouver quelques camarades de classe au cinéma et d'aller manger à la pizzeria par la suite. Même dans notre ville minuscule, nous avions un cinéma. Certes, il ne contenait qu'une salle, mais il avait le mérite d'exister. J'avais entendu parler de cinémas à plusieurs salles dans les grandes villes, mais le nôtre me paraissait bien plus intimiste. On y passait plusieurs films, à des horaires différents, le week-end, et il fermait pendant la semaine, sauf l'été, quand les enfants n'avaient pas école et qu'ils venaient y participer à des activités en groupe ou à des cours de théâtre. N'ayant jamais entendu parler d'acteurs célèbres venant de notre ville, je doutais de la qualité des cours en question. Peut-être ne s'agissait-il que d'un passe-temps.

— Faites attention à vous, dit Marge en nous faisant signe tandis que nous nous précipitions dehors.

— Qui vient, au fait ? demandai-je une fois sur la route.

— Andrew et Carter.

— Vous êtes inséparables, tous les trois.

— Je pourrais en dire autant de toi, Molly et Daisy. C'est elles que t'as invitées, hein ?

— Oui, pouffai-je. Pourquoi t'as déjà mis ton short de bain ?

— Parce que c'est un deux-en-un. C'est un short, mais on peut se baigner avec. Quel intérêt d'en transporter deux ?

— Pas de serviette non plus ?

— Tu as vu ce soleil ? Je sécherai en plein air.

— T'es bien un garçon, tiens, fis-je en secouant la tête.

— Et alors ?

— Et alors rien. Allons-y.

Il sortit une barre de céréales de sa poche et se mit à la mâchonner. Le truc, avec Nick, c'est qu'il avait toujours quelque chose à grignoter dans ses poches.

Nous marchâmes sur le trottoir sans rien dire, ce qui ne nous ressemblait pas. Les autres jours, il fallait presque qu'on se batte pour se reprendre la parole. Je voyais bien que Nick me regardait à la dérobée de temps à autre, mais je fis semblant de ne rien remarquer. Je ne savais pas ce qui m'agaçait, mais quelque chose clochait.

La canicule des deux dernières semaines avait desséché l'herbe, la route et tout ce que le soleil avait pu toucher. En passant devant nous, les voitures soulevaient des nuages de poussière jaune qui nous enveloppaient. Le temps que nous arrivions au cinéma, j'en sentais le goût dans ma bouche, et il fallut que j'époussette mes cheveux bouclés.

Nous approchâmes de la billetterie. Il régnait ici un parfum alléchant de beurre fondu et de popcorn.

— Comme d'habitude ? demanda Nick en entrant dans la file d'attente.

— Je vais prendre de l'eau à la place du Coca aujourd'hui.

— Pourquoi ?

— Il y a moins de calories.

— Depuis quand tu t'occupes de ça ? T'es épaisse comme un cure-dents, alors que ma mère passe son temps à te bourrer de cookies.

— Depuis que j'ai vu comment Carter reluquait Daisy. Elle est plus mince. Il faut que je fasse attention à ce que je mange. Je sens que mon corps est en train de changer.

Est-ce que j'étais vraiment en train de parler de mon corps à Nick ? Ça m'avait échappé, mais je l'avais déjà vu me reluquer les seins en douce à plusieurs occasions et je savais donc qu'il avait remarqué.

Il s'arrêta et me tira par la main.

— Fais pas ça, Jo. Ne laisse personne remettre en question ta beauté. Daisy est maigre comme un clou. Toi… toi, tu es parfaite.

Je sentis le rouge me monter aux joues. Un autre jour, le compliment de Nick ne m'aurait pas affectée, mais ce fut le cas ce jour-là, alors que j'ignorais pourquoi.

— Merci.

— Je le pense, Jo. Je ne veux plus jamais t'entendre parler de ton poids.

Hein ? C'était vraiment Nick ? Je ne l'aurais jamais admis, mais il avait raison. Quand je ne me souciais pas de l'aspect des autres filles, je me sentais bien plus jolie.

— Je prendrai peut-être un coca citron, alors. Après tout, c'est notre anniversaire, hein ?

Une de nos boissons favorites, à Nick et à moi.

— Voilà, ça c'est mieux !

Une fois munis de notre popcorn et de nos boissons, nous entrâmes dans la salle où les autres s'étaient déjà installés. Je suivis Nick dans l'allée. Le premier siège était vide. Je m'étonnais que nos amis n'aient pas commencé à remplir la rangée, et il y avait une autre place entre Carter et Molly.

— Assieds-toi là, dit Daisy en tirant Nick par la main pour qu'il s'installe à la première place.

Je sentis la colère me chauffer les joues. Nick et moi, nous nous asseyions toujours l'un à côté de l'autre au cinéma, surtout pour notre anniversaire. Pourquoi Daisy avait-elle décidé de nous séparer ?

— Tu ne préfères pas te mettre à côté des gars ? demandai-je.

Nick haussa les épaules, ce qui ne manqua pas de m'irriter davantage. Tandis qu'il se posait, agacée, je me dirigeai vers le seul autre siège disponible et je me laissai tomber entre deux de mes amis.

— Salut cupcake ! fit Carter en me regardant d'un air langoureux avant de se pencher pour m'embrasser.

Carter m'avait toujours surnommée ainsi. Autrefois, j'avais laissé tomber un petit gâteau dans un couloir à l'école avant de glisser dessus et de tomber sur les fesses. Le nom m'était resté. Carter craquait pour moi depuis longtemps, mais je ne l'avais jamais considéré autrement que comme un ami. En outre, je n'avais que treize ans, et mon père me répétait toujours que j'aurais bien le temps de penser aux garçons après mes études. Voilà pourquoi j'étais si fière de mon amitié avec Nick. Nous veillions l'un sur l'autre, comme deux vrais amis. En me penchant, je vis que Daisy chatouillait la main de Nick du bout du doigt, et je ressentis un pincement de jalousie. Je me rapprochai donc de Carter et je me serrai contre lui plus longtemps que d'habitude.

— Merci, Carter. Tu dois avoir hâte de voir le film.

Moi aussi, mais nous savions tous que Carter était le plus grand fan des Transformers au monde.

— Je reviendrai le voir avec mon frère demain.

— Mais tu ne sais même pas si tu vas l'aimer !

— Oh si ! Je ne vois pas comment ce film pourrait être mauvais.

— Joyeux anniversaire, Joelle, dit Molly, de l'autre côté. Merci de nous avoir invités.

— De rien. Comment va ton petit frère ?

Sa mère ayant accouché un mois plus tôt, Molly passait beaucoup de temps dehors pour éviter les hurlements de bébé.

— Il grandit, et maman dit que les coliques vont bientôt cesser et qu'il arrêtera de pleurer. Elle a tout essayé, je te jure, et finalement, on a trouvé cette astuce : on allume un sèche-cheveux. Quand il l'entend, il s'arrête de hurler et il écoute comme si c'était le bruit le plus fascinant au monde. C'est vraiment bizarre, les bébés. Je suis pas sûre d'avoir envie d'avoir des enfants.

— Eh ben t'as de la chance d'avoir un petit frère.

De mon côté, j'aurais rêvé d'une grande famille. Mais je m'estimais déjà heureuse d'avoir mon père, parce qu'il y avait bien suffisamment d'orphelins et d'enfants placés dans le monde.

— Pour le moment, j'échangerais bien ma place, soupira-t-elle.

— Ça s'arrangera.

— J'espère.

J'aperçus Daisy qui laissait sa main vagabonder dans le popcorn de Nick, comme si elle n'avait pas le sien, et qui battait des cils. Il ne se rendait pas compte qu'elle lui faisait du charme ? Pourquoi la laissait-il faire ?

— Hé, regardez un peu, ça va commencer !

Andrew, un autre fan des Transformers, venait de rappeler Daisy à l'ordre. Si j'en avais eu le courage, je l'aurais embrassé sur-le-champ.

Les crédits défilèrent, et nous reportâmes notre attention sur l'écran. J'aurais voulu pouvoir me concentrer sur le film plutôt que sur Daisy, qui se penchait de temps à autre contre Nick pour lui chuchoter à l'oreille ; peut-être que j'en aurais davantage profité. À la fin de la séance, les garçons, extatiques, ne parlaient plus que du film. Au lieu d'aller nager dans le lac, nous optâmes pour une balade en forêt. Daisy se tordit la cheville, ou joua suffisamment la comédie pour qu'on la croie, et resta accrochée au bras de Nick pendant toute la promenade. Ce fut à cause d'elle que nous n'allâmes pas nager à Pebble Beach au bout du compte, à cause de sa cheville soi-disant foulée.

Nous passâmes devant la maison du vieux M. Grafton. La rumeur la prétendait hantée, mais ça restait le meilleur endroit où demander des friandises pour Halloween : c'était lui qui installait toujours les décorations les plus flippantes, ce qui n'était pas trop difficile compte tenu de l'état de son jardin.

À côté s'étendait le ranch de Mme Gladstone. Nous nous arrêtâmes devant la clôture pour observer l'activité à l'intérieur : Betty Sue, une des vaches, mettait bas.

— Alors c'est le moment, Mme Gladstone ? demanda Andrew.

— On dirait bien. D'ici une heure environ, on aura un joli petit veau !

— Comment vous allez l'appeler ?

— Eh bien, si c'est une femelle, Betsy, comme sa maman. Et si c'est un mâle, Duke comme son père.

— Bonne chance ! m'écriai-je.

— Merci ! Et joyeux anniversaire, Joelle et Nicholas !

— Merci !

— Je te parie que ce sera un petit Duke, déclara Carter, orgueilleux.

— Moi, je suis sûr que ce sera une Betsy, rétorqua Molly.

— Comment tu pourrais le savoir ?

— Intuition féminine, dit-elle en haussant les épaules.

— L'intuition féminine, c'est du pipeau, se railla Carter.

— C'est toi qui racontes des bobards, dit Molly.

— Mais non. C'est ridicule, à la fin. Vous, les nanas, vous justifiez tout par l'intuition, même quand c'est complètement illogique, du moment que ça vous arrange.

— Eh bien moi, je vois que tu n'as pas encore appris quand il fallait fermer sa bouche !

— Je dis les choses comme elles sont, c'est tout.

Molly secoua la tête. Toujours à se chamailler, ces deux-là, et ils avaient des idées diamétralement opposées.

Une fois passée la ferme, Nick et Daisy restèrent en retrait et je rejoignis Molly, Carter et Andrew. Nous trouvâmes des myrtilles et des mûres délicieuses près des falaises. Carter avait le chic pour dénicher les meilleures, qu'il me donnait chaque fois. Je ne tardai pas à avoir l'estomac plein et la langue violette.

Une fois que je ne pensai plus à Nick et Daisy, ma bonne humeur revint.

— J'ai hâte d'être au lycée, soupira Molly.

— Pourquoi ? demandai-je.

— Parce qu'il y a le frère aîné de Carter, là-bas, la taquina Andrew.

— La ferme. C'est pas la seule raison.

— Oui, mais c'est la raison *principale*. Personne n'a envie d'aller au lycée ! Tous ces devoirs, ces cours à rallonge ! La vie, c'est *ça* ! dit-il en baissant les yeux et en balançant les jambes.

Nous nous étions installés à l'étage d'une grange abandonnée, là où la ville organisait souvent des fêtes et des foires. Elle se trouvait en plein milieu de la ville juste après la forêt, et à deux pas du lac. Andrew me tendit la dernière part des deux pizzas que nous avions amenées. D'invisibles vagues de chaleur agitaient l'atmosphère dense. Au fond de moi, j'avais envie de nager pour me rafraîchir, mais il aurait fallu enfiler mon maillot de bain, ce qui me semblait une vraie corvée dans cette chaleur. Et puis, mon bronzage nécessitait quelques minutes de plus au soleil. Ma peau était déjà mate, et les taches de rousseur n'allaient pas tarder à apparaître sur mon nez et mes joues. Celles de Molly ressortaient plus que jamais. Au loin, nous entendîmes un grondement de tonnerre.

— On ferait mieux de partir si on ne veut pas se faire tremper. Nick, tu me prêteras ton tee-shirt s'il pleut ?

Je fronçai le nez. Nick se contenta de hausser les épaules, manifestement étonné par la demande de Daisy.

— De toute façon, il est l'heure de manger le gâteau, dis-je. On y va.

Je sautai de la poutre où nous nous étions assis pour atterrir sur la piste de danse en contrebas.

— Jo, ça va pas, non ? s'écria Nick.

— Quoi ?

— T'aurais pu te casser la jambe !

— Ce n'est pas si haut.

— Mais j'aurais eu des ennuis. Je ne veux pas que ton père s'imagine que je ne veillais pas sur toi.

— Mais non !

Il secoua la tête, désapprobateur, comme s'il était mon père. Parfois, je ne comprenais pas les garçons, mais il m'arrivait d'avoir très envie de saisir ce qui leur passait par la tête.

La mère de Nick nous avait concocté des gâteaux spéciaux, comme tous les ans. Nous rassemblâmes nos sacs et nous courûmes dans les bois. La cheville de Daisy avait miraculeusement guéri. Craignant probablement que la pluie n'abîme sa coiffure impeccable, elle parvint à nous suivre à toute allure.

Une fois arrivés sur la route, nous vîmes que l'orage était passé au sud. Les rares gouttes que nous reçûmes se limitaient à un crachin léger, et je regrettai que nous n'ayons pas subi une averse pour jouir du spectacle des cheveux de Daisy frisant dans tous les sens. Ses boucles et la pluie ne s'entendaient pas vraiment.

Sur le chemin du retour, Nick passa son bras autour de mes épaules. Seuls Carter et Daisy le remarquèrent, mais ce geste me fit me sentir très spéciale. Pour la première fois depuis notre départ de la maison, j'avais l'impression que nous redevenions nous-mêmes, ou du moins que je me retrouvais, moi. Sans Nick, je ne me sentais pas complète. C'était mon meilleur ami, et mon complice. Nous restâmes quelques mètres en retrait, hors de portée de voix des autres.

— Alors, comment ça fait, d'avoir treize ans ?

— La même chose que quand on en a douze, répondis-je en haussant les épaules pour écarter son bras.

— T'es fâchée.

— Mais non.

— Pourquoi t'es fâchée ?

— J'ai toujours pensé que passer nos anniversaires ensemble, c'était spécial. Elle était censée être à nous, cette journée, et Daisy a tout gâché. Mais tu ne sais pas le pire ? Tu n'as rien fait pour l'empêcher.

— Jo, je ne sais même pas de quoi tu parles.

— Au cinéma. Pourquoi tu ne lui as pas demandé de se pousser ? Elle voulait nous séparer, c'était évident.

— Parce que ça aurait été malpoli ?

— Alors tu préférais être malpoli envers moi ?

— En quoi j'ai été malpoli ?

— Tu ne t'es pas assis à côté de moi.

J'ignorais pourquoi ça m'irritait tellement, ce jour-là. Nous sortions souvent entre amis, et peu m'importait l'endroit où Nick s'asseyait et ceux à qui il parlait. Mais c'était différent, cette fois : j'aurais certainement préféré assister à cette séance seule avec lui.

— C'était pas ma faute, Jo. Et je t'ai trouvée malpolie aussi, mais je ne voulais pas gâcher ton anniversaire en en parlant.

— Qu'est-ce que j'ai fait ?

— Tu n'as pas arrêté de parler du film avec Carter.

— Et alors ?

— Alors on en parle toujours tous les deux, sur le toit.

— Mais Carter était là, on se baladait, et toi tu étais avec Daisy !

Je levai les yeux au ciel. Ce qu'il détestait, mais sur le moment, je m'en fichais bien.

— Tu dis n'importe quoi, pour Carter, conclus-je.

— Eh bien toi tu dis n'importe quoi, pour Daisy.

— Alors on dit tous les deux n'importe quoi ?

— Faut croire.

Il fixa le sol un moment avant d'ajouter :

— Désolé que ça t'ait embêtée. La prochaine fois, je lui demanderai de bouger.

— Merci. Tu sais que c'est parce que tu es mon meilleur ami, et que nos anniversaires, c'est spécial.

— Je sais.

Le temps que nous terminions notre conversation, nos amis étaient arrivés à la boulangerie et nous attendaient sur les marches.

— Prêts ? demanda Molly en sautillant d'un pied sur l'autre ?

La révélation des gâteaux était toujours le meilleur moment de notre anniversaire, et je me demandai autour de quel thème Marge avait décidé de les décorer cette année.

Quand nous entrâmes dans la boulangerie, mon père était déjà là, et tout le monde se mit à chanter « Joyeux Anniversaire » en chœur. Je pris la main de Nick sans gêne et je la tins pendant toute la chanson. Quand ils eurent terminé, je regardai enfin la table : il n'y avait qu'un seul gâteau, certainement celui de Nick, parce qu'il avait la forme d'une Camaro jaune.

Bumblebee, pensai-je.

Nick me lâcha la main.

— Attends, me dit-il.

Un instant plus tard, il revenait avec un paquet au gros nœud rouge sur un chariot.

— Je croyais qu'on avait dit « pas de cadeau » ? On économise pour le voyage de camping avec le lycée…

— Ça ne m'a demandé que du temps, et je voulais vraiment faire ça pour toi.

Je soupirai en sortant la boîte carrée de mon sac à dos avant qu'il n'ait l'occasion de me traiter d'hypocrite.

— Joyeux anniversaire, Nick. J'espère que tu l'aimeras.

— Qu'est-ce que c'est ?

— Eh bien, ouvre.

Il déchira l'emballage et poussa un hoquet de surprise en découvrant le caillou, sur la surface plane duquel j'avais gravé la lettre N.

— Joelle, où est-ce que tu as trouvé ça ?

Il ne m'appelait par mon prénom entier que quand il voulait vraiment attirer mon attention.

— Sur Pebble Beach. Tu l'aimes ?

— Tu sais que tu ne gagneras jamais contre celui-là, hein ?

— Je sais. Mais je préfère que ce soit toi qui le lances pour te regarder battre ton propre record.

— Merci beaucoup ! dit-il en se jetant à mon cou.

— De rien.

— Maintenant, ouvre le tien.

Tout excitée, je défis le nœud rouge, soulevai le couvercle de la boîte et découvris un gâteau absolument splendide. Réprimant un reniflement, je me couvris la bouche d'une main en tendant l'autre vers ce chef-d'œuvre.

— C'est nous, dis-je en baissant finalement la main. En train de faire des ricochets sur le lac. Nick, c'est magnifique ? C'est toi qui l'as fait ?

Il hocha la tête.

— Merci ! C'est le meilleur cadeau du monde ! m'écriai-je en le serrant contre moi.

Nous coupâmes les gâteaux et les partageâmes avec nos parents, nos amis et quelques-uns des clients de Mme Tuscan qui s'arrêtèrent. Tout s'était arrangé entre Nick et moi. Son cadeau d'anniversaire surprise, aussi adorable qu'attentionné, m'avait fait comprendre que nous étions amis pour la vie.

CHAPITRE 3

— Salut, Jo.

La voix de Carter résonna dans la forêt tandis qu'il s'approchait de mois au pas de course.

— Tu veux aller chercher un peu plus de bois pour ce soir ?

Et voilà. Il faisait cette tête qui voulait dire : *écoute, je veux te montrer que je t'apprécie.* Je scrutai la clairière dans l'espoir d'apercevoir Nick, qui s'arrangeait généralement pour me soustraire aux avances de Carter, mais je ne le vis nulle part. Je n'avais rien contre Carter, loin de là : c'était non seulement un bon ami, mais aussi un jeune homme séduisant et bien bâti, qui faisait pousser de petits cris d'extase à toutes les filles dès qu'il entrait dans une pièce. Mais il ne m'intéressait pas. Il resterait un ami, rien de plus.

— Euh, si tu veux, oui.

Je pris une des poignées de son panier pendant qu'il tenait l'autre. Nous attendions avec impatience notre voyage de fin d'année de lycée depuis que nous avions appris son existence, à l'école primaire. Notre classe allait séjourner quatre jours et trois nuits en pleine nature. Après avoir installé nos tentes une heure auparavant, les filles d'un côté de la clairière et les garçons de l'autre, nous faisions tous la pause. Nous étions dix-huit en tout, pour un total de quatre tentes, plus deux professeurs : M. Simmons et son épouse, qui occuperaient les deux dernières tentes au beau milieu du camp.

Nous nous dirigeâmes dans les bois, rassemblant dans le panier des brindilles et des branches sèches idéales pour le feu ce soir. Tandis que les bruits s'éloignaient derrière nous, j'eus la chair de poule. Il y avait une grande différence entre se promener dans les bois au sein d'un groupe conséquent et s'éloigner du camp à deux, en particulier avec les ours qui vivaient dans la forêt. Nous n'étions pas censés nous aventurer hors de portée de voix, et je commençais à avoir du mal à entendre nos camarades de classe.

Je m'arrêtai pour demander :

— Tu as vu Nick ?

— Je crois que Daisy voulait lui montrer un nid qu'elle a trouvé.

Carter se remit en marche et je le suivis.

Un nid, mais bien sûr...

J'aimais bien Daisy. C'était une bonne amie, une de mes meilleures amies, en fait, mais elle n'était pas faite pour Nick. Je les connaissais tellement bien que je ne pouvais pas les voir comme un couple. Ça ne collerait pas, entre eux. Elle était végétarienne et Nick adorait la viande, bon sang ! Voilà. Et ça, ce n'était qu'un petit arrêt au stand sur la grande autoroute de Même Pas Dans Tes Rêves.

Pourquoi persistait-elle envers et contre tout ? Ce qui m'agaçait par-dessus tout, c'est que Nick semblait apprécier toute l'attention qu'elle lui prodiguait et ne faisait même pas mine de l'ignorer. Pourquoi la menait-il en bateau, alors que je savais qu'il ne sortirait jamais avec elle ?

— Alors, comment ça se passe, toi et Nick ?

Cette question de Carter venait de m'arracher à mes pensées et je m'arrêtai net.

— Comment ça ?

— Vous allez sortir ensemble, tous les deux ? Parce que tout le monde s'y attend.

— Pourquoi on sortirait ensemble ? fis-je en secouant la tête. Non, ce serait trop bizarre. On est amis, c'est tout.

Avais-je songé à sortir avec des garçons ? Évidemment. Mais avec Nick ? Non ! Il était comme un frère pour moi, encore qu'à vrai dire, personne d'autre ne m'intéressait vraiment. J'étais trop jeune et je m'amusais trop pour penser à ça.

— Alors si Daisy lui demandait de sortir avec elle, ça ne te dérangerait pas, c'est ça ?

— Pourquoi ? Tu crois qu'elle le ferait ?

— Ce n'était pas ma question.

— Daisy fait ce qu'elle veut, dis-je en scrutant les bois qui s'assombrissaient. Je crois qu'on s'est trop éloignés.

Carter s'arrêta. De quelle direction étions-nous venus ? Il me suffit de faire un tour sur moi-même pour perdre entièrement le sens de l'orientation. Tous ces arbres et ces buissons se ressemblaient à mes yeux.

— Oh mon…

— Chut !

— Tu les entends ? demandai-je.

— À peine. Ne dis plus rien. Par ici.

Il désigna un sentier que je n'aurais certainement pas choisi. Au bout d'un moment, j'entendis mieux les voix de nos camarades et je soufflai enfin.

— Et si quelqu'un voulait sortir avec toi ? s'enquit Carter.

— Qui, par exemple ?

— Moi.

— Tu es en train de me demander, là ?

— Seulement si tu dis oui.

— Je ne sais pas, Carter. Je suis plutôt occupée en ce moment. J'aide Marge à faire ses cookies et ses cupcakes, et la liste de commandes de mon père ne désemplit pas. Si on était ensemble, ça m'engagerait à sortir le soir, à faire des trucs… J'ai pas vraiment le temps pour ça.

— Ce n'est pas vraiment le but, Jo. Quand on sort avec une personne, c'est pour apprendre à mieux la connaître. Et parce qu'on n'arrête pas de penser à elle, nuit et jour.

— Alors ce n'est vraiment pas pour moi. Il n'y a de la place que pour une chose dans ma tête et dans mon emploi du temps : les pâtisseries.

— Alors… tu ne penses vraiment à personne, tout le temps ?

— Je ne sais pas. Je pense à des tas de gens. Je ne vais pas sortir avec eux pour autant.

Il éclata de rire.

— C'est parce que tu es déjà plus proche de Nick que tu ne l'imagines, ajouta-t-il. Vous sortez ensemble sans même le savoir.

— Je ne crois pas, non. Je le connais depuis toujours, et on est voisins. Rien de plus.

Je chassais ces pensées d'un petit geste. En outre, si Nick était intéressé, c'était à lui de se manifester, et non à moi. Ça marchait comme ça, non ? Non, ça ne pourrait pas fonctionner. Je le connaissais trop bien, trop intimement. On avait quand même échangé nos tétines et partagé un pot de chambre de bébé !

— D'accord. Vous passez combien de temps ensemble, par jour ?

— Eh bien, on va au lycée ensemble, on fait partie de la même classe, on rentre ensemble, on fait nos devoirs, on fait les gâteaux, on les met en rayon…

Son sourire s'épanouissait à mesure que je parlais. Est-ce qu'il essayait de prouver quelque chose ? Heureusement que je ne lui avais pas parlé des soirées passées à scruter les étoiles chaque fois que le temps le permettait. Bon, nous passions beaucoup de temps tous les deux, et alors ? Nos maisons étaient quasiment collées l'une à l'autre, nos parents se connaissaient depuis toujours et Nick était un très bon ami. Combien de fois fallait-il que je le répète pour que les gens cessent de nous imaginer en couple ?

— C'est ton petit copain.

— Plutôt un frère, tu veux dire.

— Mouais, si tu le dis, répondit-il en secouant la tête. Mais j'ai une hypothèse que je voudrais mettre à l'épreuve.

— Laquelle ?

Il lâcha le panier. Je ne parvins pas à en supporter le poids toute seule, et le petit bois se répandit par terre. Pendant que je regardais ce gâchis, Carter me souleva le menton, et sans crier gare, colla ses lèvres contre les miennes en me prenant dans ses bras. Choquée, je me figeai, les yeux écarquillés et les lèvres serrées tandis qu'il m'embrassait tendrement. Puis je m'écartai.

Bon, j'avais peut-être fermé les yeux une fraction de seconde pour profiter du moment. Hé, on ne vit qu'une fois, pas vrai ? Je n'avais encore jamais embrassé quelqu'un, et ça n'avait strictement rien à voir avec l'entraînement face au miroir de ma chambre.

Je reculai d'un pas, portant les doigts à mes lèvres.

— Pourquoi t'as fait ça ?

— Parce que je voulais savoir si tu avais éprouvé quelque chose. Alors ?

Oh, bien sûr que j'avais éprouvé quelque chose, mais pas question que je laisse celui qui m'avait volé mon premier baiser prendre conscience de son pouvoir.

— T'aurais jamais dû faire ça ! m'exclamai-je en lui cognant le bras.

— Pourquoi ?

Il se frottait le bras comme s'il venait de se faire molester par un champion de MMA.

— Parce que ça craint, et que t'es un ami et que... je ne veux pas de copain.

— Tu ne veux pas de copain, ou tu ne veux personne d'autre que Nick ?

— En quoi ça te regarde ?

— Molly ne passera jamais à la casserole et toi, tu tournes autour d'un mec qui n'est même pas au courant. Pas plus que toi, d'ailleurs !

— Carter, c'est vache, ça !

Je le frappai de nouveau. Il saisit mon poing, ses doigts enveloppant les miens, et poussa un grognement. En entendant ce bruit, je me raidis, me préparant à une autre surprise de sa part.

Mais qu'est-ce qui me prend ?

— Pourquoi tu débines Molly comme ça ? Elle est super.

— Ouais, et elle porte une ceinture de chasteté.

— Et alors ? Qu'est-ce qu'il y a de mal à attendre de trouver le bon mec ?

— Rien. Sauf que le bon mec n'existe pas. Tu peux fréquenter qui tu veux, choisir qui tu veux, personne ne conviendra jamais, parce que vous serez différents tous les deux. Il y aura toujours des trucs qui clochent entre vous deux quoi qu'il arrive.

— C'est à ça que servent les compromis. Et savoir s'accepter l'un l'autre, ça fait partie du jeu.

Il fronça les sourcils. Il savait que j'avais raison.

— Si tu veux avoir une chance avec Molly, alors tu patienteras et tu lui laisseras tout le temps qu'il lui faut.

Je m'accroupis pour rassembler les branches éparpillées dans le panier. Carter m'imita.

— Et tu la respecteras comme toutes les filles le méritent, parce que personne ne devrait embrasser une fille sans sa permission !

Je sentis la colère me réchauffer les joues à nouveau. Comment avait-il osé me voler un baiser ? Il n'en avait aucun droit.

— Tu veux dire que j'aurais dû demander ?

— Bien sûr !

— Mais tu aurais refusé.

— Exactement.

À son expression, je compris que la lumière venait de s'allumer dans sa tête : il comprenait peu à peu ce que le respect envers les femmes signifiait vraiment.

— D'accord, j'ai pigé.

Nous nous levâmes, mais restâmes sur place.

— Je suis désolé, Jo. Je ne voulais vraiment pas te manquer de respect.

— Excuses acceptées. Maintenant, ramenons ce petit bois au camp avant qu'ils se demandent tous où on est passés.

— Attends.

Il se pencha de nouveau pour ramasser un morceau de verre.

— Ceux qui sont passés avant nous sont des porcs. Il suffirait que le soleil tape là-dessus sous le bon angle pour que l'herbe puisse prendre feu.

En tant que fils du capitaine des pompiers, il connaissait tout sur les incendies. Son père faisait partie de la brigade depuis que nous étions nés.

Le panier était presque plein, et nous apercevions la clairière où nous avions dressé nos tentes. Sur le chemin, je m'arrêtai un instant.

— Et si tu me respectes réellement, tu ne diras pas un mot de ce qui s'est passé, à personne. Pigé ?

— Notre baiser, tu veux dire ?

— Chut ! Je t'ai dit de ne pas en parler.

— Tu ne veux pas que Nick l'apprenne, c'est tout.

— Si tu as l'intention d'avoir des enfants un jour, tu n'as pas intérêt à en parler. Parce que si tu le fais, Nick ne sera pas le seul à t'éclater les couilles.

Il m'adressa un sourire de guingois, comme si je venais de

lui révéler quelque chose qui l'intriguait. Une fois au camp, nous posâmes le panier près du feu, au centre.

— Où vous étiez passés ? Je m'inquiétais !

Nick faillit me renverser en courant à ma rencontre depuis le coin des garçons.

— On ramassait du bois.

— Vous vous êtes tellement éloignés que vous ne nous entendiez plus, c'est ça ?

Il nous regarda tour à tour, Carter et moi, furieux. Les mains calées sur les hanches, il paraissait plus large d'épaules. Qu'est-ce qui lui arrivait ? Il était en colère ?

— Qu'est-ce qui te prend, Nick ? On ne s'est pas perdus. Je suis tout à fait capable d'aller chercher du bois sans me paumer.

— Elle s'est perdue, souffla Carter en faisant semblant de tousser, et je lui jetai un regard noir si redoutable que je me demandai pourquoi il ne tomba pas raide mort.

— Bon, je vous laisse, les tourtereaux, fit Carter en gloussant avant de s'éloigner.

— Pourquoi est-ce qu'il nous surnomme les tourtereaux ? demandai-je. Tu lui as dit quelque chose ? Il posait des questions bizarres.

— Parce que tout le monde nous appelle comme ça.

Nick affichait de nouveau une expression étrange. J'avais hâte que la période de la puberté s'achève, parce que la guerre de la testostérone entre les gars de notre classe commençait à me rendre dingue.

— Eh bien arrange-toi pour que tout le monde arrête, dis-je en l'entraînant hors de portée de voix.

— Pourquoi moi ?

— Parce que c'est toi l'homme, et qu'il faut que tu protèges mon honneur, chuchotai-je le plus fort possible.

— Je crois que ton père t'a lu trop de contes de fées. C'est un truc dépassé, ça.

— Peut-être qu'il y a des filles qui aiment les trucs dépassés.

Cette fois, ce fut le tour de Nick de me prendre par le bras en baissant d'un ton.

— Il a essayé de t'embrasser ?

— Mais non ! répondis-je en faisant la dégoûtée. Pourquoi tu poses une question pareille ?

Si mon rêve d'enseigner ne se réalisait pas, je pourrais toujours devenir actrice. Et si je rêvais de devenir professeure, c'était simplement parce que mon institutrice de CP m'avait félicitée pour ma patience et mes bonnes manières. Selon elle, j'aurais fait une enseignante formidable.

— Parce que Carter a raconté à Andrew qu'il essaierait de t'embrasser pendant cette excursion. J'ai bien essayé de vous retrouver, mais vous aviez disparu.

Nous étions arrivés à la limite du camp et nous nous éloignions. Je n'avais nullement envie que quiconque entende une de nos conversations invraisemblables. Il y avait déjà assez de gens qui trouvaient curieuse ma relation avec Nick parce que nous étions voisins, et je n'avais pas vraiment besoin d'un supplément de regards en coin et de rumeurs à l'école. Et pas question que Carter entende le verbe *s'embrasser* de ma bouche, ou de celle de Nick, au moins jusqu'à la fin du lycée.

En chemin Nick avait ramassé un autre panier. Je pris une des anses et nous fîmes quelques pas dans les bois, ramassant encore un peu de petit bois.

— Tu sais, ça me déçoit que tu me croies incapable de m'occuper de mes propres affaires, dis-je.

Bon, j'exagérais peut-être un peu, mais j'avais reculé lorsque Carter m'avait embrassé. Et maintenant, il était vacciné façon Jo, ce qui comprenait une mise en garde ferme concernant le respect vis-à-vis des femmes.

— Je le sais bien. Mais avec les mecs, on a des surprises, parfois.

— Comment ça, on a des surprises ?

— Ils ont toujours une idée derrière la tête.

— Toi aussi ? demandai-je.

— Non, bien sûr que non.

Pourquoi avais-je l'impression qu'il ne me disait pas la vérité ?

— Alors, tu as vu de jolis nids, aujourd'hui ? demandai-je en ramassant une poignée de brindilles.

— Un. Avec des oisillons. Daisy était toute chose. Elle m'a dit qu'elle revivait rien que d'être ici.

Eh bien j'étais toute chose ici, moi aussi, mais Nick ne s'en souciait pas, apparemment.

— Tu sais qu'elle craque pour toi, hein ?

Je me mordis la lèvre, me demandant quelle réponse j'attendais de lui.

— Ah bon ? Qu'est-ce que je devrais faire, à ton avis ?

Certainement pas celle-là.

— Rien. T'as qu'à l'ignorer, fis-je en haussant les épaules.

— Pourquoi ? demanda-t-il en se penchant pour ramasser quelques morceaux de bois secs.

— Parce qu'elle n'est pas pour toi. Elle essaie d'attirer ton attention depuis des années, mais tu n'aimes pas les nanas qui collent.

— Comment tu sais ça ?

— Je le sais, c'est tout. C'est pas ton type.

— Et c'est qui, alors, mon type ?

— Je crois que quelqu'un qui a du plomb dans la cervelle, une fille vraiment futée, t'irait mieux. Pas genre érudite, tu vois, mais quelqu'un qui connaît la vie. Quelqu'un qui puisse survivre à n'importe quoi et qui surveille tes arrières, tout le temps.

Je marquai un temps avant d'ajouter :

— Et quelqu'un qui sache cuire un gâteau.

— Quelqu'un comme toi ? s'enquit-il.

Je me figeai, surprise par cette question. Un rayon de lumière qui filtrait au travers des branches éclaira son visage. Il était séduisant ce jour-là, et dans son élément. Nick avait déjà bien bronzé pendant l'été, et l'humidité de l'air ne se contentait pas de le faire transpirer comme un porc : elle bouclait ses cheveux, leur donnait un relief ondulé. C'était plutôt joli. Un peu sexy, même. Il prit l'élastique à son poignet pour les attacher.

Oui, je crois bien qu'il avait rarement été aussi sexy.

— Les gâteaux, je sais pas faire, dis-je.

— Mais si. Je t'ai déjà vue.

— Ouais, mais pas si bien que toi.

— Ça, c'est parce que ma mère est pâtissière et ton père boulanger. Je parie que si elle te disait comment faire, tu assurerais grave.

— Peut-être, mais je ne saurais pas le décorer comme toi.

Il resta perdu dans ses pensées un moment, et je me demandai à quoi il pouvait bien réfléchir.

— Et si je te montrais ? dit-il enfin.

— Comment décorer ?

— Oui. Ça demande un peu d'entraînement, mais ce serait marrant.

Ma bouche ne pouvait que répondre à un sourire aussi épanoui que le sien.

— Je crois que j'aimerais bien, répondis-je.

— Quand on rentrera chez nous, alors ?

— D'accord, le rendez-vous est pris. Enfin, pas comme un *rencard*, hein ! Tu sais bien ce que je veux dire. Tu frappes à ma fenêtre, je serai là. Tu sais où j'habite.

Je conclus avec un clin d'œil.

Pourquoi avais-je cligné de l'œil ? Et pourquoi mon cœur battait-il si vite que j'arrivais à peine à respirer à fond ?

Il s'arrêta et tira sur le panier pour me forcer à le regarder.

— T'entends pas quelque chose ?

Je dressai l'oreille, à l'affût des bruits de la forêt. Je ne percevais que le bruissement des feuilles au-dessus de nous.

— Non.

— Ben justement...

Attends un peu, quoi ?

Je regardai autour de nous... tous les arbres, les buissons et les fourrés se ressemblaient à mes yeux.

— Je t'en prie, dis-moi que tu sais comment rentrer, dis-je.

— Je croyais que tu ne te perdais jamais !

— Ça, c'était avant que tu me distraies.

Les épaules de Nick se raidirent, et il regarda quelque chose, derrière moi.

— Jo, je crois que retrouver notre chemin est le cadet de nos soucis...

Il porta son doigt à ses lèvres pour m'imposer le silence et désigna la direction dont je croyais que nous venions.

Je plissai les paupières pour voir ce qu'il me montrait, mais en dehors des arbres, je ne distinguais rien... jusqu'à ce que quelque chose bouge au loin et que je me concentre davantage. Je jetai un coup d'œil à Nick, qui écarquillait les yeux, l'air interdit, puis reportai mon regard là où il braquait le sien, et ce fut alors que je le vis : un ours brun, à une trentaine de mètres.

CHAPITRE 4

Nous posâmes doucement notre panier. Nick me prit la main et nous commençâmes à reculer en direction de la clairière que nous apercevions. Je priai mentalement qu'elle débouche sur une route, pour que nous puissions arrêter une voiture, ou peut-être sur une maison dans la forêt où nous aurions pu nous cacher. N'importe quoi plutôt que l'antre de l'ours. Pourquoi je n'avais pas pris ma bombe de répulsif pour ours ? Et pourquoi Nick n'y avait pas pensé non plus ?

Jusqu'ici, l'animal ne nous avait pas encore repérés… mais je marchai sur une grosse branche qui cassa sous mon poids, et il se tourna vers nous.

— Surtout, ne cours pas, Jo.

— Plus facile à dire qu'à faire, murmurai-je tout en continuant à battre en retraite, un peu plus vite cette fois.

L'ours se dressa sur les pattes arrière, de toute sa taille. On aurait dit qu'il venait de subir une sorte de métamorphose.

— Oh merde. Je crois qu'il se figure avoir trouvé son dîner.

— Dis pas ça. Continue à marcher et fais du bruit. Un max

de bruit. S'il se rapproche, tu te roules en boule ! Et tu te protèges la tête et le cou avec les bras !

— Je crois pas qu'il ait envie de jouer à la balle…

Je sentais les tremblements dans ma voix, et je me rappelais ces mêmes instructions, prodiguées par nos profs et le guide du parc. Mes jambes tremblaient et mon cœur – était-il encore là ? – battait si fort que je n'arrivais même pas à compter les palpitations.

— Roulée en boule, ce sera plus sûr.

L'ours gronda et je sentis les poils se hérisser sur mes bras. Le corps tout entier en état d'alerte rouge, je craignis de ne pouvoir exercer aucun contrôle sur mes jambes si elles se décidaient soudain à courir. Je voyais déjà les dents de l'ours s'enfoncer dans ma peau comme dans du beurre.

— Nick, si tu nous sors de là, je t'embrasse.

— Raison de plus pour que je nous ramène au camp, alors…

Est-ce qu'il exprimait l'envie de m'embrasser ? Ça n'avait guère d'importance, et je n'avais pas vraiment envie de me pencher sur la question, parce que l'ours venait de se remettre à quatre pattes et de piétiner sur place pour nous montrer qu'il n'appréciait pas notre invasion.

— Fiche le camp ! hurla Nick.

— Je suis pas savoureuse, d'abord ! criai-je.

— Savoureuse ?

— Ouais, j'ai pas bon goût, je veux dire. On ferait vraiment un dîner dégoûtant !

— Je suis pas sûr qu'il comprenne, Jo !

Nous poursuivîmes notre conversation en braillant, ce qui n'avait pas l'air de dissuader l'ours : en fait, il semblait plus intéressé qu'auparavant.

— On hurle pour rien, Nick ! Je crois qu'il va charger !

L'ours émit un autre grognement et se dirigea droit vers nous.

« Ne courez pas », hein ? En bien ceux qui disent ça ne se

sont jamais fait poursuivre par un ours. Heureusement, la clairière que nous avions aperçue se situait à quelques mètres, derrière des fourrés. Nous traversâmes les branches feuillues. Des épines me labouraient les bras et les jambes, mais je ne m'arrêtai pas avant d'avoir traversé, et de me retrouver dans une situation plus périlleuse encore. Il n'y avait donc pas moyen de souffler, ici, pour une nana ?

Nous étions au bord d'une falaise. En contrebas, on ne voyait rien que le vide. Non : il y avait bien un cours d'eau, mais très, très loin, à peine visible. Ou peut-être que la sueur me brouillait la vue. Un peu auparavant, j'avais cru entendre passer des voitures, mais il s'agissait du bruit d'un torrent. Je me retournai pour voir la réaction de Nick, en l'interrogeant des yeux sur la marche à suivre. D'une petite entaille, juste au-dessus de son sourcil gauche, coulait un filet de sang qui ruisselait sur joue et tachait son tee-shirt. À le voir ainsi, on aurait cru que quelqu'un lui avait tranché la gorge.

Écarte cette image de ton esprit, Jo !

Le rugissement de l'ours, derrière nous, me secoua tellement que j'arrêtai de trembler.

Oh merde ! Une chose était certaine : la bête s'était rapprochée.

— Vas-y, descends.

— Où ça ?

— Où tu peux, mais descends.

— Il ne traversera pas les fourrés, quand même ?

— Tu veux parier là-dessus ?

Nick s'accroupit et descendit très lentement le long du rebord.

— Allez, Jo, dit-il en me tendant la main. Tu peux y arriver. Vite.

Je marchai sur ses pas, mais mon pied glissa. Je sentis la paroi de roc me râper la peau et je tombai en chute libre. Et voilà. Voilà comment j'allais mourir. Pas vraiment idéal, comme fin de vie. Je m'imaginais plutôt partir à un âge avancé, de préférence avec quelqu'un comme Nick à mes côtés, et pas à seize ans, juste après mon tout premier baiser. C'était donc tout ce que la vie m'avait offert ? Un baiser que j'avais fini par refuser ?

Ma chute s'interrompit et je me retrouvai suspendue dans les airs, saisie au vol par Nick.

— Lâche pas, hein ! fis-je en levant les yeux.

— Je ne te lâcherai jamais. Promis !

Il dut user de toute sa force pour me hisser. Le visage écarlate, les mâchoires serrées, il ruisselait de sueur qui me dégoulinait dessus. Mais je ne me souciais pas de voir Nick transpirer tandis qu'il me sauvait la vie. À mi-chemin, il me saisit par le torse, le bras passé sous les côtes, puis m'attrapa par le derrière de mon pantalon pour assurer sa prise et me coller contre lui. Nous nous étreignîmes sur le rebord étroit au-dessus de l'eau. Je me retrouvai coincée entre lui et la paroi. Ses pieds dépassaient d'un bon quart dans le vide.

— Bon, passe une de tes jambes entre les miennes, et l'autre de côté.

Il se décala pour assurer sa posture. Ce ne fut qu'un moment plus tard que l'ours trouva le moyen de contourner les buissons et commença à aller et venir au bord de la falaise et nous toisa en grognant.

— Ben merde, c'est passé près, fis-je en appuyant la tête contre la paroi.

— Un peu trop près.

Mes bras et mes jambes tremblaient ; en fait, des spasmes m'agitaient tout le corps.

— Jo, ça va. Calme-toi.

— Je... je crois pas que j'y arriverai. Je crois que j'ai vu ma vie défiler devant mes yeux.

En fait, ce n'était pas le cas, parce que je n'avais même pas eu le temps pour ça, mais c'est ce qu'on dit quand on est confronté à une mort certaine, non ?

— Tout va bien se passer, Joelle. Je m'occupe de toi.

En temps normal, je lui aurais dit que je pouvais me débrouiller toute seule, mais ce jour-là, je m'en remettais vraiment à Nick, parce que j'ignorais comment nous allions sortir de là si jamais l'ours refusait de partir. Et même s'il s'éloignait, je craignais de ne pas pouvoir remonter.

En levant la tête, je me retrouvai nez à nez avec la gueule ouverte de l'ours. De la salive gouttait de ses crocs, et je sentais son haleine puante. Ça, et une odeur de fourrure mouillée. S'il persistait, cette sale bête, je risquais de lui dégobiller dessus. Heureusement, nous étions hors de portée.

— Il ne laisse pas tomber, Nick.

— Laissons-lui un peu de temps, d'accord ?

Nick passa le dos de sa main sur ma joue, ce qui me réconforta énormément. Je ne pouvais pas détourner le regard de ses yeux. Ils me calmaient, mais m'hypnotisaient aussi, le soleil de ce jour radieux éclairant leurs profondeurs vertes.

— Bon, d'accord. Euh, quoi de neuf, alors ? demandai-je.

— Un ours. Un ours tout neuf.

Je m'esclaffai en lui postillonnant à la figure.

— Oh, pardon, je n'ai pas pu me retenir.

— Ça ne fait rien. Maintenant, je peux officiellement affirmer qu'on a échangé de la salive.

— Mais tu ne m'as pas craché dessus, toi.

— Pas encore. Et tu devrais t'estimer heureuse ; j'ai mangé du pain à l'ail ce midi.

— C'est donc ça, l'odeur ? le taquinai-je.

Nick se contenta de sourire pour que je focalise mon attention sur lui plutôt que sur l'ours.

— Techniquement, on a échangé nos salives le jour où t'as volé ma tétine pour bébé, l'accusai-je.

— Je m'en souviens pas, et je refuse donc de plaider coupable. Tu pourrais très bien l'avoir inventé.

— C'est mon père qui me l'a raconté.

— Ouais, t'as raison. Je l'ai entendu dire par ma mère aussi.

Je respirai à fond et sentis mon pouls commencer à se stabiliser.

— En tout cas, on a une belle vue d'ici.

Le paysage qui s'étendait au-delà des douces collines entre lesquelles se nichaient de petites villes aurait fait une carte postale idéale. Il s'étendait à des kilomètres et, malgré la menace de l'ours, j'avais hâte de parler à mon père de ce panorama. Cela dit, si on s'en sortait, il me reprocherait sans doute déjà de m'être aventurée en forêt sans répulsif.

Nick poussa un long soupir et je levai la tête. Apparemment, il me contemplait depuis le début.

— Tu es très belle, Joelle. Tu mérites mieux que Carter.

La chaleur me monta aux joues.

— Merci, répondis-je. Sincèrement.

— De rien.

— Tu crois qu'il va rester longtemps ?

L'ours se figurait-il que nous allions remonter pour lui faire la causette ? Il n'avait pas l'air décidé à renoncer.

— Ben… jusqu'à ce qu'on grimpe pour lui servir le dîner, non ?

Nick haussa ses larges épaules. Près de lui, je remarquai pour la première fois qu'elles étaient si larges. Soulever les sacs de farine à la pâtisserie de sa mère avait donné de beaux résultats. Son corps était composé de muscles… sur des couches de muscles. Je l'avais déjà vu faire des pompes dans sa chambre, le matin, mais je ne lui avais jamais dit.

— Pas très rassurant.

— Sinon, on peut toujours lui fausser compagnie.

— On ne peut pas partir sauf en descendant.

— Exactement.

Je scrutai l'eau qui écumait en contrebas.

— Nick, il y a bien six mètres. Fractures garanties.

Nous plongions souvent dans des lacs, mais jamais de si haut. Nous savions tous deux combien on pouvait se meurtrir en faisant un plat dans l'eau, façon pancake.

— Pas si on plonge comme il faut. Là, ajouta-t-il en pointant le doigt. Tu vois ce point sombre ? L'eau doit être plus profonde. C'est notre meilleure option.

En me penchant légèrement, je sentis le monde tourbillonner. Je me pressai davantage contre Nick, qui me prit par la taille et me maintint contre lui.

— Je suis pas sûre d'y arriver.

— Jo, une fois motivée, tu peux tout faire. Je le sais. Je crois en toi.

Je regardai en haut, puis vers l'eau, et je revins à Nick. Je vis suffisamment de confiance dans son regard pour nous deux.

— On va vraiment tenter ça ? demandai-je.

Il leva la tête à nouveau. Le museau de l'ours recula, toujours aussi féroce.

— Je crois qu'on n'a pas le choix, Jo.

Il scruta de nouveau les eaux tumultueuses et la détermination se répandit dans tout son corps.

— Bon, maintenant tu croises les jambes et tu gardes les bras contre ta poitrine. Tends les orteils pour rentrer comme une flèche. Tu vas passer tout debout. Compris ?

Je hochai la tête. J'avais encore du mal à croire ce qui nous arrivait, mais une fois que Nick avait pris sa décision, je savais qu'il irait jusqu'au bout. Il était aussi courageux que son père. Il remua légèrement pour s'adosser à la paroi, à côté de moi, et me prit par la main.

— Attends, et une fois qu'on aura sauté ?

— On nage.

— Ça oui, mais où ?

— Il y a une ville en aval, mais je ne sais pas à quelle distance.

Je pris trois profondes inspirations, m'efforçant de maîtriser la nervosité qui me picotait tout le corps. S'il y avait bien quelqu'un à qui je me fiais, c'était Nick.

— D'accord. Je crois que je suis prête.

— À trois ?

J'acquiesçai.

— Un, deux…

— Attends ! Nick, si je meurs, je veux juste que tu saches que tu es le meilleur ami que j'aie jamais eu. Et que tu es super canon, et que tu mérites bien mieux que Daisy, alors s'il te plaît, ne sors pas avec elle.

— D'abord, ne dis pas ça. Tu ne vas pas mourir. Et ensuite… tu viens vraiment de dire que je suis canon ?

Il me regarda, aussi perplexe que s'il venait de découvrir une galaxie inédite.

— C'est tout ce que t'as retenu ?

— Ben oui… et au fait, Daisy ne t'arrive pas à la cheville.

Je souris. Au moins, si je mourais, je savais dorénavant que Nick me préférait à Daisy. J'aurais certainement nié en bloc que je m'en souciais, mais ce petit détail renforçait ma volonté de survivre à ce saut.

— Prête ? demanda-t-il.

— Si tu me tires de là vivante, je te promets de t'embrasser. Je t'en prie, prends-moi par le bras quand on sera dans l'eau.

— C'est bien comme ça que je l'avais prévu. Un, deux, trois !

Nous poussâmes la paroi de la falaise ensemble. Je croisai bras et jambes, tendis les pieds et les orteils, et respirai à fond. Perpendiculaire à la rivière, je crevai la surface comme une épée.

J'ai réussi !

Enfin, pas tout à fait. Encore fallait-il remonter à la surface. Je battis des pieds de toutes mes forces, agitant les bras et cherchant à remonter, mais j'avais beau me débattre, je ne m'approchais pas de la surface. Un courant violent m'emporta de côté et j'ouvris la bouche, paniquée. Mes poumons me brûlèrent à l'instant où j'avalai de l'eau et quelques secondes plus tard, je perdis connaissance.

CHAPITRE 5

L'eau jaillissait hors de mes poumons et on me fit rouler sur le côté pour que je crache. Les jambes encore dans l'eau, en appui sur les coudes, je sentis un rocher sous moi.

— Merci mon Dieu !

Près de moi, Nick me maintenait par les hanches pour s'assurer que je ne me retourne pas sur le dos et me caressait le bras. Je cherchai désespérément à aspirer de l'air, à remplacer le fluide dans mes poumons, mais je ne fis qu'expulser davantage d'eau. Je me hissai sur les mains hors de la rivière et me retrouvai bientôt à quatre pattes, mes poumons et mes veines demandant désespérément de l'oxygène. Au bout de deux minutes, mon pouls se stabilisa tandis que je reprenais le contrôle de mon souffle.

Nick s'assit sur un rocher près de moi et se passa la main sur le front, comme pour évacuer l'inquiétude.

— Qu'est-ce qui s'est passé ?

— Tu as coulé comme le *Titanic*. Il a fallu que je plonge te récupérer.

— Merci… Le courant… était tellement fort.

48

J'avais encore du mal à respirer, et mon cœur ne voulait apparemment pas se calmer.

— Prends ton temps, Jo. J'arrive pas à croire que tu aies plongé.

— C'est toi qui m'as demandé.

— Ouais, mais je pensais pas que tu le ferais. Tu déchires.

— Où est passé l'ours ?

Il désigna la falaise, de l'autre côté de l'eau, où l'animal faisait encore les cent pas.

— Nick, il faut qu'on trouve de l'aide et qu'on alerte le camp. Cette bête ne laissera pas tomber, et on n'était pas si loin.

— Je sais. Je sais.

Il scruta les environs, l'air inquiet.

— Mais j'espère que les bruits du groupe l'effraieront.

Il tourna la tête d'un côté, puis de l'autre.

— Qu'est-ce qu'il y a ?

— Rien.

— Tu mens.

— Hé, maintenant, on a vraiment échangé nos salives, dit-il avec un clin d'œil.

Je penchai la tête. Est-ce qu'il essayait de détourner mon attention ?

— Il a fallu que je te fasse du bouche-à-bouche pour faire sortir l'eau.

J'aurais voulu me souvenir de ça…

— Comment tu te sens ? demanda-t-il.

— Ça va, je crois. Merci de m'avoir sauvée.

— Il fallait bien, pour que tu puisses me donner ce baiser que tu m'as promis, dit-il.

Il suffit de leur promettre de les embrasser pour qu'ils fassent n'importe quoi, y compris vous sauver la vie. Je ne m'en plaignais pas, cela dit.

— Oui, ben on n'est pas sortis des ronces, hein !

— Ça ne va pas tarder, répondit-il en palpant la poche de

son short. Mince, je crois que j'ai perdu ma barre de céréales dans l'eau.

— Adieu, dîner, plaisantai-je, ce qui le fit glousser.

— Bon. Tu es prête à descendre en aval ?

— Oui, je crois.

Je pris la main qu'il me tendait, et il ne me lâcha pas jusqu'à ce que nous soyons obligés d'escalader quelques tas de rochers. Je le suivis pas à pas, à l'affût, tandis qu'il choisissait avec soin ses prises. Après tout, les ours venaient bien au bord de l'eau quand ils avaient soif, non ? Je n'avais jamais fait partie des Girl Scouts, mais j'espérais qu'il valait mieux bouger plutôt que de rester sur place en attendant les secours. Des nuages s'étaient rassemblés, et le soleil avait passé son zénith depuis longtemps. Chaque fois qu'une brise fraîche soufflait, je frissonnais. Nick, quant à lui, portait toujours un short de bain quand il partait camper, même s'il n'avait pas prévu de se baigner, et il était donc sec des jambes à la taille. Enfin, à l'exception de ses baskets trempées.

Et si nous commettions une erreur en suivant la rivière ? Ne valait-il pas mieux rester auprès du camp et faire un feu ? Les secours que nos professeurs n'avaient sans doute pas manqué d'envoyer verraient la fumée…

— Nick, t'es sûr que c'est une bonne idée ? demandai-je.

— Pas vraiment, mais je fais de mon mieux.

— Je sais. C'est juste qu'il commence à faire froid et que tu es blessé.

Je tendis la main vers son visage et effleurai l'entaille au-dessus de son sourcil gauche.

— Ça va laisser une cicatrice.

— Super !

Les garçons !

Je tressaillis de nouveau. Nous marchions depuis un peu plus d'une heure, et je ne voulais pas me plaindre, mais je souhaitais m'assurer que nous conservions toutes nos chances de survie.

Il s'arrêta et me dévisagea.

— D'accord, on fait une pause et on essaie de faire sécher tes vêtements.

— Comment ?

— Retire ton tee-shirt et ton short, et étends-les sur ce rocher. Il est sans doute encore chaud.

— Mais je n'ai pas de maillot de bain comme toi.

— Jo, tout ça, je l'ai déjà vu.

— Comment ça ?

— Il y a trente centimètres entre les fenêtres de nos chambres.

— Espèce de voyeur !

— Hé, si tu veux de l'intimité, tu n'as qu'à fermer les rideaux. Sinon, je n'y peux rien.

Il haussa les épaules.

— Allez, déshabille-toi. Le but, c'est de rester au chaud, rien d'autre. Et puis je suis sûr que ton soutif rose ressemble à un maillot de bain.

— Comment tu sais qu'il est rose ?

— Parce que je vois au travers de ton tee-shirt.

Oh ! Je pris note de fermer mes rideaux le matin. Il n'avait sans doute pas vu grand-chose, puisque je me déshabillais généralement dans la salle de bain, mais il avait bien dû m'arriver de circuler dans ma chambre en sous-vêtements, les jours où j'étais pressée.

— Attends-moi sur les rochers, je vais voir si je trouve quelque chose à manger.

— Non, tu ne peux pas me laisser. On ira ensemble, et ensuite on fera sécher les vêtements.

— D'accord, viens, soupira-t-il. Mais le tee-shirt et ton short restent sur les rochers.

Il se retourna et retira son propre tee-shirt qu'il étendit bien à plat sur la surface chaude.

— Je ne regarderai pas, promis.

Rêvant déjà du contact de vêtements secs, je cédai finalement. Une fois dévêtus, nous tournâmes à droite en direction des bois. Heureusement, il n'y avait pas de moustiques affamés dans le coin, mais je craignais qu'ils nous tombent dessus au crépuscule. Nous n'eûmes à faire que quelques pas pour trouver des myrtilles. Nous les engloutîmes à n'en plus pouvoir. Quand Nick me sourit, il avait les dents violettes. Je lui tirai une langue de la même couleur et il éclata de rire.

— Délicieux !

Il scruta la forêt.

— Ça m'a l'air d'un bon endroit pour une halte. Peut-être qu'on devrait faire un feu et attendre. J'ai l'impression qu'on n'atteindra pas la ville avant la nuit.

— Tu crois qu'il faudra qu'on passe la nuit ici ?

— Possible. Mais ne t'inquiète pas. Il ne t'arrivera rien. Je te protège, Jo.

— Je sais. Merci.

— Repose-toi. Je vais nous faire un feu.

— Je vais t'aider.

— Non, laisse. Mieux vaut que tu restes ici, ajouta-t-il en désignant les rochers où nos tee-shirts séchaient.

Voilà qu'il jouait son macho. C'était vraiment bizarre.

— Pourquoi ?

— Parce que.

La mâchoire serrée, il donnait de petits coups d'œil en direction d'un point particulier. Mon regard descendit le long de son corps jusqu'à son short tendu par l'excitation.

— Hum… laisse tomber. Je serai sur les rochers.

Je me retournai vivement en priant pour qu'il n'ait pas vu mes joues s'empourprer de honte. Même dans ce cas, la situation devait le gêner lui aussi de toute façon. Je m'adossai aux rochers encore chauds : j'avais bien besoin de ça pour réchauffer mes bras et mes jambes gelés. Je retirai mes chaussures et mes chaussettes pour les poser près du reste de nos vêtements.

L'EAU ÉTINCELAIT sous les rayons du soleil quand les nuages les laissaient passer, par intermittence. En aval, la rivière virait sur le côté et formait une petite mare d'eau calme où je crus apercevoir un mouvement. Lentement, je descendis pieds nus dans l'eau, me dirigeant plus ou moins vers ce bassin. À quelques mètres de là, Nick avait installé des feuilles sèches et des brindilles, ainsi que quelques branches plus épaisses, et il frottait un morceau de bois contre un autre.

— Qu'est-ce que tu fais ? demandai-je.

— Chut ! Il vaudrait mieux qu'on allume ce feu si on veut dîner.

Il reprit son mouvement d'avant en arrière, en me jetant un coup d'œil de temps à autre. Je me concentrai sur une grosse truite que je venais d'apercevoir dans l'eau, et je m'approchai centimètre par centimètre. Mon père était bon pêcheur, et je savais que ce poisson suffirait pour nous deux, Nick et moi... enfin, si j'arrivais à l'attraper.

Je m'accroupis au ralenti, plaçai mes mains en coupe et les plongeai lentement dans l'eau. La truite n'avait même pas remarqué ma présence. Je laissai mes pieds et mes mains se fondre dans le décor, afin qu'ils fassent partie du paysage ordinaire pour ma proie. Puis, d'un mouvement vif, je fis sauter la truite hors du petit bassin. Elle atterrit près de Nick, dont la mâchoire inférieure faillit tomber par terre.

— Ben merde, alors !

— J'ai réussi ! J'ai pêché le dîner !

Le poisson tressaillait près de Nick qui se leva et le considéra comme s'il venait de tomber du ciel.

— Ouais, mais il est vivant. Qu'est-ce qu'on est censés faire avec ?

— Tu sais, pour un mec dégourdi, des fois, tu me surprends. T'as jamais vidé de poissons ?

— Non, et je suis pas sûre d'avoir envie d'essayer.

— Eh ben continue à frotter tes branches et regarde faire les pros. Si on n'a pas de feu, ce poisson sera gâché.

— En sushi, alors ?

— Beurk ! C'est une truite sauvage, elle a certainement des vers.

— Comment tu sais tout ça ? Ah oui, ton père...

— Eh ouais !

Je trouvai une pierre pointue près de la berge et je m'en servis pour ouvrir le poisson et le vider. Dès qu'il fut propre, une odeur de fumée me parvint et le petit bois de Nick prit feu. Nous nous hâtâmes d'alimenter le feu et de l'élargir, garnissant le pourtour de pierre pour qu'il ne provoque pas un incendie de forêt.

Pendant que Nick bâtissait un échafaudage de branches au-dessus du feu pour finir de sécher nos vêtements et nos baskets, je disposai le poisson sur une pierre plate, exposée à la chaleur. Une demi-heure plus tard, quand je fus certaine qu'il avait entièrement cuit, nous nous jetâmes dessus.

— C'est le meilleur poisson que j'aie jamais mangé. Même s'il a des vers.

— Ça fait des protéines en plus, commentai-je.

— Et moi qui croyais tout savoir à ton sujet, fit Nick en secouant la tête, incrédule, et en souriant. Ton tee-shirt doit être sec à présent, si tu veux le remettre.

— Tu crois que tu seras plus à l'aise si je le fais ?

Il baissa les yeux sur son short, de nouveau tendu.

— Carrément. Désolé.

— Y a pas de raison. T'es un mec. C'est plus difficile à cacher quand t'es... enthousiaste.

— Pour information, ça serait arrivé avec n'importe quelle

fille en soutif et en slip, hein !

— Je sais.

— Avec toi, ça arrive plus vite, c'est tout.

— Ah ouais ?

— Ben… t'es belle, sexy et tout…

— Tu me trouves sexy ?

Je baissai les yeux sur ma poitrine. Elle avait déjà une belle taille si je la comparais à celles des filles de la classe, mais j'étais sûre qu'elle allait encore se développer.

— Ah oui, carrément !

Mes joues se réchauffèrent. En fait, la chaleur gagnait tout mon corps.

— Merci, Nick. Tu es très séduisant aussi, comme mec.

Je ne pouvais pas le qualifier d'homme, ni de garçon : Nick se trouvait dans l'entre-deux. Ses muscles et ses larges épaules trahissaient les heures passées à aider sa mère à la pâtisserie. Nick était l'un des garçons à la musculature la mieux définie, à l'école, même si peu de gens voyaient ses atouts parce qu'il ne se promenait pas torse nu. Ce jour-là, en le voyant vêtu seulement de son short, je sentis s'éveiller en moi un intérêt dont je ne soupçonnais pas l'existence.

— De rien. J'ai encore mal au bras à force de frotter.

Je gloussai.

— Mince, c'est pas ce que je voulais dire ! fit Nick, gêné, tandis que je ricanais.

— Mais t'as le ventre plein, au moins ?

— Je ne pourrais plus rien avaler.

— Il faudra que ça nous suffise jusqu'à ce qu'ils nous retrouvent. Ils vont nous retrouver, hein ?

Je scrutai les bois qui s'obscurcissaient. À notre gauche se trouvait la rivière, mais à droite, je ne distinguais rien au-delà de quatre ou cinq mètres excepté des arbres et des buissons. Question nature, nous étions servis.

— Oui, j'espère bien.

— T'*espères* ?

— Mais oui ! Viens, on va chercher du bois. Peut-être qu'ils verront la fumée.

Nous enfilâmes nos vêtements secs et rassemblâmes assez de bois pour la nuit. Nick déplaça le feu à un endroit d'où la fumée pouvait s'échapper au travers des branches. Après avoir cueilli des myrtilles, et même quelques fraises des bois, je rejoignis Nick, assis contre un arbre. Il avait étendu des branches de pin au pied du tronc et les avait couvertes de feuilles pour plus de confort.

— J'ai vraiment pas envie de passer la nuit ici, soupirai-je.

— C'est quand même pas si grave, non ? Je te parie que le ciel est le même que depuis nos toits.

— Oui, j'imagine. S'il y a bien quelqu'un avec qui j'apprécie d'être perdue, c'est toi.

— Même pas Carter ?

— Pas question. Il fait le brave, mais il se serait pissé dessus en voyant cet ours. Toi, t'as gardé ton calme et tu nous as sortis du pétrin.

— Carter est costaud. Très.

— Mais toi, tu es… *toi*.

Comment expliquer à Nick que je ne me sentirais jamais autant à l'aise avec quiconque qu'avec lui sans qu'il le prenne de travers ? Je préférai changer de sujet.

— Qui t'a appris à faire du feu en un rien de temps ?

— Mon père. C'est une des dernières choses qu'il m'a montrées avant qu'on l'envoie sur le terrain.

— Ça a dû être terrible, de le perdre comme ça, au combat. T'es vraiment courageux. Il aurait été fier de toi.

Il m'adressa un sourire reconnaissant. Mais c'était vrai. Nick avait hérité des meilleurs traits de ses deux parents : il était patient et doué pour la pâtisserie, comme sa mère, mais également fort et courageux comme son père qui avait servi notre pays et était mort pour notre liberté.

— Toi aussi, tu es courageuse, Jo. Personne d'autre n'aurait sauté de cette falaise, je crois bien.

— C'est simplement parce que j'étais avec toi.

— J'en suis pas sûr. Tu es la femme la plus forte que je connaisse.

Il me considérait comme une femme ? Peut-être que le moment était venu d'évoquer ce que Carter avait mentionné auparavant.

— Je peux te poser une question idiote ? Bon, on est amis, et meilleurs amis, même… mais tu n'as jamais pensé à sortir ensemble ?

— Sortir avec toi ?

Je n'aurais peut-être pas dû poser la question. Je ne voulais pas tout gâcher entre nous, gâcher notre amitié. Nick prit une autre branche qu'il posa dans le feu avec deux poignées de feuilles sèches que nous avions ramassées. Si quelqu'un nous cherchait dans le coin, il ne pouvait pas manquer la colonne de fumée blanche.

— Hum… ben oui. Genre… est-ce que je serais le genre de fille avec laquelle tu veux sortir ?

— Non, répondit-il en secouant la tête, ce qui me fit regretter ma question.

Tu es plutôt le genre de fille avec laquelle un gars comme moi voudrait se marier.

J'en restai un peu estomaquée.

— Mais il faut sortir ensemble avant de se marier… Tu sais, apprendre à se connaître.

— Jo, je crois que personne au monde, en dehors de ma mère, ne me connais aussi bien que toi. En fait, je suis presque sûr que tu me connais mieux qu'elle.

— Mais sortir ens…

— Et de toute façon, j'ai toujours eu l'impression que tu étais à moi, me coupa-t-il.

— À toi ?

En l'entendant affirmer cela, je me sentis toute chose. Je ne comprenais pas cette impression, mais elle était plutôt agréable, même si Nick jouait les mâles alpha.

— C'est pour ça que je n'aime pas te voir avec Carter.

Il se tourna vers moi, le regard rêveur… ou peut-être était-ce dans mon imagination. Dans leurs profondeurs vertes, je lisais de la compassion. Nick n'avait pas pour habitude de s'exprimer si sérieusement au sujet de notre amitié.

— Si on sortait tous les deux, j'aurais peur que ce soit bizarre, et je ne veux pas gâcher notre amitié, d'aucune façon.

Nous étions assis tout près l'un de l'autre, nos bras se touchant. Peut-être que ça venait de moi, ou que je commençais à perdre les pédales maintenant qu'on était perdus et loin de tout, mais j'avais l'impression de sentir la chaleur monter dans sa peau à chaque minute qui passait.

— On ne peut pas savoir sans avoir essayé, Nick. Parfois, il faut faire le grand saut. Et s'il y a bien quelqu'un avec qui je sauterais d'une falaise, c'est toi.

Est-ce que j'étais en train de lui donner des justifications pour qu'on sorte ensemble ? Il était comme un frère pour moi. Mais à force de le regarder, de passer du temps avec lui, j'en venais à me demander s'il ne s'agissait pas que d'une excuse que je préparais depuis longtemps.

Il se pencha pour me regarder droit dans les yeux.

— Je ne veux pas te faire du mal.

Il parlait d'une voix douce, presque un murmure, et je ne comprenais pas ce que ça signifiait, ni pourquoi j'éprouvais soudain de curieux sentiments. C'était la première fois que je remarquais la tache de rousseur que Nick avait sous la lèvre inférieure. Sa bouche charnue me paraissait bien tentante…

— J'ai envie de t'embrasser, t'as pas idée à quel point…

— Alors fais-le.

En me penchant, je sentis que mes yeux se fermaient instinctivement, et ce fut alors que nous l'échangeâmes. Notre premier baiser. Un vrai baiser, celui que je désirais tellement sans le savoir. La rivière cessa de couler et le vent se tut. Les oiseaux ne pépiaient plus, les arbres s'étaient figés. Le monde cessa d'exister autour de nous. Il n'y avait plus que lui et moi. Sa bouche chaude contre la mienne et sa langue qui se glissait doucement entre mes lèvres. J'ouvris la bouche en gémissant, et je retins mon souffle tandis que sa langue jouait avec la mienne. Lorsqu'il s'écarta, je n'arrivais pas à croire ce qui venait de se produire. Ce baiser n'avait rien à voir avec celui que Carter m'avait volé un peu plus tôt ce jour-là. Il était délicat, plein d'émotions, réciproque et réel. Il m'avait coupé le souffle, retournée, et j'en avais la chair de poule. Il comblait toutes mes attentes relatives à mon premier baiser, et bien davantage encore. Il était parfait.

Je portai la main à mes lèvres, passant les doigts sur la peau délicate qu'il venait d'embrasser.

— Ça va ? murmura-t-il.

— Je crois, oui. C'était… vraiment bon, Nick.

Sa bouche s'incurva d'un air plein d'assurance et il me prit le visage pour m'embrasser plus vigoureusement. Cette fois, sa langue s'infiltra plus loin dans ma bouche et je sentis ma poitrine se dresser. Je passai les mains sur ses bras, sentant pour la première fois la force de ses muscles. J'aurais pu l'embrasser ainsi pendant des heures, voire des jours… Bon sang, je voulais l'embrasser pendant des jours, mais si je ne me détachais pas, mon cœur allait me déchirer les côtes pour se faire la malle.

Où avait-il appris à embrasser comme ça ? Une chose était sûre : je ne pouvais plus du tout considérer Nick comme un frère.

— C'était…

— Bon ? s'enquit-il.

— Très bon.

Je portai de nouveau la main à mes lèvres tremblantes, en essayant de penser à ce que ce baiser signifiait.

— Qu'est-ce que ça veut dire ? demandai-je.

— Je ne sais pas exactement. Je t'apprécie, ça c'est évident. En fait, je t'apprécie beaucoup, mais ça, tu le savais déjà.

Pourvu qu'il n'enchaîne pas sur un *mais*… Je voulais qu'on se donne la chance que ça fonctionne, comme tous les autres couples. Qu'on aille au ciné en couple, qu'on se tienne la main en couple, et qu'on sorte ensemble, comme tous les ados. Rien de plus. C'était tout ce à quoi j'aspirais, et je ne m'étais même pas rendu compte que c'était lui que j'attendais.

— Mais je crois que tout le monde nous traitera différemment. Tu crois que ton père et ma mère nous laisseront remonter ensemble sur le toit sans jeter un coup d'œil toutes les cinq minutes pour voir ce qu'on fait ?

— Je… je sais pas. J'y avais pas pensé sous cet angle.

— Eh ben moi si.

— Vraiment ?

— Tous les mecs se font des films sur une nana spéciale, répondit-il en haussant les épaules.

Et il fantasmait sur moi ? Encore sous le choc du baiser, je craignais bien qu'il me faille un moment pour sortir de mon hébétement.

— Eh bien présentons la chose autrement : si ton père savait que je t'embrasse sur le toit, il ne nous laisserait plus jamais y aller, même si on avait juste envie de profiter des étoiles.

— Je crois que t'as raison.

— Et nos potes ne vont pas arrêter de nous asticoter. Ils ne sortent pas ensemble, et je ne veux pas qu'ils nous mettent à part. On ne serait plus un groupe.

Je les voyais déjà nous exclure des soirées ciné ou des baignades dans le lac. C'était déjà arrivé. Je me souvenais du moment où les plus âgés du lycée commençaient à sortir et où leurs copains se mettaient à faire des bruits de baisers idiots pour se payer leur tête. Je ne voulais pas qu'on sache que nous nous étions embrassés, ni que nous éprouvions de l'attirance l'un pour l'autre. Je ne voulais pas qu'ils nous traitent différemment, d'autant plus que j'étais proche de Nick depuis toujours. Est-ce qu'on ne pouvait pas garder le secret ? À la perspective d'une liaison secrète, je m'enflammai et mon cœur tressaillit.

— Et pendant ce temps, je penserais à tes lèvres douces et je crèverais d'envie de les embrasser.

Je hoquetai de surprise.

— Ça faisait un bout de temps que j'en avais envie, Jo.

— Je crois que ça faisait un bout de temps pour moi aussi. Et je veux que tu m'embrasses encore.

Je posai mon front contre le sien, l'envie d'effleurer ses lèvres des miennes montant à chaque seconde.

— Une fois chez nous, je t'embrasserai tous les jours, Jo. Ce sera notre secret, à toi et à moi.

— Je crois que j'aimerais beaucoup ça.

Il pressa doucement sa bouche contre la mienne et l'y maintint. Je n'aurais jamais cru éprouver une telle euphorie, du fond du cœur, à cause d'un simple baiser – ou plutôt trois, à présent, s'il fallait compter – mais j'avais l'impression de flotter. Un écho au loin attira nos regards vers le ciel. Je ne le voyais pas encore, mais je savais qu'il s'agissait d'un hélicoptère.

C'est bien le moment !

Nous nous séparâmes, et nous nous fixâmes sans doute un peu trop longtemps avant de détaler en direction du grand rocher au bord de l'eau, que nous escaladâmes avant de faire de grands gestes.

— On est là !

J'aurais dû être soulagée qu'on vienne à notre secours, mais je regrettai de ne pas passer plus de temps seule avec Nick. Heureusement, maintenant que nous avions notre petit secret, je savais qu'il m'embrasserait de nouveau sous peu. Mes lèvres étaient à lui, et les siennes m'appartenaient.

CHAPITRE 6

C'était lui que je voyais le premier au lever et le dernier avant de me coucher. Je bondissais du lit en entendant le réveil et je lui faisais signe. Il clignait des yeux et m'envoyait un baiser avant de se préparer pour l'école.

Nous passions la journée comme d'habitude : nous nous rendions ensemble au lycée, nous déjeunions à la même table, et nous rentrions tous les deux. Il me fallait faire d'énormes efforts pour ne pas le toucher ni l'embrasser quand nous nous retrouvions seuls, même sur la route, mais je gardais mes distances. S'il y avait bien quelque chose que je voulais éviter, c'était qu'un voisin jette un coup d'œil par une fenêtre et vende la mèche à nos parents. Dans une si petite ville, garder un secret relevait vraiment de l'exploit. Nous réservions les baisers pour le week-end, quand nous nous retrouvions sur le toit. Et personne n'était au courant.

Le soir, quand Nick ne regardait pas et qu'il gardait la lumière allumée, je jetais parfois un coup d'œil pour le regarder se changer. Ma lampe éteinte, même s'il se tournait dans ma direction, il ne pouvait pas me voir, dans le noir. Je me sentais un peu perverse, mais j'étais sûre qu'il savait que je le reluquais.

Tous les deux ou trois jours, il en rajoutait un peu, faisant des pompes en jogging lâche, effectuant des va-et-vient avant de se mettre en pyjama. Il éteignait toujours la lumière au moment de retirer ses sous-vêtements, ce qui m'arrangeait, parce que je n'étais pas encore prête à le voir sans.

Je passai six mois à jouer les voyeuses avant de rassembler le courage de lui rendre la pareille en l'allumant à mon tour. J'avais enfilé mon soutien-gorge et ma culotte les plus sexy, avec un débardeur et un tee-shirt par-dessus, ainsi qu'un sweat-shirt. Je comptais sur toutes ces couches à retirer une à une pour me donner le cran de me montrer en sous-vêtements presque transparents.

Dès que j'allumai ma lampe, ce soir-là, celle de Nick s'éteignit, et je sus qu'il me regardait. Je n'eus aucun mal à retirer le sweat-shirt. Je le pliai sur mon lit avant de le ranger sur la plus haute étagère du placard, pour que mon tee-shirt se lève et expose mon ventre. Ensuite, ce fut au tour du tee-shirt. L'opération se déroula sans trop de difficulté elle aussi, mais quand je m'apprêtai à retirer mes leggings, dos à la fenêtre, je dus prendre une profonde inspiration. Une fois que je les aurais enlevés, ma tenue ne laisserait plus rien à l'imagination.

En prévision de cette soirée, j'avais acheté ces sous-vêtements lors d'un passage en ville avec Daisy et Molly. Je m'étais éclipsée de la librairie quelques minutes et j'avais dépensé une bonne partie de mes économies pour acquérir cet ensemble assorti.

Je retroussai lentement les leggings, me penchant de plus en plus, jusqu'à ce qu'ils descendent à mes chevilles. J'aurais donné cher pour voir la réaction de Nick. Vêtue seulement de ma culotte, de mon soutien-gorge et de mon débardeur, je me retournai sans me presser et je passai mon débardeur par-dessus ma tête. Une brise fraîche entra par la fenêtre lorsque Nick sauta de sa chambre à la mienne. Il s'approcha de moi en deux pas pleins d'assurance, pris mon visage entre ses mains et m'embrassa fort. Tout s'était passé si vite que je n'eus même pas l'occasion de songer aux possibles conséquences. Mes genoux plièrent lorsque je reculai vers mon lit. Nick me déposa doucement sur le matelas et, en appui sur les bras pour supporter son poids, s'allongea sur moi. Nous nous embrassions de la sorte sur le toit presque tous les week-ends, mais jamais dans nos chambres, sur nos lits et presque nus.

Nick avait déjà enfilé son bas de pyjama, et il était torse nu. Le contact direct de sa peau contre la mienne éveilla une nouvelle vague d'émotions inédites pour moi. Mes mains glissèrent le long de son dos, caressant ses muscles et ses côtes, puis redescendant vers sa taille mince et ses fesses. Je ne les avais jamais touchées jusqu'alors, et leur fermeté me surprit. Une de ses mains se plaça en coupe sur mon sein, et je hissai ma poitrine vers lui. Mes hanches se pressèrent contre sa jambe et je me frottai contre lui, m'égarant dans notre étreinte. Lorsqu'il s'écarta, il haletait, et je m'estimais heureuse, pour ma part, de ne pas avoir oublié comment respirer.

— Tu n'imagines pas l'effet que tu me fais, Jo.

Compte tenu de l'érection qui m'appuyait sur le ventre, j'en avais une petite idée.

— Je veux te toucher… partout.

Il m'embrassa de nouveau, plus vigoureusement encore cette fois. Ma lampe tomba par terre dans un grand fracas. Nick l'avait fait glisser de la table par inadvertance.

— Jo ? fit la voix de mon père, en bas.

— Merde ! Faut que tu partes.

Je ne souhaitais en aucun cas que mon père monte à l'étage et nous trouve tous les deux nus dans ma chambre.

Nick bondit de mon lit, mais ce fut à cet instant que la lumière s'alluma dans sa chambre : sa mère le cherchait. Je tirai vivement les rideaux de ma fenêtre avant qu'elle ne nous voie.

— Joelle ? Tout va bien ? fit mon père en frappant à la porte.

— Oui, papa, tout va bien ! répondis-je avant de me tourner

vers Nick. Le balcon, vite ! chuchotai-je le plus fort possible en le poussant dehors avant de prendre ma robe de chambre à la patère de la porte.

— Je peux entrer ? demanda mon père. Je voudrais te parler de quelque chose.

— Une seconde !

En refermant la porte du balcon, je vis Nick qui montait l'échelle menant à mon toit. Je l'entendis sauter sur le sien, et je jetai un coup d'œil derrière mon rideau au moment où il regagnait sa chambre par le balcon. Il allait certainement affirmer à sa mère qu'il était sur le toit.

Après avoir poussé un gros soupir de soulagement, j'ouvris à mon père.

— Ça va ? s'enquit-il. J'ai entendu un grand bruit.

— J'ai fait tomber ma lampe. Désolée de t'avoir dérangé.

— Non, ce n'est rien. Mais il y a quelque chose dont je voudrais te parler.

Il avait l'air sérieux.

— Eh bien, tu as dix-sept ans, et je me disais que tu voudrais peut-être qu'on parle des garçons… enfin, des hommes.

Oh non. Non, non, non. Je ne voulais pas parler de sexe avec lui.

— Ma chérie, je sais que tu vas t'intéresser de plus en plus à…

— Papa, tu veux parler de sexe ?

— Hum, je comptais commencer par les petits copains, mais oui, j'imagine que ça va mener au sexe.

— On a eu des cours d'éducation sexuelle en cinquième.

— Ah bon ?

Je hochai la tête.

— Alors… tu prends tes précautions ?

— Oui. Enfin, non.

— Non ?

— Oui, c'est non parce que je n'ai pas de relations.

— Oh. D'accord. Bien. Enfin, non, ce n'est pas bien, mais je suis ravi que tu sois prudente.

Il gratta sa barbe de trois jours.

— Papa, si ça te gêne d'en parler, imagine que c'est cent fois plus gênant pour moi. Mais je vais bien. Ma vie sexuelle, enfin, l'absence de vie sexuelle, me convient tout à fait.

— Mais si tu te poses des questions, tu m'en parleras ?

— Euh, eh bien oui, j'imagine. Ce serait plus facile si tu étais une femme. Mais vraiment, c'est pas utile.

— Tu peux en parler à Marge si ça te convient mieux.

Pas question que je parle de ma vie sexuelle à la mère de Nick. Ce serait tellement bizarre…

— Je sais. Je le ferai en cas de besoin. Promis.

— Bien. S'il y a bien une chose que je veux éviter, c'est de devenir grand-père avant que tu sois prête.

— Pas de petits-enfants avant un bout de temps, c'est promis.

— Alors, il n'y a personne de spécial dans ta vie ? Tu as pensé à avoir un petit copain ?

— Oh non. Je préfère rester amie avec tout le monde. Et les petits copains, c'est vraiment très surfait.

— Même Nick ? Je sais que vous êtes proches depuis toujours, tous les deux.

— Papa, Nick est un frère pour moi, mentis-je.

Mais cette réponse demeurait le mensonge le plus crédible, parce que c'est l'image que je me faisais de notre relation avant notre baiser dans les bois.

Mon père poussa un soupir de soulagement.

— Bien. Je suis ravi que vous restiez amis.

— Et toi ? demandai-je.

— Moi quoi ?

— Tu n'as personne ? Tu sais, je ne t'en ai jamais parlé, mais je t'ai vu embrasser Marge il y a quelques années.

— Ah bon ? fit-il en rougissant.

— À la boulangerie. Elle venait chercher du pain. Vous sortiez ensemble ?

— Eh bien, on aurait voulu, mais on souhaitait éviter de vous troubler, toi et Nick.

— Alors vous vous êtes abstenus à cause de nous ?

Il acquiesça.

Ça, c'était bizarre. Nick et moi avions justement décidé de garder le secret sur notre relation pour la même raison, du moins en partie.

— Papa, toi et Marge méritez d'être heureux. Je n'aurais rien contre le fait de vous savoir ensemble.

— Tu crois que ça embêterait Nick ?

— Je ne sais pas. Il faudrait lui demander, mais il est ouvert. Je crois qu'il voudrait aussi voir sa mère heureuse.

Il me considéra avec adoration.

— Tu me rappelles tellement ta mère, Joelle. Elle serait fière de la jeune femme que tu es devenue.

— Merci, papa. C'est grâce à toi. Tu m'as bien élevée.

— Non, ma chérie. Parfois, j'ai l'impression que tu as grandi toute seule. Et je me demande ce que j'ai bien pu faire pour mériter une fille telle que toi.

Je sentis les larmes me monter aux yeux, et je me jetai à son cou.

— Je t'aime aussi, papa.

Mon père avait élevé une fille dès ma naissance. Il avait changé mes couches tout seul, s'était levé au milieu de la nuit quand je cauchemardais, et avait appris à me faire des nattes. Il avait renoncé à sa vie pour moi, et je ne pourrais jamais lui rendre tout l'amour qu'il m'avait donné.

Pour la première fois depuis que je voyais Nick en secret, je me sentais coupable, et je me demandai si nous faisions bien de nous cacher.

Dès que mon père repartit dans sa chambre, j'éteignis la

lumière et je me précipitai à la fenêtre. Nick m'attendait déjà en face.

— Ça va ? s'enquit-il.

— Ouais, mais c'était moins une. J'arrive pas à croire que t'aies sauté d'un toit à l'autre !

— Ils ne sont pas si éloignés.

— Ils le sont bien assez. Parfois, j'ai l'impression que tu aimes prendre des risques.

— Des risques, c'est toi qui m'en fais prendre quand tu te déshabilles comme ça.

Ma peau tout entière se réchauffa rien qu'à l'idée de la peau que j'exposais sous ma robe de chambre. Non seulement Nick l'avait vue, mais il en avait touché une bonne partie. Ce qui m'effrayait encore plus, c'est que je désirais qu'il me touche à nouveau de cette façon.

— Alors… ça t'a plu, la dentelle ?

— Quelle dentelle ? plaisanta-t-il, provoquant une nouvelle vague de chaleur. Continue comme ça, Jo, et je vais faire un truc illégal.

— Et alors ?

— Joelle, tu ferais mieux de fermer ta fenêtre tout de suite.

Il parlait d'une voix ferme, et je sus qu'il ne plaisantait pas… ce qui me donnait encore plus envie de me glisser dans sa chambre.

Je vis sa main disparaître sous le rebord de la fenêtre, et je me demandai s'il était en train de se tripoter. Cette réflexion me rappela de vérifier l'état de ma culotte pour savoir s'il fallait en changer avant de me coucher. En fait, j'étais à peu près sûre qu'elle était déjà prête à partir à la lessive.

Il s'apprêtait à fermer sa fenêtre quand je l'interrompis.

— Attends. Je crois que mon père et ta mère en pincent encore l'un pour l'autre. Il m'a dit qu'ils n'étaient jamais sortis ensemble parce qu'ils ne voulaient pas nous gêner.

— Hmm… Tu as peut-être raison. Elle m'a demandé l'autre

jour si ça ne me gênait pas qu'elle sorte avec quelqu'un. Je pensais qu'elle parlait d'un ami, mais je ne m'étais pas rendu compte qu'elle parlait peut-être de ton père.

— On n'a qu'à les pousser dans les bras l'un de l'autre. Ce week-end, on organise un dîner dans le jardin. Oh, et on pourrait faire un gâteau tous les deux.

— Tu veux cuisiner ?

— Ça fait un moment que ça me démange de m'essayer à la pâtisserie. Tu le sais bien.

— Alors, ce sera une sorte de rencard secret ?

— Si tu veux l'appeler comme ça, oui. Alors ? On le fait ?

— Si ça peut te faire plaisir, bien sûr, Jo !

Il me fit signe de m'approcher. Je me penchai par la fenêtre pour embrasser les lèvres qu'il me tendait. Cette nuit, pour la première fois de ma vie, je fis un rêve érotique.

Le vendredi soir, munie de mon filet à cheveux, je retrouvai Nick dans l'arrière-boutique. Son expression sérieuse me donnait envie de rire, mais je me contins. S'il y avait bien une chose au sujet de laquelle Nick ne plaisantait pas, c'était la pâtisserie.

— Qu'est-ce que vous mijotez, vous deux ? demanda Marge en nous rejoignant.

— C'est le premier gâteau de Jo. Tu veux nous retrouver dans le jardin, demain soir, pour y goûter ?

Nous avions prévu de demander la même chose à mon père, puis nous les laisserions en compagnie d'une bouteille de vin.

— Bien sûr, mais pourquoi demain ?

— Parce qu'on n'aura pas le temps ce soir. Il ne sera pas prêt.

Marge fronça les sourcils et cala ses mains sur ses hanches.

— Je devrais m'inquiéter ?

— Non !

Nous avions répondu en chœur, et nous échangeâmes un regard en coin.

— Bon, eh bien criez si vous avez besoin de quoi que ce soit. J'ai fermé la boutique, Nick. Je pars faire une petite promenade.

— Merci, maman.

Dès qu'elle eut fermé la porte, je me retournai vers Nick.

— Je le savais ! Mon père m'a dit qu'il partait se promener lui aussi.

— Depuis combien de temps ça dure, à ton avis ?

— Je ne sais pas. Des années ? Un bon moment, je pense. Regarde : on se voit en douce depuis près d'un an et demi et personne n'a rien remarqué.

— Quelle ironie ! s'esclaffa-t-il. Un jour, quand nos enfants seront vieux, on racontera à nos parents toute la vérité et ils auront une crise cardiaque.

Je me figeai.

— Attends, tu nous imagines comme ça ? demandai-je.

— Ben oui, pas toi ?

— Si.

Face à lui, je sentais l'odeur chocolatée de son souffle qui se mêlait à son parfum, et je portai les mains à sa poitrine, glissant lentement sur ses pectoraux, ses épaules, puis son cou. Quand nous étions tous les deux, plus rien ne comptait. J'aurais pu rester dans ses bras pour toujours, à partager le même espace, à respirer le même air.

— C'est avec toi que je veux être et personne d'autre, Nick.

— Dis-moi que tu es à moi, murmura-t-il, et un désir profond, dont je ne comprenais pas la nature, lui parcourut tout le corps.

— Je suis à toi, Nick.

Sa bouche vint retrouver la mienne. Debout sur la pointe des pieds, je goûtai le chocolat sucré sur sa langue. Il y avait quelque chose de dangereux et d'excitant à l'embrasser là, au fond de la pâtisserie de sa mère. Elle pouvait revenir à tout moment, mais je n'arrivais pas à me détacher de lui. Quand nous nous séparâmes enfin, je redressai mon tablier et Nick rajusta son pantalon. Je me demandai s'il était déjà dur, là-dessous.

Il me prit par les hanches et me hissa sur le plan de travail. Nous nous retrouvions à la même hauteur désormais. Nos regards se croisèrent, et ses mains glissèrent sur mon jean, remontant le long de mes cuisses. Il baissa lentement les yeux sur moi, sur ma poitrine gonflée de désir. Je m'arrêtai littéralement de respirer, du moins jusqu'à ce qu'il reporte son attention sur ma fermeture éclair et y passe le bout des ongles, transmettant de délicieuses vibrations dans mon entrejambe. Une sensation enflait entre mes jambes, comme ces nuits où je me caressais en pensant à Nick.

— Dis-moi d'arrêter, murmura-t-il. S'il te plaît.

Mais je ne voulais pas. Je voulais qu'il continue. Je voulais voir jusqu'où il irait, et jusqu'où je le laisserais aller. Il éprouvait ma patience.

— Non.

— Jo, il le faut. Sinon…

— Je veux faire l'amour avec toi, lâchai-je.

Il retira aussitôt sa main. L'air fâché, il recula.

— Tu n'as pas envie ?

Je sentis monter les larmes, tandis que mon cœur gémissait et que mon corps tout entier tremblait de déception. Et si je n'étais pas assez bien pour lui ?

— Bien sûr que si, Jo. Enfin, regarde-moi !

Il écarta son tablier et désigna la bosse de son pantalon.

— Mais pas maintenant. Pas quand n'importe qui peut débarquer.

— Quand, alors ? dis-je en sautant du plan de travail pour m'approcher de lui.

Il me prit finalement par les hanches et m'attira contre lui, dissipant mes doutes et arrangeant tout d'un seul geste.

— Bientôt, ma chérie. Je veux que ce soit parfait, et spécial, parce que tu mérites… tout.

Je lui dérobai un baiser, en espérant avoir la patience nécessaire jusqu'à ce moment idéal.

— Ton préféré, c'est le *red velvet*, c'est ça ?

— Oui. Mais on ferait mieux de préparer celui de ta mère, une forêt noire.

— Va pour la forêt noire.

Nous commençâmes à mesurer, à tamiser et à mélanger la pâte. Je suivis toutes les instructions de Nick, combinant les ingrédients secs et humides séparément, avant de les mélanger. La méthode se rapprochait bien plus de la confection de la pâte à pain que je ne l'avais imaginé. Avec mon expérience à la boulangerie de papa et une recette précise, ce n'était pas très différent. En fait, on n'avait même pas besoin d'attendre que la pâte lève. Le spectacle des chefs-d'œuvre de la pâtisserie de Marge m'avait toujours paru magique, et voilà que Nick m'expliquait ces tours étape par étape.

Une fois le gâteau au four, il prépara une autre fournée d'ingrédients, mais sans m'expliquer ce qu'il faisait. En voyant la pâte bordeaux, je compris toutefois qu'il s'apprêtait à me faire un *red velvet*. J'avais l'impression que mon cœur allait exploser. Pas à cause du gâteau, mais à cause de l'homme qui avait trouvé le moyen de me témoigner son affection par des gestes minuscules.

— Tu veux devenir pâtissier comme ta mère ? demandai-je tandis qu'il retirait le gâteau au chocolat du four pour le faire refroidir pendant que le red velvet cuirait.

— Je ne sais pas. Peut-être, un jour. Mais je veux faire d'autres trucs, avant.

— Genre ?

— J'ai pensé à entrer dans la marine.

— Hein ? Mais d'où ça te vient, cette idée ?

— Mon père y était.

— Et il y est mort, Nick.

— Je sais. Mais pense à tous ceux qu'il a sauvés. Je veux me montrer digne de lui.

— Tu sais qu'il aurait été fier de toi, tout de même ?

— D'avoir fait des gâteaux ?

— Nick, tu ne te limites pas à la pâtisserie. Je t'en prie, dis-moi au moins que tu as fait un dossier pour aller à la fac.

— Je l'ai fait, mais je ne suis pas sûr d'y aller.

— Nick…

— Jo… J'y réfléchis depuis longtemps. C'est vraiment ce que je veux.

— Mais…

Les larmes me montaient aux yeux. Il n'allait pas me quitter, quand même ? J'avais toujours espéré en secret que nous nous retrouverions à la même université. C'était comme ça que ça devait se passer, non ? Je savais que nous risquions d'être séparés quelques années, mais je me figurais qu'il étudierait en toute sécurité dans un autre établissement, et qu'il m'attendrait, plutôt que de livrer une guerre à l'autre bout du monde, en me laissant me demander s'il était encore vivant pendant des semaines, voire des mois.

— Ne sois pas fâchée, Jo. Je n'ai pas encore pris ma décision. Mais même si je ne m'engage pas, je ne suis pas vraiment fait pour les études.

— Alors qu'est-ce que tu vas faire ?

— Devenir pompier ?

J'éclatai de rire.

— Quoi ? fit-il.

— Un pompier ? Depuis quand ?

Il leva la poche de crème et me pointa du doigt.

— Si tu continues comme ça, tu vas devoir le décorer toute seule.

— S'il y a bien quelqu'un qui comprend les blagues, Nick, c'est toi.

— Et toi ?

Il tendit le bras et me déposa une grosse noisette de crème sur le nez.

— Hé !

Je plongeai moi aussi le doigt dans la crème, mais avant que j'aie le temps d'exercer des représailles, il me saisit le poignet et porta mon doigt à ses lèvres. Il le lécha entièrement, et je restai là, bouche bée, le nez couvert de crème. Nick s'approcha et entreprit de le nettoyer aussi. Je sentis mon cœur s'emballer et ma poitrine gonfler. C'était incroyablement sexy.

Tout près de lui, les yeux dans ses yeux, j'en oubliai un moment qu'il envisageait de s'engager dans la marine, et la vie redevint parfaite.

— Je ne peux rien faire pour te persuader ? demandai-je.

— Sans doute que si, mais je ne voudrais pas qu'on nous surprenne à nous tripoter par terre dans l'arrière-boutique.

La chaleur me gagna. S'il était resté de la crème sur mon visage, elle aurait fondu.

— Jo, tu te rappelles, à Washington, comment mon père nous a sauvés ? Je veux être capable de faire ça pour toi… pour nous. Si je décide de partir, c'est parce qu'il le faut. Je le fais pour toi et pour moi. Pour notre avenir. Et je n'y arriverai pas sans ton soutien. Je ne partirai pas sans ta bénédiction.

— Tout ce que je veux, c'est ton bonheur. Je ferais n'importe quoi pour toi, Nick. Tu le sais bien. Même si je dois t'attendre des années.

Ce qui n'était vrai qu'à moitié, parce que désormais, avertie de son plan, il me restait un an pour le faire changer d'avis. La vie ne valait pas d'être vécue sans Nick. Il faudrait vraiment que je me montre persuasive pour le garder à Hope Bay. Et si j'échouais, mon cœur hibernerait pendant son absence.

Nous montâmes la forêt noire, intercalant la crème aux cerises entre les couches avant de le couvrir de crème que nous lissâmes soigneusement. Nick me montra comment décorer les bords et faire monter la crème. Mon premier essai n'étant pas concluant, je recommençai à zéro. Ma deuxième et ma troisième tentatives se révélèrent plus réussies, et j'arrivai au résultat parfait à la quatrième.

Et tout ce temps, pendant que je décorais et qu'il me donnait ses instructions, Nick s'affairait sur le red velvet comme si de rien n'était. Quand j'en eus terminé avec la forêt noire, il avait lui aussi achevé son gâteau. Je ne m'imaginais pas que confectionner des gâteaux, les décorer et voir le produit final me procurerait une telle satisfaction.

— Je crois que j'ai trouvé un nouveau hobby, dis-je en souriant.

Il fit tourner le gâteau sur son plateau pivotant pour l'examiner sous tous les angles.

— Jo, tu es encore plus douée que moi. Tu es sûre que c'est ton premier gâteau ?

— Ah ça oui !

— Et bien dans ce cas, laisse-moi être le premier à te féliciter, chérie.

Il me hissa dans ses bras, me fit tourbillonner, pressa ses lèvres contre les miennes et me déposa sur le plan de travail.

— Je pourrais m'y habituer, tu sais ? ajouta-t-il.

— À quoi ?

— À t'avoir dans la cuisine tout le temps.

Son regard de bête sauvage déferla sur moi, et je m'imaginai avec de longs cheveux épais et ébouriffés, au milieu d'une grotte préhistorique, regardant mon homme préparer le feu. Avec un peu de chance, il me traînerait sur les peaux de tigres à dents de sabre étendues au fond de la caverne après avoir mangé la viande des proies du jour, pour une petite session de câlins. Même si j'étais sûre que nos avatars de Néanderthal se montreraient bien plus fougueux que je n'étais prête à l'être.

— Je ne te savais pas si viril.

Il rit et passa ses mains sur mes genoux, remontant le long de mes cuisses. À cet instant précis, la cloche de l'entrée sonna.

Nick ramena aussitôt ses mains et je sautai du plan de travail comme s'il s'agissait d'un poêle brûlant. Nick se hâta de couvrir le gâteau surprise et sa mère entra.

— Vous avez déjà fini ? demanda-t-elle.

— Jo est une vraie pro. Si jamais tu es trop occupée et que tu as besoin d'aide, tu sais qui appeler.

Pourquoi Nick disait-il ça ? Il était toujours là pour aider, et le pro, c'était lui. Me préparait-il à son départ ? J'écartai cette pensée, car je préférais m'imaginer pour le moment qu'il ne me quitterait jamais. Mon cœur se briserait s'il le faisait.

Le samedi soir, quand nos parents nous rejoignirent dans le jardin et que je coupai ma première forêt noire, je rayonnais littéralement de fierté. Nous installâmes des bougies sur la table de jardin, ainsi qu'une bouteille de vin pour eux deux, et nous nous apprêtâmes à partir.

— Vous ne mangez pas le gâteau avec nous ? demanda mon père.

— Non… on pensait que vous auriez peut-être envie de profiter d'un peu de temps tous les deux, sans avoir à vous cacher.

Marge remuait sur ses pieds, gênés. Elle adressa un coup d'œil furtif à mon père.

— C'est bon, maman. On sait que vous êtes ensemble. On ne comprend pas pourquoi vous vous planquez, c'est tout, expliqua Nick.

Quelle ironie !

— On ne voulait pas vous embarrasser, fit mon père, qui se rapprocha pour la première fois de Marge.

— Ça ne nous embarrasse pas, dis-je. Et on est ravis pour vous. Profitez du gâteau !

Nous tournâmes les talons pour monter sur le toit. Maintenant que nos parents étaient occupés, ils se préoccuperaient moins de nous, et nous pourrions nous embrasser sous les étoiles, sur le toit de Nick.

CHAPITRE 8

Se fréquenter en secret n'était pas particulièrement facile. Notre premier baiser, échangé pendant notre escapade au bord du fleuve, datait de presque deux ans, et nous n'en parlions jamais. Personne ne se doutait que nous nous embrassions presque tous les jours depuis. Mais maintenant que nous étions plus âgés, je voulais pouvoir l'embrasser chaque fois que l'envie m'en prenait. Je voulais mêler mes doigts aux siens et montrer à toutes les filles qu'il était à moi et que j'étais à lui. L'envie d'égarer mes mains sur sa poitrine, de sentir ses muscles onduler sous mes paumes, ne faisait que s'accroître, et en songeant à Nick me caressant comme un homme, ma curiosité frôlait le point critique.

Mais les satisfactions qui accompagnaient notre secret en valaient la peine. Chaque fois que nous montions sur le toit, nous nous embrassions jusqu'à plus soif. L'année passée, Nick avait commencé à faire de l'exercice : son corps avait changé depuis notre séjour de camping, et mes mains sentaient vraiment la différence. Explorer ses abdos, ses bras musclés et ses biceps devenait une nouvelle aventure chaque semaine. Et lorsque je m'étendais sur lui, prenant ses jambes entre les miennes, le contact des muscles puissants de ses cuisses me procurait des sensations extatiques. Je songeais à notre première fois, encore à venir, bien plus souvent que je n'aurais dû. Nous n'avions pas abordé le sujet, mais je sentais bien que la perte de notre virginité le travaillait autant que moi. Après cette soirée dans ma chambre où j'avais essayé de l'exciter avec ma lingerie sexy, nous ne cessions de repousser les limites. Il pressait sa main contre mon sexe au travers de mon jean, et je sentais son excitation en posant mes doigts sur lui.

Au fil des mois, ma patience s'émoussait peu à peu. Le garçon s'était métamorphosé en jeune homme, ce qui n'avait pas échappé aux filles du lycée. Quant à moi, eh bien, mes hanches s'étaient un peu élargies, et mes seins se développaient, ce que Nick appréciait lorsqu'il les palpait à travers mon soutien-gorge en passant la main sous mon tee-shirt, parce qu'il bandait systématiquement. J'en profitais pour caresser son érection et le masser à travers son jean. Mais nous avions beau nous embrasser et nous tripoter, ça ne suffisait pas.

Et personne n'était au courant, même pas nos parents. Personne ne savait que nous sortions ensemble, mais à l'approche du diplôme, je voulais rendre notre relation publique. Je voulais que le monde entier sache à quel point Nick comptait pour moi.

Je jetai une autre pierre, qui effectua quinze ricochets impeccables. Dorénavant, les tirs de Nick passaient souvent la barre des vingt-cinq. Son bras avait énormément gagné en force depuis notre enfance, mais il n'avait encore pas utilisé le caillou que je lui avais donné pour son treizième anniversaire. Il attendait sans doute le moment idéal.

C'était un samedi matin, et nous nous étions arrêtés au bord du lac pour nous reposer pendant notre jogging quotidien.

— Ça commence à m'agacer de garder le secret, déclarai-je.

— Les cours se terminent dans un mois. On pourra en parler à ce moment-là. Et commencer à vivre notre vie d'adultes. Personne ne pourra nous juger ni nous dire quoi faire.

— Daisy va rager. Elle te court après depuis un bout de temps.

— Et Carter aussi. C'est après toi qu'il court.

— Ça va leur faire du mal.

— Je ne crois pas. J'ai l'impression qu'au fond, ils ont vraiment envie qu'on sorte ensemble, toi et moi.

— Dans ce cas, raison de plus pour tout révéler.

Perdu dans ses pensées, Nick semblait réfléchir à une décision dont il ne m'avait pas parlé.

— Carter m'a demandé si je t'emmènerais au bal de fin d'année, dit-il tout à coup.

— Et qu'est-ce que tu as répondu ?

— Rien. Je voulais te demander d'abord.

Je ne pouvais pas m'empêcher de me sentir déçue. La discrétion présentait certains avantages, mais j'étais fière d'être la petite amie de Nick, et personne ne le savait.

— Je crois qu'il vaudrait mieux leur annoncer en douceur. Je ne veux pas que Carter et Daisy se morfondent deux semaines avant le bal, déçus qu'on ne leur ait pas dit oui.

Je donnai un coup de pied dans une pierre et regardai les ronds qu'elle produisit en tombant dans l'eau calme.

— J'entends presque les engrenages quand tu cogites, dit Nick en se postant devant moi.

Il me prit par les hanches et m'approcha de lui. En sueur et encore chaud après notre jogging, il m'empêchait de me concentrer.

— À quoi tu penses, Jo ?

— Et si on acceptait d'aller au bal avec eux, avant de les pousser dans les bras l'un de l'autre ? Je dirais à Carter que Daisy n'arrête pas de m'interroger sur lui, mais qu'elle est trop timide pour lui parler, et tu ferais la même chose de ton côté.

Nick, ils sont faits l'un pour l'autre et ils ne s'en rendent même pas compte.

— Les prendre en traître ? Ça risque de mal tourner.

— Ou de finir en beauté, au contraire. Daisy est une bonne amie. Elle comprendra, et Carter aussi.

— Tout ce que je sais, c'est qu'à la fin de ce soir-là, je veux te tenir dans mes bras comme ça.

Il se pencha pour m'embrasser profondément. Je me dressai sur la pointe des pieds, lovant mes bras autour de son cou et me collant tout contre lui. Des litres de sueur n'auraient pu me maintenir à l'écart de Nick. J'aurais pu rester ainsi pour toujours.

Il s'écarta au bout d'un moment, l'air nerveux.

— Il faut que je te dise quelque chose, Jo.

Ces trois derniers mois, j'avais remarqué que Nick luttait de plus en plus avec ses démons. Il parlait davantage de son père. Il se mettait en colère quand les infos parlaient de terrorisme, de bombes explosant dans des aéroports ou à des concerts. Je savais qu'il voulait changer les choses, mais je craignais ce que ça impliquait. Je n'avais plus évoqué cette histoire de marine dont il avait parlé, plus tôt dans l'année, en espérant qu'il s'agissait d'une phase qu'il traversait, mais au fond de moi, j'avais peur qu'il ne prenne des décisions sans m'en dire un mot pour éviter de me bouleverser. Jusqu'alors, j'avais fait comme si ce choix appartenait à un avenir lointain. Après tout, il avait bel et bien présenté sa candidature à l'université.

— Tu me fais flipper, murmurai-je.

Il me conduisit vers les rochers et m'invita à m'asseoir. Au lieu de s'installer à côté de moi, il se plaça derrière. Ses jambes bordaient les miennes et il m'étreignait par-derrière. Nick m'embrassa l'arrière de la tête, respira profondément, puis souffla. J'observai le lac, contemplant les vagues qui venaient s'écraser en silence sur la rive rocheuse, et anxieuse de ce qu'il allait bien pouvoir me dire.

— J'évite le sujet depuis un moment, mais il faut que j'en parle, et je préfèrerais que ça ne te fasse pas un choc.

— Je ne vais pas apprécier, c'est ça ?

— Tu te rappelles certainement que j'avais parlé de ne pas aller à la fac ?

J'écartai ses bras et je me retournai pour lui faire face. Peu m'importait la raison dramatique qu'il allait invoquer, je voulais qu'il me l'explique en me regardant. Mais au fond de moi, je savais déjà.

— J'ai décidé de rejoindre les forces spéciales, les SEAL. De m'engager dans la marine de guerre, comme mon père.

— J'espérais que tu trouves un autre moyen de changer le monde. Devenir pompier, par exemple. Tu n'en avais pas envie ?

Pas vraiment, en fait, mais j'étais désespérée, et nous le savions tous les deux.

— J'ai reçu un courrier où on me disait que j'avais réussi l'examen médical. Le test physique a lieu la semaine prochaine. Si je m'en sors avec de bons scores, ils m'enverront directement au camp d'entraînement.

Je ne voulais pas lui dire que je ne comprenais pas la moitié de ce qu'il me racontait, parce qu'en réalité, je ne *voulais* pas comprendre.

— Ça date de quand, tout ça ?

— Je ne t'en ai pas parlé parce que je ne voulais pas que tu t'inquiètes.

— Eh bien je suis officiellement inquiète, maintenant.

— Jo, ce n'est pas si terrible. La formation dure moins d'un an. Quatre-vingts pour cent de ceux qui passent la formation et les tests renoncent ou échouent, alors je risque même de revenir plus tôt.

Mais je savais que Nick n'était pas du genre à lâcher. Je savais que là-bas, il réussirait.

— Alors pourquoi perdre ton temps et le passer loin de moi ?

— Il… il faut que j'essaie, c'est tout. Je veux essayer d'être l'homme qu'était mon père.

— Nick, ton père est mort au combat.

— Je sais.

— Je ne veux pas que tu meures.

— C'est juste une formation, Jo.

— Mais tu finiras bien par aller au combat un jour, pas vrai ?

— Tu ne me feras pas changer d'avis. Et je me sentirais mieux si je savais que tu me soutiens.

C'était donc pour ça qu'il faisait tant de musculation ?

— C'est comme si tu me demandais de braquer une arme sur toi et d'appuyer sur la détente. Tu ne comprends donc pas que si je te soutiens, je serai responsable de ce qui t'arrivera ? Non, Nick ! Je ne vais pas t'envoyer à la mort.

— Je suis désolé que tu le prennes comme ça.

Il baissa la tête. S'il comptait me culpabiliser pour me convaincre du bien-fondé de cette décision idiote, il allait avoir des surprises.

— Tu plaisantes, Nick, hein ? Dis-moi que tu plaisantes, je t'en prie.

Il ne répondit pas.

— Tu as déjà fait ton choix, c'est ça ? Sans m'en parler ? De quand ça date ?

— De trois mois. Je partirai une semaine après la remise des diplômes.

Mon cœur se serrait tellement que j'avais du mal à respirer. Au moment où je pensais que nous allions commencer notre vie ensemble, il allait me quitter. Il allait vraiment me quitter.

— Et tu as oublié de m'en parler à l'avance ?

— Jo, je suis justement en train de t'en parler à l'avance. Il nous reste encore un mois ensemble.

— Un mois ? Je m'attendais à passer ma vie avec toi, et tout ce que j'ai, c'est un mois ?

— L'année passera plus vite que tu ne crois.

— Et ensuite ?

— Ne t'inquiète pas pour la suite. Quoi qu'il arrive, je te promets de rentrer chez nous.

— Nick, je ne supporte même pas d'être loin de toi pendant deux jours. Tu te rappelles la fois où tu as attrapé la grippe l'hiver dernier ? J'avais peur que mon père m'empêche de sortir. Si je n'avais pas pu te voir par la fenêtre, j'en serais morte.

— Ce sera difficile, je sais, mais si quelqu'un est capable de traverser tout ça, c'est bien nous. Nous deux... on est inséparables. Si je reste, j'ai peur de ne pas me trouver, que ce soit en devenant pâtissier ou pompier... ou quoi que ce soit d'autre, en fait.

Le plus drôle, c'est que je ne pouvais pas m'imaginer Nick ailleurs. Il venait de m'annoncer son départ, mais je n'en avais pas encore pris réellement conscience. Je ne voulais pas croire qu'il allait vraiment quitter notre petite ville pour s'entraîner au sein des forces spéciales.

— Oh mon Dieu, ta mère a dû flipper quand tu le lui as annoncé.

Il prit une longue inspiration et laissa sortir la tension en soufflant lentement.

— Tu ne lui as encore rien dit, hein ?

Ce qui me rassurait complètement. Elle ne le laisserait jamais partir, et une fois que Nick la verrait en larmes, le suppliant de rester, il ne pourrait pas se résoudre à la laisser. Marge avait perdu son mari au combat, et elle ferait tout pour empêcher son fils de subir un tel sort, j'en étais sûre.

— Non, j'espérais le faire juste après le bal de promo.

— Jo, je suis ravie que tu te soucies autant de lui, mais les décisions de Nick lui appartiennent. Ça ne me plaît pas beaucoup qu'il ne soit pas venu m'en parler lui-même, mais je crains de ne rien pouvoir y faire.

Quoi ? Je posai le verre d'eau et cherchai un mouchoir pour m'essuyer le nez.

— Mais je croyais que si quelqu'un pouvait m'aider, c'était toi, dis-je en m'essuyant les joues du dos de la main. Tu es la seule à pouvoir m'aider.

— Nick est presque un adulte. Je ne peux pas substituer mes choix aux siens.

— Mais tu restes sa mère. Tu es censée le protéger. Tu veux qu'il meure ?

— Bien sûr que non. Mon chou, je sais que c'est difficile à comprendre, mais s'il ressemble un tant soit peu à son père, ce qui est le cas, il ira jusqu'au bout… et ni toi ni moi ne pourrons l'en détourner.

Ce fut alors que Nick ouvrit la porte.

— T'es venue vendre la mèche ? Sérieux ?

— Non. Je prends des décisions qui me permettront de te retenir.

— Tu ne peux pas me retenir, Jo.

J'eus l'impression qu'on me poignardait. Tout le monde était contre moi, ce jour-là. Ma seule chance de le maintenir ici, sa mère, me filait entre les doigts, et je n'y pouvais absolument rien. Le monde se refermait sur moi, d'un seul coup. Je fis brusquement volte-face et je sortis en trombe pour rentrer chez moi.

— Joelle ?

Mon père m'interpela, mais je ne pouvais pas m'arrêter pour lui parler. Je n'aurais pas supporté que quelqu'un d'autre me raconte qu'il ne ferait rien pour empêcher Nick de partir.

— J'ai besoin d'être seule, répondis-je en montant à l'étage quatre à quatre.

Je refermai le rideau pour que Nick ne puisse pas m'observer par la fenêtre, que je verrouillai pour faire bonne mesure, et je me jetais sur mon lit. Mais au lieu de regagner sa chambre, Nick vint dans la mienne. Sentant sa présence, j'enfouis mon visage dans mon oreiller. Le bord du lit se pencha lorsqu'il s'assit près de moi. Il resta silencieux un moment avant de se rapprocher de moi, et de se coucher sur le côté, et de se coller contre moi, en cuiller.

— Jo, je suis désolé, murmura-t-il à mon oreille, ses lèvres chatouillant le cartilage. Je ne voulais vraiment pas te blesser, mais il faut que tu acceptes ma décision.

— Va-t'en, dis-je en écartant sa main.

— Pas tout de suite.

C'était vrai : d'ici un mois, il partirait bel et bien, en me laissant toute seule.

— Je ne serai jamais d'accord avec ton départ.

Il passa sa main sur mon épaule, qu'il embrassa délicatement.

— Je sais que ce ne sera pas facile, mais quand je reviendrai…

— Si tu reviens.

— Non, Jo. *Quand* je reviendrai, je serai un homme meilleur. Ma mère m'a toujours répété qu'au retour de l'armée, mon père avait changé. Il était meilleur. C'est ce que je veux devenir. Un homme meilleur.

Je me retournai pour lui faire face.

— Mais tu es déjà un homme bien, Nick. Tu es le meilleur que j'aie jamais connu, et je ne peux pas imaginer vivre sans toi. Ni maintenant ni jamais.

— Jo, si je ne fais pas ça, je le regretterai toute ma vie.

Je fermai les yeux dans l'espoir de retenir les grandes eaux. Peut-être que s'il voyait à quel point je souffrais, il changerait d'avis. Mon irritation à son égard, et à l'égard de son choix idiot, était un vrai coup de poignard. Il ne s'en rendait pas compte ?

— Ça devrait être l'inverse. Tu devrais regretter de me quitter, toute ta vie.

— Mais je ne te quitte pas. Les gens vivent des relations à distance tout le temps. Il y a des familles avec enfants qui attendent le père ou la mère pendant…

— Et combien ne reviennent jamais ?

— Jo, je reviendrai pour toi. Toujours. Tu mérites ce qu'il y a de mieux.

— Mais c'est juste toi que je veux.

Les larmes coulaient librement à présent ; je ne pouvais plus les retenir. Il parvint à placer un de ses bras sous moi pour m'attirer vers lui. Je collai ma tête contre sa poitrine et j'écoutai son cœur battre. C'était peut-être une des dernières fois que j'en aurais l'occasion. Je priai pour l'entendre de nouveau.

— J'ai peur que tu meures.

— Ce n'est qu'un entraînement.

— Mais après…

— On n'a pas besoin de penser à après pour le moment. On n'a pas besoin d'y penser avant un moment, mais ça me faciliterait beaucoup la tâche, pendant la formation, de savoir que tu vas bien et que tu m'attends.

— Qu'est-ce que tu veux que je fasse d'autre ?

— Eh bien, tu pars à l'université avec Molly, ça devrait t'occuper.

Je m'étais inscrite dans l'intention d'obtenir un diplôme en sciences de l'éducation. Je n'avais jamais envisagé précisément ce que je voulais faire de ma vie, contrairement à Nick, mais je savais que j'aimais les enfants, et notre école avait vraiment besoin de nouveaux professeurs. En outre, Mme Schipper avait déjà prédit mon avenir, au CP, en me félicitant.

— Ce sera la plus longue année de ma vie, Nick.

— Pense simplement le plaisir qu'on aura à se revoir quand je reviendrai, l'été prochain.

Présenté de la sorte, l'été prochain ne paraissait pas si loin.

— Si tu n'aimes pas ça, tu ne retenteras pas ta chance, d'accord ?

— Je ne persisterai pas, promis. Je resterai ici avec toi.

Mais nous savions tous deux qu'il n'y avait aucune chance pour qu'il n'apprécie pas. Il n'était pas de ceux qui baissent les bras, et s'il y avait bien quelqu'un qui pouvait briller parmi les services spéciaux, c'était lui.

Il se pencha et m'embrassa. Je fermai les yeux tandis que mes larmes coulaient. J'avais l'impression que je n'avais pas fini de pleurer, cette année.

— Tu vas me manquer, Jo. Plus que tu ne le sauras jamais.

Il me serra dans ses bras et je savourai cette sensation, en espérant que le souvenir me permettrait de ne pas perdre la raison pendant l'année à venir.

— Toi aussi, tu vas me manquer.

Sur ces mots, je commençai à compter les jours qu'il nous restait à passer tous les deux. Et ils filèrent presque en accéléré.

CHAPITRE 9

— Tu es splendide, Joelle.

Les yeux de mon père brillaient. C'était le jour du bal de promo, une semaine avant le départ programmé de Nick.

— Merci.

— Je m'étais toujours imaginé que ce serait Nick qui te conduirait au bal.

Carter était censé arriver d'ici cinq minutes. Comme prévu, Nick emmenait Daisy quant à lui. Nous prévoyions de les pousser dans les bras l'un de l'autre à la soirée, mais nous n'envisagions pas d'en parler à nos parents jusqu'au départ de Nick. Nous avions besoin de passer un maximum de temps seuls tous les deux d'ici là.

— Je le vois tous les jours, répliquai-je.

— Ma puce, tout le monde a peut-être des œillères, en ce qui vous concerne, mais pas moi.

— Qu'est-ce que tu veux dire ?

— Depuis combien de temps vous vous tournez autour en douce, tous les deux ? Je me suis posé la question, mais c'est difficile à savoir, vu que vous avez toujours été bons amis.

— Mais on est toujours bons amis.

Mon père m'adressa un regard entendu.

— Écoute, je ne suis pas né d'hier, et j'ai bien l'impression que je ne suis pas le seul à avoir gardé des secrets.

Un mois s'était écoulé depuis que nous avions dévoilé la relation de mon père et de Marge. Ils se voyaient ouvertement depuis, sortaient se promener ensemble et dînaient tous les deux, soit chez nous, soit chez Marge et Nick.

— Jo, il n'existe rien de mieux que de manifester son affection à la personne à laquelle on tient. Simplement, sois prudente. Je ne veux pas que tu finisses le cœur brisé.

Une chose allait me briser le cœur : le moment où Nick me laisserait, la semaine suivante, et si je ne parlais à personne de ce qui me bouleversait, j'avais peur d'en mourir. Je levai la tête et regardai mon père droit dans les yeux.

— Je l'apprécie vraiment, papa. Beaucoup. Il... il compte plus que tout pour moi.

Mon père soupira et me prit la main pour m'emmener m'asseoir à côté de lui à la table de la cuisine.

— Oh bon sang. C'est bien ce que je craignais.

— Tu le craignais ?

— Tu es tombée amoureuse de Nick, mais c'est Daisy qu'il emmène au bal, pendant que tu y vas avec Carter. Qu'est-ce qui a pu te faire croire que c'était une bonne idée ?

Amoureuse ? Oui, je l'aimais. Sans doute depuis toujours, mais j'avais cru que je l'aimais comme un ami. Est-ce que je l'aimais désormais comme un petit ami ? Et quelle était la différence, du reste ? J'avais donné mon cœur à Nick, et j'étais sûre que lui aussi m'avait donné le sien.

— Je crois que c'est plus fort que ça, papa.

— Alors pourquoi cette mascarade ?

— Au début, on ne voulait pas que nos amis nous traitent différemment. Et on ne voulait pas que vous vous fassiez du souci, toi et Marge, en vous imaginant ce qu'on pouvait faire sur le toit, alors qu'on ne faisait rien.

— Tu en es sûre ?

— Papa, tu me fais confiance ?

— Bien sûr. Et à Nick aussi. Et je persiste à croire que vous devriez aller au bal de promo tous les deux.

— Merci. Mais ne t'inquiète pas. On a tout prévu, pour Carter et Daisy.

— Vous allez les brancher tous les deux, comme Marge et moi ? s'esclaffa-t-il.

— C'est un peu l'idée.

— Attention aux chagrins d'amour, ma chérie.

Un chagrin qui ne surviendrait que si Nick partait réellement la semaine suivante.

— Alors, pour Nick et moi, tu es d'accord ?

— C'est un homme bien, Jo, répondit mon père en fronçant les sourcils. J'imagine que tu as accepté qu'il parte bientôt, alors ?

— Je ne crois pas avoir le choix. Je me concentrerai sur les études. La fac. Peut-être que ça nous fera du bien de rester éloignés un moment. Tu sais, que ça nous rapprochera. Je…

Quand je le regardai de nouveau, je découvris dans son regard une fierté qui me chavira. J'eus peur qu'il se mette à pleurer. Mon père essuya une larme au coin de son œil.

— Ta mère aurait été tellement fière de toi, mon bébé.

— Merci.

— Fais attention à toi, ce soir. Et si jamais Nick te brise le cœur, dis-lui qu'il aura à faire à moi.

Je me jetai à son cou au moment où Carter se garait devant chez nous. Vêtu d'un costume gris clair, il était très élégant. Toujours focalisée sur Nick, je n'avais jamais remarqué que les autres élèves de ma classe grandissaient aussi.

Il salua mon père et me donna un bouquet de roses blanches, puis en plaça un plus petit, identique, à mon poignet.

Je pris le bras qu'il me tendait et nous sortîmes. Nick attendait sur son porche, prêt à partir chercher Daisy. Je lui fis signe, mais il ne répondit que par un hochement de tête. Était-il fâché ? Il avait accepté d'arranger le coup à Daisy et Carter, alors pourquoi sa mâchoire tremblait-elle si fort ?

— On se voit au bal ! cria Carter, et le tremblement s'accentua.

Je détournai le regard de Nick, craignant qu'il ne s'enflamme spontanément. Il n'y avait que cinq minutes de route jusqu'à la vieille grange décorée par notre promotion. Notre ville ne disposant pas de salle des fêtes officielles, tous les événements, y compris le bal de promo, se déroulaient au bord du lac.

— Tu sais, je te suis reconnaissant d'avoir accepté mon invitation. Mais je ne comprends pas pourquoi Nick a invité Daisy et pas toi.

Il mit le contact et le vieux moteur rugit. Nous aurions pu nous rendre au bal à pied, mais Carter avait emprunté la voiture de son père pour venir me chercher.

— Pourquoi ? Elle est belle et intelligente.

— Ça je le sais bien, mais je pensais quand même que vous iriez tous les deux. Tu sais que les gens faisaient des paris sur vous deux à l'école ?

— Vraiment ?

— Ouaip. Et j'ai perdu vingt billets quand il a invité Daisy.

— Oh, désolée pour toi. Mais on est amis, c'est tout. Nick est comme un frère pour moi.

— Ouais, j'imagine que ce serait zarbi d'aller au bal de promo avec ton frangin, mais tu sais ce qui serait *encore plus* zarbi ?

— Non ?

— Ne pas y aller avec ton meilleur ami, dont tu es amoureuse depuis des années. S'il ne t'a pas demandé, pourquoi tu ne lui as pas posé la question, toi ? Il n'y a rien de mal à ce qu'une nana invite un mec.

Je me rembrunis : Carter était la deuxième personne à me parler d'amour ce soir. Ma conversation avec lui ne se déroulait pas comme prévu. J'étais censée lui vanter les mérites de Daisy pour les rapprocher l'un de l'autre, pas parler de Nick et moi. Peut-être qu'il y avait moyen de reprendre le dessus ?

— Je sais, mais je suis plutôt vieux jeu, comme fille.

Carter se gara près de la grange avant de se tourner vers moi. Eh oui, on y était déjà. Cinq minutes de route de plus et nous aurions atteint l'autre bout de la ville, au pied des montagnes. Il prit une bouteille d'eau sous son siège, ouvrit le capot, dévissa un bouchon et versa le liquide.

— Ta voiture roule à l'eau ? m'étonnai-je.

— Non, mais le radiateur a une fuite et il surchauffe. Je le réparerai cet été.

Il reboucha et ferma le capot.

— C'est bizarre, tu prétends être vieux jeu, mais c'est toi qui m'as invité au bal.

Merde. Il a raison.

— Jo, on est amis de puis longtemps. En fait, je te tourne autour depuis des années sans succès, je t'embrasse pendant la sortie camping, je te rendre dedans *par accident* au gymnase… mais c'est quand j'ai compris que personne ne serait assez bien pour toi excepté Nick que j'ai réalisé que vous étiez faits l'un pour l'autre. C'est sur lui que tu flashes depuis toujours, et tu as beau le nier, ça ne changera rien. Alors quand je dis que j'étais étonné que tu mentionnes le bal de promo en envisageant qu'on s'y rende ensemble, toi et moi, c'est un doux euphémisme.

— Ben… tous les autres avaient déjà une cavalière, lâchai-je.

Pas très futé, ça non plus.

— Attends, tu m'as invité par pitié ? fit-il en haussant les sourcils.

— Non, pas par pitié, mais tu étais le seul mec disponible.

Non, non, non ! Mais pourquoi ma bouche prenait-elle le dessus sur mon cerveau, ce soir ?

Carter éclata de rire, pas fâché pour deux sous.

— J'étais sur le point de demander à Daisy, mais Nick m'a devancé. Il devait t'inviter, et moi j'aurais invité Daisy. Mais il m'a coiffé au poteau.

— Attends… tu aimes bien Daisy ?

— Oui. Enfin… je t'aime bien aussi, mais j'ai toujours pensé que ça collerait entre toi et Nick. Ça ne change rien à notre amitié, et j'espère qu'on restera proches.

Voilà, on me sortait le coup de l'amitié. Je fus prise d'un brusque fou rire, incapable de m'arrêter. Nous avions échafaudé ce plan pour rapprocher Carter et Daisy, alors qu'il aurait suffi de laisser faire la nature.

— Désolée, Carter. On croyait que vous aviez besoin d'un coup de main, tous les deux. On voulait vous brancher au bal.

— Attends, tu veux dire que vous vouliez nous arranger le coup, à Daisy et à moi, en sortant avec nous au bal de promo ?

— Oui.

— C'est complètement barré, Jo.

— Je sais. On ne voulait pas vous blesser ni l'un ni l'autre. J'essaie de convaincre Nick de vous avouer la vérité depuis des années.

— Vous avez gardé le secret des *années* ?

Il secoua la tête en ouvrant de grands yeux.

— Tu te rappelles quand on s'est perdus, pendant la sortie camping ?

— Ben merde alors ! Enfin, je savais que vous vous aimiez bien, mais je n'avais pas réalisé que ça faisait si longtemps.

Je lui jetai un regard en coin et je soupirai.

— J'arrive à peine à croire que c'est presque terminé. Enfin, l'école et tout ça. Tu me manqueras, à la fac, Carter. Tu es un bon ami.

— Eh bien je serai toujours là quand tu reviendras.

C'était vrai : Carter avait décidé de se former pour devenir pompier dans notre petite ville. Il allait vivre la vie que j'aurais voulu voir Nick choisir pour rester près de moi.

— Pourquoi tu secoues la tête ? dit-il.

— C'est rien. J'aurais juste voulu que Nick reste lui aussi.

Je ne souhaitais pas lui en vouloir, pas alors qu'il ne nous restait qu'une semaine ensemble.

— En fait, ça ne te dérangerait pas de m'aider à faire une blague à Nick ? J'en ai marre de pleurnicher sur son départ. J'ai envie de m'amuser.

— Ah ! Voilà la fille dont je me souviens ! Qu'est-ce que tu veux que je fasse ?

— Viens. Je t'expliquerai à l'intérieur.

Nous prîmes la traditionnelle photo de couple à la porte de la grange, et nous entrâmes pour nous diriger vers notre table. L'endroit était décoré de tournesols géants, de meules de foin, de fourches, de brouettes et d'autres outils agricoles qui venaient renforcer le thème de la ferme, choisi par la promo. Nous n'avions pas eu beaucoup de mal à trouver les accessoires, puisqu'une maison sur deux était une ferme, ici. On avait suspendu des lumières blanches sur toute la largeur de la grange, à intervalles d'un mètre. L'éclairage intime me donna des frissons.

Nick et Daisy nous rejoignirent peu après notre arrivée. Nous échangeâmes des embrassades et quelques mots polis. Nick n'avait pas l'air ravi, mais sur le moment, je n'avais pas le temps de le materner. C'était de lui que venait la riche idée de garder le secret sur notre relation : il pouvait bien subir encore un petit moment.

On avait disposé six tables à huit places pour le bal. Compte tenu de la petite taille de notre lycée, nous n'avions qu'une classe de diplômés, et par tradition, nous organisions le bal avec l'établissement d'une ville voisine. Chaque année, c'était un lycée différent qui s'occupait de gérer le bal, et cette fois, c'était notre tour. On avait mélangé les élèves des deux écoles aux tables, de façon à peu près égale, pour éviter les rivalités.

Quand arriva l'heure de la première dance, Carter me tendit la main pour me guider au centre de la piste de danse. Nick changea de couleur. Son visage ne tirait plus sur l'écarlate, mais plutôt sur le violet.

Je passai les bras autour du cou de Carter et il posa ses mains sur ma taille, comme tous les autres cavaliers. Je portais une longue robe à dos nu bleue qui me moulait les hanches et s'évasait ensuite. C'était bizarre de sentir les mains d'un autre sur moi, mais Carter se conduisait en gentleman, ce qui lui demandait sans doute un effort. Il était du genre à toujours exprimer le fond de sa pensée sans réfléchir, et il me fallait constamment lui rappeler comment se comporter en présence des dames. Mais pas ce soir-là. Pendant ce bal, il jouait parfaitement le jeu. Mais s'agissait-il vraiment de comédie ?

Il se pencha pour me chuchoter à l'oreille :

— Si je t'embrassais, ce serait too much, à ton avis ?

— Je te recommande d'éviter si tu tiens à la vie. Je ne sais pas combien de temps Nick pourra continuer à jouer ce petit jeu.

— Ça veut dire que je fais bien illusion. Il ferait mieux de ne pas trop tarder à venir défendre ton honneur, parce que j'adorerais danser avec Daisy.

— Bon, eh bien qu'est-ce qu'on fait, alors ?

Ses mains glissèrent de mes hanches vers mes fesses et les serrèrent pour me rapprocher de lui de force. Je sentis contre moi tous ses muscles virils et ses courbes.

Oh !

Je portai la main à ma joue de la façon la plus adorable possible. Il ne fallut que quelques secondes à Nick pour se précipiter près de nous, Daisy à ses côtés. Il me heurta l'épaule avec un regard courroucé.

— Mais qu'est-ce que tu fous, Jo ?

— Heu, eh bien je danse, non ?

— Hé, la chanson n'est même pas terminée ! protesta Carter.

— Va chier, Carter ! Et retire tes pattes de son cul !

— Pourquoi ? demanda l'intéressé, stupéfait, en interrompant notre lente rotation. Enfin, c'est ce qui est censé arriver, au bal de promo, tu sais. On danse, on se bécote, on se tripote un peu en douce…

— Parce que son cul est à moi ! gronda Nick en lâchant Daisy pour s'interposer entre nous, à deux doigts du nez de Carter. Et si tu dis ne serait-ce qu'un mot sur n'importe quelle autre partie de son corps, je te défonce les burnes.

Quelques autres couples s'étaient arrêtés de danser eux aussi. J'avais l'impression que tous les convives s'étaient tus et que tout le monde nous regardait. Daisy, à qui j'avais exposé le plan aux toilettes, s'était écartée et gloussait.

— Hé, aux dernières nouvelles, mon cul m'appartient encore ! dis-je en touchant l'épaule crispée de Nick.

Celui-ci nous regarda tour à tour, Carter et moi, l'air complètement éberlué, quand nous nous écriâmes en chœur :

— On t'a eu !

— Hein ? Qu'est-ce qui se passe ? demanda-t-il.

— Rien, justement, espèce d'andouille. Viens plutôt danser avec moi pour que Carter puisse enfin danser avec Daisy.

— Attends, mais et…

— Nick, la ferme, tu veux ?

Je le saisis par le cou et j'attirai sa bouche contre la mienne pour l'immobiliser.

Ses épaules s'affaissèrent de soulagement lorsqu'il posa les mains sur mes hanches pour m'attirer à lui et que tout redevint normal. Mon Dieu, c'était si bon de pouvoir l'embrasser sans nous cacher. Quelques-uns de nos amis nous acclamèrent et applaudirent. Quelqu'un cria « enfin ! » et je détachai mes lèvres des siennes pour reprendre la danse. Daisy s'était déjà jetée dans les bras de Carter, presque collée à lui, et il avait posé les mains sur ses fesses.

— C'était une blague ? demanda Nick.

— Oui. Désolée, mais Carter a tout compris avant même qu'on arrive.

— Merde ! J'ai bien failli lui coller une droite…

— Mon héros, dis-je avant de l'embrasser de nouveau.

— Si vous voulez encore me faire un coup de ce genre à l'avenir, je suggère que personne ne te palpe le cul à part moi.

Nick parlait d'une voix basse et tendre, comme s'il avait envie de me prendre, là, au milieu de la piste de danse.

— C'est noté. Mais je ne crois pas qu'on ait tant de temps que ça pour pratiquer la palpation fessière toi et moi. Tu pars dans une semaine.

Il se crispa un instant, et je compris que sa décision lui pesait tout autant qu'à moi.

— Alors profitons au mieux du temps qu'il nous reste, Joelle.

Qu'est-ce qui se passait ? Que signifiait son expression un peu hébétée ? Et ces yeux rêveurs… qu'avait-il en tête ?

— J'ai envie de te le dire depuis longtemps, ma chérie, et je suis désolé de ne pas l'avoir fait plus tôt.

Il s'interrompit et j'inclinai la tête en me demandant ce qu'il voulait exprimer.

— Je ne te vois pas qu'en me levant et avant de me coucher, tu es aussi présente dans mes rêves. Tu es toute ma vie, et je ne sais pas comment je ferais pour vivre ou pour respirer sans toi.

Il prit dans sa poche une petite boîte carrée.

Je m'immobilisai.

— Oh mon Dieu ! fis-je en portant ma main à ma bouche.

— Pas de panique, je ne vais pas te demander en mariage.

Encore heureux ! Je crois que je n'étais pas encore prête pour ça.

— Mais je veux que tu conserves cet anneau pour te rappeler que tu es à moi et que je suis à toi. Et que je reviendrai te chercher. Cette bague, c'est une promesse. Rien ne m'arrêtera, alors tout ce que je te demande, c'est de m'attendre. S'il te plaît, attends-moi, Joelle, pour que je puisse combler tous tes désirs jusqu'à la fin de nos jours.

Lorsqu'il en arriva à la fin, je pleurais déjà. C'était bien mieux qu'une demande en mariage. Qui aurait cru que Nick savait s'exprimer avec tant d'émotion ? Il retira l'anneau de la boîte et ajouta :

— J'aurais dû te le dire il y a longtemps, et je suis désolé de ne pas l'avoir fait. Je t'aime, Joelle. Je t'aime de tout mon cœur, tout ce que je suis et que je serai jamais t'aime.

J'en restai bouche bée.

Nous l'avions toujours su, mais sans jamais le dire. Ce jour-là, c'était la première fois que j'entendais ces mots de sa bouche.

— Nick, je t'aime aussi. Je t'aime tellement !

Il passa l'anneau orné d'un petit diamant rond à mon doigt, puis sa bouche s'écrasa contre la mienne, manifestant notre amour aux yeux de tous.

Et ensuite, toutes les filles voulurent voir l'anneau. J'avais beau leur expliquer qu'il ne s'agissait que du symbole de sa promesse, je ne pouvais m'empêcher d'y voir bien davantage. Le bal de promo était officiellement la plus belle nuit de ma vie, et j'ignorais que Nick s'était arrangé pour la rendre encore plus merveilleuse.

CHAPITRE 10

Quand nous remontâmes dans la camionnette de mon père, que Nick avait empruntée, il était une heure du matin. J'étais à la fois épuisée et excitée. Tellement excitée que je ne remarquai pas que Nick se dirigeait vers Pebble Beach, où nous nous rendions toujours pour faire des ricochets, l'été. Il me prit par la main et me guida sur un sentier qui s'enfonçait entre les buissons et les arbres.

— Tu veux qu'on fasse des ricochets ? demandai-je.

— Seulement si tu en as envie. J'espérais que nous passions la nuit ici. Ensemble.

Il me montra alors une tente qu'il avait montée près de la falaise.

Oh !

— Mais si ça te gêne…

— Non, ça ne me gêne pas. Pas du tout, insistai-je en serrant sa main pour le rassurer. Rien ne me ferait plus plaisir.

Je voulais passer la nuit avec Nick depuis longtemps, et je me demandais si nous aurions la chance de rester tous les deux un moment avant qu'il ne parte. Eh bien j'avais ma réponse.

La lune illuminait le ciel et le lac, faisant briller les pierres humides que venaient lécher les vagues indolentes. Heureusement qu'il s'agissait d'une nuit de pleine lune : nous n'aurions sans doute pas réussi à y voir grand-chose avec une simple lampe-torche.

— J'ai dit à mon père que je rentrerais avant le lever du soleil, l'avertis-je.

— Hmm, il vaut mieux qu'on s'y mette, alors.

D'un geste vif, il me souleva et m'embrassa avec fougue tout en me portant jusqu'à la tente. La lampe-torche à la main, je lui éclairai la route. Sur le chemin, mes chaussures tombèrent, mais je ne m'en souciai pas. Nous nous faufilâmes dans la tête, et dès que Nick eut refermé la glissière à l'avant, je me sentis nerveuse. Il alluma une lampe sur piles avant de retirer la veste de son costume. Il avait déjà installé un matelas, des couvertures et des oreillers au milieu.

— Tu as froid ?

— Non, je suis nerveuse. C'est ma première fois.

— Je sais, Jo. C'est la mienne aussi.

Je me sentais bien. Si l'un d'entre nous foirait la première fois, personne ne s'en rendrait compte. Pouvait-on foirer ? Il effleura mon bras, dissipant l'anxiété qui commençait à me chatouiller le ventre. Une fois que j'eus fermé les yeux et retrouvé sa bouche, tout me parut bien plus naturel. Nick m'aida à défaire la fermeture éclair sur le côté de ma robe et je détachai les boutons de sa chemise. Nous nous retrouvâmes bientôt en sous-vêtements sur le matelas, presque aussi calmes que si nous portions des maillots de bain… En tout cas, c'était ce que je m'imaginais, pour maîtriser mon anxiété. Bien sûr, quand Nick portait son short de bain, celui-ci ne se tendait pas comme son boxer ce soir. Je sentis les bouts de mes seins durcir tandis que je faisais cette constatation, et je me positionnai différemment pour aller chercher lentement la fermeture de mon soutien-gorge. Il tomba sur le matelas et Nick en resta bouche-bée.

— Bon sang Jo. Tu es magnifique.

Il entreprit alors de se dévêtir lui aussi, et j'écarquillai les yeux. Dans la faible lumière de la lampe, je fixai son sexe d'une généreuse longueur en me demandant s'il me ferait mal. Je l'avais déjà palpé au travers de son jean, ou de son short les jours d'été, mais je ne m'attendais pas à une telle taille malgré tout.

Je saisis ma culotte pour la faire glisser le long de mes cuisses et la retirer. Désormais nus tous les deux, nous nous admirâmes un moment, profitant de la beauté de ce spectacle naturel. Nick bandait depuis qu'il m'avait couchée sur le matelas, et je me demandai si c'était douloureux. Je ne m'étais jamais sentie si mouillée qu'à présent, quant à moi. Je brûlais de le toucher et de sentir ses doigts sur moi.

— Je vais y aller en douceur, Jo. Je te promets.

— Je sais. Je te fais confiance.

Sur ces mots, il se pencha sur mon épaule, me guidant pour que je m'étende de tout mon long sur le matelas ferme. Sa bouche s'aventura vers mes seins. Il les avait déjà touchés, mais jamais embrassés, et je ressentis du plaisir à son contact. Je hissai ma poitrine vers sa bouche, impatiente désormais. La caresse de sa langue sur l'aréole me poussa à presser également mes hanches vers lui. Lorsqu'il me sentit appuyer contre sa cuisse, sa main se faufila le long de mon corps jusqu'entre mes jambes, et il toucha mon intimité, glissant lentement ses doigts entre mes lèvres.

J'en avais le souffle presque coupé. L'écho de mes gémissements tandis qu'il jouait avec moi remplit la tente. Mes hanches s'agitaient au rythme de ses gestes. Sentant son membre contre mon ventre, je me déplaçai pour le caresser. Je tendis la main et je refermai mes doigts autour, m'alignant contre lui.

— Pas encore, ma chérie. Il faut d'abord que tu mouilles. Ça fera moins mal.

— Comment tu sais ça ?

— On parle, entre mecs.

Oh ! À vrai dire, voilà qui me plaisait bien. Au moins, l'un d'entre nous savait ce qu'il faisait. Je tendis les bras au-dessus de ma tête, et je m'agrippai à mes cheveux pour me concentrer sur ce que je ressentais dans tout mon corps tandis qu'il le couvrait de baisers et de caresses d'adoration. J'aimais le contact de ses mains et de sa bouche, en particulier lorsqu'il me massait du bout des doigts. Je sentais la chaleur monter sous ma ceinture, à chaque contact de sa langue contre ma peau, et à chaque baiser incandescent qui suivait. Le va-et-vient incessant de ses doigts entre mes jambes exacerbait mes pulsions sexuelles, et j'aurais voulu qu'il me touche de la sorte sans jamais s'arrêter. Plus il accélérait les cercles avec ses doigts, plus je me tordais sous lui. Je ne comprenais pas ce qui m'arrivait. Seule, je me masturbais toujours avec une énergie sauvage, et tout se terminait vite. Mais ses caresses qui me titillaient avaient fait monter la pression et j'éprouvais tout autre chose. Ses attouchements me faisaient un effet cent fois meilleur, cent fois plus fort, et le plaisir monta jusqu'à ce que j'explose, frémissant d'extase sous ses doigts.

— Oh mon Dieu ! Nick…

Il continua à me toucher pendant que je tressaillais, en me demandant si cette impression de m'envoler de la planète était réelle ou issue de mon imagination stimulée par le sexe. Je flottais, et mon esprit tourbillonnait tandis que les spasmes agitaient tout mon corps. Puis l'orgasme cessa peu à peu, et Nick passa doucement sa main sur ma cuisse pour m'embrasser tendrement. Je le regardai, le souffle court, sortir un préservatif d'une poche latérale. Il déchira l'emballage et l'enfila.

— Prête ? demanda-t-il.

— Oui, s'il te plaît.

Je voulais retrouver cette sensation d'extase ; mon corps était redescendu, mais mon esprit voguait toujours parmi les nuages. Nick se plaça au-dessus de moi, bien en face. Je sentis l'extrémité de son sexe contre mon entrée et je retins mon souffle.

— Détends-toi, Jo. Ça n'aidera pas si tu te crispes.

Il posa sa bouche contre la mienne et m'embrassa doucement, apaisant mes craintes. Je sentis mes cuisses s'écarter, et Nick avança légèrement ses hanches.

— Ah ! fis-je en fermant les yeux.

— Ça va ? murmura-t-il.

— Oui. Plus profond.

Il me pénétra davantage. Une douleur déchirante me parcourut, mais alors qu'il entrait et que je m'ajustais, elle s'apaisa. Je la sentais toujours, mais elle fut peu à peu remplacée par la sensation exquise de son membre qui entrait en moi, m'écartait pour la première fois. Je souris contre ses lèvres, brûlant de crier « on a réussi ! », mais je ne voulais pas paraître complètement immature.

Nick se mit à effectuer des va-et-vient réguliers, tout en me regardant alors que je me concentrais sur cette impression de plénitude que j'éprouvais en le recevant en moi. J'en profitai pour le toucher, passant mes mains sur ses bras en appui, sur sa poitrine. Ses poils me chatouillaient les seins tandis qu'il me pénétrait. Nick était particulièrement séduisant, ce soir-là. Je soupirai de bonheur, caressant du bout du doigt la cicatrice qui lui était restée après notre expédition de camping, au-dessus du sourcil gauche. Elle était belle. Il était beau et sexy, il était tout ce que j'avais toujours voulu. Son souffle se fit plus intense et ses mouvements accélérèrent. Mon corps tressaillait chaque fois qu'il s'enfonçait en moi, et même si je ressentais encore un lointain lancinement, ça en valait la peine. Cette expérience nous rapprochait encore. Cet instant où je le prenais en moi pour la première fois, où je devenais sienne, resterait à jamais gravé dans mon cœur.

Il lâcha un autre grognement et donna un dernier à-coup.

Ses bras tremblèrent et des gouttes de sueur roulèrent de sa poitrine à la mienne avant qu'il ne reprenne son souffle. Il se retira lentement, s'assurant de ne pas me faire mal, mais même ensuite, je le sentais toujours en moi, et je souris. Nick sortit une serviette humide d'un sachet Ziploc du sac à dos qu'il avait placé dans la tente.

— Pour quoi faire ?

— Écarte les cuisses, Jo. Tu as un peu saigné.

Et il s'était préparé en prévision de ça ?

Il me toucha le genou, l'écarta et entreprit de me nettoyer.

— Comment tu te sens ? demanda-t-il.

— Bien. Merveilleusement bien, en fait.

— Vraiment ?

Je hochai la tête.

— C'était époustouflant, Nick. Enfin, je n'ai pas de point de comparaison, mais je me sens comblée, je n'aurais rien espéré de mieux. Et toi ?

— J'aurais juste voulu que ça dure plus longtemps.

— Eh bien, on a toute la vie pour s'entraîner, non ?

— Oui, mais maintenant, je commence à me dire que ce n'était pas une bonne idée de partir. Je crois que je pourrais passer toute ma vie entre tes jambes.

J'éclatai de rire, égoïstement ravie que Nick éprouve des doutes désormais. Mais il restait mon Nick, et je voulais tout faire pour lui montrer que je l'aimais, y compris le soutenir dans sa décision.

— J'ai du mal à m'imaginer à quoi ressemblera la vie sans toi. Je te connais depuis toujours, tu sais ? Mais je serai là quand tu rentreras. Je t'attendrai le temps qu'il faudra.

Il tira une couverture sur nous et je me nichai tout contre lui.

— Je t'aime, Joelle. Je t'aimerai jusqu'à la fin de mes jours.

— Moi aussi, je t'aime.

Je m'interrompis, observant quelques poils de sa poitrine qui frémissaient sous mon souffle dans la lumière tamisée.

— Nick ?

— Oui.

— Je veux parler officiellement de nous à nos parents. On peut ?

— Oui, je crois qu'on devrait.

Bien. Je ne voulais pas que mon père s'inquiète en me voyant pleurer son départ. Et je souhaitais parler de lui avec sa mère pendant son absence : nous nous remonterions mutuellement le moral.

— Tu crois qu'on devrait partir ? Je ne veux pas m'endormir et manquer l'heure du couvre-feu.

— Oui, mais la nuit n'est pas encore terminée, ma chérie.

— Ah bon ?

— Oui, j'ai entendu dire que le ciel n'est jamais si beau que vers quatre heures du matin. Ce qui signifie qu'on a encore une bonne demi-heure pour regagner ton toit.

— Le mien ?

— Oui, le tien.

Ça faisait une éternité que je voulais qu'on regarde les étoiles depuis chez moi, mais comme Nick me battait systématiquement aux ricochets, nous le contemplions toujours de son côté. Certes, je savais que notre compétition n'était pas juste, parce qu'il était plus fort et visait mieux, mais j'avais accepté les règles et je n'étais pas du genre à baisser les bras une fois au pied du mur.

Nous passâmes ce qui me parut quelques minutes à nous reposer, moi collée contre lui, puis il m'aida à me rhabiller, en me volant un baiser de temps à autre. J'étais tellement amoureuse de cet homme que je restais au septième ciel tout du long. Maintenant que nous formions officiellement un couple, je voulais passer autant de temps que possible avec lui. Il ne nous restait plus qu'une semaine avant son départ, et il me manquait déjà.

Lorsque nous revînmes à la maison, les lumières étaient encore allumées. Nous passâmes la porte main dans la main. À la cuisine, mon père était assis à une table avec Marge, en train de prendre le thé et plus détendu que jamais. En nous voyant nous tenir la main, ils sourirent tous les deux.

— Ah, quand même, souffla Marge. On commençait à croire que vous ne nous diriez jamais rien.

— Vous étiez au courant ? demanda Nick.

— Depuis un an, maintenant, dit mon père avant de boire une gorgée de thé.

— Et vous ne nous avez pas empêchés ?

— Pourquoi empêcher quelque chose de positif, qui était écrit depuis le début ? répondit mon père en tendant la main pour prendre celle de Marge sur la table.

— Alors…

— Il ne faut pas qu'on vous interrompe. Vous pouvez continuer votre soirée comme prévu.

— On était simplement sur le point de monter sur le toit.

— Très bien. On se reverra au matin, alors.

Mon père se leva, et lui et Marge sortirent bras-dessus bras-dessous. Nous les regardâmes sortir, bifurquer vers la maison de Nick et y entrer.

— Est-ce qu'ils viennent de nous laisser la maison ? demandai-je en désignant la porte.

— On dirait bien.

— Je ne m'attendais pas vraiment à ça.

Stupéfaits, nous montâmes sur le toit, où on avait déjà installé une couverture pour nous. Nous enfilâmes tous deux nos pyjamas avant de nous y rendre. Nick nous couvrit avec une seconde couverture. Je m'étais étendue à côté de lui, sur son bras droit, la tête sur son épaule et sa poitrine, et nous contemplâmes le firmament. Nous restâmes en silence, pour la toute première fois, à regarder les étoiles côté est.

— Je t'avais bien dit qu'on avait une meilleure vue depuis mon toit, dis-je avant de bâiller.

Il pressa mon bras pour manifester son approbation.

— Tant que tu es avec moi, tout est toujours mieux.

Il fit une pause avant d'ajouter :

— Je suis désolé de nous infliger ça, en particulier maintenant, mais tu n'imagines même pas à quel point ça compte pour moi d'avoir ton soutien.

— Tu l'auras toujours, Nick. Toujours.

Nous n'échangeâmes plus un mot jusqu'au lever du soleil.

— Allez, Jo. Il est temps de te mettre au lit.

Je descendis à sa suite l'échelle, puis je le suivis sur le balcon et dans ma chambre.

— Tu restes avec moi ? demandai-je.

— Pas question de faire autrement. Allez, on n'a pas beaucoup de temps.

Il avait raison. Il ne nous restait qu'une semaine rien que pour nous. Nick se faufila dans mon lit et se plaça derrière moi, en cuiller, en me tenant dans ses bras. Je ne me rappelai pas à quel moment je m'endormis : je ne pensais qu'à la satisfaction de me trouver si près de lui, à écouter son souffle doux. Ce n'était pas simplement ma nuit, mais bien la nôtre.

Quand j'ouvris les yeux, Nick était assis sur le lit à côté de moi, en jean et sweat-shirt léger.

— Salut, dis-je avec un sourire ravi.

— Salut.

— Je voulais m'éclipser pendant ton sommeil, mais je n'ai pas pu.

— Je t'aurais chopé et ramené par la peau du cul ! Attends… partir où ça ?

Avait-il projeté de regagner sa chambre avant que je me réveille ? Certainement, parce qu'il était déjà habillé.

— Quelle heure est-il ? demandai-je en me redressant en appui sur les coudes.

— Un peu plus de quatorze heures. Jo… il faut que je te dise quelque chose.

Je m'assis et j'aperçus le sac marin posé à côté de mon bureau.

— Qu'est-ce qui se passe ? Pourquoi tu t'es habillé ? On a passé la nuit dehors, tu devrais faire la grasse matinée.

Je me frottai les yeux pour chasser les dernières traces de sommeil, et je le regardai de nouveau. Je sentais mes yeux qui s'écarquillaient d'eux-mêmes, au ralenti.

— Tu t'es coupé les cheveux ?

— Oui, il le fallait avant que je parte pour la Navy. Je ne croyais pas que ce serait si dur de dire au revoir. Je voulais me souvenir de toi en train de rire, pas de pleurer.

— Nick ?

— Jo, on n'a pas une semaine. Je pars aujourd'hui.

— Non, non, non…

Espérant que je rêvais encore, je clignai des yeux à plusieurs reprises, mais rien n'y fit : j'étais toujours au lit, et Nick, tout habillé, m'annonçait la nouvelle.

Je secouai la tête, la gorge serrée. Il essuya les larmes sur mes joues tandis que je m'efforçai de rester droite.

— Je t'en prie, ne pleure pas, Jo.

Il me prit dans ses bras pour me chuchoter doucement à l'oreille.

— Tu es la femme la plus forte que je connaisse, tu peux résister à tout. Je reviendrai plus tôt que tu ne l'imagines.

— Nick, s'il te plaît…

— Ce serait encore plus difficile de compter les jours. Je… je suis désolé.

— Tu es *désolé* ? Nick…

— Je ne voulais pas que tu pleures. Tu comptes trop pour moi pour souffrir à ce point. Je t'en prie, ne pleure pas. Je t'aimerai, où que je sois. Et je t'écrirai. Je t'écrirai à la moindre occasion, à l'ancienne, sur du papier. Attendre le facteur, ce sera plus spécial que de s'envoyer des e-mails.

— Je t'aime aussi. C'est juste... que je pensais qu'il nous restait plus de temps.

— On aura toute la vie, ensuite, je te le promets.

Je reniflai longuement. Pas moyen de maîtriser le torrent de larmes qui me ruisselait sur les joues. Après la meilleure nuit de ma vie, il me fallait affronter la pire journée.

— On devrait descendre. Ton père m'emmène à la gare.

Il consulta sa montre avant d'ajouter :

— Il ne nous reste plus beaucoup de temps.

Je n'arrivais toujours pas à y croire. L'homme que j'avais aimé toute ma vie, avec lequel j'avais passé presque tout mon temps, était sur le point de disparaître de ma vie pour une année entière. J'enfilai à la hâte un sweat-shirt et un short. Il jeta son sac sur son dos et me prit par la main.

Nous descendîmes sans dire un mot. Je m'essuyais le nez avec la manche de temps à autre. Mon père et Marge attendaient déjà à la cuisine, l'expression presque aussi sombre que la mienne, même si je ne pouvais pas concevoir que quiconque éprouve la douleur et la tristesse qui me déchiraient le cœur.

Nick me prit dans ses bras une dernière fois en murmurant :

— Je serai revenu en un rien de temps.

— Promis ?

— Oui, ma chérie. Je ne désire rien de plus au monde. Toi et moi, ensemble, dans cette petite ville.

Nous suivîmes nos parents à l'extérieur. Mon père monta au volant en consultant sa montre.

— Mais tout ça, on pourrait l'avoir dès maintenant, insistai-je une dernière fois.

— Je ne veux pas être un lâche il faut que je sois fort pour toi et moi. Je t'aime, Joelle. Je te promets que ça, ça ne changera jamais.

— Je t'aime aussi, Nick. Reviens vite.

Il hocha la tête et embrassa sa mère. Elle lui donna une boîte pleine de ses cookies préférés, qu'elle lui avait préparés un peu plus tôt. Nick se retourna et monta dans la voiture de mon père. J'aurais pu les accompagner. En fait, j'aurais dû, mais bouleversée par cette nouvelle qui venait de me tomber dessus, je n'envisageai même pas cette possibilité. Marge aurait pu s'occuper de nos deux boutiques pendant la journée. Mais d'un autre côté, si je le suivais à la gare, je craignais de ne pas pouvoir le laisser partir. Dès que la camionnette démarra, je me retournai pour me jeter dans les bras de Marge. Elle me serra fort et me caressa les cheveux comme une mère affectueuse.

Je me retournai une fois de plus dans l'espoir de voir Nick m'adresser un ultime signe, mais je ne vis plus rien que de la poussière.

Nick était parti.

CHAPITRE 11

Le jour du départ de Nick fut le plus douloureux de ma vie, du moins jusqu'à ce point. Je restai en jogging toute la journée, et le lendemain, et le surlendemain aussi. Les minutes et les heures se mêlaient dans un flou temporel continu, et je me sentais plus perdue que jamais, davantage encore que ce jour où nous avions échappé à l'ours pendant notre excursion et que nous nous étions égarés dans les bois. Au moins nous étions perdus ensemble.

Notre jogging du matin, nos regards furtifs et nos baisers secrets me manquaient. Je n'avais plus de raison de me réveiller ou d'aller me coucher. Mon corps s'engourdissait peu à peu tandis que je me morfondais de devoir continuer sans lui. Pendant les deux premières semaines, je pétris davantage de pâte à pain que durant le reste de ma vie, la martelant de coups de poing lorsque la frustration me gagnait, et allant jusqu'à la déchirer parfois, jusqu'à ce qu'un jour, au milieu de l'été, Marge frappe à la porte d'entrée.

— Jo ? Tu aurais un peu de temps pour m'aider à la pâtisserie ?

Mon père me mit la main sur l'épaule.

— Je peux m'occuper de tout, ici. Va voir ce que tu peux faire pour Marge.

— D'accord.

Je la suivis dans sa boutique en traînant les pieds. Une fois à l'intérieur, je mis un tablier et un filet à cheveux, je m'emparai de la poche à douille de crème pour les cupcakes et je commençai à coiffer les gâteaux de délicieux chapeaux blancs. L'opération demandait beaucoup de concentration, une denrée qui me manquait pour le moment, mais son caractère monotone se révéla satisfaisante, en particulier lorsque je pus admirer les rangées de cupcakes avec leurs splendides chapeaux de crème, alignés comme des petits soldats.

— Tu sais, moi aussi j'aurais préféré qu'il ne parte pas, déclara Marge une fois la première fournée terminée.

Je levai la tête, perplexe. Elle avait soutenu Nick dans sa décision avant même qu'il la manifeste, et je me demandai d'où venait ce revirement.

— Je croyais que c'était pour son bien, selon toi.

— Bien sûr, mais je regrette tout de même qu'il ne soit pas là.

— Comment tu as fait, quand ton mari est parti ? Tu avais déjà un enfant, alors… je n'arrive pas à comprendre comment tu as réussi à traverser ça toute seule.

Sortant un second tabouret de sous le plan de travail, elle me fit signe de m'y asseoir.

— Je me sentais perdue. J'avais à peu près ton âge quand Kyle est parti. Je ne voulais pas qu'il s'en aille, mais je ne voulais pas non plus que son rêve lui échappe. À son retour, il avait changé. Mûri. Et il avait trouvé une sorte de sérénité solide, bien réelle. Il savait exactement ce qu'il attendait de la vie, et après avoir vu ce qu'il avait vu, il chérissait d'autant plus le temps passé auprès de sa famille. Je crois que cet isolement a renforcé Kyle. Rejoindre les forces spéciales, ce n'est pas donné à tout le monde.

Elle avait raison. Je savais que Nick était spécial. C'était l'homme le plus courageux et le plus fort que je connaisse.

— Mais ton mari est mort. Tu n'as pas peur pour Nick ?

— Bien sûr que si. C'est un risque, mais des risques, on en prend en permanence. Il aurait pu rester ici et devenir un excellent professeur, un inspecteur de police ou même un pâtissier, mais je ne voulais pas qu'il regrette son choix et devienne quelqu'un qu'il ne voulait pas être. Il aurait aussi pu se joindre à Carter, chez les pompiers, un métier dangereux aussi. Ce que je veux dire, Jo, c'est qu'on ne peut pas changer ce que Dieu a décidé pour nous. Les batailles les plus difficiles de notre existence sont celles auxquelles on ne s'attendait pas. Elles nous rendent plus fortes.

— Est-ce que c'est méchant de ma part d'espérer qu'il échoue ? Ou qu'il change d'avis et renonce ?

— Toi aussi, tu y penses ? fit-elle avec un sourire compréhensif. Tu vas passer le cap, ma puce. Je sais que tu y arriveras. Ça deviendra plus facile avec le temps, et je serai là pour toi, comme ton père.

Je contemplai les trois fournées de cupcakes que je venais de décorer.

— Ça aide de s'occuper, j'imagine. Marge, ça ne te gêne pas que je passe tous les matins pendant l'été, pour les décorer avec toi ? De toute façon, je n'ai pas envie de courir quand Nick n'est pas là, et ça me fait du bien de m'occuper des gâteaux.

— Oh non, pas du tout. En fait, j'apprécie vraiment ! Tu aurais le temps de faire quelques gâteaux, tant que tu y es ?

J'avais tout mon temps avant d'entrer à la fac en septembre… un choix dont j'étais encore moins sûre qu'auparavant, allez savoir pourquoi.

— J'adorerais ça.

En déposa la crème sur les gâteaux, je me demandai combien Nick en avait décoré depuis qu'il était petit. Des milliers, sans doute. J'en avais réalisé quelques-uns depuis qu'il m'avait aidé à cuisiner pour Marge, mais en repensant à ses gestes professionnels lorsqu'il donnait un coup de poignet ou faisait tourner le support, je songeai qu'il me faudrait bien m'entraîner pendant des milliers d'heures si je voulais y arriver aussi vite que lui.

Deux heures s'étaient écoulées depuis que j'avais terminé. J'observai le résultat de mon travail, satisfaite, et je m'affairai à disposer les gâteaux dans la vitrine au moment où la porte d'entrée s'ouvrit.

Daisy et Carter entrèrent, main dans la main, et s'installèrent à la table pour deux.

— Vous êtes passés me surveiller ? demandai-je.

— Deux amis ne peuvent plus te rendre visite sans se faire soupçonner ?

L'air parfaitement innocent de Carter me rappela pourquoi j'aimais tant mes amis.

— On s'inquiète pour toi, dit Daisy. On ne te voit plus, Jo. J'espère que tu n'as pas l'intention de rester dans ton trou jusqu'au retour de Nick !

C'était plus ou moins mon intention, mais je n'allais pas le lui avouer.

— J'essaie de m'occuper, c'est tout.

— Super ! C'est exactement la réponse qu'on attendait.

Hein ?

— Viens avec nous, le week-end prochain. Ils organisent une soirée dansante à la vieille grange. Les pompiers organisent une collecte pour rénover leur équipement. Ce sera marrant.

— Merci, mais je ne veux pas être la cinquième roue du carrosse.

— Ce ne sera pas le cas. Molly vient aussi, et la plupart des gens de notre classe.

— Vous allez vous ennuyer, avec moi.

— Je suis sûre qu'on saura effacer cette expression tristounette pendant une heure ou deux. Allez, viens, on part à la fac dans un mois et demi. On n'aura plus d'autre occasion de faire la fête ensemble avant un bout de temps, protesta Daisy en faisant la moue.

Je me balançai d'un pied sur l'autre, en me demandant ce qu'aurait fait Nick. S'il avait été là, nous y serions certainement allés ensemble, mais toute seule ?

— Je ne sais pas.

— Si tu ne t'amuses pas au bout d'une heure, je te reconduis personnellement chez toi, proposa Carter.

— Attention, je prends cette offre très au sérieux.

— Ça veut dire oui ? s'exclama Daisy en me fixant d'un air impatient, prête à me sauter dans les bras.

Je hochai la tête.

— Ouais !

Elle bondit de sa chaise et se jeta à mon cou pour me serrer fort contre elle.

— Ce ne serait pas la même chose sans toi. Je te promets qu'on va s'éclater comme jamais.

Pour la première fois depuis le départ de Nick, je me sentis un peu moins déprimée. Peut-être qu'ils avaient raison. Une soirée passée à danser, voilà qui me permettrait vraiment de me détendre.

— Ça te fera du bien, Jo, murmura Marge derrière moi.

— Merci.

J'emballai les cookies que Daisy et Carter avaient commandés et je pris une autre commande ce dernier pendant que mon amie examinait les cupcakes que je venais de décorer.

— C'est pour la collecte de fonds des pompiers, mais il ne faut pas que Daisy soit au courant. Quand est-ce que tu pourras t'en occuper ?

— Carter, tu m'as demandé *un* cupcake. Je crois que j'arriverai à gérer assez vite.

Il se retourna vers Daisy, occupée à contempler une de mes œuvres, et ajouta en baissant encore la voix :

— Je peux vraiment te faire confiance ?

— Mais bien sûr.

— Alors il faut que tu m'accompagnes en ville demain.

— Pourquoi ?

Il posa un doigt sur ses lèvres.

— Je te dirai demain, mais tu n'as pas le droit d'en parler, à personne.

La curiosité me démangeait tout le corps, et je m'interrogeais sur le secret de Carter.

— Je te le promets. Je t'attends à neuf heures ?

— Parfait.

— Qu'est-ce que vous complotez, tous deux ? demanda Daisy.

— Carter prétend que ton parfum préféré, c'est chocolat. Je lui ai dit que c'était vanille, mais il n'écoute rien.

— J'adooooore la vanille. Évidemment, j'aime aussi les… expériences plus corsées, ajouta-t-elle d'un air malicieux, mais pour les cupcakes, y a pas à tortiller !

— Tu vois, je te l'avais dit, fis-je en souriant avant de comprendre ce que Daisy sous-entendait, et le rouge me monta aux joues.

Jusqu'alors, je ne m'étais même pas demandé si Nick aimait lui aussi les « expériences plus corsées », simplement parce que nous n'avions partagé notre intimité que la veille de son départ. Je pris note de le lui demander dans une de mes lettres.

— On se revoit à la soirée, alors.

Daisy m'étreignit de nouveau.

— À plus !

Une fois qu'ils partirent, je donnai la commande de l'unique cupcake à Marge.

— Qu'est-ce que ça veut dire, à ton avis ?

Elle porta la main à sa bouche comme si elle savait quelque chose que j'ignorais.

— Eh bien si tu veux mon avis, j'ai l'impression que Carter va la demander en mariage.

— Vraiment ? glapis-je. Oh mon Dieu ! Tu as raison. Il va mettre la bague dans le cupcake, c'est ça ?

— Eh bien, peut-être pas à l'intérieur, mais sans doute dessus. Jo, il faut que tu te renseignes, parce que si je le sais à l'avance, je pourrai l'aider à rendre le moment plus spécial encore.

— Je pars en ville avec lui demain. Il m'a dit qu'il avait besoin d'aide et que je ne devais en parler à personne. Oh mince, je viens de rompre ma promesse.

— Ma puce, ton secret est en sécurité avec moi.

En consultant ma montre, je me rendis compte que j'avais passé plus de temps que prévu à la pâtisserie, et qu'il restait encore beaucoup de pains à cuire avant l'après-midi.

— Tu as besoin d'autre chose ?

— Non, merci. Je te vois demain, vers deux heures ?

— Parfait ! dis-je avant de m'arrêter devant la porte. Tu as eu des nouvelles de Nick, au fait ?

— Non. Pas encore. Mais je suis sûre que nous en aurons bientôt.

— D'accord.

Je rentrai aide mon père, mais il venait de mettre au four les pains que je comptais l'aider à confectionner.

— Désolé d'avoir commencé sans toi, ma puce. J'ai terminé.

— Je ne comptais pas y passer si longtemps.

— Oh, ne t'en fais pas. Ça ne m'ennuie pas du tout.

— Alors, et ensuite ?

— Eh bien c'est tout. Pourquoi tu ne prendrais pas un peu de temps pour toi ?

Pour moi ?

Fouillant dans son tablier, il agita une enveloppe qui m'était adressée.

— Je crois que quelqu'un attend ça depuis longtemps.

Il me fallut moins d'une seconde pour identifier l'écriture de Nick. Mon cœur se mit à battre la chamade lorsque je me précipitai pour prendre ma première lettre.

— Merci !

Je montai les escaliers quatre à quatre et je m'enfermai dans ma chambre pour la lire en privé. Mes mains tremblaient, couvertes de sueur, lorsque je déchirai l'enveloppe d'un coup de ciseaux. L'attente avait été pénible, mais recevoir une vraie lettre se révélait bien plus romantique qu'un e-mail. Je savais que j'allais la conserver près de mon lit pour la relire à de nombreuses reprises. Peut-être que je la mettrais même sous mon oreiller.

Ma très chère Joelle,

J'espère que tu vas bien. Avant de commencer à lire, s'il te plaît, essuie tes larmes. Ça me fait trop de mal de savoir que tu pleureras chaque fois que je t'écrirai. Je ne veux pas que tu pleures.

Je gloussai. Me demander de ne pas pleurer, c'était demander aux chutes du Niagara de cesser de couler. Je passai toutefois ma manche sur mes joues et mes yeux pour les sécher, afin de pouvoir au moins lire la lettre.

Dire que tu me manques serait un blasphème. Il ne se passe pas une seconde sans que je pense à toi. Tu habites mes jours et mes nuits, m'encourageant à subir sans flancher des minutes, des heures d'entraînement impitoyable et me rappelant ce que je dois faire. Tu me donnes une force que je n'étais même pas conscient d'avoir.

Il faut que je sois honnête : j'ignore si je pourrai t'écrire souvent, mais je le ferai chaque fois que j'en aurai l'occasion. Je voudrais pouvoir dire que je compte les jours qui me séparent du retour chez nous, mais ici, tout s'enchaîne et me fait perdre la notion du temps, j'en ai du mal à distinguer le jour de la nuit. Le sommeil est un luxe dont je ne bénéficie pas toujours. Il faut que je regarde le calendrier pour calculer combien de temps je suis parti. Ce qui me fait me languir de toi encore davantage. Quand je m'étends sur ma couchette, je regarde par la fenêtre et je vois le ciel nocturne, le tien, le mien, et je me demande si tu es sur ton toit. Et dans l'espoir de me sentir un peu plus proche de toi, je me persuade que tu es en train de regarder les mêmes étoiles que moi.

Les activités physiques sont pénibles. Ils te poussent jusqu'au point de rupture, jusqu'à ce que ton esprit te joue des tours et que les hallucinations fassent partie de ta vie, mais j'encaisse. Je ne veux pas rebrousser chemin dans onze mois en me disant que c'était du temps perdu. Je me sens déjà changer. Les petits détails n'ont pas d'importance. Il n'y a que toi qui comptes, notre avenir et notre sécurité. Je suis maintenant plus déterminé que jamais à faire de ce monde un endroit meilleur, je te le promets.

Le plus difficile, le plus douloureux, c'est d'être loin de toi. Tes lèvres douces et ton corps me manquent. Tu me manques tout entière, mais je sais que je reviendrai plus fort pour nous deux et que tout ça en vaut la peine.

S'il te plaît, passe le bonjour à nos amis et à ton père, et embrasse ma mère. J'essaierai d'écrire de nouveau très bientôt. Je t'aime, Joelle.

Ton Nick, rien qu'à toi et à jamais

JE M'ESSUYAI de nouveau les yeux d'un revers de manche. Il allait me falloir un moment pour pouvoir lire une lettre de Nick sans pleurer. Je m'emparai d'un stylo et d'une feuille de papier, et je réfléchis à ce que je voulais lui dire. Les mots me vinrent naturellement.

CHER NICK,

Je ne te mentirai pas : ici, ce n'est plus pareil sans toi. Quand tu es parti, j'ai eu l'impression de perdre mon meilleur ami. Mes jours sont longs, et mes nuits encore davantage. J'essaie de rester occupée à la boulangerie et à la pâtisserie. Mais ça n'empêche, je me sens perdue la plupart du temps. Je ne sais pas trop quoi faire de mes journées. Carter et Daisy sont passés aujourd'hui pour m'invite à un bal à la grange le week-end prochain. La caserne de pompiers lève des fonds pour acheter de l'équipement. Je n'ai vraiment pas envie d'y aller, mais c'est toujours quelques heures sans toi qui passeront un peu plus vite.

Je pensais aller chez le boucher en espérant qu'il me laisse découper de la viande pour passer mes nerfs, mais il m'a dit que les couteaux et la déprime ne font pas bon ménage. À la place, je moleste la pâte le matin comme si c'était un punching-ball. J'espère retrouver le moral bientôt, parce que pour le moment, tout ce dont je suis capable, c'est de ressasser les souvenirs de nous deux ensemble. Je ne sais pas comment je vais faire pour étudier, si loin de toi.

Même si j'aurais préféré que tu restes, je veux que tu saches que je suis fière de toi, Nick. Je monte sur le toit et je pense à toi toutes les nuits où le temps le permet, et je regarde les étoiles... les mêmes que toi.

Je voudrais tant que tu sois là, de tout mon cœur. Tu me manques terriblement.

Ta Joelle, rien qu'à toi et à jamais

J'EMBRASSAI LA LETTRE, je fermai l'enveloppe et je l'adressai à l'adresse figurant sur celle que m'avait envoyée Nick. Je filai à la poste et je revins en un temps record. Lorsque j'arrivai, mon père fermait la boulangerie.

— Tu n'as pas traîné, dit-il.

Je ne pouvais plus m'arrêter de sourire.

— Tu sais, aujourd'hui, c'est le premier jour où j'ai pensé que j'arriverai à vivre cette année en l'absence de Nick.

— C'est bien, ma puce. Et quand tu reprendras les cours à plein temps, l'année passera encore plus vite.

Je pris un chiffon que je mouillai pour essuyer le comptoir.

— Papa, comment est-ce que tu as choisi ce que tu voulais faire dans la vie ? demandai-je en effectuant des mouvements circulaires.

— Je n'ai pas choisi. J'ai repris l'affaire de mon père, qui était dans la famille depuis quelques générations.

— Alors, tu n'as pas eu le choix ?

— Je ne l'ai pas vu de cette façon. Une occasion s'est offerte et je l'ai saisie.

— Oh.

— Pourquoi est-ce que tu demandes, mon chou ?

— Je me pose des questions sur l'université.

— D'où ça vient ? Tu ne veux plus enseigner ?

— Je ne sais pas. Je crois que j'ai voulu y aller pour faire comme Daisy, et je… je ne suis pas sûre que ça me convienne. En fait, je ne sais pas vraiment ce qui me conviendrait. Tu serais fâché si je n'y allais pas encore ? Je ne veux pas passer une année à faire quelque chose dont je doute. Je préfère me consacrer à ce qui me plaît.

Il m'adressa un mystérieux sourire, comme s'il savait quelque chose que j'ignorais.

— Je serais fâché que tu n'aies aucun projet. J'imagine que tu t'es trouvé un autre centre d'intérêt ?

— C'est bien le problème. Je ne suis pas sûre. Enfin, je sais que je ne deviendrai pas médecin ni avocate, mais je veux faire quelque chose que j'aime.

— Et qu'est-ce que tu aimes ?

Encore un élément dont je doutais. J'aimais mon père, et Nick bien sûr, mais en matière de hobbies, les ricochets et le jogging ne constituaient sans doute pas des plans de carrière viables. Le grand four de la cuisine sonna : la fournée de pains de l'après-midi était prête.

—J'adore sentir l'odeur des petits pains le matin. J'adore la sensation que j'éprouve en mordant dans les cupcakes de Marge. Et surtout, j'adore voir les clients les manger, voir leur regard s'éclairer quand ils voient un gâteau en forme de sac à main, de chaussure ou de ballon. Marge fait de l'art, et je trouve ça merveilleux.

— Eh bien, loin de moi l'idée de te forcer la main, mais tu n'as pas songé à devenir pâtissière ou boulangère ?

Pâtissière ?

— Comme toi ?

— Moi ou Marge, voire les deux. Tu as l'expérience nécessaire. Et c'est un peu égoïste de ma part, mais ça me permettrait de partir en retraite plus tôt, ajouta-t-il avec un clin d'œil.

— Pâtissière, murmurai-je en ressentant une profonde euphorie.

— Je crois que tu as ta réponse. Si tu veux, je peux passer quelques coups de fil. Ils ont une excellente école de pâtisserie à Pinedale. Et maintenant, avec internet, tu peux t'entraîner avec YouTube. Je suis sûr que Marge adorerait t'apprendre aussi, si ça te fait envie.

Je ne m'étais jamais sentie aussi enthousiaste à l'idée d'enseigner. Mon cœur battait à tout rompre tandis que les idées et les possibilités se bousculaient dans ma tête. Tout ça se passait si vite. Je me voyais déjà dans ma propre boutique, avec un système de commande par internet, et des cartons entiers qu'on entassait dans un camion pour les livrer.

— Je crois que j'aimerais beaucoup ça.

Et ce fut ainsi, grâce à cette petite suggestion, que mon père redonna un sens à ma vie.

olly, Daisy et moi avions décidé de passer la soirée entre filles au bord du lac. Quand nous arrivâmes à Pebble Beach, je ne pus empêcher les souvenirs du bal de promo d'affluer, et je me rappelai quand Nick et moi avions fait l'amour pour la première fois, à quelques mètres à peine. Nous installâmes un feu de camp et nos chaises de camping. Je disposai des muffins, des cookies et des cupcakes que j'avais préparés dans la journée sur une table composée de quelques planches que nous avions trouvées près de la forêt. Molly avait apporté un plateau très sain de fruits et de légumes avec de la sauce, tandis que Daisy avait opté pour un assortiment de malbouffe : chips et popcorn au caramel. En nous regardant porter cette quantité de nourriture, on aurait cru que nous organisions une fête pour une bonne douzaine de convives.

Le soleil allait se coucher dans une heure. J'étirai mes jambes, retirai mes chaussures et me réchauffai les pieds devant le feu. Les nuits étaient plutôt fraîches à Hope Bay, même en été.

— Alors, camarade de chambre, t'as fait tes bagages pour la

fac ? demanda Daisy.

— Justement, je voulais t'en parler.

— Oh, je n'aime pas beaucoup ça…

— Je ne me vois pas devenir institutrice. Je crois que je suis née pour devenir pâtissière, même si je ne m'en étais pas encore rendu compte.

— Hein, tu vas te débiner ?

— J'y ai beaucoup réfléchi, Daisy, mais la seule chose qui me rende heureuse, c'est la pâtisserie.

— Tu veux dire la pâtisserie *et Nick*, non ? Je vous imagine tous deux batifoler sur ce plan de travail, avec de la farine dans toute la cuisine et quelques pépites de chocolat ici et là…

Elle retira son chapeau au motif de marguerites et le posa à côté d'elle.

— Beurk, Daisy ! Jamais de la vie ! m'exclamai-je, prise de fou rire, devant l'expression tout à fait sérieuse de Daisy.

— Pourquoi pas ?

— Déjà parce que c'est là qu'on pétrit le pain. Ensuite, c'est une cuisine, ce ne serait pas hygiénique.

— Hygiénique mon cul ! Quelques gouttes de sueur n'ont jamais tué personne.

— Ben je vais y réfléchir à deux fois quand tu m'inviteras à dîner chez toi, dis donc !

— Je désinfecterai la table avant qu'on mange.

— La table ? Daisy ! Et il y a d'autres endroits où vous vous êtes sauté dessus ?

— Partout, répondit-elle avec un soupir rêveur.

— Continue comme ça et Carter te mettra enceinte avant que tu aies fini la fac, dit Molly en retirant également ses chaussures et en piochant dans les cookies.

J'avais l'impression que les fruits et légumes allaient se sentir seuls, ce soir.

— Alors tu me laisses vraiment tomber ?

— Je te promets que tu pourras tester tes techniques d'enseignement sur moi.

Ce disant, je croisai les doigts sur mon cœur.

— Et Marge m'emmène à San Antonio au Texas demain pour confectionner une commande spéciale de gâteau. Vous savez quoi ? On part en jet privé, et elle m'a dit qu'elle me laisserait tout faire !

— Waou ! Bientôt tu quitteras ce petit bled pour devenir une cuisinière célèbre !

— Nan… Je reste une fille de Hope Bay, jusqu'au bout des doigts. Cette ville, c'est chez moi.

— Eh bien, ce ne sera pas pareil sans toi, à la fac, mais je suis ravie de savoir qu'il y aura quelqu'un pour s'assurer qu'on ait du pain frais tous les matins, pendant que je me crèverai à enseigner à de sales petits mouflets.

— Tu seras une super instit, dit Molly. Les gosses t'adorent. Depuis toujours, parce que t'es une marrante.

— Oh, merci ! Et toi, au fait ?

— Oh, je veux toujours devenir infirmière. Ce qui signifie que je vais devoir partir quelques années, mais je reviendrai. Pas question que je quitte cette ville définitivement.

Cette réflexion me dégrisa, et je songeai à notre avenir, à Nick et à moi.

— Oh, désolée ! Je ne voulais pas que tu le prennes comme ça. Je sais que Nick te manque, mais il faut beaucoup de courage pour s'impliquer dans un projet comme le sien.

— Je sais. Je regrette seulement que le temps ne passe pas plus vite.

— Tu sais ce qui me manquerait le plus si Carter s'en allait ? demanda Daisy d'une voix évaporée.

— Quoi ?

— Le sexe. Carter est tellement génial, et tellement généreux. Il fait ce truc avec son…

— Wow, doucement ! On ne veut pas tout savoir, intervint Molly, soudain remonté.

— Oh, tu saurais ce que je veux dire s'il te grimpait dessus. Je te jure, on dirait qu'il a fait une formation spéciale jambes en l'air…

Un peu plus intéressée par la conversation en raison de mon manque d'expérience, je posai le paquet de chips que j'étais en train de vider et j'attendis que Daisy poursuive.

— Alors… vous le faites souvent ?

— Au moins trois fois par semaine. Parfois quatre, et même cinq. Qui s'amuserait à compter de toute façon ? Ce qui compte, c'est que quand on se sent chaud, c'est parti. Je ne sais pas comment j'ai pu me passer de ça jusqu'ici. C'est pour ça que ça me manquerait. En fait, je crois que je péterais les plombs. Comment tu fais, Jo ? Comment tu arrives à supporter l'absence de l'homme que tu aimes ? Comment tu fais pour ne pas avoir envie d'être avec lui tout le temps ?

— Eh bien, j'ai envie de lui, et il me manque, mais je n'ai pas vraiment d'expérience pour faire de comparaison. On ne l'a fait qu'une fois, la veille de son départ.

— Après le bal de promo ?

— Ouaip. Juste là-bas, sur cette colline, dis-je en la montrant du doigt. Il avait monté une tente et tout préparé.

— C'est trop chou ! fit Molly, rêveuse.

— Attends, il t'a… cueilli la rose ce soir-là ? fit Daisy en léchant le glaçage de son cupcake sur ses doigts.

— Et moi j'ai cueilli la sienne.

— Oh, c'est trop chouuu ! répéta Molly.

Cette grande romantique voulait attendre de se marier pour coucher pour la première fois.

— Mesdames, vous ne savez pas ce que vous ratez. Ça m'a fait un mal de chien après la première fois, avec Carter, mais la fois d'après, ça s'est beaucoup mieux passé. Et ensuite, chaque fois, c'était un truc de dingue ! Il aime être au-dessus, en dessous… en fait, il aime toutes les positions et il me surprend chaque fois qu'on se retrouve.

— Waou, c'est… génial ? demandai-je.

— Mais carrément, répondit-elle avec un sourire idiot et nostalgique. On a toujours envie l'un de l'autre.

— Eh bien, vous étiez vraiment faits l'un pour l'autre, dis-je. Comme Nick et moi.

— Tu vas grimper aux rideaux quand il reviendra.

— Tu crois ?

— Oui ! Une fois qu'on a goûté au fruit défendu, on veut tout le verger. Tu devrais déjà réfléchir à un endroit où vous pourrez le faire, parce que tu auras certainement envie de profiter au maximum des quelques semaines où vous vous retrouverez.

— Eh bien il faudra que tu m'en dises plus, alors. Je veux être prête pour lui et m'assurer que ça lui plaise.

Elle s'approcha davantage.

— Ben alors, il faut que tu le suces. Ça, c'est facile. Carter aime aussi quand on le fait sur son lit, sur le côté. On entre-croise nos jambes, comme des ciseaux, et je me penche pour lui caresser les couilles, et après ça il est complètement dingue.

Je faillis recracher mes chips. Même moi, je n'en demandais pas tant.

— J'ai l'impression de perdre ma virginité rien qu'en t'écoutant, Daisy, s'esclaffa Molly avant de reporter son attention sur le lac. Vous savez ce qu'on devrait faire ?

Elle se leva pour retirer son tee-shirt.

— Oh, oh ! Je crois bien que Molly est shootée à l'air du large !

L'intéressée gloussa.

— Allez ! On n'a pas pris de bain de minuit depuis une éternité, insista Molly.

— Ok, je te suis ! fit Daisy en déboutonnant son short en jean.

— Attendez, et moi, je vous regarde ? m'exclamai-je en retirant moi aussi mon short.

Une fois plus proches de la rive, nous retirâmes nos sous-vêtements sans nous regarder et nous entrâmes lentement dans l'eau.

— Elle est plus froide que d'habitude, déclarai-je en nageant.

Le soleil commençait à se coucher, et ses reflets orange ondulaient à la surface. J'adorais ma ville, dont le paysage idyllique me confortait également dans ma décision de devenir pâtissière ici. Aller vivre ailleurs, n'importe où, n'était même pas une option.

— Le temps a changé. Profite, parce qu'il paraît qu'on va avoir droit à un orage en fin de semaine.

— Ils se plantent tout le temps, à la météo. C'est un des métiers où on peut merder sans arrêt sans jamais se faire virer, plaisantai-je.

— J'espère bien, ça gâcherait la collecte de fonds des pompiers. Carter bosse comme un fou pour que tous les habitants de la ville participent.

— C'est chouette de vous voir si heureux tous les deux.

Daisy plongea, puis refit surface en crachant de l'eau comme une gamine. Les gosses allaient l'adorer, plus tard.

— On est fous amoureux. J'ai hâte de partager ma vie avec lui.

— Tu en es sûre ? s'étonna Molly.

— Ouaip. S'il me demandait en mariage demain, je répondrais oui sans hésiter. Mince, s'il voulait qu'on aille se marier tout de suite à Las Vegas, je serais déjà dans la voiture !

— J'ai honte, mais je suis jalouse de vous deux, fit Molly en s'approchant de nous. Parfois, je me demande si je fais bien de me préserver jusqu'au mariage, alors que je n'ai même pas de petit ami.

Molly était une fille magnifique. Le problème, c'est que sa beauté intimidait la plupart des mecs de la ville. J'avais espéré qu'Andrew manifeste son intérêt pour elle, mais même lui craignait de ruiner sa perfection. Et ses parents très stricts n'aidaient pas. Ils étaient formidables et l'élevaient bien, mais ils ne lui facilitaient pas la tâche en ne lui permettant de sortir et de voir des gens qu'à des occasions bien spécifiques.

— Jalouse ? Il ne faut pas, ma chérie. Ton homme viendra. Et te garder intacte pour le bon nécessite plus d'assurance et de discipline que nous n'en avons. Ne lâche pas d'entrée gratuite tant que tu n'auras pas trouvé le bon mec. Un jour, il viendra prendre ton cœur et te traitera comme la femme merveilleuse que tu es. Mais d'abord, il faudra qu'on s'assure qu'il te mérite. Il faudra qu'il passe le célèbre examen de Jo et Daisy.

— Je ne savais pas qu'il y en avait un, fit Molly en riant.

Moi non plus, mais connaissant Daisy, elle ne plaisantait absolument pas.

— Mais bien sûr, qu'il y en a un ! On ne va pas te livrer au premier blaireau qui en envie de tirer un coup.

— Je vous adore, les filles. Je ne sais pas ce que je ferais sans vous.

Molly nous étreignit toutes les deux. Je les aimais, moi aussi. Elles comptaient plus que tout pour moi, et elles allaient me manquer lorsqu'elles partiraient pour l'université.

Je plongeai une fois de plus et lorsque je refis surface, j'entendis quelqu'un siffler sur la rive. Nous nous détournâmes toutes trois du soleil couchant.

Oh non !

Sur la berge, Carter et Andrew agitaient nos sous-vêtements comme des drapeaux.

— Carter Jacob Clark, pose ça tout de suite et fiche le camp, sinon… menaça Daisy.

— Sinon quoi, ma chérie ?

— Sinon je viens les récupérer moi-même.

Et elle le ferait, hein ? Oh que oui. Daisy ne prononçait jamais de menace à la légère. Vérifiant que l'eau me couvrait toujours la poitrine, je nageai jusqu'à elle.

— Daisy, qu'est-ce que tu fabriques ?

— S'il ne pose pas nos affaires et s'il reste, je lui rendrai la pareille.

J'éclatai de rire.

— Tu n'imagines pas à quel point je t'aime.

— Pareil. Tu viens ?

— Tu rigoles ? Si Nick savait que Carter m'a vue toute nue, il le tuerait. Sur ce coup-là, tu te débrouilles.

Daisy leva la tête et barbota jusqu'à la rive, pendant que je les observais avec Molly. C'était à celui qui céderait le premier. Lentement, Daisy arriva à l'endroit où l'eau n'était plus si profonde et dévoilait sa poitrine.

— Qu'est-ce que tu fiches ? hurla Carter.

— Je viens chercher mon soutif et ma culotte, cria-t-elle.

— Tu déconnes ? Retourne dans l'eau, et tout de suite !

En voyant Carter aux quatre-cents coups, je ne pus m'empêcher d'éclater de rire, hilare devant la façon dont sa copine lui avait damé le pion.

— Tu l'as voulu, Carter. Maintenant, t'es exaucé.

— Retourne-toi, Andrew, ordonna-t-il à son copain.

— Et rater le spectacle ? ricana l'intéressé.

— Tu rateras beaucoup plus que ça quand je t'aurai tué.

Molly et moi ne pouvions pas nous arrêter de ricaner, et je suis sûre que nous fîmes toutes deux pipi de rire dans l'eau. En tout cas, moi, je le fis. Andrew se retourna enfin juste avant que Daisy n'émerge entièrement de l'eau et ne s'approche d'un pas nonchalant de Carter, qui lui tendait nos biens.

— Je te jure que si jamais tu refais ça, je… je t'enferme et je ne te laisse plus jamais sortir tant que tu n'auras pas compris que tu ne peux pas te montrer comme ça aux autres.

— Vas-y, enferme-moi, mon chou, et un jour tu te retrouveras attaché à ton lit sans personne pour t'aider, répondit-elle en se hissant sur la pointe des pieds pour l'embrasser.

Heureusement que leurs voix portaient bien au-dessus de

l'eau. Je n'aurais voulu pour rien au monde manquer leur adorable dispute.

— Allez, file, je suis sûre que les copines se gèlent les miches, dans l'eau.

— Je ne comprends rien. Pourquoi vous être baignées à poil ? demanda-t-il.

— Pour la même raison que vous, les mecs, vous aimez péter sur des flammes. Va comprendre !

— Je t'aime, espèce de cinglée.

— Je sais. Je t'aime aussi.

— Je te laisse libre ce soir. Mais demain, tu seras mienne !

— Grrr !

Daisy imita un grognement de fauve et griffa l'air de ses doigts recourbés comme des griffes.

Carter lui administra une claque sur les fesses avant de disparaître dans les bois avec Andrew.

— Et ne vous avisez pas de nous reluquer, de là où vous êtes ! Je le saurai si jamais vous le faites ! leur hurla Daisy.

Une fois certaine que la voie était libre, elle se retourna vers nous.

— Bien, mesdames ! Vous pouvez sortir en toute sécurité, à présent.

Je nageai jusqu'à la rive avec Molly.

— Merci, Daisy. Je ne sais pas ce qu'on aurait fait sans toi.

— Vous vous seriez ridées comme de vieux pruneaux ! s'esclaffa-t-elle.

Nous nous habillâmes et ajoutâmes du bois au feu. Bientôt, les flammes montaient assez haut pour produire une chaleur constante. Assise sur la plage, suivant du regard les étincelles orange qui montaient dans le ciel nocturne, je me demandai combien de réunions de ce genre il nous restait jusqu'à la fin de l'été. J'ignorais alors qu'il s'agissait de la dernière pour nous trois.

Cher Nick,

Ça va peut-être te sembler bizarre, mais j'ai envie de parler de sexe. J'y pense sans arrêt, et je crois que c'est parce que Daisy nous rebat les oreilles avec ses parties de jambes en l'air avec Carter. Elle commence à me rappeler une lapine au printemps. Elle et Carter n'arrêtent pas de s'envoyer en l'air, et j'ai l'impression de rater tous les bons moments avec toi. Enfin, on a couché ensemble, c'est vrai, mais je ne sais pas vraiment ce que tu aimes, et j'aimerais le découvrir. J'ignore ce que j'aime, cela dit, mais je veux l'apprendre avec toi. Si je te racontais tout ce que Daisy fait avec Carter, tu ne me croirais pas. Et elle a le toupet de nous dire qu'elle garde le meilleur pour elle ! Elle ne le sait pas encore, mais Carter va lui demander sa main. Il faut que ça reste entre nous, encore que quand tu recevras cette lettre, ils seront déjà fiancés. Je pars en ville demain pour aider Carter à choisir sa bague. C'est tellement enthousiasmant. Je voudrais que tu sois là.

J'espère que ça ne te paraît pas pervers que j'aie envie d'évoquer le sexe. Ça vaut peut-être mieux, en tout cas, que de te parler des gâteaux que je décore avec ta mère. Et je m'améliore, tu sais ? En fait, j'ai hâte de me rendre à la pâtisserie tous les matins pour essayer des trucs inédits. Ce qui m'amène à une autre discussion que j'aurais voulu avoir sur nos toits. Je ne vais pas à la fac. Je ne m'y vois vraiment pas, et le seul endroit où je me sente bien, c'est la pâtisserie. Ça te déçoit ? J'ai regardé des tas de vidéos de pâtisserie sur YouTube, et ta mère m'a beaucoup aidé. J'ai hâte que tu goûtes mes muffins aux myrtilles. Ils sont à tomber. Le week-end dernier, je suis allée à San Antonio en avion avec ta mère pour confectionner et décorer un gâteau spécial, et j'ai tout fait, sous sa supervision ! J'ai préparé le gâteau, je l'ai assemblé, et j'ai réalisé ma première commande spéciale pour un client exclusif. C'est dingue, non ? Moi, en pâtissière ! Et le plus beau, c'est que j'ai adoré ça. Je dois dire que le résultat était splendide. Je joins une photo à la lettre.

Tu me manques encore plus qu'hier.

Je t'aime, Joelle

CHAPITRE 13

*M*a *très chère Joelle,*

Tu ne me décevras jamais, et en toute honnêteté, je ne t'ai jamais imaginée en institutrice, alors j'ai hâte de goûter tes muffins aux myrtilles, et bien d'autres choses. Je te soutiendrai dans toutes tes décisions, mon amour. Toujours.

Alors comme ça, tu décores des gâteaux ? Eh bien, je ne peux pas dire que ça me surprenne beaucoup. Je veux tous les voir. Celui que tu m'as envoyé est un chef-d'œuvre ! Envoie-moi d'autres photos. Je veux voir la moindre de tes créations.

Je ne saurais t'expliquer tout ce que je ressens à la lecture de tes lettres. Je voudrais être sur ce toit, à tes côtés, pour parler de notre avenir, y compris le côté sexe, bien sûr. Qu'est-ce que j'aime ? Je ne sais pas, mais je suis sûr que n'importe quelle activité impliquant ton corps serait encore plus merveilleuse que dans mes rêves. Oui, je rêve de toi toutes les nuits. Je me réveille en bandant, et en pensant à notre nuit, tous les deux. Tu veux me faire une faveur ? Ce soir, après ta douche, enfile tes sous-vêtements les plus sexy et un tee-shirt, couche-toi dans ton lit et caresse-toi. Je veux que tu penses à moi et à la façon dont je me touche quand moi, je pense à toi. Voilà que je bande en écrivant cette lettre. Je regrette de ne pas avoir le temps de me doucher en vitesse pour pouvoir me branler sur l'image mentale que je me fais de ton corps nu. Tu es tout pour moi, Joelle. Je compte les jours.

Ton Nick rien qu'à toi,

P.S. : j'espère que tu planques ces lettres.

LE SOIR de la collecte de fonds, je faisais les cent pas à la boulangerie en me rongeant les ongles. La semaine passée, Carter m'avait emmenée discrètement en ville, où je l'avais aidé à choisir une bague de fiançailles. Marge était aussi excitée que moi. C'était elle qui décorerait le cupcake et déposerait la bague dans la crème. Je n'arrivais toujours pas à croire qu'ils allaient se marier. Mais d'après ce que m'avait dit Carter, ni l'un ni l'autre ne souhaitait attendre trop longtemps.

— Hé, quand ça colle, pourquoi retarder ? dit-il une fois qu'il eut empaqueté la bague sertie d'un diamant.

C'était une pierre de taille coussin, et Daisy allait l'adorer, je le savais. Rien d'énorme, mais elle était parfaite.

Daisy et Molly entraient à la fac dans une semaine, et nous allions donc passer une soirée douce-amère. Ce serait notre dernière sortie ensemble avant que tout le monde parte faire ses études.

Je frappai du pied sur le porche, dont les planches résonnèrent sous mes bottes de cowboy. Carter devait passer me prendre d'ici dix minutes. Je tenais la boîte contenant le cupcake, et qu'il cacherait dans le coffre avant que nous récupérions Daisy. Ma robe jaune sans bretelles flottait au vent, et je me nichai dans ma veste en jean. Nous étions toujours en été, mais le vent avait tourné et ce soir, l'air semblait plus frais qu'auparavant dans la journée. Marge sortit en frottant ses bras nus.

— On dirait plutôt l'automne. Regarde toutes ces couleurs.

Elle désigna le soleil couchant. Les nuances orange et roses semblaient sorties d'un tableau.

— En effet. Il paraît qu'on risque d'avoir un orage un peu plus tard.

— Fais attention, ma puce. L'orage pourrait s'accompagner d'une tornade imprévue.

Nous n'avions jamais vu de tornade en ville, mais la météo nous mettait en garde de temps à autre.

— Je me méfierai. Vous fermez déjà ?

— Bientôt, ma chérie. Nous passerons un peu plus tard dans la soirée.

Marge et mon père projetaient de nous rejoindre après la fermeture, une fois qu'ils auraient terminé leurs préparatifs pour le lendemain.

— Marge, tu crois que je deviendrai une bonne pâtissière ?

— Eh bien, tu es presque aussi douée que Nick désormais, et le gâteau que tu as fait cette semaine était une vraie œuvre d'art. Ne le dis pas à mon fils, mais je ne crois pas qu'il aurait réussi à faire ce changement de dernière minute.

Je n'arrivais toujours pas à croire tout ce qui nous était arrivé cette semaine. Un jet privé, un bal gigantesque et au milieu, un gâteau que j'avais réalisé toute seule. Si le temps continuait à filer de la sorte, je me retrouverais dans les bras de Nick bien plus tôt que je ne l'imaginais.

— Impossible. Nick est génial.

— Et toi aussi. Tu as un vrai talent artistique. Tu te rappelles quand vous avez fait un portrait de nos maisons avec des cailloux de différentes couleurs ?

— On n'était que des gamins.

— Peu importe. C'était magnifique. Tu as un talent qui vient du cœur, du genre qu'on ne peut ni apprendre ni enseigner. Souviens-toi que j'ai vu moi-même tes œuvres et que je n'aurais aucune objection à ce que tu confectionnes et décores mes gâteaux en permanence. Alors oui, je crois que tu feras une chef pâtissière époustouflante.

— Merci. Mon père m'a dit quelque chose dans ce goût-là.

— Si tu veux mon avis, tu es faite pour la pâtisserie, ma chérie.

— Vraiment ?

Je ne m'étais pas rendu compte jusqu'ici à quel point son approbation comptait pour moi, et je souris. Au fond de moi, j'avais l'impression que j'habiterais toujours ici, dans cette petite ville, et je ne comprenais plus pourquoi j'avais pu penser déménager pour aller à l'université. Je savais que je resterais attachée à Hope Bay, où j'étais née, où j'avais grandi et où j'étais tombée amoureuse.

— Oui. Vraiment.

Le camion de Carter s'arrêta devant la maison, accompagné d'une nouvelle bourrasque.

— Faites attention à vous ! dit Marge en lui faisant signe.

Au loin, à une vingtaine de kilomètres de la ville, les nuages avaient pris une couleur vert sombre, presque noire, répandant une brume grise par les rares interstices qui séparaient leur formation compacte.

— On dirait bien que la nuit sera agitée, dit Carter en m'ouvrant la porte.

Je me glissai l'intérieur. Nous ouvrîmes le couvercle du cupcake et Carter posa l'anneau que nous avions choisi pour Daisy au milieu.

— Elle va adorer, soupirai-je en me demandant secrètement à quoi ressemblerait ma bague de fiançailles avec Nick.

— Tu crois qu'elle dira oui ? demanda Carter d'une voix angoissée.

— J'espère bien, sinon on aura gâché un cupcake très réussi.

— Hé, c'est ça qui t'inquiète ? Le sort du cupcake ?

Il mit le contact et recula dans l'allée.

— Carter, je ne m'inquiète de rien du tout… ce qui veut dire que oui, je crois qu'elle acceptera.

— Et sinon ?

— Eh bien il te restera toujours la bague à porter.

— Merde !

— Carter, je plaisante. Maintenant, concentre-toi sur la route. Le vent souffle de plus en plus fort.

Sur le chemin de la vieille grange, nous ramassâmes Daisy, Molly et Andrew. Tout le monde scrutait la formation nuageuse qui s'approchait. C'en était presque surréaliste. Je me rappelai ce film, *Independance Day*, et les nuages qui se répandaient dans l'atmosphère à l'approche du vaisseau des extraterrestres… Voilà à quoi ressemblait cet orage : à une invasion.

— Des nouvelles de Nick ? s'enquit Molly tandis que Carter se garait sur un emplacement prévu à cet effet devant la grange.

— Il dit que l'entraînement est difficile et que je lui manque.

— Ne t'inquiète pas. L'année passera si vite que tu ne t'en rendras même pas compte.

— Oui, mais ensuite ? Ils pourraient le déployer bien plus longtemps.

— Je n'y réfléchirais pas trop à l'avance, à ta place. La vie a l'habitude amusante de faire des choix à notre place. Regarde mes parents, par exemple. Ils ont divorcé quand je n'étais qu'un bébé, et ont fini par se rabibocher quand je suis entrée au lycée. Tu connais Nick depuis toujours, et il reviendra. Vous deviendrez plus forts tous les deux, et vous vous apprécierez d'autant plus. En attendant… amuse-toi ! Apprends à connaître cette version de *toi* dont tu ignorais l'existence. Et plus important encore, danse comme si c'était la dernière fois ! conclut Molly en souriant et en ouvrant la portière.

— Merci, Molly.

Je l'étreignis avant d'entrer dans la grange.

Il régnait à l'intérieur une musique assourdissante : un groupe local s'était installé sur la scène. Autour de nous, des décorations rouges, orange et jaunes ornaient tout l'espace. On avait disposé des fleurs fraîchement cueillies dans des vases sur chaque table, et suspendu des lampions tout autour de la piste, ainsi qu'aux poutres. Tout le monde riait, applaudissait et dansait. Les pompiers locaux avaient garé leur camion à mi-chemin de la porte. En uniforme, ils servaient des repas chauds que leurs femmes et d'autres volontaires avaient préparés. Au bout de la table, près des tartes, des cookies et des desserts, je remarquai le gâteau en forme de camion de pompiers offert par Marge et je souris.

La pluie ne tarda pas à tomber dehors, mais la fête battait son plein et personne ne s'inquiétait des rafales de vent ni des grosses gouttes qui martelaient le toit.

Je m'étais installée à une table avec Daisy et Molly. Carter, debout près du camion, parla à son père, le capitaine Clark, puis à celui de Daisy. Ils se serrèrent la main et se tapèrent dans le dos, un geste que les hommes avaient perfectionné au fil de leur évolution.

Molly et Daisy avaient entrepris de me faire oublier Nick et ne cessaient de raconter des blagues. La méthode fonctionnait. Je riais si fort que je commençais à en avoir mal au ventre, et j'étais sûre d'en conserver des rides permanentes.

— Bonsoir mesdames.

Je me retournai en entendant cette voix qui ne m'était pas familière. Un grand homme séduisant se tenait là, la tête haute, avec à son bras une fille menue, aux cheveux aile de corbeau. Tous deux portaient des bottes de cowboy, des chapeaux, des bandanas autour du cou et un pantalon avec jambières de cuir et boucle de ceinture étincelante. Et ce n'était pas du faux cuir : je sentais l'odeur veloutée qui se répandait autour de nous. Quiconque les avait invités à la collecte de fonds avait dû souligner un peu trop le thème « country », mais j'adorais leur tenue. Ce couple avait la classe : ils créaient autour d'eux leur propre atmosphère et donnaient l'impression de pouvoir s'intégrer n'importe où.

— Eh bien, vous n'êtes pas du coin, hein ?

Daisy examina de pied en cap le nouvel arrivant, comme si c'était le plat du jour, et sans se soucier de la ravissante jeune femme qui l'accompagnait. Carter allait devoir lui passer cette bague de fiançailles au doigt avant qu'elle mette les voiles au bras de ce beau gosse.

— Vous cherchez la Convention de danse country ?

— Daisy, ne sois pas malpolie. Salut, moi c'est Joelle. Et voici Daisy et Molly.

— Enchanté, répondit l'inconnu en gardant le dos droit mais en inclinant respectueusement la tête. Nous avons manqué l'invitation à ladite Convention, par un heureux hasard, et nous avons donc l'honneur et l'avantage de passer du temps avec des dames ravissantes telles que vous. Je m'appelle Bennett Claremont, et voici Juliet Small.

Pour un peu, je serais tombée en pâmoison. Ce M. Claremont savait y faire, avec les mots.

— Nous sommes des amis de Maxwell Clark, ajouta-t-il sur un ton fier et autoritaire.

Le frère aîné de Carter ? J'ignorais que Max connaissait quiconque en dehors de la ville, alors un type dont la personnalité aurait pu remplir la grange à elle toute seule... Sans parler du fait qu'il était séduisant. Oui, il avait vraiment du charme, d'où sa cavalière splendide, qui me paraissait familière, même si je n'arrivais pas à la remettre. Sa posture élégante et assurée faisait penser à un homme d'affaires. Dans notre ville, personne n'avait d'ongles manucurés ou de montre de luxe. Et pourtant, malgré leur richesse évidente, les deux inconnus me semblaient accessibles.

— Maxwell a parlé d'une collecte de fonds et... eh bien, quoi de mieux qu'une juste cause ?

C'était la première fois que j'entendais quiconque parler du frère de Carter, pompier comme son père, en employant son prénom complet.

— Merci de vous joindre à nous, et bienvenue à Hope Bay, répondis-je.

— Enchantée, dit Juliet en nous tendant la main tour à tour.

Ses yeux gris m'hypnotisaient. J'avais l'impression que je pourrais facilement me lier d'amitié avec elle.

— Vous restez ici longtemps ? Parce que dans ce cas, je pourrai vous faire visiter la ville, proposa Molly.

— Merci, mais non. Je viens juste prendre des nouvelles de Maxwell. Nous sommes allés à la même université.

Le groupe entonna une nouvelle chanson.

— Bennett, j'adore ce morceau.

Juliet leva vers lui des yeux pleins d'adoration, et j'en eus la chair de poule. J'avais toujours regardé Nick de cette façon.

— Ce serait dommage de laisser passer une bonne chanson, pas vrai ? Mesdames, ajouta-t-il en s'inclinant de nouveau. Profitez bien de la soirée.

Ils se rendirent au centre de la piste de danse d'un pas presque synchronisé. Il fit tourbillonner Juliet avant de se livrer à un two-step maîtrisé, presque parfait. Et ce n'était pas un reproche. Mince, si j'avais su danser comme ça, je l'aurais fait.

— Non mais matez un peu ça, fis-je, bouche bée.

À ce moment, tous les regards s'étaient rivés au nouveau couple qui s'occupait à maîtriser la danse. Juliet avait le pied léger, et Bennett ne pouvait détacher son regard de sa cavalière.

Je soupirai, regrettant l'absence de Nick. Cette année de séparation serait la plus longue de ma vie.

— Ça, ce sont des pas appris dans une école de danse haut de gamme, acquiesça Daisy en les considérant d'un air approbateur.

Ou peut-être reluquait-elle simplement le derrière ferme de Bennett. Ces jambières étaient tellement moulantes qu'on se demandait comment il arrivait encore à bouger de la sorte.

— Allez, rejoignons-les ! s'exclama Molly en se détachant de la table.

— Pas la peine de le dire deux fois ! J'ai hâte de humer ce parfum hors de prix que Juliet portait !

Sur ces mots, Daisy sauta de sa chaise.

Le tonnerre résonna dehors et je sursautai, comme plusieurs autres occupants de la salle. J'aperçus le trait aveuglant d'un éclair entre les murs de la grange, et quand les dames attablées près de nous se tournèrent vers la porte, je compris que je n'étais pas la seule que l'orage inquiétait. Cet endroit ne datait pas d'hier, et je craignais qu'un jour, une tempête ne le rase. La grange faisait partie des trois bâtiments de ce type qui restaient déserts depuis des décennies ; une autre se situait non loin de notre boulangerie.

Je dansai d'abord avec les filles, puis avec Carter et Andrew, ainsi que quelques autres cavaliers, puis nous fîmes un cercle et, avec Bennett et Juliet, nous trottâmes jusqu'au centre, avant de reculer, comme si nous nous étions entraînés à la danse des heures durant. À un moment, la musique s'adoucit et Carter s'avança au milieu de nous tous, avec une assiette supportant un cupcake. La bague était tellement bien disposée dans le glaçage qu'on ne voyait que son centre au milieu, et encore fallait-il savoir qu'elle était là.

— Qu'est-ce qu'il fabrique ? demanda Daisy en me donnant un coup de coude.

— Aucune idée.

Je me mordis la lèvre en espérant que mon amie cesse de me regarder droit dans les yeux. Si elle ne cessait pas, j'allais vendre la mèche avant même que Carter n'ait le temps de s'agenouiller.

Il s'approcha de Daisy qui sautillait au milieu de la piste. La musique s'arrêta, et tout le monde se concentra sur le couple. Je vis Daisy remarquer le centre en diamant de la marguerite en pâte d'amande confectionnée par Marge. Elle se couvrit la bouche de la main au moment où Carter s'agenouillait.

— Daisy Anne Fraser, je n'ai jamais rencontré quelqu'un comme toi. Tu es le souffle qui anime mes poumons, le pouls qui bat dans mes veines et me maintient en vie. Me feras-tu l'honneur de devenir ma femme ? Veux-tu m'épouser ?

Tout le monde se tut. Les larmes roulaient sur les joues de Daisy, et je dus m'essuyer les yeux moi aussi.

— Oui. Je veux t'épouser !

Des acclamations résonnèrent, si fortes qu'elles couvrirent le fracas de l'averse et de l'orage. Daisy reçut les félicitations de tout le monde, y compris les miennes. Elle arborait avec fierté le diamant à son doigt et le montra à tous les occupants de la grange. Carter m'adressa un signe de victoire, pouces dressés, de l'autre côté de la salle, près de la scène. Au lieu de lui rendre la pareille, je courus lui sauter dans les bras pour l'embrasser.

— Je suis tellement heureuse pour vous deux !

— Merci, Jo. Je n'y serais pas arrivé sans toi.

En entendant un grondement au loin, je sentis les poils se hérisser sur mes bras. Un bruit qui évoquait un train en approche emplit la grange, et je me sentis déboussolée. Le vacarme s'amplifia, et le temps que je comprenne que nous courions un danger, c'était déjà le chaos.

— Une tornade ! cria quelqu'un.

Les lumières clignotèrent à plusieurs reprises avant de s'éteindre tout à fait. Un des pompiers alluma les phares du camion.

Autour de nous, tout le monde s'était mis à courir sans savoir quoi faire. Et pourtant, malgré cette débandade, je n'entendais pas autant de cris que je l'aurais cru. Le hurlement du vent, qui ressemblait à un sifflet de locomotive, augmenta encore en intensité. Carter donna un coup de pied et prisa le contreplaqué du bord de la scène.

— Grimpe là-dedans !

À quatre pattes, je rampai jusqu'au fond. Je cherchai le coin le plus sombre et j'enfourchai un des poteaux les plus robustes soutenant la scène en priant que la tornade ne m'arrache pas du sol. Derrière moi, Carter appelait les autres.

— Daisy !

Un par un, ils se réfugièrent sous la scène. Recroquevillée, je plissai les paupières dans l'espoir de reconnaître quelqu'un. Sans les phares du camion, dont quelques rayons filtraient au travers des planches, je n'aurais même pas vu ma main devant mes yeux.

— Jo ?

— Molly ? Oh, mon Dieu ! Je n'arrive pas à y croire. Tu as vu Daisy ?

— Daisy ! hurlait Carter à pleins poumons. Il faut que tout le monde descende sous la scène, tout de suite !

Accrochée à ma poutre, je cherchai désespérément mon téléphone dans mon sac, espérant voir bientôt Daisy et Carter nous rejoindre.

— Papa ?

Je l'entendais à peine à cause des parasites.

— Joelle ? Où es-tu ? Il fait vraiment un sale temps.

— Une tornade se dirige vers nous. Je suis cachée sous la scène.

Quelque chose se brisa dehors, certainement une partie du toit. Carter était-il encore là-bas ? Où était passée Daisy ? Il ne restait plus beaucoup de place sous l'estrade et j'espérai qu'ils se trouvaient parmi la foule réfugiée avec nous.

— J'arrive, ma puce !

— Non ! Mets-toi à l'abri, papa. Papa ?

La communication s'interrompit et je n'entendis plus rien. Le bruit autour de moi ne ressemblait à rien que je connaissais. C'était comme si tous les bruits du monde s'étaient rassemblés en un seul. Le vent hurlait et cassait la grange en petits morceaux. À un moment, je crus être devenue sourde quand la tornade détruisit tout sur son passage. Il n'y avait plus que moi et le poteau auquel je me raccrochais. J'imaginai la scène au-dessus de moi arrachée par le vent comme tout le reste. Le peu de lumière qui filtrait par les planches disparut et je priai silencieusement pour ne pas mourir avant d'avoir revu Nick.

Puis tout redevint calme.

Je suis vivante.

Quelqu'un pleurait, un peu plus loin, et je remerciai Dieu de ne pas être la seule survivante.

— Ça va ? demandai-je à Molly.

— Oui, je crois.

La scène se trouvait toujours au-dessus de nous.

— C'est terminé ? demanda quelqu'un.

L'espace sous la scène se vida peu à peu tandis que nous sortions un par un. Ce fut alors que je vis Carter qui fouillait désespérément la grange.

— Daisy ! cria-t-il, et je courus auprès de lui.

— Où est-ce que tu l'as vue pour la dernière fois ?

— Près du camion de pompiers.

Nous nous tournâmes simultanément vers la porte de la grange.

— Où est passé ce camion ? demandai-je.

Nous nous précipitâmes à l'extérieur pour découvrir un monde que nous reconnûmes à peine. J'embrassai les environs du regard pour estimer les dégâts. À l'exception des quelques voitures que la tornade avait miraculeusement épargnées dans le parking, tout était désert sous le ciel d'une clarté surnaturelle, illuminé par la lune. Le vent avait déclenché l'alarme de quelques véhicules et l'écho des sirènes se répercutait dans les montagnes. Les arbres qui se dressaient à gauche de la grange avaient été arrachés, ou brisés comme des allumettes pour ceux qui restaient debout. Je me retournai pour constater que la façade de la grange avait disparu. Le vent avait arraché des planches du toit et des murs, ce qui signifiait que la tornade avait traversé le bâtiment en évitant l'extrémité de la scène où nous nous étions cachés, mais de très peu à en juger par la terre et les débris qui jonchaient le sol tout autour de nous. Le camion de pompiers gisait, renversé sur le côté, à une trentaine de mètres, dehors, et nous nous dirigeâmes donc dans cette direction.

Je fouillai les débris sans me préoccuper des instructions du capitaine Clark, qui nous conseillait de rester à l'écart. En retirant des branches, je vis un pied portant une sandale à motif de marguerites qui dépassait des débris.

— Par ici ! hurlai-je en escaladant le tas de branches, de planches et de morceaux de métal tordus que la tornade avait amoncelés.

Daisy était là, coincée sous un tronc. Elle avait les yeux fermés, et sa robe, tachée de boue et déchirée, la couvrait encore.

— Daisy ! Daisy !

Elle ouvrit les paupières.

— Au secours ! Elle est en vie ! criai-je. Je suis là, ma chérie.

Je lui pris la main en prenant soin de ne pas appuyer davantage sur l'arbre qui l'avait plaquée au sol.

— Qu'est-ce qui s'est passé ? demanda-t-elle.

— Je crois que la tornade t'a aspirée hors de la grange, mais tout va bien maintenant.

— Je crois pas, Jo. Je crois que je m'en sortirai pas. Je le sens.

— Allez, ne dis pas ça. C'est toi la plus forte. C'est qu'un petit contretemps. Tu viens de te fiancer, ma belle, et Carter te cherche partout.

— Daisy !

Il n'était pas bien loin.

— Prends soin de mon homme, Jo, dit Daisy. Promets-moi que tu t'occuperas de lui.

— Daisy, ne dis pas ça. Tu vas t'en sortir, et tu t'occuperas de lui toi-même, jusqu'à ce que vous soyez deux vieux aux cheveux tout gris...

— Ça fait tellement mal, gémit-elle.

Sa douleur me transperça, et je vis la flaque de sang qui s'étendait sous le tronc.

— Ne bouge pas, Daisy. Tiens bon. Ils arrivent.

— Promets-moi que tu prendras soin de lui, Jo.

— C'est promis, Daisy. Promis. Maintenant, promets-moi de tenir aussi longtemps que tu pourras.

Elle soupira et ferma les yeux. Une expression sereine se répandit sur ses traits, et mon cœur se serra. Elle n'ouvrit plus les paupières.

Un des pompiers arriva près de moi en premier, immédiatement suivi de Carter.

— Vite ! Elle perd du sang.

Je serrai la main délicate de mon amie, qui portait toujours sa bague de fiançailles, mais elle ne réagit pas.

— Tiens bon, Daisy Anne. Tiens bon.

— Joelle, écarte-toi.

J'essuyai mes larmes d'un revers de main et je reculai. Carter et le capitaine Clark retirèrent des branches qui bloquaient le tronc sur le côté. Quatre autres hommes se joignirent à eux, et ils parvinrent à soulever l'arbre. Les veines de leur cou saillaient sous l'effort. Dieu sait où ils avaient trouvé cette force, mais ils parvinrent à la dégager.

Daisy était couverte de sang, les yeux clos. Malgré l'obscurité, je m'aperçus de sa pâleur. Sa peau livide paraissait presque transparente. Bennett et Juliet étaient en train d'aider Mme Gladstone, qui s'était apparemment blessée à la jambe, à rejoindre une ambulance.

— Joelle !

J'entendis d'abord la voix de Marge, puis celle de mon père qui m'appelait avec elle.

— Je suis là ! répondis-je en courant vers eux.

— Dieu merci, tu vas bien.

Mon père me prit dans ses bras et ne voulut plus me lâcher.

—Daisy, elle est… papa, c'est vraiment grave. Je…

— Ma chérie, elle est entre de bonnes mains, à présent.

Marge désigna l'équipe de secouristes qui la transportaient dans une ambulance. À côté d'eux, Carter lui tenait la main. Un des infirmiers lui prodiguait un massage cardiaque tandis qu'un autre avait fixé un soufflet médical pour lui remplir artificiellement les poumons. Le troisième lui compressait l'abdomen, qui ruisselait toujours de sang. Une branche en dépassait, et je portai la main à ma bouche, sous le choc.

— Nous allons prier pour elle, ma puce. Nous prierons de toutes nos forces.

J'étais censée garder un bon souvenir de cette soirée où mes deux meilleurs amis s'étaient fiancés et où nous fêtions le début de leur vie commune. Mais j'allais me la remémorer comme l'une des pires de ma vie. Cinq personnes trépassèrent cette nuit-là, et parmi elles ma meilleure amie Daisy.

Cher Nick,

J'aurais voulu pouvoir te transmettre de plus heureuses nouvelles. Une tornade s'est abattue sur notre ville. Nous étions à un bal donné pour financer le matériel de la caserne de pompiers. La tempête a frappé directement la vieille grange. Nick, Daisy est morte... J'ai encore du mal à y croire. Elle n'a pas réussi à se réfugier sous la scène comme nous, et la tempête l'a aspirée dehors.

Carter est dévasté. Il venait de la demander en mariage, et voilà que quelques instants plus tard, Daisy disparaissait. J'ai essayé de l'appeler, sans arrêt, mais il m'évite. J'imagine à peine sa douleur. Je ne sais pas si je survivrais à une telle perte. Perdre quelqu'un qu'on aime tellement... Tu me manques et je voudrais que tu sois là. J'ai perdu ma meilleure amie et j'ai besoin de mon petit ami, maintenant plus que jamais.

Cette lettre est vraiment nulle, parce que je n'ai rien de positif à dire, mais je voulais te tenir au courant. Ma maison et la boulangerie ont été détruites elles aussi. La tornade a frappé notre côté de la rue, mais elle a heureusement épargné le vôtre. Nous logeons tous deux chez ta mère en ce moment, et je vis dans ta chambre. Elle a ton odeur. Je me serre contre ton oreiller toutes les nuits. Tout a tellement changé en si peu de temps depuis que tu es parti, et il me reste encore dix mois à passer sans te voir. J'ignore ce que papa a prévu pour la boulangerie, mais la ville tout entière est dans un sale état. Le nettoyage prendra des mois, mais devrait s'être achevé d'ici ton retour.

Au moins je sais que je te reverrai. Carter, lui, ne reverra plus jamais Daisy. J'ai l'impression que tu es si loin. J'ai besoin de toi, Nick. J'ai tellement besoin de toi. Je me sens très triste et je voudrais te serrer dans mes bras.

Ta Joelle, pour toujours

CHAPITRE 14

M a très chère Joelle,

Je suis navré. Navré de ne pas pouvoir être là pour toi, pour ma famille et pour nos amis. Savoir que ce que vous traversez, toi et tous les habitants de la ville, me déchire réellement. Les jours et les nuits se succèdent toujours sans interruption, et même si j'ai l'impression que l'entraînement devient plus facile, c'est sans doute simplement moi qui m'habitue. Je commence à voir la lumière au bout du tunnel et j'ai hâte de te parler de tout ça.

Tu veux de bonnes nouvelles ? Je reviendrai à la maison pour une bonne partie de l'été. Je me sens plus fort qu'autrefois, capable d'accomplir tout ce que je pourrai entreprendre. Et toi aussi, Joelle. Tu peux faire tout ce que tu décideras de faire. Comment ça se passe, à la pâtisserie ? De nouvelles recettes ?

Je ressens ton absence de toutes les fibres de mon être.

Ton Nick, pour toujours.

JE DÉPOSAI un bouquet de fleurs dans un vase près de la pierre tombale de Daisy, et je récitai une prière discrète pour mon amie. Je me serrai dans mon manteau d'hiver et je déambulai parmi les tombes, traçant un sentier inédit. Le vent murmurait doucement et me givrait la peau, tandis que la neige tassée crissait sous mes semelles. L'hiver se muait rapidement en printemps précoce, et j'avais hâte de voir de l'herbe verte et des jardins pleins de jonquilles et de tulipes. En sortant du cimetière, j'aperçus un mouvement du coin de l'œil.

Carter ?

Je changeai de direction pour me diriger vers l'homme assis sur un banc, près du portail de l'entrée. Comme je m'en étais doutée, il s'agissait de Carter. Sept mois s'étaient écoulés depuis la mort de Daisy, en août dernier, et mes nombreuses tentatives pour voir Carter n'avaient rien donné. Je m'installai sur le banc à côté de lui.

— Tu es déjà entré ?

Il secoua la tête en soupirant.

— Non. C'est encore trop difficile.

D'après ce que des amis m'avaient expliqué, Carter n'avait pas visité la tombe de Daisy. Il la pleurait hors du cimetière, gardant sa douleur pour lui. Il refusait d'ouvrir la porte quand je venais frapper chez lui et ne répondait à aucun de mes appels. Sans le capitaine Clark, qui m'assurait que Carter encaissait la mort de Daisy à sa façon, j'aurais fait sortir cette maudite porte de ses gonds. Des mois s'étaient écoulés sans nouvelles de Carter, et c'était la première fois que j'avais l'occasion de lui parler depuis les funérailles.

— Ça ne deviendra jamais facile, Carter. Mais si tu veux, je peux t'accompagner.

— Merci, mais pas maintenant.

— Et la caserne ? demandai-je. J'ai appris que tu avais terminé ta formation.

— Oui.

— Tu vas proposer ta candidature ?

— Sans doute, mais pas maintenant.

— Eh bien, je suis sûr qu'ils auraient bien besoin de toi

pendant un printemps si froid. Il y a des tas de pannes d'électricité.

— Daisy était enceinte.

— Quoi ?

— Elle était enceinte. Nous allions avoir un bébé.

— Carter, je suis tellement désolée.

Je retirai ma moufle pour prendre sa main glacée et la couvrir de la mienne.

— Je ne savais pas.

— J'aurais été papa dans un mois. Tu m'imagines ? Moi, papa ?

— Bien sûr. Tu es un homme merveilleux.

— Quel genre d'homme laisse sa petite amie mourir ?

— Ce n'était pas ta faute.

— J'aurais dû être à ses côtés. Lui tenir la main. Je n'aurais jamais dû laisser la tornade me l'arracher.

— Parfois, des choses incompréhensibles nous arrivent, mais tu ne peux pas t'en vouloir.

— Ce n'est pas facile.

— Je sais, mais tu t'en sortiras, Carter. Il le faut.

— Et pourquoi, hein ?

Il tourna la tête vers moi. Ses yeux marron clair s'étaient tellement assombris que je me demandai s'ils n'avaient pas changé de couleur. Puis il baissa de nouveau la tête. Le lien que j'avais voulu établir avec lui se rompait de nouveau.

— Je suis là pour toi, Carter. Si jamais tu veux parler, ou sortir d'ici pour te changer les idées, je suis partante.

— Merci. Je ne suis pas prêt, c'est tout.

Il releva la tête et croisa mon regard. La tristesse que je lus dans le sien me transperça le cœur, au point qu'une douleur me parcourut la poitrine. Je me tournai vers lui et je me penchai, la tête en appui sur son épaule. De son côté, il glissa jusqu'à ce que sa tête repose sur mes genoux. Il leva les jambes, posa les pieds sur le banc et soupira.

— Tu en as parlé à quelqu'un d'autre ? demandai-je.

Il secoua la tête, sans la retirer de mes jambes. Je passai les doigts dans ses cheveux que je peignai lentement, caressant son crâne du bout des doigts. Il ferma les yeux. J'ignore combien de temps nous restâmes ainsi, mais j'étais bien décidée à ne pas bouger tant que Carter aurait besoin de moi. Lorsqu'il se redressa finalement, une fraction de la souffrance que j'avais décelée dans son regard avait disparu.

— Je suis navré, Jo. Je déteste être une mauviette.

Il passa la main dans ses cheveux. Ils avaient poussé depuis la dernière fois que je l'avais vu. En temps normal, je lui aurais suggéré d'aller chez le coiffeur, mais ce style lui allait bien. Il me rappelait Nick avant qu'il ne coupe les siens. En outre, ce genre de réflexion aurait été malpoli, en particulier dans des circonstances aussi difficiles pour lui.

— Tu n'en es pas une. Tu es humain et tu souffres. Il faut que tu parles à quelqu'un, Carter. Et ce quelqu'un, ça peut être moi si ça te convient. J'aimais Daisy, moi aussi, tu sais ? C'était ma meilleure amie.

— Je sais. C'est juste que… non seulement j'ai perdu une partie de ma vie, mais j'ai l'impression d'y avoir laissé un peu de moi.

— Est-ce que je peux passer prendre le thé avec toi, un de ces jours ?

— Bien sûr, mais je suis parti de chez mes parents.

— Ah bon ? Pourquoi tu ne m'en as pas parlé ?

— Je ne l'ai dit à personne. Et je sais que tu étais très occupée à la pâtisserie.

Oh ! Depuis la démolition de notre maison par la tornade, j'avais décidé de me passer d'école de pâtisserie. Ça ne rimait à rien, puisque je vivais avec deux des meilleurs pâtissiers du monde. En outre, je n'avais pas d'argent pour payer mes études et je ne voulais pas en demander à papa. Je protestai lorsqu'il me proposa de financer mes cours alors qu'il cherchait un moyen de rebâtir notre foyer. Il avait déjà suffisamment de quoi s'inquiéter avec notre déménagement temporaire. J'adorais travailler avec Marge, et j'étais sûre que son savoir et son expérience valaient mieux que tout ce que les professeurs de l'école de pâtisserie pourraient m'enseigner.

— J'ai acheté la maison où vivait M. Grafton, avec le garage et tout le reste.

— La maison hantée ?

Je poussai un hoquet de surprise feinte et portai la main à ma bouche dans un geste théâtral. Ses lèvres s'incurvèrent légèrement. Mission accomplie ! Je fis mine de me mordre la lèvre et son sourire s'élargit. Mon cœur battait de plaisir.

— Ce n'est qu'une vieille bicoque.

— C'est le garage qui t'a convaincu, pas vrai ?

— Ouais.

Il m'adressa un sourire timide qui me rappela ce garçon que je connaissais depuis toujours, et que la vie avait forcé à grandir plus vite que la plupart. Et je me souvins également combien il avait toujours été mignon.

— Mes parents m'ont aidé, et je les rembourserai. Je bricole de vieilles bagnoles, je les rafistole. Bientôt je m'occuperai du vieux camion de mon père.

— J'adorerais voir ça, si ça ne te fait rien.

— Bien sûr, fit-il en haussant les épaules.

Je consultai ma montre. Je ne voulais pas partir, mais il me restait un gâteau de départ à la retraite à terminer.

— Il faut que j'y aille, Carter. Mais on se revoit bientôt, hein ?

— Oui, bien sûr, Jo.

Au moment où je me levais, il me prit le poignet et murmura :

— Merci.

— De rien.

Il me lâcha la main et son regard se perdit dans le vide. Juste avant de me retourner, je vis ce jeune visage facétieux disparaître, remplacé par le masque du deuil.

Le lendemain, je me retrouvai submergée de commandes. C'était à croire que tous les habitants de la ville voulaient un gâteau pour le week-end. Il me fallut tout préparer, terminer les commandes précédentes, cuire des cookies et mélanger une crème au mascarpone pour le tiramisu du Club des Dames de la mairie, qui en avaient commandé cinq. Je ne voulais même pas savoir ce qu'elles envisageaient de faire avec autant de gâteaux. Depuis que papa et Marge partageaient la même cuisine, l'emploi du temps bourré à craquer nous laissait bien peu de temps pour les négociations, et je ne pouvais donc rien remettre à plus tard. Et pendant tout ce temps, je songeais à rendre visite à mon ami pour voir si je pourrais ranimer de nouveau l'étincelle de la vie dans son regard.

Il me fallut deux semaines pour trouver le temps d'aller voir Carter... et pour rassembler le courage nécessaire. Dehors, le printemps était bel et bien revenu. Un souffle d'air chaud venu du sud avait fait fondre la neige tombée par surprise deux semaines et demie auparavant et l'herbe avait repris ses couleurs vives vingt-quatre heures plus tard. Les jonquilles étaient en fleur, les tulipes s'ouvraient et une odeur d'air nouveau se répandait dans l'atmosphère. Je frappai à la porte d'entrée, mais personne ne répondit. Les rideaux étant tirés, je ne distinguais rien par les fenêtres. Je toquai de nouveau, tapant doucement du pied sur le porche.

Quelque chose tintait sur le côté de la maison. Je suivis le bruit jusqu'au garage. Une paire de jambes que j'identifiai comme celles de Carter dépassaient de sous une voiture. À en juger par ses mouvements de torsion, il tentait manifestement de faire tourner quelque chose.

Je me raclai la gorge et il s'immobilisa. Après avoir attendu un instant, Carter émergea de sous le capot, les bretelles et le haut de son bleu de travail repliés sur ses fesses. Le torse maculé de graisse, il ruisselait de sueur. Même si j'avais envie de rire, l'image de Carter à moitié nu... en sueur... sale... me laissa bouche bée. Il passa le bras sur son front, y étalant la graisse et me tirant de mon hébétement.

— Jo ?

Je reculai d'un pas et je me penchai, cachant le soleil pour qu'il ne l'aveugle pas et qu'il parvienne à me voir.

— Salut.

Je lui fis un signe de la main, doigts écartés comme si je voulais les compter.

— J'ai apporté des muffins. Et des cupcakes. Tu veux goûter mes cupcakes ? demandai-je en lui tendant la boîte.

Il s'éclaircit la voix, réprimant un rire.

— Tes cupcakes ?

— Oui, mes cupcakes. Tu sais qu'ils sont délicieux, mes cupcakes, hein ?

Mais pourquoi je disais n'importe quoi ?

— Jo, pour le moment, ce sont tes longues jambes pâles que je vois, et quand tu le dis comme ça, c'est à croire que tu parles de tes...

Je vis ses joues s'empourprer et son regard s'égarer vers ma poitrine.

Je croisai les bras sur mes seins.

— Carter ! Arrête de me reluquer les nénés !

— Désolé, j'ai pas pu m'empêcher.

Il se leva finalement et s'approcha de moi, dans toute sa glorieuse semi-nudité.

— Tu ferais mieux d'enfiler quelque chose où tu vas attraper froid.

Carter prit la boîte que je lui tendais, l'ouvrit et passa le doigt sur la crème d'un gâteau avant de le lécher au ralenti. J'ouvris la bouche, stupéfaite, en suivant l'extrémité de sa langue qui laissait derrière elle une peau propre et luisante. J'en eus la chair de poule.

— Oh, pardon, je ne voulais pas te gêner.

— Mais non, tout va bien, mentis-je.

Pas question d'avouer qu'il provoquait un vrai chambard dans tout mon corps. Enfin, personne ne se balade à moitié à poil au tout début du printemps, tout de même !

— C'est la voiture de ton père ? dis-je en désignant la Buick sur laquelle il travaillait, celle dans laquelle il m'avait conduite au bal de promo.

— Oui. Si j'arrive à la retaper, je pourrai la garder.

— C'est difficile ? La réparer, je veux dire.

— Aucune idée pour le moment. Déjà, je la démonte pour voir ce qui cloche.

— Oh, d'accord.

— Tu veux entrer prendre le thé ou quelque chose ?

— On dirait que tu es occupé. Je ne veux pas t'interrompre.

— J'ai toujours du temps pour toi, répondit-il avec un clin d'œil sincère, et même un peu joyeux.

Ce qui était une bonne chose : m'assurer que Carter retrouve la joie de vivre et tourne la page était justement mon but.

— Je vais prendre une douche en vitesse, si tu veux bien m'attendre.

— D'accord.

— Tu veux entrer, ou tu restes dehors ?

— Je t'attends ici. Il fait bon et apparemment, mes jambes ont besoin de soleil.

Il me regarda des pieds à la tête, suscitant une étrange sensation dans mon estomac, avant d'ajouter :

— Il y a des chaises de jardin derrière. Je n'en aurai pas pour longtemps.

Je voulais lui dire de prendre son temps, parce qu'en toute franchise, il fallait que je reprenne mes esprits pendant qu'il se douchait. Mais Carter disparut avant même que je ne puisse ajouter un mot, et je poussai un soupir de soulagement.

CHAPITRE 15

Dès que Carter eut disparu par une porte latérale, j'ouvris le portail et j'entrai dans son jardin. De grands arbres en bordaient le périmètre, et une forêt s'étendait au-delà. Le jardin de M. Grafton mesurait bien un quart de terrain de football. Il faisait partie des victimes de la tornade. De vieux outils de jardinage étaient rangés à droite, posés contre la clôture abîmée : des pelles, des seaux, des râteaux, des arrosoirs et un sarcloir. Les instruments rouillés tombaient en morceaux. Des tulipes et des jonquilles qui poussaient sans aucun entretien oscillaient doucement sous la brise, répandant sur le sol leurs derniers pétales. Il y avait là assez de place pour une future piscine… non, au moins trois, ainsi qu'un vaste jardin. Je me demandai ce que Carter envisageait de faire de cet endroit.

Je nettoyai une chaise poussiéreuse et je m'assis, étendant les jambes au soleil après avoir retroussé ma robe pour que mes cuisses profitent aussi des rayons. Carter avait raison. D'ordinaire, je n'avais pas la peau si pâle, mais le long hiver et le temps passé à l'intérieur pour ne pas prendre de retard sur les commandes de la boulangerie tout en pratiquant la pâtisserie avaient eu raison de mon bronzage. Si je ne prenais pas un peu de soleil avant le retour de Nick, fin juin, il ne me reconnaîtrait pas.

Dix minutes plus tard, la porte de derrière s'ouvrit en grinçant, et Carter apparut avec un pichet de limonade, deux verres, des assiettes et un chiffon humide sous le bras. Je rajustai aussitôt ma robe et je me redressai. Il portait un pantalon de jogging et un tee-shirt blanc. Carter avait dû profiter du beau temps un peu plus tôt dans la semaine, car sa peau était déjà légèrement hâlée.

— J'ai fait de la limonade hier et il m'en reste un peu. Ça te va ?

— Elle accompagnera parfaitement les cupcakes, répondis-je en souriant. Merci.

Il tira une autre chaise, posa le plateau de limonade de côté et essuya le plateau de verre de la table avant de s'installer sur la chaise en osier qui me faisait face. Il se mit à siroter sa boisson et moi la mienne. De temps à autre, je levais les yeux pour voir s'il avait terminé, mais il me prenait sur le fait chaque fois. Il sourit poliment, et je finis par briser notre silence gêné.

— Je ne m'étais jamais rendu compte que cet endroit était si grand.

— Je comprends. Moi non plus. Le vieux Grafton possédait tout ce terrain et il ne savait pas quoi en faire. Tout ça ne sera pas de tout repos.

— Qu'est-ce que tu projettes de faire ? demandai-je en ouvrant la boîte de cupcakes et en en disposant un sur chacune de nos assiettes.

— Je ne sais pas. Il faut déjà que j'organise le garage, que je nettoie un peu ici, et une fois que les affaires tourneront, j'installerai une piscine. Ce jardin a besoin d'une piscine, c'est clair.

— Tu as déjà des meubles ? demandai-je en me retournant.

— Oui, mais des vieilleries. La plupart appartenaient à M. Grafton. On me les a laissés avec la maison. Je ne sais pas quoi faire avec ses vieux rideaux, ses décorations et tous ces trucs de nana. Je finirai sans doute par les jeter. Les tissus et les murs sont noircis de fumée de cigarette. Daisy aurait sans doute su quoi faire, elle.

L'évocation de notre meilleure amie me brisa le cœur. Je lui pris la main, que je serrai doucement.

— Ça ira, Carter. Ça va s'arranger. Peut-être que je pourrai t'aider avec les trucs de nana.

— Vraiment ?

— Bien sûr. Tu n'auras qu'à me dire de quoi tu as besoin. Je ne peux pas te promettre quand j'aurai le temps exactement, parce qu'avec une seule boulangerie-pâtisserie, on a du pain sur la planche, mais je pourrai peut-être passer dès que j'en aurai l'occasion ?

— Bien sûr, ça marche ! Et si jamais tu as besoin de faire réparer une voiture, tu sauras où me trouver.

— Merci.

Le silence s'installa de nouveau. C'était étrange. Je ne m'étais jamais retrouvée avec Carter dans une situation où je ne savais pas quoi dire ou quoi faire, mais c'était peut-être parce que nous n'avions jamais été seuls tous les deux, techniquement… ou du moins, pas depuis que nous avions failli nous perdre dans les bois lors de l'excursion de camping où il m'avait embrassée. Ce souvenir me fit rougir.

— À quoi tu penses ? s'enquit-il. Tu es rouge comme une pivoine.

— Je ne sais pas pourquoi, je me rappelle l'excursion de camping.

— Oh oui, on s'était vraiment éclatés, hein ? Enfin, jusqu'à ce qu'il faille envoyer des gens vous chercher, toi et Nick.

— En fait, je me disais que je n'avais jamais réellement passé de temps avec toi seul. Tu sais, en amis.

Ma voix venait-elle de trembler ? Si Carter s'en était rendu compte, il ne dit rien.

— Pas depuis qu'on est partis ramasser du bois en forêt.

— Oh. Oui, désolé pour ce baiser. Je n'aurais jamais dû t'embrasser sans ta permission.

— Pas grave. On était des gamins. Et je ne rendais la tâche facile à personne, vu que je me trompais sur la nature de mon amitié avec Nick.

— Alors, tu repensais à ce baiser.

— Plus ou moins.

— Tu embrasses bien, Jo.

J'éclatai de rire avant de siroter une autre gorgée de limonade. Existait-il une réponse adéquate quand on vous faisait ce genre de compliment ?

— Et toi tu es un beau parleur, comme toujours.

— Hé, c'est un talent auquel je refuse de renoncer.

— Alors, qu'est-il arrivé à ton rêve de devenir pompier ? demandai-je. Je te voyais bien dans ce rôle.

— J'y songe encore, mais il me faut du temps. Je veux avoir les idées claires quand je travaille. On se retrouve avec la vie d'autrui entre les mains, et c'est quelque chose que je ne peux pas prendre à la légère. Alors autant attendre de me sentir vraiment prêt. Ce qui est loin d'être le cas. Ça explique le job de mécano pour le moment.

Il tendit le bras pour essuyer de la crème à la commissure de ses lèvres. Je m'immobilisai pour le regarder lécher son pouce.

De quoi parlions-nous, déjà ? *Oh, les pompiers !*

Je me léchai les lèvres en fixant les siennes de façon tout à fait inconvenante et en me demandant s'il embrassait toujours comme autrefois. La culpabilité m'envahit, et je chassai cette pensée.

— Eh bien quand tu seras prêt, je suis sûre que tu feras honneur à la caserne.

— C'est ce que dit le capitaine Clark. Je ne veux décevoir personne, c'est tout.

— Carter, c'est ton père. Tu ne le décevras jamais, quoi que tu fasses.

Mais mes encouragements n'avaient pas l'air de faire mouche.

— Tu es solide et fiable. Je sais qu'une fois impliqué, tu ne recules pas, et que tous les pompiers seront fiers de toi.

Il finit par sourire.

— Merci. Nick a bien de la chance de t'avoir. Si j'étais à sa place, je ne te quitterais jamais des yeux.

Je me mordis la lèvre, hésitante, parce que je regrettais secrètement que Nick soit parti, et ce, depuis le premier jour.

— Ma vie n'a aucun sens sans lui. Oh, pardon... Maintenant que Daisy est morte, ce n'est certainement pas le genre de chose que tu as envie d'entendre.

— Je ne dirai pas le contraire, mais vous êtes mes amis, tous les deux, et je suis très heureux pour vous.

— Tu n'as pas pensé à trouver quelqu'un d'autre avec qui partager ta vie ? J'ignore si c'est trop tôt ou s'il existe un délai standard pour tourner la page, mais tu finiras bien par le faire, non ? Tu es un homme séduisant, et je suis sûre qu'il y a des filles en ville, et même dans quelques villes voisines, qui seraient ravies de t'avoir.

Existait-il un protocole précis que l'on était censé suivre quand on perdait celui ou celle qu'on aimait ?

— Merci. Je suis très bien tout seul pour le moment, parce que je ne m'imagine avec personne d'autre qu'avec Daisy. Et je ne veux pas la remplacer. Je veux me raccrocher à elle aussi longtemps que possible. Je n'arrive même pas à croire que je te parle d'elle. Tu sais, je n'en ai parlé à personne depuis ce jour-là.

— Ça me fait du bien aussi, Carter. Je l'aimais comme une sœur, et je sais que pour elle, tu étais l'âme sœur. On aura peut-être toujours du mal à vivre sans elle, mais au moins on continue à vivre...

Il inspira à fond, puis expira longuement.

— Oui, elle était vraiment… tout pour moi.

Je terminai mon cupcake et ma limonade.

— Un parterre de marguerites, ce serait très joli au pied de cet arbre, dis-je en désignant un saule pleureur au fond du jardin.

— Je crois que Daisy aurait apprécié elle aussi.

— Je pourrais les planter à ma prochaine visite ?

— Tu ferais ça ?

— Bien sûr. Pourquoi pas ? Je crois que j'en planterai aussi devant chez Marge. En souvenir de Daisy.

— Je craignais que tu ne veuilles plus jamais revenir, après avoir vu ce taudis.

— Ne dis pas de bêtises. Ça me donnera quelque chose à faire avant l'été, et ça m'occupera jusqu'à ce que Nick rentre à la maison.

Un souffle de vent charria jusqu'à nous une odeur de fumier, et Carter plissa le nez.

— Désolé pour l'odeur, mais je crois que Betsy a des gaz.

La vache née le jour de notre anniversaire, à Nick et à moi, vagabondait toujours dans les champs voisins de chez M. Grafton… c'est-à-dire de chez Carter. Mme Gladstone vivait derrière la deuxième haie d'arbres.

— Elle passe parfois près du jardin. Je crois que le vieux Grafton la nourrissait de temps en temps.

Nous entendîmes meugler.

— Tu crois qu'elle voudrait un cupcake ? demanda-t-il.

— Je ne sais pas. Tu peux tenter ta chance.

Carter se leva et se dirigea vers la clôture. Il tendit la main vers le museau de l'animal, qui prit délicatement le gâteau dans sa paume.

— Je crois qu'elle aime tes cupcakes, Jo. On dirait que je me suis trouvé une nouvelle amie.

Si Carter pensait à se lier d'amitié avec des vaches, la situation était pire que je ne l'imaginais. Mais arrivé à ce point, tout ce qui pouvait lui occuper l'esprit valait mieux que rien.

Carter revint et s'étira les jambes. Sa chemise se retroussa légèrement, assez pour me donner un aperçu de ses abdos vigoureux. Je me sentais coupable de l'attraction qu'exerçait sa musculature sur moi, comme si je trompais Nick, mais la curiosité l'emporta.

— Alors, et la pâtisserie ? Ça doit être difficile avec ce qui est arrivé à ta maison.

— On loge chez Marge. Je crois que Papa serait d'accord pour que ça devienne permanent, mais qu'il ignore comment faire. Si tu veux mon avis, ils devraient rester là, transformer la maison en logis normal et construire une énorme boulangerie-pâtisserie à côté au lieu de rebâtir notre ancien chez nous.

— Excellente idée. Tu devrais en parler à ton père.

— Tu crois ?

— Bien sûr. Et tu travaillerais à la nouvelle pâtisserie ?

— Je voudrais bien, mais j'ai d'autres projets. Si mon père arrive encore à gérer un bout de temps, je pensais à démarrer un commerce sur internet, où les gens pourraient commander par ordinateur. On livrerait les gâteaux directement chez eux.

Il se redressa en écarquillant les yeux.

— Jo, c'est exactement ce que tu devrais faire.

— Tu crois ?

— C'est la meilleure idée que j'aie entendue depuis des années. Attends, ça veut dire que je pourrais commander des cupcakes mais sans passer te voir…

— Carter, si jamais tu le fais, je viendrai personnellement les livrer et les écraser devant chez toi. Tu habites à dix minutes de chez nous, et tu me manques. Tu manques à tout le monde. Promets-moi que tu me rendras visite chaque fois que tu voudras des cupcakes.

Son regard s'égara de nouveau sur ma poitrine, et je fronçai les sourcils.

— De vrais cupcakes, Carter. Pas mes seins.

— Désolé, mais… j'y peux rien. Cela dit, sérieusement, il faut que tu te penches sur cette idée de livraison.

Je ne pouvais m'empêcher de jubiler intérieurement. Je n'aurais jamais pensé que ce serait aussi agréable de parler de ma vie à Carter, d'évoquer Nick et Daisy, et aussi mes projets de pâtisserie.

— Tu sais, les gens risquent de devenir accro à tes cupcakes quand ils y auront goûté.

Il piocha une autre noisette de crème du bout du doigt et le fourra dans sa bouche. Je commençais à comprendre que ce qu'il préférait, c'était définitivement le nappage.

Il se leva d'un bond.

— Oh, mon Dieu, Jo ! Tu devrais envoyer des mini échantillons à de grosses boîtes avec les coordonnées de ton site. LIVRÉ À LA SORTIE DU FOUR ! s'exclama-t-il en mimant le fait d'écrire sur une pancarte. Les gens en seraient dingues.

Ouvrant de grands yeux, je me levai moi aussi, enthousiaste, et je lui sautai au cou.

— Quelle merveilleuse idée ! Merci.

En me rendant compte que je m'étais collée contre lui, poitrine contre poitrine, cœur contre cœur, et qu'il me tenait par les hanches, je le lâchai lentement, glissant le long de son corps ferme, et je rajustai ma robe.

— Oh, pardon. C'était déplacé.

— De quoi tu parles ? On est amis, non ? Et puis, je t'ai connu bien avant que tu aies des nénés, Jo.

Ce qui n'arrangeait rien, dans la mesure où il était justement en train de fixer le corps du délit.

— Arrête, dis-je en le pointant du doigt. De toute façon, il faut que j'y aille. Ces miches ne vont pas se cuire toutes seules.

Je fis volte-face et me dirigeai vers le portail. Sentant son regard sur mon derrière, je m'arrêtai et je jetai un dernier coup d'œil par-dessus mon épaule.

— Et arrête de me mater le cul.

— Hé, c'est toi qui as parlé de miches… et je suis un mec. Impossible de ne pas reluquer.

Carter me conduisit jusqu'à l'entrée comme n'importe quel vrai gentleman de Hope Bay. Je lui adressai un signe avant de partir.

— Jo ? m'appela-t-il.

Je pivotai sur mes talons, m'attendant à un ultime trait d'humour.

— Merci d'être passée. Vraiment.

— De rien. Et j'aimerais bien te voir un peu plus souvent à la boulangerie.

— Ce n'est pas que je veux pas… Il faut que me méfie des glucides si je veux rester fort et mince, pour la caserne.

Il souleva sa chemise, dévoilant une fois encore sa tablette de chocolat. Wow, dans mon souvenir, Carter n'avait pas ce genre d'abdos parfaits. Heureusement, il eut la bonne idée de rajuster sa chemise, sinon je serais restée figée sur place jusqu'à ce que quelqu'un me mette une gifle pour me réveiller.

— Mais je promets de venir. Pour les cupcakes, tu sais, dit-il avec un clin d'œil et en agitant ses sourcils.

Je ne pus retenir un petit rire.

La journée s'était agréablement déroulée, et en voyant une étoile filante, ce soir-là, sur mon toit, je fis le vœu d'en vivre d'autres semblables.

Cher Nick,

Nous émergeons peu à peu de cet horrible cauchemar. Je me rends sur la tombe de Daisy tous les deux ou trois jours. Carter traîne autour du cimetière la plupart du temps. Il est complètement perdu, et je ne peux pas lui en vouloir. Il passe à la boulangerie, parfois, puis il retourne dans son nouveau garage, pour réparer des voitures. Je crois tout de même qu'il a fini de broyer du noir, parce qu'il me fait signe, à présent, quand il m'aperçoit. J'imagine que c'est bon signe. Nous avons bavardé agréablement chez lui, l'autre jour, et il a même donné un cupcake à Betsy. Oh, au fait, Carter a racheté la maison de M. Grafton. Je sens qu'il commence à s'en sortir. J'espère ne jamais perdre ceux que j'aime, mais bien sûr, ce n'est qu'un vœu pieux, parce que personne ne vit éternellement, pas vrai ?

Papa et Marge ont convenu qu'il valait mieux éviter de rebâtir notre maison et plutôt faire construire une nouvelle pâtisserie, assez grande pour eux deux et pour moi. Une fois qu'elle sera terminée, après l'été, j'espère bien développer mon affaire sur internet. J'ai des tas d'idées ! Carter m'a dit que je devrais envoyer des échantillons.

Je me raccroche aux souvenirs des moments passés ensemble comme à un trésor. Je n'aurais jamais pensé qu'une année puisse passer si lentement et si vite à la fois. Je rêve de toi toutes les nuits et oui, plus souvent que la décence ne me permet de l'avouer, je me caresse en pensant à toi. Quand je m'imagine que ce sont tes mains qui me touchent, je jouis bien plus vite et plus fort. Je mords les couvertures de peur de crier. Est-ce que c'est bien raisonnable de l'écrire ? J'ai hâte de te toucher et de t'embrasser, et j'ai hâte que tu me caresses toi aussi. Je sens mes joues qui s'enflamment rien qu'à penser à nos retrouvailles.

La nuit dernière j'ai vu une étoile filante sur le toit, et j'ai fait un vœu. Je sais qu'il se réalisera, parce que bientôt, je serai dans tes bras.

Je compte les jours.

Ta Joelle rien qu'à toi, pour toujours

CHAPITRE 16

*M*a très chère Joelle,

Encore un mois et je serai dans tes bras. Trente jours et je pourrai t'embrasser à m'en écorcher les lèvres et te caresser jusqu'à ce que je mémorise la moindre courbe de ton corps merveilleux.

L'entraînement est devenu une routine pour moi. Encore une sélection physique la semaine prochaine, pour un projet spécial : si je réussis, j'aurai davantage de temps à passer avec toi cet été. Et sinon, je reviendrai définitivement. Ça ne devrait pas poser de problème : j'ai réussi le premier examen il y a neuf mois. Parfois, quand je me couche, ici, je me demande si tout ça en vaut la peine. Et puis le réveille sonne, les gars sautent du lit et nous faisons tout le nécessaire pour protéger notre liberté. L'adrénaline m'empêche de dormir la plupart des nuits. Je dors par intermittence, impatient de t'avoir dans mes bras pour une nuit entière. Peut-être qu'alors, j'arriverai à dormir en paix. J'ai hâte de te parler des nouveaux amis que je me suis faits ici. Ces gars sont formidables.

Ravi de savoir que Carter va mieux. Tu es une amie précieuse et il a de la chance que tu sois dans le coin. On dirait que les choses ont beaucoup changé, chez nous. Je ne suis vraiment parti qu'un an ?

Je t'aime de tout mon cœur,
Nick

LA CLOCHE de la porte sonna au moment où je tentais d'empiler à bout de bras les cartons sur l'étagère du haut. Il s'agissait sans doute d'une des pires corvées, que je laissais généralement à papa vu qu'elle se trouvait si haut. Mais ce matin, il était occupé dehors à préparer la construction de la nouvelle boulangerie. Comme Marge s'occupait de la pâte, il ne restait plus que moi pour m'occuper des clients et garnir les étagères. Une fois le nouveau bâtiment terminé, nous pourrions rénover la maison de marge pour en faire un logement ordinaire, avec un salon et une salle à manger où nous vivrions tous ensemble. La boutique voisine serait séparée.

— J'arrive tout de suite ! criai-je en me concentrant sur l'alignement des cartons pour éviter que la pile ne s'écroule tandis que mes genoux se mettaient à trembler sur le petit escabeau.

Oups !

Je me sentis tanguer de gauche à droite lorsque je posai le dernier carton au sommet. L'escabeau se déroba sous moi et je me crispai, m'attendant à tomber douloureusement, mais des bras musclés me rattrapèrent au vol. En relevant la tête, je vis les yeux marrons de Carter qui me tenait contre lui.

— Mais qu'est-ce que tu fais là ? demandai-je en haletant, un peu choquée, mais soulagée de ne pas me retrouver par terre.

— Apparemment, je viens de te rattraper.

— Non, je veux dire ici. À la boulangerie ?

— C'est bien toi qui m'as invité à passer plus souvent, non ?

— Oui, mais…

— Et ton père m'a proposé de bosser sur la construction.

Il me déposa lentement et je rajustai mon chemisier.

— Merci de m'avoir rattrapée. J'aurais pu me casser un bras ou une jambe.

J'essuyai une goutte de sueur sur mon front. Le stress de la chute avait ouvert les vannes : c'était comme si on venait de m'installer des arroseurs sur le crâne et sous les bras.

— Mais de rien. Je te promets qu'il n'y aura pas de fracture sous ma surveillance.

— Tu veux dire que tu seras là…

— Tous les jours jusqu'à ce qu'on ait terminé.

— C'est génial ! Un innocent pour goûter mes cupcakes !

Carter avait l'air de se retenir de rire, mais son demi-sourire le trahissait.

— Qu'est-ce que j'ai dit ?

Il secoua la tête en marmonnant :

— J'ai l'impression que toi et tes splendides cupcakes, vous allez m'en faire voir !

— Hé ! fis-je en lui boxant le bras. On parle toujours de petits gâteaux, ou d'une chose à laquelle tu ne devrais pas penser ?

— Je n'oserais jamais *parler* d'autre chose, répondit-il avec un clin d'œil. Mais pour les divagations de mes pensées, je ne peux rien promettre.

— Tiens, dis-je en lui tendant une autre pile de boîtes. Toi qui es grand : ça va là.

— Oui m'dame.

Il grimpa les marches et disposa les derniers cartons sans difficulté.

— Hé, au fait, dit-il, la semaine dernière, j'ai remarqué qu'on avait retourné la terre autour du saule pleureur.

— Oui, j'ai planté les marguerites. Tu n'étais pas chez toi, alors je me suis permis d'aller dans le jardin.

— Et les buissons ?

— J'ai peut-être fait un peu de nettoyage, tant que j'y étais.

Il haussa les sourcils.

— Et ajouté deux rosiers, des pivoines, quelques gerberas et des lys.

Carter écarquillait les yeux un peu plus chaque fois que j'ajoutais un nom de fleur.

— Bon, eh bien je n'en connais même pas la moitié, mais merci. Maintenant, je te suis officiellement redevable.

— Oh mais de rien. Si tu veux, je peux en planter quelques-unes devant la maison aussi.

— Seulement si ce n'est pas trop te demander et si tu me laisses te rémunérer.

— Pas question.

— Allez. Au moins pour les bulbes et ce qu'il t'a fallu pour les planter. Tu essaies de démarrer ton affaire, toi aussi, alors tu as certainement besoin de tout l'argent que tu peux obtenir.

— Bon, et si on disait… qu'on verra ?

— Tant que ça signifie que je pourrai te dédommager, dit-il avec un clin d'œil. Des spécialités au menu, aujourd'hui ?

— Des muffins « belle de jour ».

— Jamais entendu parler.

— Ça ressemble à des muffins aux carottes, mais avec de l'ananas et des noix.

— Bon, eh bien j'en prendrai un avec un café, alors. Et si tu pouvais noter ceux que je goûte, ce serait parfait… Je veux être surpris chaque matin où je passe.

— Tous les matins ?

— Oui, au moins jusqu'à ce qu'on ait terminé.

D'accord.

— Très bien. Je m'arrangerai pour te garder les plus frais. Mais qu'est-ce que je raconte ? Ils sont toujours frais !

D'où venait cette nervosité ? Ce n'était que Carter, mon ami, qui voulait goûter mes muffins… nos muffins.

Nom d'un p'tit bonhomme, Jo, reprends-toi !

— À plus ! fit-il en m'adressant un signe.

— Euh oui, à plus.

Durant le mois qui suivit, Carter vint chaque matin pour commander un café et un nouveau muffin. Après les avoir goûtés tous à deux reprises, il passa aux cupcakes. Je n'avais jamais vu quiconque dévorer nos produits avec autant d'enthousiasme que Carter, mais il était coutumier du fait depuis le premier jour où il avait mis le pied chez Marge. Ces temps-ci, il émettait le même genre de soupir d'aise que lorsqu'il était gamin, et ses yeux se révulsaient de plaisir. Mais à présent, je le regardais faire avec beaucoup plus d'intérêt que lorsqu'il était plus jeune.

Une fois la journée de travail sur le chantier achevée, en fin d'après-midi, nous rentrions chez lui dans la vieille voiture de son père, qu'il avait enfin réparée. Il se remettait au travail au garage tandis que je passer une heure à me salir dans le jardin de devant.

Il était presque parfait à présent, et en reculant de quelques pas, je m'étonnai devant la métamorphose visible de l'extérieur. La prochaine étape consisterait à s'occuper des vieux meubles à l'intérieur. La moitié demeuraient présentable, mais les autres auraient eu besoin d'une grosse remise à neuf, ou de disparaître à la décharge ou dans les flammes afin que personne ne saigne des yeux en les voyant comme je l'avais fait. Il me fallait encore trouver le moyen d'annoncer la nouvelle à Carter.

Tout en reculant, je trébuchai sur le trottoir et je tombai les fesses dans un seau d'eau.

— Ahh ! criai-je, mais il était déjà trop tard.

Carter me trouva assise dans le seau, prise de fou rire, lorsqu'il sortit du garage au coin pour accourir.

— Qu'est-ce qui s'est passé ? s'enquit-il.

— Je… je suis tombée, arrivai-je à articuler entre deux éclats de rire. Et je n'arrive pas à me relever.

Carter craqua lui aussi. Il tomba à genoux, les mains dans l'herbe, riant avec moi et se roulant littéralement par terre. Il se fichait de moi !

— J'aurais rien contre un coup de main, parvins-je à dire, mais l'hilarité me reprit.

Il me tendit finalement la main et me sortit de cette mauvaise posture, m'attirant contre lui sans me lâcher.

— Ça va, Mamie Nova ?

Sur mes hanches, ses mains s'agrippaient au tissu. Je saisis ses bras à mon tour, car je ne voulais pas retomber dans le seau, et à la façon qu'avaient mes jambes de trembler, le risque était bien réel.

— Ouais, je crois. Je suis trempée, maintenant.

Carter me serrait si fort que l'humidité de mon jean se transmit au sien.

— Viens, je dois avoir un vieux jogging qui t'ira.

— Merci. Tu es tout mouillé toi aussi.

En particulier le devant de son jean de travail, qui paraissait plus moulant que jamais. Je le suivis à l'intérieur. L'endroit me paraissait plus agréable à chaque visite. De nouveaux rideaux ornaient les fenêtres, et Carter avait acheté un jeté de canapé pour son sofa miteux. La lumière éclatante qui venait de la porte du patio, à l'arrière, donnait une impression d'espace supplémentaire. Je le suivis dans sa chambre, et j'attendis dans l'embrasure de la porte tandis qu'il fouillait les vêtements dans sa commode.

— C'est la plus petite paire que je possède, dit-il en me tendant le pantalon de jogging, ainsi qu'un tee-shirt.

— Merci.

— Je vais à la salle de bain. Tu peux te changer ici.

— D'accord.

Immédiatement après son départ, je retirai mon pantalon et ma culotte, puis mon tee-shirt pour enfiler à la hâte la tenue qu'il m'avait remise, et dans laquelle je flottais un peu. Je roulai les jambes du pantalon, ainsi que la taille. Une fois que j'en eus terminé, je regagnai le couloir. Par la porte ouverte de la salle de bain, je vis le reflet de Carter dans son caleçon. Il fléchit son bras devant le miroir, puis se plaça de côté pour examiner ses abdos, comme la plupart des mecs le faisaient sans doute chaque matin. Ouaip, une vraie plaquette de chocolat, bien ferme. Tout comme ses fesses, ses jambes et tout le reste, à vrai dire. Pas un gramme de gras, malgré tous les muffins et les cupcakes que je lui faisais avaler chaque jour.

— Ne t'inquiète pas, Carter. Tu es impeccable.

Il se tourna vers moi en prenant une posture avantageuse et en bandant ses muscles comme un bodybuilder professionnel.

— Tu trouves ?

Mon regard vagabonda par inadvertance en direction de son entrejambe. Oui, il était *impeccable*, vraiment.

— Crois-moi, quand tu te sentiras prêt, les filles se crêperont le chignon rien que pour pouvoir t'approcher.

— Et toi ?

— Comment ça, moi ?

— Tu voudrais de moi ?

En voilà, une question lourde de sous-entendus ! Carter avait le chic pour me prendre de court avec des dilemmes. J'avais un petit ami. Mais si je répondais non, il se sentirait offensé.

— Hum, oui. Certainement.

Il eut un petit sourire de satisfaction.

— Nick ne va pas te reconnaître, ajoutai-je.

— Je crois que je ne le reconnaîtrai pas non plus. J'imagine qu'il a pris du muscle pour toi. Combien de temps il te reste à attendre ?

— Deux semaines. Je crois qu'il est occupé à passer ses derniers examens.

— Sans doute. Hé, on devrait lui organiser une fête de retour. Molly ne devait pas revenir de la fac, elle aussi ?

— Je crois que si. Ça ne te donne pas l'impression qu'on est les deux seuls de notre classe à être restés en ville ?

— Je crois que c'est le cas. Bon, eh bien je donnerai le mot, pour notre petite réunion. Toi aussi ? Chez moi ?

— J'apporterai les cupcakes, dis-je, tout excitée.

— T'as intérêt.

Il agita de nouveau les sourcils. Chaque fois qu'il le faisait, je me demandais s'il pensait vraiment aux petits gâteaux… ou à mes seins.

— CARTER, il faut que tu goûtes ça, dis-je en lui apportant le plateau de cupcakes tout frais.

L'équipe de construction posait la charpente, ce jour-là. Le soleil arrachait d'ultimes gouttes de sueur aux ouvriers. J'avais enfin réussi à me faire bronzer les jambes ; le travail dans le jardin de Carter y avait beaucoup contribué.

— Nouvelle recette ?

— En quelque sorte. Marge adore la forêt noire, mais on ne vend pas de cupcake style forêt noire à la pâtisserie, alors j'en ai mis un au point.

Il mordit dedans et en prit une bouchée, gémissant comme s'il n'avait jamais rien avalé de plus succulent.

— Jo, tu sais combien j'adore tes cupcakes, dit-il en clignant de l'œil. Mais celui-ci, c'est le vraiment le meilleur.

Carter me servait également de crash-test : je lui faisais manger toutes mes nouveautés.

— Oh mon Dieu, les cerises à l'intérieur sont parfaites. Qu'est-ce qu'il y a, dans ce glaçage ?

Je vis mon père nous observer du coin de l'œil en secouant la tête.

— Attends, tu te fiches encore de moi ?

Il m'avait déjà charriée lorsque j'avais mal évalué le dosage de ma recette de gâteau épicé à la citrouille. Pour ne pas se montrer malpoli, il avait englouti ce jour-là les muffins les plus infects que j'aie jamais préparés.

— Non, je suis sérieux. Je n'oserais pas plaisanter avec tes cupcakes.

Je lui frappai le bras.

— Carter ! Ce que tu es agaçant, parfois !

— Parfois seulement ! Bon sang, je perds la main…

— Tu as un peu de…

Je désignai le coin de ma bouche pour lui faire comprendre qu'il restait de la crème à la commissure de ses lèvres, mais je ne parvins qu'à le déboussoler. Je tendis donc le bras pour l'essuyer du bout du pouce, que je léchai ensuite. Pas question de gaspiller de la crème, tout de même… Et ce n'était pas comme s'il ne me l'avait jamais fait auparavant. Carter se figea, à mon grand étonnement. Il entrouvrit la bouche en désignant quelque chose derrière moi.

En me retournant, j'eus l'impression que tout passait au ralenti. Au début, je crus que j'étais en train de rêver. En fait, lorsque je posai les yeux sur Nick, je le reconnus à peine. Il avait jeté un sac marin noir sur ses épaules. Ses cheveux en brosse avaient repoussé à une longueur plus esthétique. J'examinai le reste de son corps robuste mais mince, émerveillée. Même ses traits semblaient plus fermes, mieux tracés. Où que je regarde, Nick était tout en muscle. Des couches de muscles superposées, des strates de tissus minces à des endroits que j'aurais cru impossibles à développer… Le tee-shirt gris qu'il portait était à peine assez grand, tendu à craquer.

Ben merde alors !

— Surprise !

Je lâchai les derniers cupcakes que j'avais apportés entre les mains de Carter, qui s'apprêtait heureusement à intercepter tout ce que j'aurais pu lui lancer, et je sautai dans les bras de Nick. Il me fit tourner, pressant ses lèvres chaudes contre les miennes et me portant aussi aisément qu'une plume. La force brute qui émanait de lui était si intense que je dus m'écarter, le laisser me reposer et le regarder de nouveau : je n'arrivais pas à croire qu'il s'agissait bien de mon Nick. J'avais l'impression que mon âme revivait.

— Tu es rentré, tu es vraiment rentré. Papa, Marge, Nick est revenu !

Je ne pouvais pas m'empêcher de crier, de pleurer et de rire en même temps.

— Qu'est-ce que tu fais là ? Tu n'es pas censé revenir avant la semaine prochaine. On avait prévu une fête avec tout ce qu'il faut.

— On en reparlera plus tard. J'ai eu l'occasion de partir plus tôt et je me suis dit que la surprise te ferait plaisir.

— Ah ça oui !

C'était un euphémisme !

— Bienvenue Nick.

Mon père interrompit son travail sur le bâtiment, serra la main de Nick et le prit dans ses bras, en lui tapant dans le dos avec ce geste un peu sauvage que seuls les hommes peuvent pratiquer. Carter le suivit et salua son meilleur ami. Ils échangèrent discrètement quelques mots que je n'entendis pas, et je me demandai de quoi ils pouvaient bien parler. Marge s'essuya les mains dans son tablier et accourut pour étreindre son fils. Pendant ce temps, je ne pouvais détacher mon regard de cet homme nouveau qui venait de revenir dans ma vie. L'agitation autour de ce retour surprise me donnait le vertige. Comme s'il l'avait senti, Nick se précipita aussitôt auprès de moi.

— Ça va ?

— Oui, c'est juste un peu beaucoup pour moi. Nous ne t'attendions pas avant la semaine prochaine, et voilà que tu arrives aujourd'hui. J'ai tellement de choses à te dire.

Mon cœur faisait un sacré raffut dans ma poitrine et j'avais encore la tête qui tournait.

— Et j'ai tellement de choses à te raconter moi aussi. On

dirait qu'il va nous falloir passer par une petite réunion de famille avant que je puisse profiter de toi pour moi seul.

Seul. J'avais hâte de me retrouver seule avec lui. D'une certaine façon, je sentais qu'il allait me falloir découvrir cet homme nouveau, ce qui m'enthousiasmait réellement, mais en le voyant parler à sa mère, à Carter et à mon père, je sus que c'était bien mon Nick qui était rentré. Dans un corps différent, peut-être, mais c'était lui.

— À demain, Jo, dit Carter en m'adressant un signe, que je lui rendis. Ne te préoccupe pas de faire un nouveau cupcake, demain. Je suis sûr que tu auras une nuit bien occupée.

Il me fit un clin d'œil et je sentis mes joues rougir. J'aurais préféré qu'il évite ce genre de déclaration devant mon père et Marge.

Je priai pour que Nick et moi vivions effectivement une nuit bien occupée, mais puisque nous nous apprêtions à passer la première dans la même maison que nos parents, j'ignorais comment nous allions nous y prendre.

Les travaux s'interrompirent pour la journée et nous rentrâmes. J'aidai Marge à mettre la table pour le dîner. Ce soir-là, le menu se composait de spaghettis. Je regardai Nick en manger une assiette, puis une deuxième, et enfin une troisième. Je me demandai où il mettait tout ça, mais ce nouveau corps nécessitait manifestement davantage de combustible que le précédent.

Le soir venu, je me rappelai que je logeais dans la chambre de Nick. Je me levai donc et montai à l'étage pour déménager mes affaires dans la chambre d'amis, et je sursautai quand Nick entra.

— Qu'est-ce que tu fais ? s'enquit-il.

— Je te rends ta chambre.

— Non, ça ne fait rien. Reste ici et je prendrai la chambre d'ami. Encore que dans l'idéal, ajouta-t-il en baissant la voix, je préférerais rester ici avec toi.

— Nick…

— Je sais, je sais. Je ne me montrerai pas irrespectueux envers ton père ou ma mère. Mais j'insiste pour que tu gardes cette chambre. Je vais dans la chambre d'ami.

— D'accord.

— On va faire un tour sur le toit ?

— Le tien ou le mien ? plaisantai-je, sachant fort bien que ma maison et mon toit avaient disparu depuis longtemps.

— Si on optait pour le nôtre ?

Je souris et je me mordis la lèvre. Il savait toujours quoi dire.

Nous grimpâmes à l'échelle depuis son balcon. J'avais l'impression que des années s'étaient écoulées depuis la dernière fois où nous y étions montés ensemble, mais dès que je m'allongeai, avec le bras de Nick sous ma tête, tout me revint. Tout redevint normal.

CHAPITRE 17

— C'est difficile à croire que nous ayons contemplé le même ciel chaque nuit, mais si loin l'un de l'autre, déclara-t-il en soupirant. Ça fait du bien d'être rentré, de te tenir dans mes bras.

— Tu n'es pas fatigué ? Tu veux te reposer ? demandai-je.

— Non, ma chérie. Je suis tellement bourré d'adrénaline que je ne risque pas de m'endormir avant un moment.

— Et comment te sens-tu, émotionnellement ? Tu es parti, tu t'es retrouvé isolé, et te voilà de retour…

— Je suis ravi d'être rentré, mais aussi fier de ce que j'ai accompli.

— Je suis fière de toi, moi aussi, Nick. Tu t'es fixé un objectif et tu n'as pas renoncé.

— Et toi… À voir ces nouveaux gâteaux, ces cupcakes et ces pâtisseries, on dirait que tu n'as pas chômé non plus.

— Dès que la nouvelle boulangerie ouvrira, je m'occuperai d'une boutique en ligne. On livrera d'abord les villes des environs. Je prévois une campagne de marketing. Je pourrai organiser un système de livraison sur un rayon plus vaste que je ne l'avais prévu à l'origine, ce qui réduira également nos frais d'envoi. Et j'ai bel et bien envoyé des échantillons, comme Carter me l'a suggéré. J'ai déjà deux grosses commandes de gâteaux de mariage en cupcakes pour l'automne, et le site internet est presque terminé.

— Mais regarde-toi, ma petite femme d'affaires. Ça te donne l'air intelligente et sexy, tu n'as pas idée !

Je gloussai.

— Tu dis ça parce que tu m'aimes.

— Je t'aime, en effet. Et tu m'as manqué.

Il enroula son bras sous ma tête pour me soulever et rapprocher mes lèvres des siennes. La force de ses bras, qui me soutenaient, me surprenait encore. C'était une sensation inédite, excitante. J'ouvris la bouche en grand, accueillant avec délice les coups de langue, sentant mes seins gonfler sous l'effet de ce baiser intense. J'avais l'impression d'être sur le point de le redécouvrir entièrement, en l'embrassant et en le touchant pour la toute première fois. Les muscles bien dessinés de ses jambes se pressaient contre mes cuisses moins fermes. Je me perdais contre son corps, explorant du bout des doigts les nouveaux contours de cette silhouette athlétique, et appréciant l'expérience. Bientôt, je me retrouvai sur lui, passant les mains dans ses cheveux courts, me déhanchant contre son érection et sentant la chaleur prête à exploser entre nous.

Lorsque Nick s'écarta, nous haletions tous les deux.

— Tu me coupes le souffle, murmura-t-il. J'ai pensé à ce jour chaque minute depuis mon départ. C'est grâce à toi que je n'ai pas perdu la raison. C'est toi qui m'as aidé à résister à la douleur physique et mentale. Je n'y serais pas arrivé sans savoir que tu m'attendais ici.

Je levai les yeux, exposant mon cou tandis qu'il déposait des baisers brûlants sur ma peau.

— Je t'ai attendu moi aussi. Ça m'a semblé une éternité.

Ses mains longèrent mes courbes jusqu'à mes hanches, se dirigeant vers ma robe qu'elles retroussèrent lentement pour dévoiler mes fesses. Je pressai mon pelvis contre lui, cherchant à le sentir tout entier contre moi. Il ne cessait de m'embrasser, ses lèvres répétant le même trajet : mes joues, mon cou, puis mon oreille, tandis qu'il me saisissait les fesses à pleines mains, les pressant doucement.

— Les plus belles miches que j'aie tenues de toute ma vie.

J'éclatai de rire et mon derrière se crispa sous ses doigts. Compte tenu du nombre de miches qu'il avait manipulées à la boulangerie, je prenais ça pour un compliment.

— Les seules miches humaines ? demandai-je.

— Les seules miches humaines que j'aie jamais palpées et que j'aie jamais voulu tenir. Je veux te faire l'amour, Jo, mais je crains que le toit ne résiste pas, parce que j'ai envie de te prendre comme une bête.

— J'ai envie de toi aussi, Nick.

Un grondement vibra dans sa poitrine tandis qu'il murmurait contre ma joue :

— Il faudra qu'on se contente d'une solution de facilité pour le moment.

Il me fit lentement rouler pour que nous nous retrouvions tous les deux de côté, face à face. Sa main glissa sous l'élastique de ma culotte pour me saisir le cul, puis ses doigts descendirent et se dirigèrent vers l'arrière. Je me cambrai, tendant les fesses, haletant sous chaque caresse de ses doigts incandescents, impatiente qu'il s'aventure plus loin. Il me caressa par-derrière avant de revenir devant, la main en coupe sur mon sexe, qu'il palpait au travers de ma culotte. Ses doigts écartèrent rapidement la dentelle pour se faufiler entre mes lèvres, glissant contre la peau humide pour remonter jusqu'à mon clitoris qu'il se mit à masser pour me stimuler. J'aurais voulu gémir plus fort, mais je ne pouvais pas, de crainte que nos parents ne nous entendent, et je me mordis donc la lèvre, retenant mes cris pour ne laisser échapper qu'un faible soupir.

Plus rien ne comptait en dehors de la sensation que Nick

me procurait. Son contact me mettait le feu dans tout le corps, et je sentais les gouttes de sueur se former sur mon front tandis qu'un volcan d'émotions rugissait dans chacun de mes souffles.

Je ne désirais plus que m'abandonner à mes sens. Je voulais le sentir sur moi, sous moi, en moi... partout. Une pulsion incroyable me consumait de l'intérieur, puis m'embrasait toute la peau. Comment avais-je fait pour vivre sans ça, sans lui ?

L'orgasme survint à une vitesse stupéfiante. Je m'accrochai aux bras de Nick, mordant sa chemise tandis qu'il effectuait quelques mouvements circulaires pour m'arracher les derniers spasmes d'extase.

— Jo ? Nick ? Vous êtes là ? appela ma mère. On ferme pour la nuit.

Je redescendis aussitôt de mon nuage en prenant conscience de ce qui venait de m'arriver, avec Marge à quelques mètres à peine. Il lui suffisait de monter sur le premier barreau de l'échelle pour avoir une vue sur nous.

— Oui. On descend dans une seconde, répondit Nick.

— Oh mon Dieu, si elle nous avait vus ? murmurai-je juste assez fort pour que Nick entende.

— Ne t'inquiète pas, elle n'a rien vu.

— Mais tout de même ! Tu crois qu'ils nous surveillent ?

— Sans doute.

— Argh ! J'aurais tellement envie qu'on puisse aller ailleurs.

— Dans ce cas, que ferait-on ? me taquina-t-il.

— On ferait l'amour jusqu'au lever du soleil.

Je l'embrassai.

— Dans ce cas, je m'arrangerai pour que ça se produise le plus tôt possible.

— Comment ça ?

— Descendons, pour le moment. On réfléchira à la suite plus tard.

Je rajustai ma robe et je regagnai le balcon, puis la salle de bain où je me changeai pour enfiler mon pyjama. Après avoir dit bonne nuit à papa et Marge, puis à Nick, je battis en retraite dans ma chambre. Le plafond me semblait infini, et je n'arrivais pas à fermer les yeux. Je ressentais encore, coulant dans mes veines, l'excitation de l'orgasme que Nick venait de m'offrir. Il m'avait caressée avec tant de désir et de détermination... Et j'aimais ça. En fait, j'en voulais davantage. Mon regard s'égara en direction de la porte close, puis vers le plafond. J'ignore combien de temps je le fixai, mais une chose était certaine : je n'arriverais pas à trouver le sommeil.

Je me tournai et je me retournai. Les draps m'engonçaient, et je m'en débarrassai. Malgré la brise légère qui entrait par la fenêtre ouverte, une atmosphère chaude et étouffante régnait dans la pièce. Peut-être fallait-il mettre ma frénésie sur le compte de la pleine lune : si elle servait de signal déclencheur aux loups-garous, elle pouvait très bien bouleverser mes hormones. Je retirai mon short de pyjama, puis mon haut, et je me sentis soulagée en étendant mon corps nu sur les couvertures un peu plus fraîches. Mais ça ne suffisait pas. Le mur qui me séparait de Nick aurait aussi bien pu mesurer des kilomètres d'épaisseur. Il était à la fois si proche et si lointain.

J'endurai cette torture pendant deux bonnes heures avant d'entendre tourner la poignée de ma porte. Je rabattis précipitamment mes couvertures, retenant mon souffle.

Pourvu que ce soit lui !

— Jo ? Tu dors ?

En entendant la voix de Nick, je poussai un soupir de soulagement.

— Non.

Il s'approcha de mon lit sur la pointe des pieds. Lorsqu'il s'assit, je m'étais disposée de façon à le voir parfaitement dans le pâle clair de lune. On aurait dit qu'il sortait tout droit d'un de mes rêves.

— Pourquoi est-ce que tu as remonté les couvertures à ce point ? demanda-t-il en me tapotant le nez.

— Parce que je suis toute nue, dessous.

— Hein ?

— Je crève de chaud, d'accord ? Et je n'arrivais pas à dormir.

— Moi non plus. Je veux te voir.

Qu'entendait-il par là ? J'étais là, devant lui.

— Nue, Joelle. Je veux te voir nue, encore.

— Oh.

Je ne l'avais vu nu qu'une fois, et compte tenu de toutes les métamorphoses qu'il avait subies, je me demandai si *tout* en lui avait changé. Je lâchai doucement prise sur les draps. Je n'aurais jamais le courage de les écarter moi-même, et je savais que Nick s'en doutait, car je n'eus pas plutôt laissé mes bras retomber qu'il retira lentement les draps, son regard suivant la piste brûlante que ses doigts laissaient sur ma peau dans leur trajet descendant.

Une fois les couvertures entièrement rabattues, Nick prit une brève inspiration et porta la main à son entrejambe. Heureusement qu'il faisait noir : il ne pouvait pas distinguer le rouge qui me montait aux joues. La lune à la fenêtre éclairait son visage radieux.

— Tu es tellement belle.

Sa main glissa sur mon ventre, puis remonta vers mes seins. Il pinça délicatement un téton durci et j'ouvris la bouche en fermant les yeux. C'était si bon. Trop bon. Il le fit rouler entre ses doigts, augmentant la pression, et je sentis l'humidité entre mes jambes. Si je m'étais imaginée connaître la torture pendant son absence, eh bien je m'étais trompée. Il me faisait à présent subir le plus doux, le plus exquis des supplices. Je l'entendis bouger sur le lit et j'ouvris les yeux au moment où il m'embrassait doucement à l'improviste.

— Ne bouge pas, murmura-t-il.

— Et si quelqu'un entre ? demandai-je.

— J'ai vérifié avant de venir. Ils dorment tous les deux. Ne bouge pas, Jo, et ne fais pas de bruit.

Nick ôta son tee-shirt et son short. J'aurais voulu le voir en entier, mais la lampe de chevet masquait son entrejambe.

— Caresse-moi, Nick.

— Je ne vais pas me contenter de ça, ma chérie.

Aussitôt, il fut au-dessus de moi, parcourant mon corps de haut en bas en l'embrassant, commençant par de tendres caresses de la langue autour des bouts de mes seins, les faisant doucement ressortir, puis promenant ses lèvres entre mes seins et jusqu'à mon nombril.

Je haletai, complètement excitée par son contact et par ces baisers lancinants qui prenaient leur temps pour vénérer tout mon corps. Mes hanches se hissaient, de plus en plus haut, impatientes que ses lèvres atteignent leur destination. Et pendant ce temps, Nick maintenait ses mains sur mes seins, qu'il pressait et palpait.

Lorsqu'il arriva en haut de mon pubis, je me raidis. Ses mains abandonnèrent enfin mes seins lourds et se portèrent à mes hanches. Il inspira à fond, et je frémis. Il me fallait faire un énorme effort de patience pour ne pas tendre les mains et toucher son sexe dur que je sentais contre mes jambes.

Et à ce moment… Ses lèvres s'emparèrent de mon clitoris et je jouis dès le premier coup de langue, agitée de spasmes sous lui, les fesses contractées. Je n'en avais pourtant pas assez, et je ne pouvais m'arrêter de frémir. Dès que le premier orgasme se fut dissipé, me laissant anéantie, Nick inséra un doigt en moi. Je le sentis, épais et bienvenu en moi, et je contractai mes muscles autour de lui, projetant mes hanches en avant, désireuse d'éprouver ce délicieux étirement.

— Tu aimes ça, Jo ?

— Oui, haletai-je.

— Je vais te mettre un autre doigt.

J'ignorais pourquoi il me le disait, mais cette déclaration ne fit que m'exciter un peu plus. J'attendis de ressentir en moi cette tension parfaite tandis qu'il me pénétrait.

— Ça fait un an que nous avons fait l'amour. Il faut que je te prépare pour ne pas te faire mal.

Il passa la langue entre mes lèvres tout en faisant aller et venir ses doigts. C'était si bon ! Trop bon. Je ne voulais pas qu'il s'arrête. La façon qu'il avait de me sucer le clitoris, de masser mes parois internes et d'appuyer à cet endroit idéal dont j'ignorais l'existence jusqu'alors, me persuada que dans cette école de la séduction où il venait d'étudier, il avait reçu un diplôme en orgasmes avec mention très bien. Il ne me fallut que quelques secondes pour sentir la pulsion s'intensifier dans tout mon corps.

— Nick...

— Chut...

Il se retira et me passa un oreiller.

— Mords là-dedans. Ne crie pas.

Je hochai la tête, et il reprit ses alléchants préliminaires. S'agissait-il seulement de préliminaires ? Je n'en étais pas sûre, compte tenu de la façon dont les choses se précipitaient, mais de toute façon, j'en voulais davantage. Le bruit de succion et mes souffles rauques s'intensifièrent. Dès qu'il referma ses lèvres sur moi et tendit le bout de sa langue durcie, je m'abandonnai. Des larmes de joie roulaient sur mes joues, l'oreiller étouffa mon cri et mon corps trembla sous lui, complètement emporté par cette nouvelle béatitude libératrice.

Il continua à me lécher, et je continuai à hisser mes hanches pour me presser contre sa bouche. Lorsqu'il s'arrêta enfin, il me fallut un moment pour reprendre mes esprits. La tête me tournait. Je craignais de me réveiller et de découvrir que je venais simplement de faire un rêve érotique époustouflant. Mais ce n'était pas le cas : Nick remontait déjà le long de mon corps en feu, se positionnant à mon entrée.

Oh, mon Dieu ! On va vraiment le faire !

— Jo, je n'ai pas de préservatif. Je suis venu dès la sortie du bus, et...

— Je vais avoir mes règles dans deux jours, alors je ne tomberai pas enceinte, et tu es le seul avec qui j'ai fait l'amour, et mon gynécologue m'a donné le feu vert il y a deux mois…

— Moi aussi. Tu es la seule. Alors, tu es partante ?

— J'ai attendu ce moment pendant presque un an. Je t'en prie, Nick. J'ai besoin de toi.

Il se baissa pour approcher sa bouche de la mienne et la refermer sur cette requête, l'enfermant en moi, tandis qu'il me pénétrait lentement, enfonçant son sexe centimètre par centimètre jusqu'à ce que nous soyons tous deux intimement reliés.

Mes genoux retombèrent et je m'immobilisai. Nick s'écarta, observant mon expression, que j'imaginai perplexe.

— Ça va ?

Je hochai la tête.

— C'est tellement bon, Nick…

Mes paupières s'alourdirent et ma tête bascula sur le côté lorsqu'il entama ses va-et-vient rythmés. J'adorais la façon que mon corps avait de réagir au sien, la façon dont il me berçait, me contrôlait, me remplissait et me titillait. Je finis par lever les jambes, les lovant autour de sa taille pour l'attirer plus profondément en moi, et ce fut alors qu'il se figea en grognant, mordant sa lèvre et martelant les draps du poing.

— Tes jambes, ça a toujours été mon point faible, dit-il en s'étendant à côté, sur le lit.

Je reculai vers le mur et il me prit tout contre lui, m'enveloppant. Il était chaud, inondé de sueur, et tellement parfait que je ne voulais plus jamais m'en décoller. Il se pencha vers mon oreille pour chuchoter :

— Je passe la nuit ici.

— Et si quelqu'un vient ?

— Personne ne viendra. Je repartirai en douce avant l'aube. Et puis, on est adultes.

Il m'embrassa le front, puis me retourna sur le côté pour

m'enlacer en cuiller, par-derrière. Mes fesses remuèrent d'elles-mêmes et je le sentis bander de nouveau.

— Quand aux chances que je te reprenne avant que le soleil se lève… je les estime à cent pour cent.

Je pressai mon cul contre lui et je le sentis me pénétrer. Ses mains se refermèrent sur mon corps, la première recouvrant un sein et l'autre glissant vers mon sexe, me réveillant brusquement. Lorsque son sexe n'était pas en moi, il s'égouttait contre ma cuisse. Je ne comptai pas le nombre de fois où nous fîmes l'amour cette nuit-là, mais je me rappelle que je dormis à peine et qu'il se faufila hors de la chambre aux premiers rayons de soleil.

CHAPITRE 18

J'étais debout devant le plan de travail, à pétrir la pâte de pains sucrés commandés pour le week-end. Nick était rentré depuis cinq jours désormais. Chaque matin, il sortait faire un jogging, se douchait, prenait son petit déjeuner, puis aidait mon père sur le chantier. Tout ceci après s'être faufilé hors de ma chambre avant l'aube, bien sûr. Je passais toutes les nuits avec lui depuis son retour. Les trois dernières, nous n'avions pas fait l'amour, car j'avais mes règles ; l'idée qu'il me pénètre pendant que je saignais me gênait. Pour le moment, du moins, car ma passion pour lui finirait bien par l'emporter sur mes inhibitions.

Nous passions les soirs au bord du lac, à lancer des cailloux. Nous passions le plus clair de notre temps ensemble à nous embrasser, nous caresser, nous tripoter et nous câliner. Je ne voulais pas me détacher de lui. La vie me semblait parfaite désormais. Il était revenu chez nous, dans ma vie, comme un petit ami normal. Mais une question me taraudait, celle que je ne lui avais pas encore posée et qui ne cessait de me torturer. Je craignais de la lui poser, car j'en redoutais la réponse. C'était peut-être de l'intuition, ou mes tripes qui parlaient, mais je sentais que Nick avait quelque chose à me dire, et que je n'allais pas apprécier. Toutefois, je ne voulais pas gâcher le peu de temps dont nous disposions en m'inquiétant. Ces deux mois compenseraient à peine l'année passée.

Des doigts chauds s'insinuèrent sous mon tablier, se promenant sur la peau exposée de mon ventre pour se diriger sous mon nombril et atteindre finalement la bande élastique de mon jogging. Même lorsqu'il me touchait, j'arrivais à peine à croire qu'il était bel et bien là.

— Nick, quelqu'un pourrait entrer.

— Je m'en fiche. Je veux te caresser.

— Et si c'était ta mère.

— Eh bien elle verrait ce qu'on fait et elle s'éclipserait.

— Nick !

Je réussis finalement à le repousser d'un coup de fesses et je me retournai. Au même instant, je me retrouvai prisonnière entre lui et le plan de travail, le derrière appuyé contre la table de marbre.

— Dis-moi que tu n'as pas envie de moi.

— Je… j'ai envie de toi.

Il approcha ses lèvres de mon oreille, les promenant sur le cartilage, et mes cheveux se dressèrent sur mon cou, mes bras et… eh bien sur tout mon corps.

— Alors laisse-moi te baiser, Joelle.

Je respirai vivement. Ses yeux ardents m'enflammèrent de nouveau. Nick ne m'avait jamais parlé de la sorte. Et c'était sexy. En fait, je commençais à transpirer rien qu'à l'idée à la façon dont il pouvait… me faire *ça*.

— Pas ici, murmurai-je.

L'ombre de la défaite qui passa sur ses traits me brisa le cœur tandis qu'il reculait lentement.

— Mais…

Le désir se ranima dans son regard en un clin d'œil.

— Peut-être ce soir, chuchotai-je. Je n'ai plus mes règles.

Il s'approcha de nouveau de mon oreille.

— Il n'y a pas d'oreiller assez épais pour retenir les cris que je t'arracherai en te baisant.

Oh !

Quelqu'un s'éclaircit la voix sur le seuil et je me figeai, glacée.

— Nick, tu as un peu de farine, là, dit mon père en désignant les oreilles de Nick. Et là, ajouta-t-il en montrant ses épaules.

Son doigt pointa diverses parties du corps de Nick tandis qu'il répétait ces deux mots.

— En fait, tu en es couvert.

Puis il se tourna vers moi, la coupable aux mains enfarinées. Je me sentais comme une gamine qu'on vient de prendre à voler des bonbons à l'épicerie du coin.

Et comme si ça ne suffisait pas, Marge entra par la porte battante de la cuisine. Elle jaugea la situation d'un œil expert et soupira.

— Je crois qu'il faut qu'on parle, dit-elle en désignant les chaises.

— Maman, je suis un homme, protesta Nick.

— Alors écoute comme un homme.

Je pris le tabouret à ma gauche et je le tendis à Nick, puis je pris son voisin et m'assis à côté de lui.

— Nous savons que vous vous aimez. Nous sommes tombés amoureux à votre âge, mais nous nous inquiétons.

— À quel sujet ? demandai-je.

Nick paraissait aussi étonné que moi.

— Vous passez votre temps enfermés à la maison. Vous deux, c'est boulot-dodo, rien de plus. Vous m'avez l'air complètement crevés tous les deux, et je ne crois pas que passer quelques minutes ensemble quand Nick fait une pause sur le chantier vous fera du bien. Quand est-ce que vous allez vous décider à sortir ? À prendre du bon temps ? Vous vous privez de tellement de choses ! Vous savez, faire des ricochets sur le bord du lac, ce n'est pas le meilleur moyen de socialiser.

Oh ! Il faut croire qu'ils n'étaient pas au courant du bon temps qu'on prenait la nuit, pendant qu'ils dormaient dans leur chambre.

— Nous aimerions vous voir passer du temps avec d'autres personnes. Vous êtes si jeunes, ajouta Marge.

— Vous étiez jeunes aussi quand vous êtes tombés amoureux. Si je me souviens bien, papa, maman avait à peu près mon âge quand elle m'a eue.

— Toi aussi, maman, dit Nick à sa mère.

— Vous voulez fonder une famille ? intervint mon père.

— Non, pas du tout. Mais on voulait vous présenter la situation. On aime passer du temps ensemble. On adore ça, en fait.

Nick cherchait à exploiter son célèbre sens du baratin et cherchait un angle d'attaque. Et je craignais, s'il ne dénichait pas une bonne idée d'ici peu, de vendre la mèche au sujet des bons moments que nous passions tous les deux la nuit. Nous faisions ce que font tous les autres couples. Nous nous envoyions en l'air comme des bêtes ! Bon, il valait sans doute mieux que j'évite ce genre d'expression...

Nos parents demeurèrent impassibles. Bon sang, c'était à croire qu'ils nous incitaient à nous déchaîner dehors.

Nick finit par rouvrir la bouche.

— Cela dit, je crois que vous avez raison. On devrait sortir et rattraper le temps perdu avec tous les copains. Pour de vrai, cette fois.

Pour de vrai ? Et lui, il s'exprimait « pour de vrai » ? Qui était cet homme et qu'avait-il fait de Nick ?

— Je n'ai pas encore vu la maison de Carter. Allons lui rendre visite. On pourra peut-être faire halte chez Molly pour lui faire coucou, et dire bonjour à M. Andrew, le pompier.

Les yeux de nos parents s'illuminèrent.

— D'accord, bonne idée. C'est ma dernière fournée, dis-je pour jouer le jeu.

Ce fut alors que je vis une étincelle discrète au coin de l'œil de Nick. Carter était parti plus tôt ce jour-là, et je savais donc que nous ne l'accompagnerions pas. Nous allions être seuls. Bien sûr ! Nick voulait que nous soyons seuls pour que je crie quand il me…

Cette pensée me fit monter le rouge aux joues, et je me retournai pour finir de pétrir la pâte et la tresser.

— Bien. Ah, et si tu me rends grand-mère trop tôt, je te tue, au fait.

Je me retournai vivement. *Hein ?*

Marge agita en direction de Nick un doigt sévère, se retourna et s'en fut à l'avant de la boutique. Mon père pointa quant à lui deux doigts vers ses yeux, puis vers nous, pour nous signifier par ce geste bien connu qu'il nous tiendrait à l'œil.

Marge savait ? Peut-être pas. Qu'entendait-elle par là, alors ? Et mon père, de quoi se doutait-il ?

— Détends-toi, Jo, fit Nick avec une lueur de désir diabolique dans le regard. Personne ne sait que je te bouffe la chatte tous les soirs.

Bon sang, rien qu'en entendant ça, j'avais envie de poser ma culotte et de relever ma jupe. Est-ce que je pouvais ? Je m'éventai le visage dans l'espoir de refroidir un peu.

Puis je pivotai pour lui faire face.

— « Pour de vrai » ? Personne ne dit plus « pour de vrai » !

— Je t'expliquerai plus tard.

Qu'y avait-il à expliquer ?

— Et tu ferais mieux de te presser, avec cette pâte, si tu veux que je te baise par-derrière, chuchota-t-il avant de m'adresser un clin d'œil et de quitter la cuisine.

J'en restai sans voix un moment, encore choquée par ce qui venait de se passer durant les cinq dernières minutes, et me demandant d'où Nick sortait ce genre de vocabulaire. Il était revenu changé, et j'aimais ça. En l'espace de cinq jours, ma vie ennuyeuse, ordinaire et prévisible s'était transformée en succession d'expériences excitantes – extatiques, à vrai dire – et sexy. Carrément sexy.

Nick reprit son travail avec mon père, dehors. À l'allure où ils posaient le placo, la nouvelle boulangerie serait terminée d'ici une semaine. Les nouveaux comptoirs, les mixers, les freezers et les étagères que mon père avait achetés avec l'argent de l'assurance reçu après la tornade arriveraient d'ici quatre jours. Ensuite, les travaux commenceraient dans la maison, et nous aurions enfin une vraie salle à manger et un salon avec cheminée.

Je pétris la pâte à m'en meurtrir les doigts. Ensuite, je me précipitai à l'étage, je me douchai, me changeai, regarnis les étagères, vérifiai mes emails pour voir si le concepteur de site web m'avait écrit, puis attendis Nick sur le porche, dehors. Je ne m'imaginais pas qu'il serait prêt si tôt, mais dès qu'il apparut, il me prit par la main, nous fîmes signe à nos parents et nous sortîmes. Mon père nous laissa le camion.

Il faisait chaud, et la sueur collait mon tee-shirt, qui adhérait à mon siège. La maison de Carter ne se trouvait qu'à dix minutes à pied, mais nous ne voulions pas perdre un temps précieux à marcher. Je préférais me retrouver allongée… voire à quatre pattes ?

— D'accord, où va-t-on ?

— Chez Carter, me taquina-t-il.

— Allez. Tu oublies que je te connais mieux que personne.

— C'est vrai, hein ?

— Et tu viens juste de dépasser la rue qui mène chez lui.

— Hmm, c'est vrai, hein ?

— Nick !

— Il y a une clairière dans la forêt, de l'autre côté du lac. Je me rappelle que mon père m'y a emmené pour pêcher quand j'étais gamin. Il disait que c'était un endroit spécial, parce que personne ne le connaissait, et que c'était là que tous les poissons se donnaient rendez-vous.

— Je croyais que tu ne savais pas pêcher.

— En effet. C'est la seule fois où mon père a essayé de m'apprendre, mais ces petits salauds à écailles ont réussi à tous nous filer entre les doigts.

— Alors pourquoi veux-tu qu'on aille pêcher ? demandai-je, un peu étonnée.

— Ce n'est pas pour ça qu'on y va, ma chérie. On va à un endroit que personne ne connaît. Un endroit où tu pourras crier tant que tu voudras.

Mes cuisses se serrèrent. L'impatience me gagna dès que j'entendis le mot « crier ». J'avais encore du mal à croire que cet homme séduisant était à moi.

Nick se gara dans la clairière. L'espace d'un instant, tandis qu'il conduisait sur une route de terre dans les bois, j'avais cru que nous nous étions perdus. Je sortis marcher dans l'herbe et je me dirigeai vers la rive. Derrière nous, les arbres rendaient l'entrée du sentier invisible. Nick avait raison : à moins de connaître l'endroit, personne ne risquait de le trouver.

Une petite brise créait de minuscules ondulations sur la surface du lac par ailleurs tranquille. Je sentis les bras de Nick se lover autour de moi, par-derrière, ses mains glissant le long de mes hanches, remontant sur mon ventre et cherchant enfin mes seins. Il ne perdait pas de temps.

— Soulève ta robe, ma chérie.

Je m'exécutai, tendant les fesses et m'inclinant en avant, en appui sur un rocher devant moi, en me demandant ce que Nick allait faire. Il détacha son jean et sortit son sexe. Voir ce geste m'excita tellement que je me sentis fondre dans ma culotte. Je le regardai saisir sa queue déjà dure et la caresser. Je brûlais de le toucher moi aussi, mais le regarder faire me plaisait encore plus. Je me léchai les lèvres et je me retournai, adossée au rocher. Levant ma robe, j'écartai les jambes pour qu'il me voie et je passai la main dans ma culote. Il s'immobilisa un moment, comme s'il n'était pas tout à fait sûr de ce que je voulais faire. Je désirais simplement me caresser. Je voulais qu'il voie l'effet qu'il me faisait. Un sourire se dessina sur ses lèvres et il continua à effectuer des va-et-vient sur toute la longueur de son membre. Ma chatte palpitait d'impatience de le recevoir, mais ça... nous exposer de la sorte l'un à l'autre, c'était plus qu'érotique. Jusqu'alors, je ne l'avais jamais vu autrement que de nuit. Il fit un pas vers moi. Je fixai la veine qui palpitait sur son sexe. Nick arrivait à peine à en faire le tour avec sa main, et je n'aurais pas pu, c'était sûr. Mon pouce ne touchait jamais le bout de mes autres doigts quand je le branlais.

Je retirai mon slip en me dandinant, puis je me retournai, le cul dressé pour qu'il jouisse du spectacle. Ma main, prise entre le rocher et ma chatte, s'agita de plus belle.

— Tu me rends dingue, Jo.

— J'espère une baise magistrale, Nicholas.

— Nicholas ? Comment pourrais-je dire non ? Mais d'abord.

Sans prévenir, il s'agenouilla pour lécher ma fente humide par-derrière, passant la langue de l'ouverture de mon sexe jusqu'à mon cul.

Nom de Dieu !

Je sentis mes fesses se contracter lorsque sa langue darda en moi. Je retirai ma main, car mes jambes se dérobaient ; il fallait que je m'accroche au rocher. Il inséra deux doigts dans ma chatte, son pouce effectuant des cercles sur mon clitoris tandis qu'il m'embrassait et me léchait par-derrière, et je m'abandonnai.

— Oh, bon D... Nicholas !

Je criai, mais il ne s'arrêta pas. Il ne se retirerait pas tant qu'il n'aurait pas bu mon orgasme jusqu'à la dernière goutte. Épuisée, je m'étendis sur le rocher et je sentis la brise rafraîchir mes lèvres gonflées lorsque Nick se releva. Tandis que je me retournais, il fouilla la poche de son jean et en sortit un petit paquet. Nick déploya le préservatif sur son sexe. Au fond de moi, j'aurais préféré que nous puissions nous en passer, mais je n'étais pas encore prête pour avoir de mignons petits bébés.

— Je vais te prendre fort, Joelle. Mais dis-moi si jamais je te fais mal.

J'étais tellement excitée à ce moment que rien de ce que Nick faisait n'aurait pu me faire mal. Je le voulais, jusqu'au bout. Je voulais le sentir, aussi fort que possible. L'idée ne m'avait pas plutôt traversé l'esprit qu'il me pénétra brutalement, son pelvis s'écrasant contre mon cul, et ses couilles contre ma chatte sensible. J'aurais pu jouir aussitôt, mais je voulais que ça dure aussi longtemps que possible.

— Ça va ? demanda-t-il.

— C'est parfait. Encore… comme ça.

Il sourit derrière moi, mais sans bouger. Sa main remonta au milieu de mon dos, puis plus haut, entre mes omoplates, jusqu'à ce qu'il atteigne mes cheveux. Ses doigts s'enroulèrent contre mon crâne. Nick me prit tous les cheveux, comme s'il voulait me faire une queue de cheval, puis il les enroula dans sa main et tira ma tête en arrière.

— Tu ferais mieux de t'agripper à ce rocher, Jo.

Je refermai les doigts sur le rocher, prête à encaisser l'assaut imminent. La brutalité sensuelle de l'instant me faisait me tortiller sur place. Nick se retira, puis me pénétra de nouveau, puis continua à me baiser, sans s'arrêter cette fois. Le choc me secoua tout le corps. Chaque fois qu'il se rapprochait et que je sentais ses couilles claquer contre ma chatte, un choc électrique me faisait vibrer des pieds à la tête, répandant un courant bienfaisant dans tout mon corps. L'énergie se rassemblait entre mes jambes, et je baissai lentement la main jusqu'à ce qu'elle se retrouve de nouveau entre le rocher et moi. Nick tira légèrement sur mes cheveux pour attirer mon attention.

— Interdit de te toucher, Jo. Cette fois, je vais te faire jouir rien qu'avec ma bite.

Ouaip, ça me paraissait tout à fait dans mes cordes. Après cette déclaration, ses coups de boutoir se firent plus fougueux, et mon sexe frotta la surface dure du rocher. Je décalai légèrement mes hanches pour me coller contre un renflement de la roche qui me frottait juste ce qu'il fallait chaque fois que Nick m'ébranlait tout le corps.

— Oh ! Nick… plus fort…

C'était sans doute de ça que parlait Daisy. C'était si bon de le sentir en moi, je n'en aurais jamais assez. La force de ses coups réveillait en moi une femme bien plus affamée de sexe que je ne l'aurais cru. J'entendais le bruit de ses efforts derrière moi. À un moment, il lâcha mes cheveux et me prit par les hanches, m'attirant à lui pour m'empaler sur son membre. Je ne pourrais pas tenir bien longtemps à ce rythme. J'avais l'impression que mes lèvres enflaient comme des ballons. Au coup suivant, le dernier frottement contre le rocher fit éclater la pression et je hurlai.

— Oh mon Dieu !

L'écho de mon cri me revint tandis que Nick s'immobilisait derrière moi en lâchant un grognement sonore. Betsy meugla au loin, attirant notre attention vers le champ de l'autre côté du lac, où un taureau était occupé à la monter. Nous éclatâmes de rire tous les deux. En me retournant, je constatai que le front de Nick ruisselait de sueur. Je ne l'avais pas vu retirer son tee-shirt, mais son corps luisait sous les rayons du soleil de fin d'après-midi, les gouttelettes roulant sur ses pectoraux et ses abdominaux. Je n'arrivais pas à en détacher mon regard, me demandant combien de temps il me faudrait pour m'adapter à son nouveau corps d'athlète.

— Je suis sûre que quelqu'un m'a entendue, dis-je en m'étendant, écartelée, sur le rocher.

Nick, toujours en moi, se baissa pour m'embrasser.

— Sans aucun doute.

— Nick, j'ai mal à la gorge à force de crier. Betsy a dû m'entendre.

— Betsy est une vache.

— Oui, mais cette ferme est voisine de chez Carter.

— Et alors ?

Effectivement, ça n'avait sans doute pas d'importance. Il ignora mes inquiétudes et m'embrassa sur la bouche.

— En outre, ta gorge est splendide. C'était génial, Jo.

Ah oui. Carrément.

Il se retira, et je me sentis à bout de force.

— Merde, fit-il.

— Quoi donc ?

— Le préservatif s'est déchiré.

— Hein ?

— Il s'est déchiré quand j'étais en toi, Jo…

— Pas grave. Je n'ovulerai pas avant au moins cinq jours.

— Tu es sûre ?

— Oui, tout à fait.

— Bon. Je ne voudrais pas que notre bébé naisse pendant mon absence.

Notre bébé. Wow, ça paraissait si normal et si déplacé à la fois. Je n'aurais voulu porter l'enfant de personne d'autre que lui, mais il avait raison. Ce n'était vraiment pas le bon moment. Nick devait retourner dans la Navy, et je voulais démarrer mon affaire de boulangerie en ligne dès son départ. Je baissai ma robe et je la lissai en y passant les mains lorsque mon regard se posa sur le lac.

— Défais ma fermeture éclair, s'il te plaît, dis-je en me retournant.

Il ne me demanda pas pourquoi, mais s'exécuta, et je me débarrassai de ma robe.

— Tu es la femme la plus sexy que j'aie jamais rencontrée.

Ses yeux brûlaient de désir, et je me dis que si je le laissais faire, il me reprendrait certainement. Mais dans la chaleur, couverte de sueur, je ne pensais plus qu'à la fraîcheur du lac.

— On pique une tête ? demandai-je.

Amusé par l'idée, il baissa son pantalon et retira ses chaussures. Je défis mon soutien-gorge. Il inspira à fond et je retirai ma culotte. Je vis sa queue frémir et durcir de nouveau.

— Tu as intérêt à courir dans l'eau avant que je t'attrape.

Je me précipitai jusqu'à la rive. L'eau me parut froide au début, mais lorsque je plongeai, la température de ma peau s'ajusta peu à peu. Elle était parfaite. Nick me rattrapa en nageant.

— Carter m'a raconté que tu avais planté des fleurs chez lui.

— En effet. J'ai pensé que ça l'aiderait à gérer la mort de Daisy. Il n'a plus parlé à personne pendant des mois.

— On dirait qu'il va mieux.

Nick me prit dans ses bras et j'enroulai les jambes autour de son torse, enlaçant son cou. Ses trapèzes, bien définis depuis ses omoplates jusqu'à son cou, lui donnaient une allure tellement puissante. Je caressai cette zone. Chaque fois que je le touchais, j'avais l'impression de le sentir sous mes doigts pour la première fois.

— Oui, mais parfois, je crois qu'il essaie simplement de faire bonne figure.

— Pourquoi ça ?

— Je ne sais pas. C'est juste une intuition, tu sais ? Enfin, quand tu es parti, au moins je l'avais, lui. Je savais ce que c'était que de se retrouver sans celui qu'on aime, mais lui, il avait perdu Daisy pour toujours. C'était difficile.

— Eh bien je suis ravi qu'il t'ait comme amie.

— Il m'a beaucoup épaulée aussi. Il me rassurait, me garantissant que tu reviendrais. Grâce à lui, le temps a passé plus vite.

— Et puisqu'on parle de temps…

J'entendis une vague trémulation que je n'aimais pas dans sa voix.

— Je suis rentré en avance parce qu'ils auront besoin de moi un peu plus tôt que prévu.

— De combien ? Dans ta lettre, tu me disais qu'on aurait tout l'été…

— Ça, c'était avant que j'accepte une mission spéciale. Il faut que j'y retourne fin juillet.

— Mais ça ne nous laisse que quatre semaines !

La colère montait dans ma poitrine, mais Nick n'en avait pas encore terminé avec les mauvaises nouvelles. Je secouai la tête tandis que mon intuition me titillait.

— Pour combien de temps, Nick ?

— Vingt-quatre mois.

— Deux ans ? Tu vas partir pour deux ans ?

— La formation s'est mieux passée que prévu. Ils ont un programme spécial pour les gens comme moi, intégré à un plan de travail avec des missions. Ils m'affecteront à un projet spécial.

— Qu'est-ce que tu entends par « les gens comme toi » ?

— Ceux qui sont capables d'étudier les autres, de changer de personnalité et de s'adapter.

Je me rappelai avec quelle aisance Nick avait détourné l'attention de nos parents, un peu plus tôt.

— J'ai tapé dans l'œil du sergent, et il m'a sélectionné avec deux autres gars. Je ne devrais même pas t'en parler, c'est top-secret, mais je ne sais pas comment te l'expliquer autrement, et pas question que je te raconte des conneries, Jo.

— Deux ans ?

Je sentis mes paupières gonfler. Plus j'y pensais, plus j'avais envie de pleurer.

— Je terminerai la formation nécessaire à la mission pendant les trois premiers mois, ce qui signifie que je serai déployé le reste du temps.

— Et c'est dangereux ?

— Je ne sais pas, mais ensuite, j'aurai six mois de libres. Et à partir de là, les missions ne dureront plus jamais plus de six mois.

— Je ne sais pas si j'arriverai à survivre rien qu'en écrivant des lettres.

— Je voulais aussi te parler de ça. Je ne sais pas où on m'affectera tant que je n'y serai pas.

— Mais tu pourras m'écrire pour me dire où tu es, quand même ?

Il secoua la tête et je m'écartai d'un bond.

— Nick ? Aucun contact ? Rien ? Sérieusement ?

Mes sanglots cessèrent aussi vite qu'ils avaient commencé parce que je souffrais trop. Je sentais la colère m'envahir tout entière. Je n'arrivais pas à croire que la situation se reproduise, et de façon bien pire cette fois.

— Je ne peux pas dire non, Jo. L'amélioration de notre avenir en dépend. On ne m'enverra plus en mission pendant si longtemps, après. Je pourrai même travailler depuis la maison, en ne voyageant que quelques semaines. Je ne veux pas me retrouver loin de toi et de ma famille si longtemps. Je veux être là avec toi et nos futurs enfants. Je ne veux pas rater les anniversaires et les diplômes. De cette façon, je pourrai quand même faire un travail qui compte et profiter de ceux qui comptent le plus dans ma vie.

Je me demandai égoïstement si c'était vraiment moi qui comptais le plus. Il ne se rendait pas compte qu'il aurait pu devenir pompier, ou simplement un foutu boulanger, et rester près de moi ? J'avais l'impression qu'il m'abandonnait, qu'il *nous* abandonnait.

Je m'écartai de lui. Je ne l'aurais jamais imaginé, mais j'étais en colère désormais. Notre relation intime venait juste de commencer à s'épanouir. Je découvrais ce nouvel homme qui venait de revenir dans ma vie, celui que j'aimais à en mourir, et voilà qu'il allait me quitter de nouveau.

— Jo, attends.

Il me rattrapa et me fit me retourner. Je fus parcourue de frisson, mais pas à cause du froid. J'avais une mauvaise impression. Mon estomac faisait le grand huit, parce que je n'arrivais pas à démêler toutes ces émotions. Mon intuition me soufflait de ne pas le laisser partir, mais je savais que je ne pouvais pas l'empêcher de faire ce qu'il aimait, ce en quoi il croyait, parce que je n'aurais pas voulu non plus qu'il me retienne de réaliser mes propres rêves. J'avais déjà essayé, en vain.

— Ma chérie, je t'aime. Deux ans, ça passera vite, et en moins de temps qu'il n'en faut pour le dire, je serai de retour et nous pourrons recommencer nos vies, et peut-être penser à fonder notre propre famille. Je chercherai une maison près de celle de nos parents pour qu'on reste près d'eux, et nos enfants pourront se rendre à pied chez leurs grands-parents sans qu'on s'inquiète. En fait, j'ai déjà ma petite idée.

— Vraiment ?

— Oui, je voulais te montrer ça il y a deux jours.

Il me présentait notre avenir sous un jour si parfait, alors pourquoi cette décision me perturbait-elle à ce point ? Parce qu'il me parlait d'un futur lointain. Parce qu'il allait devoir accomplir d'abord sa mission secrète, et que je n'aurais plus aucun contact avec lui.

Je posai ma tête contre sa poitrine et il m'enveloppa de ses bras. Nous avions de l'eau jusqu'aux genoux, et mes larmes se mélangèrent aux gouttes qui ruisselaient de mes cheveux.

— Je t'aime tellement, Nick. C'est l'aspect dangereux de ta mission qui m'inquiète.

— Ça te rassurerait si je te disais que je suis plutôt doué dans mon domaine ?

— Je n'en doute pas.

— Rien ne pourra m'empêcher de revenir auprès de toi, Jo. Rien.

— Tu me promets ?

Je scrutai ses yeux verts, et j'y lus exactement ce qu'il venait de me dire : il reviendrait.

— Promis.

Il posa sa bouche contre la mienne, scellant mes lèvres d'un baiser passionné.

— Sortons de l'eau avant que tu attrapes froid.

Nous rentrâmes en voiture sans échanger un mot. Malgré nos ébats torrides, ce fut le premier jour après le retour de Nick où je ressentis de la tristesse.

CHAPITRE 19

La construction de la boulangerie enfin terminée, nous la fêtâmes avec une ouverture en grande pompe cet après-midi-là. C'était le cœur de l'été, et mon père avait dressé un auvent devant le bâtiment pour nous protéger du soleil brûlant. J'avais passé la nuit et toute la matinée à confectionner cinq-cents cupcakes de taille normale et à cinq parfums différents, ainsi que cinq-cents exemplaires miniatures. Les gosses s'empiffraient, buvaient de la limonade, sautaient sur un trampoline et jouaient au loup. La baraque de foire installée à côté de la boutique, avec son château gonflable, son bassin-trempette et son stand de maquillage, résonnait de cris de joie et de rires. Le maire avait coupé l'accès à la rue d'un côté afin que chacun dispose d'emplacements de parking supplémentaires.

J'essuyai la sueur à mon front, bus une autre gorgée à ma bouteille, et disposai une autre couche de cupcakes sur le plateau à étages. En me tournant à droite, je sentis un élancement dans le muscle de ma jambe, et je me rappelai comment j'avais enroulé cette dernière autour de l'épaule de Nick la nuit passée. Ce matin, je m'étais levée deux heures plus tôt que d'ordinaire pour m'assurer que les décorations étaient prêtes. Peut-être que le travail à la boulangerie ne m'aurait pas épuisée, mais comme Nick était venu dans ma chambre à une heure du matin, nous n'avions pas dormi autant que nous aurions dû.

Une femme m'appela par mon nom et je relevai la tête. En voyant Molly, je faillis lâcher le plateau que je préparais, et je me ruai vers mon amie.

— Oh mon Dieu ! C'est tellement bon de te revoir ! m'écriai-je en l'embrassant. Tu m'as manqué. Tu as l'air radieuse.

— Merci ! Je me suis entraînée au gymnase du campus, avant les cours.

— Eh bien on peut dire que les résultats se voient. Bon sang, Molly ! Maintenant, dis-moi qu'il y a un homme dans ta vie.

— Eh non, je n'ai toujours pas trouvé le bon.

Je m'approchai pour chuchoter :

— Alors tu es toujours vierge ?

— Oui, et fière de l'être.

Je vis Carter lever la tête, non loin de nous, et je me demandai s'il nous avait entendues. Si c'était le cas, il n'en dit rien, mais il s'approcha pour saluer.

— Ravi de te revoir, Molly. Jolies, ces miches, dit-il en se penchant pour lui reluquer le derrière, et je levai les yeux au ciel.

— Des miches ? fit-elle, perplexe.

— Il parle de ton cul.

Le rose lui monta aux joues.

— Oh, ne t'en fais pas. Mes seins, pour lui, ce sont des cupcakes.

Nick leva les yeux depuis le porche, où il parlait avec les ouvriers qui allaient entamer la rénovation de la maison dès lundi. Je craignis qu'il ne m'ait entendue.

— Au retour d'Andrew, toute la bande sera de nouveau réunie, dit Carter. Enfin, presque…

— Carter, dis-je en lui touchant le bras, je suis sûr que Daisy veille sur nous depuis les cieux. Elle est avec nous en esprit, elle le sera toujours.

— Tu as raison. J'en suis sûr aussi. Alors, quel cupcake n'ai-je pas encore essayé ? demanda-t-il.

— Hum, je crois que tu es le seul à les avoir tous goûtés. Tu sais que tu es mon goûteur numéro un, n'est-ce pas ?

— Ben tiens, et comment !

— Hé, Carter ! Arrête de draguer ma copine ! fit Nick en s'approchant au pas de course.

Carter se contenta de rire.

— Pour le moment, d'accord, mais quand tu seras parti, je ne réponds plus de rien, mon pote.

Je savais qu'il plaisantait, mais Nick ne parut pas apprécier cette réponse.

— Tu ferais mieux de te tenir à carreau, Carter, dit Andrew en lui tapotant le dos. J'ai entendu dire que Nick avait appris de vrais talents de tueur, et je crains qu'il n'ait très envie de les mettre à l'épreuve contre quiconque s'approcherait de sa copine d'un peu trop près.

— Salut, monsieur le pompier, dis-je en étreignant Andrew.

— Hé, si j'avais su que ça me vaudrait le titre de « monsieur le pompier », je n'aurais pas autant tardé à entamer ma forma-tion ! protesta Carter avec un clin d'œil.

Il avait finalement décidé qu'il était temps de reprendre ses six mois de cours pour devenir pompier. Mieux valait tard que jamais. Il manquait encore une ou deux personnes à la caserne pour que chacun cesse de faire des heures supplémentaires : quand Carter en aurait terminé, ils disposeraient tous d'ho-raires ordinaires.

— Qu'est-ce que je viens de te dire au sujet de ma copine ? demanda Nick.

— Ne t'inquiète pas. Il flirte avec tout le monde, y compris avec le bétail du ranch de Mme Gladstone, dis-je en me dressant sur la pointe des pieds pour déposer sur ses lèvres un baiser rassurant.

— Hé, cette vache m'apprécie, et tu le sais.

Le ton humoristique de Carter devenait sérieux chaque fois qu'il mentionnait les vaches de Mme Gladstone, et en particulier Betsy.

— La vraie question, c'est : quelle vache ne t'apprécierait pas ? gloussa Andrew avant de s'éloigner pour saluer un des pompiers.

— Viens, Molly. Laisse-moi te montrer les meilleurs cupcakes avant que Nick ne m'arrache les burnes, dit Carter en la prenant par le bras et en sélectionnant l'un de mes favoris, une forêt noire miniature.

Dès qu'ils furent partis, Nick se retrouva à mes côtés.

— Pourquoi est-ce qu'il parle de cupcakes pour désigner tes seins ?

— Je n'en sais rien. Pourquoi tu ne lui demandes pas toi-même ?

— Il ne devrait même pas penser à tes seins.

— Je ne crois pas qu'il y pense. C'est Carter, tu le connais.

— Je n'aime pas ça.

— Tu ne serais quand même pas jaloux de ton meilleur ami ?

— Je suis jaloux de tous ceux qui te font du charme.

— Personne ne me fait de charme, et tu dis n'importe quoi.

— Je ne fais que protéger ce qui est à moi.

— Eh bien protège, vas-y, fis-je en l'embrassant de nouveau. Tu as dit à ta mère qu'il te fallait repartir dans trois semaines ?

— Ce matin. Elle pleurait.

— Et ça t'étonne ?

— Non. Mais j'espérais que quelqu'un se réjouisse pour moi.

— Nick, je me réjouis pour toi. Ce que tu fais pour ce pays est très honorable. Je regrette simplement que ce soit si dangereux, et que ça prenne tant de temps. Je ne saurai même pas si tu es en vie.

— Bien sûr que si, tu le sauras. L'armée t'informerait si...

Il s'interrompit, et je portai instinctivement la main à ma bouche.

— Ne t'avise même pas de le dire, Nicholas.

— Pardon. Je te promets que je serai en sécurité. Ils n'envoient que les meilleurs des meilleurs, et j'imagine que j'en fais partie.

— Oui, pas de doute.

— Au fait, j'ai une surprise pour toi.

— Ah bon ?

— Oui, et je voudrais te la donner dès maintenant.

Je l'attirai à l'écart.

— Est-ce qu'il faut qu'on se mette tout nus, toi et moi, pour en profiter ?

— Non, répondit-il avec un clin d'œil, mais j'aime à penser qu'on se mettra tout nus malgré tout.

Je vis mon père sortir de la boulangerie et nous saluer, et je lui adressai un signe en retour.

— Tu penses qu'ils savent que tu te glisses dans ma chambre au beau milieu de la nuit ?

— Je ne crois pas. Ton père ne permettrait jamais ça. À ses yeux, tu es encore la petite fille qui grimpait à califourchon sur son dos.

— Tu as sans doute raison. C'était difficile pour lui, tu sais, d'élever une fille tout seul. Heureusement que ta mère était là.

— Excusez-moi, j'aimerais avoir votre attention à tous, s'il vous plaît, dit mon père en faisant tinter une fourchette contre un vase plein de fleurs des champs.

La foule se tut et se tourna vers lui.

— Merci de nous avoir rejoints aujourd'hui. Nous revenons

de loin, après l'été dernier, et nous ne sommes pas près d'oublier les ravages qu'a infligés cette tornade à notre ville. Nous avons perdu des membres de notre communauté que nous n'oublierons jamais, et nous nous sommes regroupés, avec force et persévérance, pour surmonter les nouveaux défis que présentaient nos vies. J'ai passé toute mon existence ici, et j'ai toujours su que je pourrais compter sur les braves habitants de cette ville. J'aimerais profiter de ce moment pour vous remercier du soutien constant que vous avez accordé à nos deux établissements, qui ne forment aujourd'hui plus qu'un seul. Et j'aimerais vous dire combien nous vous sommes reconnaissants de ce privilège qui consiste à cuisiner pour vous chaque jour. C'est pourquoi il me paraît tellement important de faire cette déclaration devant tous ceux qui sont présents aujourd'hui.

Il se tourna et prit la main d'une Marge un peu prise de court. Je ressentis une émotion étrange et je serrai la main de Nick en chuchotant :

— Oh, mon Dieu…

— Qu'est-ce qui se passe ? demanda-t-il.

— Regarde et tais-toi.

Quelques-uns des convives eurent un petit hoquet de surprise, comme moi, lorsqu'ils comprirent l'intention de mon père.

Mon père s'éclaircit la gorge et se posta sur un genou face à Marge. Celle-ci se couvrit la bouche, et les larmes roulèrent sur ses joues avant même qu'il ne porte sa main à sa poche.

— Nous n'avons peut-être pas entamé notre voyage ensemble, comme nos enfants, mais je t'aime depuis tant d'années, ma douce, qu'il me paraît tout à fait logique de te promettre de t'aimer jusqu'à la fin de mes jours. Je serais l'homme le plus heureux du monde si tu me faisais l'honneur d'accepter de devenir ma femme. Marge Tuscan, veux-tu m'épouser ?

— Eh bien ça alors, c'est intéressant, fit Nick comme s'il se parlait à lui-même.

— Quoi donc ?

— Rien. Je te le dirai plus tard.

Marge hocha vivement la tête, répondit oui, et il lui glissa la bague au doigt. Tous applaudirent, et les bouchons de champagne commencèrent à sauter un peu partout. Je ne savais pas vraiment comment ni quand mon père avait organisé son opération, mais il s'agissait d'une des plus adorables demandes en mariage que j'aie jamais vues. J'essuyai mes larmes et je me tournai vers Nick.

— Ils vont se marier !

— Viens, allons les féliciter.

La main dans la main, nous nous précipitâmes dans les bras de nos parents.

— Je suis tellement heureux pour vous deux ! dis-je en serrant mon père contre moi.

— Alors, nous avons votre bénédiction ? demanda-t-il.

— Tu rigoles ? fis-je en me tournant vers Nick. Bien sûr que oui.

— Bien, parce que nous voudrions rendre ça officiel d'ici deux semaines.

— Quoi ?

— Rien de pompeux, juste vous deux et quelques-uns de nos amis les plus proches.

— Mais seulement si tu acceptes d'être ma demoiselle d'honneur, Joelle, ajouta Marge.

— Oui ! Oh mon Dieu, bien sûr que oui ! C'est tellement génial ! Nous voilà avec un mariage à préparer. Nick, tu as entendu ?

— C'est vrai, ça, qu'en dit mon témoin ? demanda mon père.

— Vraiment ? Moi ?

— Je ne voudrais personne d'autre.

— C'est oui, bien sûr. Je ne sais pas vraiment en quoi

consistent mes responsabilités de témoin, mais je ferai de mon mieux.

— Eh bien, pour commencer, c'est toi qui me conduiras à l'autel, dit Marge d'une voix tremblante.

Nick redressa les épaules et la tête. Je crus voir ses yeux briller, mais il retint ses larmes.

— Tu n'auras qu'à me donner l'heure et le lieu, maman. Félicitations, dit-il en serrant fermement la main de mon père. Walter, je peux te parler en privé un instant ?

Je me demandai si Nick voulait avoir une conversation d'homme à homme avec mon père avant de lui accorder la main de sa mère… ce qui paraissait un peu ridicule, mais Nick s'était toujours montré très protecteur envers Marge.

Lorsqu'ils s'écartèrent, Marge me prit par le bras et nous entrâmes dans la boulangerie-pâtisserie pour y chercher d'autres cupcakes.

— Ça te convient, Jo ? Notre mariage, à ton père et à moi ?

— Rien ne me rendrait plus heureuse.

— Je sais que tu n'as pas eu de maman dans ta vie, et je suis sûre qu'il s'agit d'un vide qu'on ne peut jamais combler, mais…

— Marge, l'interrompis-je, ce vide, je ne l'ai jamais ressenti, et c'est grâce à toi. Tu es ce que j'ai de plus proche d'une maman, et je te considère comme ma mère. Depuis toujours. J'espère que ça ne t'ennuie pas.

Je vis les larmes lui monter aux yeux.

— Et je te considère comme ma fille, ma puce. Je veux que tu saches, quels que soient les obstacles que la vie te réserve, que tu pourras toujours venir m'en parler.

— Je sais, et je n'y manquerai pas.

— Toi et Nick, vous êtes heureux ? Je sais qu'il ne reste pas aussi longtemps que prévu.

— J'aurais préféré avoir plus de temps moi aussi, mais tout va bien, oui. En fait, je suis sur un nuage. Mais ce sera difficile de le laisser partir. Comment tu fais ? Comment arrives-tu à rester si calme ?

— Tu oublies que mon mari travaillait dans la Navy. Ce n'est pas nouveau pour moi, mais toi... tu es tellement jeune...

— Je sais. J'imagine qu'il faut simplement du temps pour s'y habituer.

— Tu t'y feras. Et je suis sûre qu'une fois cette mission terminée, l'emploi du temps de Nick se révélera bien plus gérable, et qu'il n'aura plus besoin de partir si longtemps. En tout cas c'est ce qu'il dit.

— Je l'espère. Tu crois que nous pourrons organiser le mariage en deux semaines ?

— Eh bien, nous voulons faire ça en petit comité : juste nous et quelques amis, rien de plus vaste qu'un pique-nique, peut-être.

— Si tu as besoin de quoi que ce soit, je suis là pour toi.

— Merci, Joelle.

Nick nous rejoignit en courant, un peu rouge, et il me prit par la main.

— Viens, sortons un moment, dit-il.

Je fis signe à Marge et je suivis Nick.

— D'accord. Où est-ce qu'on va ?

— C'est la surprise.

Il me donna un bref baiser, me prit la main et me conduisit derrière la maison.

— Tu crois que tu peux sauter par-dessus la clôture ? demanda-t-il.

— Pas facile, avec cette robe. Mais je peux essayer.

Nick me donna de l'élan, et je me retrouvai de l'autre côté d'un bond. Je craignais secrètement d'accrocher ma robe dans la clôture et de me retrouver à l'envers, les fesses à l'air. Heureusement, ce ne fut pas le cas. En voyant Nick s'envoler littéralement, je dus vérifier si ses chaussures ne s'ouvraient pas pour dévoiler des fusées ou des propulseurs, comme Astro, le petit robot des mangas…

Je le suivis dans le champ qui menait à la grange du vieux Camden. Elle était à vendre depuis des années, et je ne savais même pas qui la possédait désormais, mais le terrain qui l'entourait mesurait bien une vingtaine d'hectares. De là, les seuls autres édifices visibles étaient notre pâtisserie et notre maison.

Nick entrouvrit la porte pour que nous nous faufilions à l'intérieur. Là, le soleil couchant filtrait parmi les planches en rubans lumineux où volaient la poussière et de petites particules. À l'autre bout, de vieilles meules de foin s'empilaient jusqu'à cinq mètres de haut, et il régnait dans l'air une odeur d'herbe séchée. Au-dessus, à l'étage, de vieux outils et quelques fourches reposaient contre le mur. Le seul moyen de monter était une échelle.

J'éternuai.

— À tes souhaits !

— Merci. Alors, cette surprise ? demandai-je.

— Tu es juste dessus.

J'embrassai la grange du regard, en me demandant ce qui avait pu m'échapper.

— Je vais la transformer en maison, répondit Nick. Notre maison.

— Tu plaisantes ?

— Jo, je ne suis pas du genre à plaisanter, quand ça nous concerne, toi et moi.

— Je ne suis pas sûre de vouloir vivre dans une grange, dis-je en plissant le nez avant d'éternuer de nouveau. En particulier si elle est pleine de foin.

— Mais ceci, dit-il en écartant les bras, n'est pas qu'une simple grange. Enfin, ça y ressemblera toujours, de l'extérieur, mais tout l'intérieur sera en bois. Du bois neuf. Des poutres apparentes, neuves, un espace ouvert, une cheminée en pierre, de hauts plafonds, un chandelier en bois de cerf, une table sculptée et des tapis en peau de mouton partout. Et là-haut, ajouta-t-il en désignant l'échelle menant à l'étage, il y aura nos chambres et une chambre d'enfants. Ce sera magnifique. Imagine un escalier de bois en spirale à la place de cette échelle. Je peindrai le toit en rouge et je bâtirai une serre, derrière, avec un jardin devant, où tu pourras planter tes fleurs. Tu arrives à le visualiser ? Parce que moi, oui.

En l'entendant décrire, je le voyais déjà. Sauf pour ce qui était des peaux de mouton. Je préférais quelque chose d'un peu moins minimaliste.

— Oh, et j'ai oublié de te parler du jukebox qu'on placera ici, dit-il en désignant un coin vide. Pour que je puisse danser avec ma femme sur n'importe laquelle de ses chansons favorites.

— Ta femme ?

Ce fut alors qu'il fit quelque chose d'inconcevable : il s'agenouilla devant moi, fouilla dans sa poche et en sortit une boîte carrée.

— Nicholas… murmurai-je, estomaquée.

— Joelle Kagen, je ne pourrais pas vivre ma vie sans toi. Tu es ma meilleure amie, mon seul amour et mon âme sœur. Je crois qu'il est temps de remplacer cet anneau de promesse par une bague plus permanente. Si tu veux bien m'attendre pendant mon absence et m'accepter à mon retour, je serais honoré que tu acceptes de devenir ma femme.

Il prit la pierre ovale entre le pouce et l'index pour glisser lentement la bague à mon doigt, attendant patiemment à genou jusqu'à ce que je m'écrie :

— Oui !

Je me retrouvai dans ses bras, virevoltant dans l'air jusqu'à ce que tout devienne flou autour de nous et que ses lèvres retrouvent les miennes, m'embrassant si passionnément que je crus apercevoir son âme.

— Je t'aime, Nick. Je t'aime tellement.

— Alors, tu veux baptiser notre futur foyer ?

— Je croyais que tu ne me le demanderais jamais, dis-je en éclatant de rire.

Il me fit tourner de nouveau, puis ses mains ne quittèrent plus mon corps jusqu'à ce que nous soyons épuisés tous les deux.

CHAPITRE 20

Je me tenais devant l'autel, en face de mon père, et Nick conduisait Marge vers nous. Le regarder s'approcher ainsi avait quelque chose de surréaliste, et je me demandai si les mêmes émotions me parcourraient lorsque nous nous marierions nous aussi. Sans doute. L'église était pleine à craquer. Nous n'avions pas fait d'annonce officielle, et malgré l'absence d'invitation, c'était à croire que toute la ville était venue. Pour fêter leurs noces, Marge et mon père avaient organisé un pique-nique au bord du lac pour tous ceux qui voulaient les rejoindre, et comme personne ne voulait manquer cet événement, presque tous les habitants avaient afflué.

Marge portait une longue robe blanche qui renvoyait des éclats rose clair lorsqu'elle bougeait. Cette tenue moulante était bien plus sexy que celles que je lui voyais porter d'ordinaire, et fixée avec une rose d'argent. Des clous d'oreille de la même forme et ornés d'une petite pierre au centre étincelaient tandis qu'elle s'approchait de l'autel. Devant cette vision époustouflante, je vis mon père s'essuyer la joue. Lorsqu'ils arrivèrent, j'étreignis Marge et je l'embrassai avant que Nick tende sa main à mon père et prenne la place du témoin à côté de lui.

En réalisant l'importance cette cérémonie, j'eus soudain la chair de poule. Pendant que nos parents échangeaient leurs vœux, je rivai mon regard à celui de Nick tout en tripotant ma propre bague de fiançailles, et en me demandant combien de temps il nous faudrait pour les imiter à notre tour, devant notre famille et nos amis. À un moment, il m'adressa un petit clin d'œil et je sentis mon cœur palpiter. Je soufflai pour me rafraîchir le visage au moment même où le prêtre déclarait nos parents mari et femme, juste avant qu'ils ne s'embrassent.

Un tonnerre d'applaudissements éclata dans l'église, et les pompiers émirent quelques sifflets. Mon cœur battait de plus en plus fort, et j'avais du mal à respirer dans tout ce joyeux tumulte. Les bruits commencèrent à me paraître distants et la scène se brouilla sous mes yeux. Je me retrouvai à fixer les yeux de Nick, dont la bouche se mouvait au ralenti. Le monde redevint lentement net, et des murmures résonnèrent à mes oreilles : *Elle va bien ? Qu'est-ce qui lui est arrivé ? Allez lui chercher de l'eau.*

— On t'a perdu un instant, Jo, dit Nick en poussant un soupir de soulagement.

— Comment ça va, ma puce ? demanda Marge en écartant mes cheveux de mes yeux.

— Qu'est-ce qui s'est passé ? demandai-je en regardant autour de moi et en ne voyant que des pieds.

Des tas de pieds. Des murmures résonnèrent tout autour de moi et je me rappelai que nous étions à l'église.

— Oh mon Dieu ! J'ai gâché votre mariage.

— Tu n'as rien gâché du tout. Nous sommes mariés, c'est tout ce qui compte, fit mon père en me tendant une bouteille d'eau.

Je bus une gorgée et je sentis la fraîcheur se répandre dans mes veines.

— Tu t'es évanouie, ma puce, expliqua Marge en s'accroupissant à mes côtés.

— Carter t'a rattrapée. Tu as eu de la chance qu'il se soit trouvé de ce côté-ci, dit Nick, qui regardait quelque chose derrière moi.

Je sentis quelque chose de mou se déplacer sous moi. Je me décalai, et mon matelas aussi, tandis que quelque chose me cognait le derrière. En me retournant, je découvris le visage de Carter. J'étais sur lui.

— Oh, pardon ! Je t'ai fait mal ? demandai-je.

— Toi, me faire mal ? gloussa-t-il. Un peu de sérieux, miss cupcake.

— Merci, dis-je en roulant de côté.

Carter se releva aussitôt et s'écarta.

— Le docteur Burke arrive pour t'examiner, dit Nick en m'aidant à me remettre sur pieds.

— Je ne crois pas que ce soit nécessaire. Je ne veux pas interrompre la fête.

— On s'amusera, ne t'inquiète pas, mais on veut d'abord s'assurer que tu vas bien.

— Je crois que l'émotion m'a submergée. Et la chaleur, aussi. Il fait lourd aujourd'hui.

— Tu as mangé ce matin, Jo ?

Manger ? Je me rappelai simplement m'être précipitée. J'avais terminé la dernière fournée de cupcakes, ajouté des pensées sur le gâteau de mariage, puis filé sous la douche avant de me coiffer. Le temps que j'enfile ma robe, il fallait déjà partir.

— Je crois que j'ai sauté le petit-déj' !

Nick sortit une barre de céréales de sa poche, déchira l'emballage et me la tendit.

— La prochaine fois, je m'assurerai que tu aies mangé, m'avertit-il.

— Oui, chef, fis-je en clignant de l'œil et en mangeant une

bouchée.

J'avais rarement dégusté pareil délice.

— Papa, Marge, je suis désolée.

Mon père m'aida à m'asseoir. Nick ne voulait pas me quitter des yeux. Il ne lâcha pas mon autre bras et vérifia que j'avalais jusqu'à la dernière miette de la barre.

— Pas de quoi t'en vouloir. Ce ne serait pas un vrai mariage sans quelques imprévus. Comment tu te sens ? demanda mon père.

— Mieux. Je crois qu'on peut faire la fête.

— Parfait, parce que je meurs de faim ! dit Carter en se tapotant le ventre.

S'il voulait cacher son inquiétude, il ne s'y prenait pas très bien. Je l'avais vu me jeter des coups d'œil alarmés derrière Nick quand j'étais encore par terre.

Le docteur Burke se fraya un chemin parmi la foule, revenant de sa voiture où il était allé chercher sa valise noire. Il s'agenouilla auprès de moi, enroula une bande Velcro autour de mon bras pour vérifier ma tension, puis prit mon pouls, ma température, et me demanda si je m'étais fait mal en tombant.

— Non, je crois que c'est Carter qui a encaissé le gros du choc, répondis-je.

— Eh bien, ton pouls est un peu lent, dit-il en me tendant un jus d'orange. Bois ça avant toute chose, et passe me voir la semaine prochaine.

— Oui, bien sûr.

Il m'autorisa ensuite à repartir profiter des noces, et Nick me conduisit, sans jamais me lâcher, jusqu'à la berge du lac où se déroulaient les festivités.

Pas de cortèges de voitures klaxonnant à qui mieux mieux : comme tous les sites de la ville, le lac se trouvait à deux pas de l'église. Malgré la chaleur, tout le monde était donc venu célébrer cette union à pied.

On avait monté des chapiteaux au-dessus des tables où

s'étalaient les plats mitonnés par toutes les familles : un vrai festin à la bonne franquette, et avec des hotdogs et des hamburgers, on ne pouvait décevoir personne ! Carter se tenait fièrement près du grill, retournant la viande et appelant les gamins pour leur donner leurs hotdogs.

— Tu es sûre que tu te sens bien ? demanda Nick. Je te trouve encore un peu pâle.

— Oui, ça va beaucoup mieux. Je crois que j'ai subi le stress de la journée, et le manque de petit déjeuner.

— Tu veux manger autre chose ?

— Ce que je veux surtout, c'est que tu arrêtes de te faire tant de souci pour moi.

— Ça n'arrivera jamais. Des fruits. Tu n'en as pas mangé aujourd'hui.

— Nick, vraiment, ça va.

— C'est ce que tu dis, et ensuite tu retomberas dans les pommes.

En levant la tête, il vit mon père qui lui faisait signe.

— On dirait qu'il faut que j'aille aider à déplacer une table. Je te ramène de l'eau en passant.

Il m'embrassa et se hâta de rejoindre mon père. Je le regardai courir. J'avais l'impression de le voir se déplacer au ralenti, si sexy que mes seins se gonflaient, les bouts durcissant rien que de le voir ainsi. Je rajustai le haut de ma robe, en me demandant si elle ne moulait pas trop mes seins, lorsque j'entendis une voix derrière moi.

— Tu évites que les cupcakes ne débordent ? m'interpela Carter.

Levant les yeux au ciel, j'ignorai cette remarque.

— Tu tombes bien, dis-je. Désolée de ce qui est arrivé à l'église.

— Tu es tombée, je t'ai rattrapée, c'est tout.

— Non, je veux dire… quand j'étais sur toi, je t'ai mis… mal à l'aise.

— Oh, ça ?

Carter venait-il de rougir ? Eh bien, ça c'était une première.

— Pardon, Carter.

— Je sais que tu ne l'as pas fait exprès. Et je n'ai pas… durci exprès non plus. Ce serait arrivé avec n'importe quelle fille.

— Eh bien, au moins je me sens unique, maintenant, répondis-je avec un soupir exagéré.

— Tu préfères que je bande pour toi ?

— Eurk ! Ne dis pas ça !

— Tu l'as bien cherché.

— Eh bien tu m'en vois navrée. Mais sérieusement, merci, Carter. Tu es toujours là quand j'ai besoin de toi.

— Ne dis pas ça à Nick, ou il me ligotera.

— Tu ne t'en tirerais pas à si bon compte, avec lui.

— Ouais, tu as raison. Il me forcerait à creuser ma propre tombe.

— Ne dis pas ça. Vous êtes les meilleurs amis du monde… presque des frères.

— C'est vrai, conclut-il avec ce sourire en coin sexy.

Je croyais m'y être habituée, au fil des ans, mais ça n'empêchait pas les endorphines de me rendre toute chose. Hé, j'étais humaine, pas aveugle, et Carter Clark restait beau gosse.

Il s'assit sur la chaise voisine en regardant Nick installer la table. Ou peut-être étais-je la seule à le contempler ? Le regard de Carter s'était perdu au loin.

— À quoi tu penses ? demandai-je. Je paierais cher pour le savoir.

— Tu serais ruinée, fit-il en riant.

Carter n'était pas du genre à se retourner le cerveau, d'ordinaire. Il agissait généralement par instinct, comme Nick, mais ce jour-là, je le sentais différent.

— Bientôt, c'est vous deux qui vous retrouverez devant l'autel, ajouta-t-il en me donnant un petit coup de coude amical.

— Oh, je suis sûre qu'il faudra encore un bon bout de temps.

— À la place de Nick, je te mettrais en cloque avant que quelqu'un ne te prenne.

— Qui donc ? répondis-je en riant.

— Je ne sais pas… Moi ?

— Carter, tu es comme un frère pour moi.

— Aïe, dit-il en faisant le geste de se poignarder le cœur.

— Et je sais que tu ne ferais jamais ça à ton meilleur ami. Et puis, que ferait Molly ? Elle craque pour toi depuis toujours.

Il secoua la tête comme si je venais d'évoquer une absurdité.

— Non, non. Molly est tout à fait hors de portée.

— De quoi tu parles ? Pourquoi ?

— Tu vas me prendre pour un salaud, mais je crois qu'elle mérite mieux que moi. Parce qu'elle est… tu sais, pure.

Pure ?

— Tu ne crois pas qu'elle serait mieux avec quelqu'un qui la respecte, plutôt qu'avec un type qui veut simplement la dépuceler ? demandai-je.

— Je n'y avais pas réfléchi sous cet angle.

— Eh bien tu devrais.

— Il faut qu'elle finisse ses études. Mais ouais, c'est un vrai canon !

— Et je te parie un billet de cent qu'elle reviendra au bercail d'ici trois ans, toujours vierge. Je ne vois pas pourquoi tu chipotes.

Il éclata de rire, puis se tourna vers Molly.

— Mais je ne chipote pas, Jo.

Je me penchai vers lui et je vérifiai que personne ne pouvait nous entendre avant de lui chuchoter à l'oreille :

— Fais pas ta lopette.

Il ouvrit grand la bouche.

— Joelle Kagen, au moment où je croyais que tu ne pourrais jamais rien me dire de choquant…

— Allez ! Je crois que tu as simplement peur de te faire rejeter. Et je crois que tu l'apprécies tellement que tu as la trouille te tout foirer si tu lui fais le coup du flirt viril, comme d'habitude.

— Ah bon ? Regarde-moi bien, alors Jo !

Il redressa le menton et se dirigea vers Molly, occupée à servir des boissons dans des tasses en plastique aux enfants, à la buvette. Je les observai, regrettant de ne pouvoir entendre ce qu'ils se disaient. À cet instant, Nick revint s'asseoir à côté de moi.

— Qu'est-ce que tu regardes ? s'enquit-il.

— Carter se décide à draguer Molly.

— Eh bien, en voilà un spectacle intéressant !

— Pourquoi ça ?

— Parce que Carter est vraiment un dragueur minable. Il faut toujours qu'il se laisse emporter et dise des conneries.

— Allez, aie la foi, un peu.

— Regarde, il est sur le point de se faire jeter, dit Nick en le pointant du doigt.

L'expression de Molly ne s'adoucissait pas. Quoi qu'ait pu lui dire Carter, c'était une mauvaise idée.

— Oh non. Je crois que tu as raison, dis-je en me couvrant la bouche.

Molly leva le pichet d'eau qu'elle tenait et en versa le contenu sur la tête de Carter. J'en eus le cœur brisé pour lui. Il faisait tant d'efforts, et c'était vraiment un gentil garçon. Je me demandais ce qu'il avait bien pu raconter à Molly pour la mettre dans un tel état.

— Ça me fait de la peine pour lui.

— Carter retombera sur ses pattes, ne t'inquiète pas. Un jour, il finira bien par attraper le coup.

— Oui, mais ça m'attriste.

Je baissai la voix tandis qu'il s'approchait de notre table, la chemise détrempée, et le pantalon dans le même état. Il se saisit de son col et retira sa chemise mouillée, qu'il fit claquer sur la table avant de s'asseoir en face de nous. Carter assistait désormais torse nu au mariage de mes parents.

— Eh bien, tout s'est passé comme prévu, marmonna-t-il.

— Y a que toi pour merder dans les meilleurs moments, mon pote.

— Facile à dire pour toi. Vous deux, vous avez toujours su que vous étiez faits l'un pour l'autre, vous n'avez même pas eu à faire d'effort.

— Ha ! s'esclaffa Nick. On ne savait pas depuis le début, mais on était déjà amis. Des amis qui tenaient l'un à l'autre.

— Mais je tiens à Molly, dit Carter en se retournant pour jeter un coup d'œil à Molly qui remplissait les tasses. Je tiens à ses longues jambes, à cette robe décolletée et à ces jolis sous-vêtements roses qu'elle porte.

— Comment sais-tu qu'ils sont roses ? demandai-je.

— Nous les mecs, on sait ce genre de truc. C'est de l'intuition.

— Et maintenant, alors ? Qu'est-ce que tu as dit pour la mettre en pétard à ce point ?

— J'ai peut-être évoqué le fait que quelqu'un attendait le bon mec pour se faire déflorer.

— Oh, Carter ! soufflai-je en baissant la tête, catastrophée.

— Je me suis rendu compte que c'était merdique quand c'est sorti, mais j'étais stressé, d'accord ? J'arrive pas à trouver le moyen de lui parler sans tout foirer.

— Je crois que tu forces trop, justement. S'il y a bien quelque chose que je sais, c'est que Molly t'apprécie. Tu finiras par y arriver, un jour, et quand elle comprendra que c'est toi qu'il lui faut, elle te rendra heureux, comme Jo avec moi.

Nick conclut en m'embrassant sur l'épaule.

— Tu sais, tu vas vraiment me manquer, mon vieux. J'aurais bien besoin d'un équipier pour draguer.

— Hé, je pourrais être ton équipière, dis-je.

— Oui, mais quelle importance, maintenant ? Elle retourne à la fac dans un mois.

— Ce qui te donnera le temps de travailler un peu tes compétences de gentleman. Tu pourras t'entraîner sur moi. Pas vrai, Nick ?

Nick marqua un temps avant de river son regard à celui de Carter.

— Ouais, il peut s'entraîner, à condition de ne pas te toucher.

— Bien sûr que non. Carter est un ami.

— Moi aussi, j'étais ton ami.

Voir Nick si possessif et jaloux me flattait, mais il n'avait aucune raison de l'être.

— D'accord, étant donné que je pars sous peu, je te dois bien ça, j'imagine. Regarde un peu, et instruis-toi, dit Nick en se levant pour se diriger vers la table où se trouvait Molly.

— On dirait bien que je ne serai pas torse nu tout seul très longtemps, ricana Carter en faisant le tour de la table pour s'installer près de moi et disposer d'une meilleure vue.

— Nick est un vrai gentleman. Je suis sûre qu'il s'en tirera haut la main, dis-je avec fierté.

Nick et Molly bavardaient à présent. Molly souriait, et se mit même à rire, puis elle rougit en jetant un coup d'œil vers nous, et vers Carter en particulier. Elle enroula une mèche de cheveux autour de son doigt et se mordit la lèvre en acquies- çant, puis s'approcha de nous avec Nick.

— J'y crois pas, murmura Carter.

— Je te l'avais bien dit, me vantai-je.

— Désolée pour la douche surprise. Si tu veux, j'ai un tee- shirt de rechange dans ma voiture.

Je dus donner un coup de coude à Carter qui restait figé sur place, la bouche ouverte.

— Euh, ouais… merci, avec plaisir oui.

Il se leva et la suivit jusqu'au parking. J'étais presque aussi abasourdie que lui.

— Qu'est-ce que tu lui as dit ?

— La vérité, rien de plus. Qu'il l'appréciait, qu'il se sentait nerveux près d'elle et que ça lui faisait dire des conneries.

— Et ça a marché ?

— J'ai pris le risque. Elle aurait pu me dire que c'était dommage pour lui, mais je crois qu'elle l'aime bien, elle aussi.

— C'est bien.

Je me levai de derrière la table. Prise d'un léger vertige, je me raccrochai à Nick, m'appuyant sur lui. Je ne voulais pas qu'il s'inquiète de me voir peu manger.

— Je suis si fière de toi.

— Merci Jo. Moi aussi, je suis fier de toi. Et je suis ravi que Carter puisse compter sur toi pendant mon absence. Quelqu'un doit le faire filer droit, pour qu'il ne se retrouve pas dans le pétrin pendant que Molly fait ses études.

— J'essaierai de le recommander moi aussi. Molly saura le faire filer droit.

— Mesdemoiselles, veuillez vous avancer. Il est temps d'attraper le bouquet ! hurla Mme Gladstone à pleins poumons.

Elle employait pour les demoiselles en question le même ton que pour ses vaches, les rassemblant comme du bétail, ce qui me fit glousser.

— Tu y vas ?

— Eh bien puisque nous ne sommes pas mariés, techniquement, je reste une demoiselle, dis-je en l'embrassant sur la joue avant de rejoindre le groupe de jeunes filles.

Marge m'adressa un clin d'œil avant de se retourner. À cet instant, j'eus l'impression de me retrouver au milieu d'un essaim d'abeilles qui me pressait de toutes parts. Sauf qu'il ne s'agissait pas d'insectes, mais de filles célibataires. Du coin de l'œil, je vis Molly qui restait à l'écart. Je lui fis signe de s'approcher, mais elle secoua la tête.

Tout se termina avant même que j'aie le temps de lever les bras. Le bouquet tomba droit sur moi. Je me sentis poussée par la droite, plus la gauche, et également par-derrière, et tandis que je me concentrais pour ne pas tomber ou me faire piétiner, les fleurs me tombèrent sur la tête et se firent happer par Katie, une fille de notre école âgée d'un an de moins que moi.

Marge articula le mot « désolée » et m'adressa un baiser muet. Je retournai auprès de Nick en faisant la moue. Je ne m'étais pas rendu compte que je souhaitais tant attraper ce bouquet.

— Qu'est-ce qui t'arrive ? s'enquit-il en me prenant dans ses bras.

— Je ne l'ai pas eu.

— Tu ne crois quand même pas à ces superstitions ? C'est nous qui forgeons notre destinée, Jo. Toi et moi, je ne doute pas une seconde que notre tour viendra un jour, dit-il en désignant nos parents.

— Je t'aime, Nicholas.

— Je t'aime aussi, Joelle.

Durant la dernière semaine que Nick passa à la maison, mon humeur s'aggrava. Je cessai de faire du jogging, je traînai au lit plus longtemps que d'ordinaire, redoutant le moment où il faudrait lui dire au revoir. J'avais beau souhaiter de tout mon cœur que les moments passés ensemble se prolongent, ils passaient d'autant plus vite, jusqu'au jour où Nick dut s'en aller.

CHAPITRE 21

— **J**o !

En entendant Carter m'appeler, dehors, j'ouvris les yeux.

— Hé, Jo ! chuchota-t-il de nouveau, le plus fort qu'il pouvait.

Mais qu'est-ce qu'il fiche, bon sang ?

J'enfilai un pantalon de jogging et un tee-shirt, puis je sortis à sa rencontre. Mon père et Marge étaient déjà à la pâtisserie, et comme j'avais le bourdon, j'étais restée au lit plus longtemps que d'habitude. Cela dit, il était encore un peu tôt pour que Carter m'appelle sous ma fenêtre.

Je le rejoignis sur le porche de l'entrée.

— Tu sais quelle heure il est ?

— Sept heures ?

— Moins le quart, oui.

— Je croyais que les boulangers se levaient tôt ?

— Et je croyais que tu potassais à la caserne.

— C'est mon jour de libre, et je suis carrément dans la mouise.

— Qu'est-ce qui t'arrive ?

Il désigna sa gauche, où une vache bien connue mâchonnait les chrysanthèmes que j'avais plantés dans l'allée. Nick était parti depuis deux semaines, et j'avais perdu le sourire, même si mes parents, Carter et Molly faisaient de leur mieux pour me le rendre. Mais quelque chose me disait que j'allais le retrouver dans la journée.

— Betsy s'est fait la belle. Elle a débarqué chez moi ce matin, et elle n'arrête pas de me suivre.

— Carter, quel rapport avec moi ? Tu ne pouvais pas plutôt la ramener à Mme Gladstone et l'attacher, plutôt que de la conduire jusqu'ici ?

— Je l'aurais fait si elle ne me meuglait pas dessus chaque fois que je m'approche !

— C'est ce que font les vaches. Elles meuglent.

Je gloussai devant l'expression perplexe de Carter. Il se comportait en vrai citadin, comme s'il n'avait jamais vu une vache auparavant.

— Oui, mais celle-là, c'est autre chose. Regarde bien.

Il s'approcha précautionneusement de Betsy, qui n'avait bien sûr jamais cessé de l'épier de côté, et s'arrêta lorsqu'elle se mit à hocher la tête.

— Tu vois, elle est sur le point d'attaquer.

— Oh, Carter, elle t'aime d'amour, cette vache !

— Hein ?

— Tu ne te rappelles pas ? C'est ce qu'elle faisait à Nick quand nous passions devant la ferme. Elle veut que tu la cajoles. J'imagine que maintenant qu'il est parti, elle s'est trouvé un nouveau copain.

— Elle m'aime ?

— Approche-toi et elle s'agenouillera pour que tu lui caresses la tête.

Je le regardai s'approcher de la vache comme s'il se dirigeait vers un tank dont le canon aurait pointé droit sur lui. Le spectacle devenait de plus en plus drôle, et je me gardai de l'avertir

de ce qui risquait de se passer s'il s'approchait par la gauche…
Intérieurement, je maîtrisais un fou rire qui menaçait d'éclater
à tout moment, et je me composai une expression neutre.
Lorsque Carter tendit la main vers la tête de Betsy, la vache fit
ce qu'elle avait toujours fait à Nick : elle le lécha du menton
jusqu'au sommet du crâne. En le voyant stupéfait, les cheveux
dressés par ce coup de brosse humide, je m'esclaffai.

— Mais ça va pas, Betsy ?

— Je t'avais bien dit qu'elle t'aimait d'amour.

— Tu savais ce qu'elle allait faire, pas vrai ?

— Plus ou moins. Il faut la caresser du côté droit, sinon elle
te fait des papouilles.

— Des papouilles ? J'ai l'impression d'avoir pris une douche,
oui ! Ne bouge pas, Betsy. Je prends un cupcake et je te ramène
à la maison.

— Si tu ne la caresses pas, elle s'échappera de nouveau.

— Comment s'y prenait Nick, alors ?

— Il faisait halte à la ferme pendant notre jogging.

— Pour la caresser ?

— Oui.

— Et ça lui plaisait, à Betsy ?

— Il faut croire. Ça marchait, en tout cas. Elle ne s'était plus
échappée depuis nos quatorze ans.

— Jo, est-ce que tu m'aiderais à la raccompagner ?

— Tu n'aurais quand même pas peur d'une vache, Carter ?

— Moi, peur ? Ah mais carrément, si.

— Laisse-moi le temps de me brosser les dents, au moins. Et
emmène-la près de l'arbre, pour qu'elle ne mâchouille pas
toutes mes fleurs.

Je tournai les talons pour aller enfiler des leggings et un
débardeur. Après m'être rapidement brossé les dents, je
ramassai un cupcake et sortis.

— C'est ton petit-déjeuner ? s'enquit Carter.

— Non, c'est pour Betsy.

— Tu ne manges pas ?

— Pas faim.

Je descendis les trois marches au pas de course et je pris la longe de Betsy, attachée à son collier de cuir.

— Allez, ma belle. Montrons à Carter comment s'y prendre avec les dames.

Elle meugla comme pour me répondre, prit le petit gâteau dans ma main et me suivit. Nous descendîmes la rue avec Betsy. Je lâchai la courte corde. Puisque Carter était devenu son nouveau meilleur ami, il pouvait bien la guider.

— Je ne t'ai pas vue depuis deux semaines, Jo.

— Oh, tu sais, je traîne.

— Trop occupée à pleurer Nick ?

— Je suis sûre que j'ai épuisé toutes mes larmes.

— Je m'inquiète à ton sujet.

— Ça ira. J'ai déjà réussi à passer un an comme ça. Deux, ça devrait aller.

— Tu sais que j'habite tout près, au cas où tu voudrais discuter ?

— Oui. Merci. Je passerai peut-être. Et toi et Molly ? Les rumeurs sont vraies ?

— Oui. On est sortis ensemble.

— Excellente nouvelle. Carter, je suis fière de toi.

— Ouais, mais ça ne s'est pas bien terminé.

— Comment ça ?

— Elle n'aime pas le rodéo sur taureau.

— Attends… tu l'as emmenée faire du rodéo sur taureau ? Mais à quoi tu pensais ?

— J'espérais qu'en s'habituant au mouvement, elle se ferait à l'idée de chevaucher autre chose, si tu vois ce que je veux dire ?

Oh, oui, je voyais bien. Ce que je ne comprenais pas, c'était plutôt comment quelqu'un comme Carter pouvait se montrer si idiot.

— Il faut que tu arrêtes de penser avec ton pénis, dis-je en jetant un coup d'œil à son entrejambe. En particulier avec Molly.

— Je te promets que ce n'est pas le cas.

— Menteur.

— Je voulais simplement qu'elle se détende. Enfin, Molly est une fille géniale, mais parfois, on a l'impression qu'elle a déjà quelque chose dans le cul...

— Carter !

— Quoi ?

Je secouai la tête.

— Tu adoptes la mauvaise approche avec Molly. Il faut que tu trouves des intérêts communs avec elle, que tu profites de sa compagnie et que tu sois présent pour elle.

— Mais je veux vraiment profiter de sa... compagnie. Je l'aime réellement, mais je panique quand je suis avec elle, et c'est là que je déconne. Elle est tellement différente de Daisy. Peut-être que je ne devrais même pas penser à elle de cette façon. Et si on n'était vraiment pas compatibles ?

— Tu ne peux pas forcer les choses. Il faut que ça se déroule naturellement, et je suis sûre que tu passeras moins pour un abruti si tu n'essaies pas de l'impressionner.

— Tu trouves vraiment que je passe pour un abruti ?

— Du rodéo sur taureau au premier rendez-vous ?

— Daisy avait adoré.

— Daisy avait un tempérament fougueux, mais ça ne signifie pas pour autant que Molly ne soit pas amusante ni aventureuse. Elle semble peut-être plus réservée que Daisy, mais elle a beaucoup à offrir. Quelqu'un comme toi pourrait vraiment la faire sortir de sa coquille. C'est une fille intelligente, adorable, et...

Je levai le doigt pour capter son attention.

— ... c'est elle qui avait proposé notre bain de minuit, cette nuit-là, au lac. Ce n'est pas rien.

— Sérieusement ? Je n'aurais jamais cru ça d'elle.

— Sa personnalité mérite qu'on l'examine sous plusieurs angles.

Je remarquai les rayons du soleil qui se reflétaient sur ma bague de fiançailles sous l'angle idéal pour éclabousser ma main de couleurs tel un prisme.

— Comme les facettes d'une pierre précieuse.

— Une pierre précieuse ?

— Elle renvoie des reflets différents en fonction de la lumière, mais ça reste la même pierre. L'éclat de Molly adopte un angle différent, voilà tout. Il y a bien des gens qui te prennent pour un vrai connard, alors que je sais que tu es un type bien.

— Hein ?

— Bon, il arrive que tes mots dépassent ta pensée, mais je sais que es toujours mû par de bonnes intentions et qu'il ne faut pas s'arrêter à ce que tu es capable de raconter. Tu es une pierre précieuse spéciale, toi aussi, Carter.

— Merci, Jo.

Carter fronça les sourcils comme s'il se perdait dans ses pensées. Je détestais le voir douter de lui-même à ce point.

— Tu l'aimes bien, pas vrai ?

— Pour tout dire, je me surprends moi-même à l'aimer à ce point. Je l'apprécie énormément, alors que je n'aurais jamais pensé que ça collerait entre nous.

— Bon, alors laisse-toi un peu de temps. Sors quelques fois avec elle, comporte-toi en gentleman. Je me souviens de t'avoir entendu me dire qu'on sort avec les gens pour apprendre à les connaître, parce qu'on n'arrête pas de penser à eux jour et nuit. Donne sa chance à Molly. Laisse-la s'ouvrir à toi, et drague.

Betsy émit un meuglement sonore.

— Je n'ai pas dit « braille », Betsy, j'ai dit « drague ».

— Elle ne comprend pas ce que tu dis, tu sais ?

— Oh que si. Regarde. Betsy, tu peux meugler ?

Meuuuh !

— Tu vois ? De toute façon, si tu veux, je t'aiderai, pour Molly.

— Eh bien il faudra attendre qu'elle revienne l'été prochain, parce qu'elle est partie faire les librairies et qu'elle fait ses bagages, cette semaine.

— Dans ce cas, tu devrais vraiment l'inviter à dîner avant son départ. Sans pression, Carter. Tu t'assieds, tu te détends et tu parles. Et tu évites le rodéo sur taureau, surtout.

— Alors il faut que j'achète un bouquet, que je lui ouvre la porte, que je lui prépare sa chaise et tout le tralala ?

— Carter, tu es sûr qu'on a vécu dans la même ville ? Bien sûr qu'il le faut. Dis-moi que c'est ce que tu fais depuis le début. Et pas de jean.

— Qu'est-ce qu'il y a de mal à porter un jean ?

— Ça ne fait pas gentleman.

— Sur moi, certainement que si. Ça met en valeur le matos. Daisy aimait bien ça.

— Toutes les femmes ne sont pas les mêmes ! Et puis, tu n'as pas besoin d'attirer forcément le regard vers ton entrejambe.

— Et le tien, il y est attiré ?

— N'importe quelle femme dotée d'une paire d'yeux jette toujours un petit coup d'œil dans le coin, pour distinguer les contours. Ça fait partie des règles du jeu. Mais avec Molly, il faut y aller en douceur.

Nous arrivâmes à la porte de l'enclos de Betsy, qui était grande ouverte. Je la conduisis à l'intérieur et je la grattai derrière l'oreille droite, ce qui me valut un meuglement de satisfaction.

— Maintenant, promets-lui que tu passeras tous les matins, dis-je.

— Je te le promets, Betsy. Après le départ de Molly, c'est toi qui prends la première place dans mon cœur.

— Hé !

— Je plaisante. Tu ne vas pas me lécher comme elle, quand même ?

Je lui décochai un petit coup de point dans le bras droit en levant les yeux au ciel.

— Tu sais, quand je bavarde avec toi, le temps passe plus vite, déclarai-je.

— Merci. J'apprécie aussi ta compagnie. Au fait, en l'absence de Nick, tu as besoin de quelqu'un pour te cajoler, toi aussi ?

— Dans tes rêves, Carter.

— Hé, qui ne tente rien n'a rien.

— Eh bien tu vois, c'est le genre de chose à éviter avec Molly.

— Bien sûr, mais quand le chat n'est pas là, les souris dansent, ajouta-t-il en agitant malicieusement les sourcils.

— Molly ne s'en va pas avant le week-end prochain.

— Je prends une longueur d'avance, c'est tout. Tu sais, on peut se tenir compagnie pendant que nos chers et tendres s'absentent.

Je soupirai en secouant la tête. Au moins, Carter resterait en ville pour me divertir pendant les deux prochaines années.

— Bien sûr que oui.

Je sentis un nœud se former dans mon estomac. Nous refermâmes le portail du champ de Betsy, et je portai la main à mon nombril. Et au moment où Betsy leva la queue pour lâcher une bouse, je me pliai en deux et je vomis. La nausée m'avait prise par surprise – peut-être aidée par Betsy – et je ne pouvais pas résister. Mon estomac se vida brutalement, par jets qui me sortaient de la bouche et du nez en même temps m'épuisant complètement. Je le sentis se contracter en une minuscule boule.

— C'est dégoûtant ! fit Carter à côté de moi avant de me tendre un chiffon pour m'essuyer la bouche.

En me redressant, je me rendis compte qu'il s'agissait en réalité de son tee-shirt, que je venais d'arroser de vomi. Ma tête se mit à tourner, la silhouette de Carter se brouilla et je perdis connaissance.

Lorsque je rouvris les yeux, j'étais allongée par terre, et les yeux de Carter et de Betsy me fixaient.

— Te revoilà ? Qu'est-ce qui t'est arrivé ?

— Je… je ne sais pas.

— Je t'emmène chez le docteur Burke.

— J'ai oublié de prendre le petit-déjeuner. C'est sûrement ça.

— Jo, personne ne vomit pour avoir sauté le petit-déj. Tu te sentais bien, ce matin ?

— Fatiguée, simplement.

— Ma maison est au coin de la rue. Allons prendre un peu d'eau, et ensuite je t'emmène à la clinique.

— Ce n'est pas très loin.

— Pas question que tu y ailles à pied.

Toujours torse nu, il me prit dans ses bras et me porta le long du chemin. Peut-être valait-il mieux que je m'abstienne de marcher, en effet, parce que j'avais l'impression qu'on venait de m'amputer des jambes. Carter enfila un tee-shirt propre chez lui, me donna une bouteille d'eau, puis, en me soutenant fermement, me conduisit jusqu'à sa voiture. À peine une minute plus tard, nous arrivions à la clinique.

Le docteur Burke nous fit signe dès qu'il nous vit à l'entrée du bâtiment, où il logeait également.

— Bonjour Carter, Joelle. J'espère que vous ne venez pas pour quelque chose de grave ?

— Elle a vomi et elle s'est évanouie.

— Ça t'était déjà arrivé ?

— Non, répondis-je.

— Attends, tu avais déjà perdu connaissance au mariage, n'est-ce pas ?

— Eh bien oui.

— Je me rappelle. Tu devais repasser me voir.

— Désolée. C'était un peu la cohue, à la maison.

Le docteur Burke sortit un récipient rond d'un placard.

— Il va me falloir un échantillon d'urine. Nous te ferons également une prise de sang, mais il faudra un peu de temps pour recevoir les résultats. Tu t'alimentes correctement ?

— Je crois ? Mais j'ai un peu perdu l'appétit.

— Très bien. Allons t'examiner.

Une fois que j'eus uriné dans le récipient, le docteur Burke prit ma tension, toujours un peu basse mais normale, puis il écouta mon cœur et vérifia mes fonctions motrices. Rien ne semblait anormal, et j'attendis patiemment son retour dans sa salle d'auscultation éclairée au néon. Pendant ce temps, Carter était resté à l'entrée.

— Je crois avoir trouvé la réponse, dit le docteur Burke.

— Super… enfin, pas forcément. Qu'est-ce que j'ai ?

— Rien de grave. Tu es enceinte, Joelle. Félicitations.

Quoi ?

— Attendez, ce n'est pas possible.

— Tu as des relations sexuelles ?

— Eh bien oui, mais…

— Il s'agit seulement du résultat de l'analyse d'urine, le test sanguin ne le confirmera que d'ici une semaine environ. Tu devrais tout de même entamer une thérapie prénatale. Voici déjà ce qu'il te faut pour commencer. La nausée devrait disparaître d'ici deux mois, mais si ce n'est pas le cas, ou si elle s'aggrave, appelle-moi. Et évite de sauter le petit-déjeuner, dorénavant. Tu as des questions ?

Même si ç'avait été le cas, je n'aurais pas forcément su les poser sur l'instant. Il me fallait encore encaisser un choc auquel je ne m'étais pas préparée.

Lorsque nous sortîmes de la salle d'auscultation, Carter se leva et se passa la main dans les cheveux.

— Alors, qu'est-ce qu'elle a ?

— Félicitations, M. Clark. Tu vas être papa.

Carter s'écroula.

CHER NICHOLAS,

Je sais que tu ne recevras peut-être pas cette lettre avant un moment, mais j'ignore comment procéder autrement. Nous avons essayé de contacter l'officier chargé de ton déploiement, mais sans succès. Mon père est même allé visiter la base, mais il n'a pas obtenu davantage d'informations. J'ai besoin de te contacter. C'est une urgence. Nick, je suis enceinte, et nous aurons un bébé dans six mois. Je suis à la fois tout enthousiaste et nerveuse. Enthousiaste pour notre avenir et pour nous, mais nerveuse parce que je ne veux pas traverser ceci sans t'avoir à mes côtés. Je ne veux pas que tu manques la naissance de notre premier enfant.

Je me porte à merveille, et le bébé aussi. Le docteur Burke affirme que son cœur est très robuste. La période des nausées matinales est passée et je mange bien désormais. Nos parents sont ravis d'avoir leur premier petit-enfant, mais ils regrettent également que tu ne sois pas là.

Où que tu sois, je prie chaque soir pour ta sécurité. Je parle à notre bébé et je lui raconte des anecdotes de notre enfance, en lui expliquant qu'il a un père extrêmement courageux. Je sais que quand tu recevras cette lettre, tu appelleras ou tu écriras à ton tour. Je sais que tu ne raterais pas sa naissance, où que tu sois dans le monde, et je continuerai à prier pour toi, en espérant que tu reçoives ces nouvelles au plus tôt.

Je t'aime,
Joelle

~

CHER NICHOLAS,

Aujourd'hui, j'ai senti le premier coup de pied du bébé. Au début, j'ai cru qu'il s'agissait de gaz, mais il a recommencé aussitôt. Ça s'est produit quand je goûtais mon nouveau parfum de cupcake : fraise-banane. En fait, la pâte est parfumée à la banane, et la crème à la fraise. C'est délicieux. Je me suis également rendue en ville pour ma première consultation de mariage. Ils veulent un gâteau à sept étages, composé de cupcakes, sur le thème de Harry Potter. Je te joins mon premier croquis préparatoire. S'il se révèle aussi beau que prévu, ce sera génial.

Ma grossesse commence à se voir. Pas beaucoup, mais j'ai hâte que ce petit bébé arrive parmi nous. Nick, j'ai la trouille. Pas de la grossesse ni de la naissance, mais je crains que tu ne sois pas mis au courant et que tu ne sois pas présent. Je ne veux pas faire ça toute seule. Je veux que tu sois là, à mes côtés. Je veux que notre bébé connaisse d'abord les bras de sa mère et de son père.

Marge s'inquiète à ton sujet, elle aussi. Mon père a eu confirmation que tu étais affecté sur un site secret et que tu ne recevrais sans doute aucune de mes lettres, mais ça ne m'empêchera pas d'écrire. Je ne peux pas cesser d'espérer, parce que l'espoir est tout ce qui me reste.

Je t'aime,

Joelle.

~

Cher Nicholas,

Aujourd'hui, j'ai craqué mon pantalon. Il s'est déchiré en plein milieu, au niveau de la raie des fesses, pendant que je dînais avec Molly et Carter. Molly est passée pour Noël et nos deux amis se sont rapprochés, mais Carter hésite encore quant à ce qu'il doit faire pour passer à la vitesse supérieure. Je pense qu'il ne tardera pas à s'adapter. Il n'en parle pas, mais j'ai l'impression qu'il trouve toujours des prétextes pour reculer parce que Daisy lui manque encore.

Chaque jour je me demande si tu recevras mes lettres. Parfois, je pleure la nuit en pensant que la vie est injuste, parce que tu n'es pas là. Et ensuite, je me reprends et je me dis que ça pourrait être pire, pas vrai ? Tu te bats pour nous, pour notre sécurité et notre liberté. Et pourtant, je persiste à espérer que tu reviendras dans trois mois. Que par miracle, tu auras reçu mes lettres.

J'ai promis à Molly qu'elle pourrait rester auprès de moi pendant l'accouchement. Ce sera parfait pour sa formation d'infirmière, et j'aurai une amie dans la salle d'opération. Marge s'est également portée volontaire. Tous les matins, pendant un quart d'heure, elle tricote une couverture. Ta mère garde le moral, mais je vois que l'inquiétude trace de nouvelles rides sur son visage à mesure que le temps passe.

J'espère avoir de tes nouvelles bientôt.
Je t'aime,
Joelle.

CHER NICHOLAS,

J'ai de plus en plus de mal à dormir. Le bébé est un couche-tard, on dirait. Il a appuyé son pied contre mon ventre, aujourd'hui, et j'en ai distingué le contour. C'était magnifique. J'ai pris une photo pour que tu le voies à ton retour. Je prends des tas de photos de mon ventre. Parfois, je voudrais presque garder le bébé à l'intérieur, pour le protéger du monde extérieur. Et puis je me rends bien compte que c'est impossible, et je suis reconnaissante à son père de veiller si efficacement à notre sécurité à tous.

Betsy est enceinte elle aussi. Elle mettra bas à peu près en même temps que mon accouchement. Je crois que c'est arrivé quand nous avons vu le taureau la monter, ce jour-là, sur le lac. C'est sans doute là que ça nous est arrivé, à nous aussi, quand le préservatif a lâché, mais comme nous faisions l'amour un jour sur deux, c'est difficile de savoir exactement. Carter me rend visite tous les jours avant de se rendre à la caserne des pompiers. Les clients me donnent toutes sortes de conseils pour la grossesse et le bébé.

Le mariage dont je me suis occupée s'est déroulé à merveille, et le gâteau a fait sensation. Toutes mes cartes de visite avaient disparu le soir même, et j'ai déjà reçu une demi-douzaine de commandes. Je crois que les quelques mois qui viennent vont être très occupés, par la préparation à l'accouchement et par les mariages.

Tu me manques, dans tout mon être.

Ta Joelle à toi

Cher Nicholas,

J'essaie de rester forte, mais ce n'est pas facile. Il ne reste plus qu'un mois avant l'accouchement et je n'ai toujours aucune nouvelle de toi. Je sais que tu aurais écrit si tu l'avais pu, ce qui m'attriste encore plus. Ça signifie que tu n'es même pas au courant de ce miracle qui se produira bientôt. Je ferme les yeux, et je prie pour te voir devant moi quand je les ouvrirai de nouveau. Je voudrais que tu ne sois jamais parti. Je suis désolée de me montrer aussi égoïste, mais je n'ai jamais eu autant besoin de toi qu'à présent. Je souffre intérieurement. Je ne veux pas, parce qu'il faut que je reste forte pour le bébé, mais que veux-tu ? À qui puis-je m'adresser, pour réussir à te contacter ?

Je ne peux plus grimper à l'échelle menant au toit, ce ne serait pas prudent. Encore une partie de toi que je perds, et si ce que tu m'as dit avant ton départ est vrai, si ton déploiement durera réellement deux ans, je crains que tu ne manques les quinze premiers mois de la vie de notre bébé. D'ici là, il ou elle marchera déjà.

Nous avons converti la chambre d'amis en chambre d'enfant. Avec l'argent que je gagne en vendant mes produits sur internet, j'ai pu acheter tout le nécessaire pour le bébé. Je me sens fière. Je sais que tu le serais aussi. Je regrette que tu ne sois pas là. Je prie pour que tu reviennes sain et sauf. Je prie pour que nous soyons ensemble, très bientôt.

Ta Joelle pour toujours

CHAPITRE 22

— Salut ma jolie. Comment va le futur bébé ? demanda mon père.

— Bonjour. Le futur bébé m'a empêchée de dormir presque toute la nuit.

Je passai la main sur mon ventre, où le bébé dormait désormais profondément. La nuit, j'éprouvais quelques douleurs. J'avais lu des articles au sujet des contractions de Braxton-machinchose, et j'étais presque sûre qu'il s'agissait de ça.

— Il t'habitue simplement à te lever la nuit pour le biberon, dit Marge en souriant et en m'embrassant la joue. Tu m'as l'air différente aujourd'hui, Joelle. Comme si tu étais prête.

— Non, non. Je veux le garder.

— Je crains bien que tu ne puisses pas vraiment l'empêcher de sortir, le moment venu. Jo, je sais que Nick serait venu s'il avait reçu tes lettres. Il faut te préparer à accoucher sans lui. Mais nous sommes là pour toi si tu as besoin de quoi que ce soit.

Marge me pressa la main.

— Je sais. Je crois que je l'ai accepté. C'est juste que les choses se sont produites au mauvais moment.

— Un miracle n'arrive jamais au mauvais moment. Et un bébé, c'est un miracle, dit mon père. Ne perds pas ça de vue.

— Tu as raison. Je suis désolée. Je ne devrais pas être si égoïste. Nous ferons ce qu'il faudra.

J'avais beau espérer que Nick revienne subitement, je m'étais préparée intérieurement à son absence pendant l'accouchement, et pendant la première année et demie de la vie du bébé. Ce dernier n'allait pas vraiment en souffrir, de toute façon, non ? Après tout, de nombreuses familles se trouvaient sans doute dans la même situation. J'aurais préféré que Nick vive avec nous toutes les premières fois du bébé, mais au moins il reviendrait un jour, et le temps passerait bien plus vite avec un nouveau-né. Je pris note de documenter toutes les premières fois et de prendre une quantité de photos pour Nick. S'il y avait bien quelque chose que je voulais éviter, c'est qu'il ait l'impression d'avoir tout raté.

— Molly passe chez elle la semaine prochaine. Ce sera le moment idéal pour que le bébé arrive, pendant le week-end de Pâques, comme prévu.

— Tu sais, ma chérie, on ne peut pas planifier une naissance au jour près. Dans les deux semaines qui précèdent la date prévue, tu pourrais accoucher à tout moment.

— Je sais. Mais j'ai un bon pressentiment.

Une vague d'angoisse me traversa malgré tout, et je me caressai le ventre.

Le printemps arrivait en avance, cette année. L'herbe prenait un vert plus vif et l'air sentait l'été. C'était comme si le monde entier se préparait à l'arrivée de mon bébé. Les tulipes et les jonquilles fleurissaient un peu partout, y compris dans le jardin de Carter, que je lui avais fait nettoyer et replanter à l'automne. On humait la chaleur qui se répandait sur toute la ville, et ce matin ensoleillé, au ciel dégagé, était vraiment parfait.

La porte de la pâtisserie s'ouvrit sur Carter, qui entra en sautillant comme tous les matins avant de se rendre au travail.

La caserne disposait désormais d'assez de pompiers pour couvrir tous les horaires sans heures supplémentaires.

— Salut à toi, Hope Bay ! Qu'est-ce qui se mijote aujourd'-hui ? Un bébé ? Alors ça c'est inédit ! s'exclama-t-il en m'adressant un clin d'œil. Je prendrai un expresso, un muffin banane épicé, un cupcake vanille pour Betsy et la douzaine de donuts habituelle pour les gars.

— Tu te rends compte que cette vache t'aimera désormais jusqu'à la fin de tes jours, j'espère ?

— Je ne fais que mon travail. La maman a besoin d'énergie pour le jour où elle accouchera. Tu es splendide aujourd'hui, Jo. Une occasion spéciale ?

— Pas que je sache. Mais j'ai envie de me promener un peu ce matin. Je vais t'accompagner sur le chemin de la caserne.

— Prends ton téléphone, alors, intervint Marge en agitant l'appareil que j'oubliais régulièrement.

— Tu as déjeuné, au moins ? s'enquit mon père.

— Des flocons d'avoine.

Je ne m'étais plus évanouie depuis le jour où j'avais découvert ma grossesse, et je prenais grand soin de mon corps. Malgré tout, Marge et mon père étaient de vrais parents-poules, et je les aimais pour leur affection constante.

Nous marchâmes côte à côte. Pendant quelques minutes, nous restâmes perdus dans nos pensées, à profiter de l'air frais. Dès que je sentis une odeur de fumier, je sus que nous nous approchions de Betsy. En fait, nous l'entendîmes bien avant de la voir. Mme Gladstone se tenait à ses côtés, à l'endroit où la vache attendait toujours Carter. Elle lui caressait la tête, entre les yeux.

— Bonjour ! la saluâmes-nous en chœur.

— Espérons que la journée soit bonne, répondit Mme Glad-stone en se concentrant sur le ventre de Betsy.

— Qu'est-ce qui se passe ?

— Elle est arrivée à terme, et à l'entendre se plaindre depuis l'aube, je dirais que le petit veau pourrait arriver aujourd'hui. Le véto est sur le chemin.

— Elle peut quand même manger son cupcake ? demanda Carter.

— Tu peux toujours essayer, mais je ne crois pas qu'elle en voudra.

— Pourquoi ça ?

— Parce que quand on a mal à l'estomac, on évite de se bourrer de nourriture, expliquai-je.

J'avais lu beaucoup de livres sur la grossesse et l'accouchement.

— Oh, Betsy. Ne pleure pas.

Carter s'approcha du côté droit et la caressa derrière l'oreille avant de lui tendre le gâteau. Comme prévu, la vache le refusa.

— On peut faire quelque chose ? demanda-t-il.

— Je ne crois pas. La nature doit suivre son cours.

— Heureusement que je ne suis pas une femme.

— Ça c'est sûr, dis-je. Parce qu'avec tes jambes musclées et tes gros bras, tu ne serais pas particulièrement sexy.

— Hé !

— Je plaisantais, Carter. C'était « vache » de ma part.

Mme Gladstone détacha enfin son regard de Betsy en éclatant de rire.

— À vous écouter, tous les deux, on croirait que vous êtes mariés !

Hein ?

— Oh non, Mme Gladstone. Je vous assure que nous sommes simplement bons amis.

Le docteur Burke avait déjà supposé que Carter était le père de mon bébé, et il était tombé dans les pommes, ou avait fait semblant, et je m'étais bien promis de lui rendre la monnaie de sa pièce, un jour.

— Et il faut que je me remette en route si je ne veux pas

arriver en retard au boulot. Je m'arrêterai au retour pour prendre des nouvelles de Betsy.

— Prenez soin de vous, tous les deux.

Nous nous dirigeâmes vers la caserne, et je me rappelai une fois encore le jour où j'avais vu Duke, le taureau, monter Betsy. Nick était derrière moi, ce jour-là, à me pilonner les reins.

— Alors, tu te sens vraiment prête ? demanda Carter en désignant mon ventre et en m'arrachant à mes pensées.

— Je crois, oui. J'ai déjà le sac de couches et la chambre est parfaite. Tout ce qu'il nous manque, c'est…

— Nick ?

— Oui, fis-je en secouant la tête. Je ne crois pas qu'il ait reçu mes lettres.

— Désolé. Mais voyons les bons côtés : j'ai l'appareil photo ! Il ne faut pas que Nick rate ça. Je lui ferai voir les photos dès qu'il reviendra.

Les bons côtés ?

— Tu n'emmènes pas cet appareil à l'hôpital. En fait, il n'est pas question que tu te trouves dans la même pièce que moi pendant la naissance du bébé.

— Jo, ce n'est pas comme si je n'avais jamais vu une chatte de ma vie.

— Carter !

— Quoi ?

— Voilà, c'est reparti. Un comportement de gentleman, tu te souviens ? Si tu peux te montrer agréable et courtois envers Betsy, tu peux certainement faire preuve d'un peu plus de prévenance vis-à-vis des dames.

— Ouais, mais là, c'est toi.

— Entraîne-toi avec moi, puis utilise ce que tu as appris avec Molly quand elle passera, le week-end prochain.

Il me regarda, l'air perdu dans ses pensées, puis eut un petit sourire amusé.

— Bon, ben disons que ce n'est pas comme si je n'avais jamais vu un frifri.

— Un frifri ?

— Ce n'est pas comme ça que vous l'appelez, vous les nanas ?

— Mais non !

Parfois, j'avais l'impression que Carter était vraiment un cas désespéré.

— Et peu importe le nom que tu lui donnes, tu ne t'approches pas de mon vagin, c'est tout.

— Ah ha ! Un vagin ! J'aurais dû savoir.

— Tu ne cesseras jamais de m'étonner.

— Ce qui signifie que je fais bien mon travail. Sauf celui de pompier. On dirait que rien ne veut prendre feu, dans le coin.

— Et c'est une mauvaise chose ?

— Non, au contraire, mais je regrette de ne pas pratiquer ce que j'ai appris avec la lance à eau et tout cet équipement neuf.

Il prit la pose, dans une posture héroïque, faisant mine de tenir maladroitement une lance à incendie devant lui comme s'il faisait pipi.

Je soupirai.

En regardant ses muscles et en me rappelant la force avec laquelle il m'avait fait tourner dans les airs après m'avoir soulevée de terre, lorsque j'avais découvert que j'étais enceinte, je me dis qu'il devait s'être suffisamment entraîné avec sa lance à incendie personnelle.

— Je suis sûre que tu sais comment manier les gros engins, dis-je.

— Quoi ? Une blague salace de la part de Joelle Kagen ?

— Va savoir.

— Eh bien ! Il faut croire qu'on est vraiment bons amis, après tout.

Je me figeai en ressentant soudain un élancement douloureux au niveau du nombril.

— Ça va ? s'enquit-il.

— Oui, c'est juste que le bébé vient de me donner un coup de pied plus vigoureux que d'habitude.

Ce qui m'étonnait, vu qu'il dormait généralement à cette heure de la journée, même quand je me promenais. Je pressai le pas, la main sur le ventre, soudain gagnée par l'anxiété. C'était peut-être l'occasion de faire enrager Carter.

— Ah ! m'écriai-je en lui prenant la main et en la serrant comme une femme sur le point d'accoucher devait le faire selon ce que j'imaginais.

— C'est le moment ? Oh mon Dieu ! Jo, il faut qu'on t'emmène à l'hôpital.

— Non, Carter. Il arrive tout de suite…

J'écartai les jambes et je fis mine d'être sur le point d'accoucher.

— Tu… tu veux que je l'attrape ? demanda-t-il.

Je me redressai en lâchant mon ventre, la tête inclinée sur le côté.

— L'attraper ? Tu crois qu'il va s'envoler ? C'est le moment où tu me demandes de m'allonger, ou au moins de m'asseoir.

Je calai mes mains sur mes hanches, oubliant que j'étais censée jouer la comédie.

Il m'examina soigneusement, se campa devant moi, se pencha légèrement de côté.

Oups.

— Aïe ?

— Attends, tu faisais semblant ?

— Ben oui ! Mais tu l'as mérité. J'ai failli mourir quand tu as fait mine de t'évanouir à la clinique.

— Jo, ne me refais plus jamais un coup pareil. J'ai failli avoir une crise cardiaque. Et je suis sérieux, là.

— J'en doute. Je n'arrive pas à y croire… « Tu veux que je l'attrape ? »

— Eh ben… j'ai paniqué, d'accord ?

— Paniqué ? Mais tu n'as pas le droit de paniquer, Carter. Et si c'était vrai ?

— Attends, tu me mettais à l'épreuve pour savoir si je pouvais assister à la naissance ?

— Non, je ne te mettais pas à l'épreuve. Comme je te l'ai dit, il y a…

Une pointe de douleur me transperça l'abdomen et je m'accrochai au bras de Carter, le serrant de toutes mes forces.

— Oh non, Jo, je ne retomberai pas dans le panneau.

Je sentis mes genoux trembler tandis que de l'eau me dégoulinait sur la jambe.

— Tu sais, si tu voulais faire pipi, on pouvait simplement s'arrêter chez moi.

— Carter, grondai-je entre mes dents, ce n'est pas de la pisse, c'est du liquide amniotique.

— Oh…

Il fronça les sourcils en examinant la scène : moi, légèrement penchée en avant et essayant de me concentrer sur mon souffle tout en faisant abstraction des élancements qui venaient de mon utérus.

— Oh merde ! C'est vrai, alors ? Il faut qu'on t'emmène à l'hôpital, Jo.

— Je… je peux marcher.

— Où est ton téléphone ?

Il fouilla la poche de ma robe avant que j'aie le temps de répondre. Je lui fis un signe et je respirai hâtivement avant que le prochain spasme douloureux ne se produise, tout en me dirigeant vers un arbre en bord de route pour m'y appuyer.

— Jo, ta batterie est à plat.

— Alors prends ton téléphone.

Mes poumons m'empêchaient de respirer autrement que par à-coups. Pourquoi ça arrivait d'un seul coup, sans prévenir ? Je m'efforçai d'aspirer davantage d'air.

— Je l'ai laissé à la caserne.

— Mais il te sert à quoi, là-bas ?

— Eh bien le tien est ici et il ne nous sert pas beaucoup, pas vrai ? dit-il en inclinant la tête avec un sourire railleur.

— Laisse tomber. Aaah !

Les contractions se rapprochaient, et bien trop vite. Où était passée cette période de vingt-quatre heures de travail dont on m'avait avertie ? Et mon pressentiment que le bébé attendrait la venue de Molly ? Je pouvais faire une croix dessus.

— Oh mon Dieu ! Jo, il faut qu'on t'emmène à l'hôpital. J'ai l'impression de me répéter…

— Carter, je ne crois pas qu'on ait le temps pour ça.

— D'accord, attends ici, je vais chercher le docteur Burke.

Je saisis le col de sa chemise et je l'attirai vers moi, en espérant que le regard furieux d'une cinglée en plein accouchement surprise suffirait à le retenir.

— Ne t'avise pas de me fausser compagnie.

— Retiens-toi, Jo.

— Impossible. Il faut que je pousse.

— Wow ! Attends, assieds-toi, d'abord.

Il passa son bras sous le mien et m'aida à m'installer. Je m'adossai au tronc d'arbre et essuyai mon front baigné de sueur.

— Enlève ma culotte, dis-je.

— Ça fait un moment que j'attendais que tu me le demandes, plaisanta-t-il, mais il reprit son sérieux quand je le foudroyai du regard.

— Quand le bébé sera né, nous ne parlerons plus jamais de ce moment, tu m'entends !

Je relevai ma jupe jusqu'à mes genoux, que je pliai pour désigner ma culotte.

— Euh, non, bien sûr.

Carter la retira en détournant les yeux en direction de l'arbre.

— Le bébé ne va pas tomber d'un nid, Carter.

— Je voulais simplement t'aider à garder un peu de dignité.

— La dignité, on s'en tape ! Je veux que ce bébé sorte ! hurlai-je, et Carter sursauta.

— J'ai entendu dire que ça arrivait aux femmes, et je comprends tout à fait si tu veux te défouler sur moi, mais Jo, j'ai beau vouloir t'aider, je ne sais pas du tout quoi faire.

— Attrape le bébé.

Je poussai.

— Tu m'as dit de ne pas l'attraper !

— Quand je n'étais pas en plein travail. Attrape le bébé Carter. Je te jure que si jamais tu le laisses tomber, je te tue.

— Compris. Attraper le bébé.

Carter retira son tee-shirt. Je ne compris pas tout à fait pourquoi, mais je n'eus pas le temps de poser la question, car la contraction suivante venait de se produire.

— Aah !

J'étais sûr que quelqu'un finirait bien par entendre mon cri. Carter écarta les jambes dans une posture sportive et positionna ses bras à un mètre, comme si le bébé allait lui sauter entre les mains.

— Il faut que tu passes les mains sous ma jupe ! dis-je en poussant de nouveau.

La pression s'intensifiait. Je me concentrai sur mon souffle et sur le bébé qui suivait les voies naturelles.

Carter hésita, mais finit par soulever ma jupe pour regarder entre mes jambes au moment où je sentais la tête du bébé sortir.

— Bon sang, Jo, on croirait qu'il y a eu un vrai carambolage entre tes guiboles…

— C'est pas vraiment ce que j'ai envie d'entendre pour le moment. Ahh !

Je poussai de nouveau.

— Allez, petit bébé. Viens voir l'oncle Carter.

— J'aime bien ça, dis-je entre deux contractions.

Il leva les yeux.

— Vraiment ? Je pourrai être son oncle ?

— Si tu m'aides à le mettre au monde, je te promets que tu seras l'oncle numéro un dans la vie de cet enfant.

— Cool. D'accord, Jo. Tu peux y arriver. Pousse.

À bonne distance, j'entendis Betsy pousser un long meuglement pathétique. Encouragée par Carter, je poussai de nouveau, et je sentis le petit corps sortir pour glisser entre ses mains. Il l'enveloppa dans son tee-shirt et, pleine de gratitude pour sa présence d'esprit, je lui souris en prenant mentalement note de lui en acheter quelques-uns pour compenser. Apparemment, j'avais le don de les saccager d'une façon ou d'une autre.

— Garçon ou fille ? demandai-je.

— Félicitations, maman. Tu as une ravissante petite fille.

J'éclatais en sanglots lorsqu'il me tendit le bébé, encore attaché par le cordon ombilical. Fascinée par ma fille, je ne vis pas Carter s'écarter pour faire signe à un automobiliste qui passait. C'était le vétérinaire qui se rendait à la ferme de Mme Gladstone.

— Elle vient d'accoucher, l'entendis-je expliquer. On a besoin d'aide.

— D'accord, voyons un peu ça.

Le vétérinaire appela le docteur Burke avant de venir s'occuper du bébé et de moi. Il la nettoya avec le matériel stérile qu'il transportait, et s'en alla aider Betsy lorsque le docteur arriva pour prendre la relève.

— J'ai déjà appelé l'hôpital. L'ambulance est en route, mais ça prendra un petit moment.

— Elle va bien ?

— Oh oui.

Il fixa le cordon, s'assura que le nez et la bouche de la petite étaient dégagées, puis déclara :

— Il me faut le placenta. Tu peux pousser encore un peu, Joelle ? Ne force pas trop.

J'acquiesçai avant de me crisper un peu.

— Voilà.

— Alors, comment vas-tu l'appeler ?

Je ne savais pas vraiment. Je n'en avais parlé à personne, mais j'attendais en secret jusqu'au dernier moment, espérant que Nick revienne et que nous lui trouvions un nom tous les deux. Je n'avais donc pas encore choisi.

— J'ai toujours aimé le prénom Mackenzie, murmura Carter comme s'il se parlait à lui-même.

— Tu entends ça, Mackenzie ? Ton oncle Carter vient juste de te baptiser.

— Tu es sérieuse ?

— Oui. Tu t'en es tiré à merveille, Carter. Merci.

— Eh bien, je peux officiellement affirmer que nous ne serons jamais aussi proches.

Il tendit le bras et traça un cercle imaginaire avec sa paume.

— En particulier dans ce secteur.

Mais sur le moment, je ne l'écoutai pas, car je n'avais d'yeux que pour ma fille, Mackenzie.

*C*her Nicholas,

Il y a trois jours, j'ai donné naissance à notre fille. Elle s'appelle Mackenzie, et tout le monde me dit qu'elle me ressemble, mais quand je la regarde, c'est toi que je vois. À présent, j'ai un peu de toi à mes côtés en permanence. Ce sentiment de maternité est formidable, et je regrette que tu ne sois pas là. Je ne veux même pas m'assoupir, ni rater un moment de sa précieuse existence, même quand elle dort.

Mackenzie mange bien. Elle se réveille toutes les deux ou trois heures pour téter, et bien sûr, elle fait caca entre deux repas. J'adore son joli petit sourire. Et ensuite, je pense au temps qu'il me faudra attendre pour te revoir, et j'ai envie de pleurer. Tu me manques tellement ! Je prends des tas de photos et mon père a même acheté une caméra toute neuve pour filmer Mackenzie, afin que tu puisses admirer son premier sourire, le moment où elle apprend à dire papa et maman, ou encore à s'asseoir, à ramper et à marcher. J'ai hâte que tu reviennes.

Son baptême aura lieu le week-end prochain. J'ai demandé à Carter et à Molly d'officier lors de la cérémonie. Je pense que tu approuverais. Ils m'ont tellement soutenue tous les deux ! Dès qu'elle *rentrera pour l'été, Molly m'a dit qu'elle voulait passer autant de temps que possible avec la petite.*

Il faut que j'y aille. C'est l'heure du repas de Mackenzie.

Je t'aime,

Jo

JE COMPRENAIS À présent ce que Nick entendait en parlant des jours indissociables des nuits, parce que c'est exactement ce qui m'arrivait. Je comprenais également pourquoi le bébé restait actif la nuit et s'efforçait de me maintenir éveillée : Mackenzie me préparait à mon difficile rôle de mère. Ce jour-là, mon père allait prendre la petite pour une promenade : il l'emmenait voir Betsy et son petit veau, né le même jour qu'elle. Je pompai suffisamment de lait pour leur sortie, j'habillai ma fille et je les laissai partir. Je n'eus pas plus tôt touché le canapé que mes yeux se fermèrent et que je m'endormis profondément. Je ne me réveillai qu'en entendant le petit rire adorable de Mackenzie.

— Oh, on a réveillé maman, lui dit mon père.

— Déjà de retour ?

— Nous sommes partis deux heures, ma puce.

Pourquoi avais-je l'impression de n'avoir somnolé que quelques minutes ?

— Regarde qui on a trouvé sur le chemin.

Mon père s'écarta pour révéler Carter, qui se tenait derrière lui.

— Tonton Carter à la rescousse ! déclara ce dernier en sortant une vache en peluche qu'il avait tenue cachée derrière son dos.

— Carter, il faut que tu arrêtes de lui acheter des jouets.

— Quand j'ai vu cette petite vache et que je me suis rendu compte que ma *nièce* n'avait pas encore de vache en peluche, je n'ai pas pu résister. Et Molly m'a aidé à la choisir.

Molly apparut à son tour et me fit un petit signe avant de se précipiter à mes côtés.

— Tu es revenue ?

— Eh oui, pour tout l'été. Tu m'as manqué ! s'exclama-t-elle en m'embrassant. Et Mackenzie a tellement grandi ! Comment ça va, toi ?

— Je suis amoureuse de cette petite fille.

— Normal ! Et comment te sens-tu ?

— Un peu fatiguée, mais ça s'améliore chaque jour.

— J'adorerais te la garder de temps à autre, pendant l'été. Peut-être qu'on pourrait l'emmener en promenade, nous aussi ? ajouta-t-elle en se tournant vers Carter, qui parut à court de mots jusqu'à ce que mon père lui décoche un coup de coude discret.

— Hum, mais oui ! Mackenzie adore passer du temps avec son tonton.

Carter en était encore à cette étape où il expliquait fièrement à chacun qu'il avait gagné son titre d'oncle le jour où il l'avait mise au monde. Je me demandai à quel point lui et Molly s'étaient rapprochés pendant que le bébé me prenait tout mon temps. En les voyant ensemble, je sentis mon cœur se serrer. Nick me manquait tellement ! Cette période était censée être l'une des plus heureuses de ma vie, et c'était le cas, mais je ne pouvais faire abstraction du fait qu'il me manquait cruellement. Et qu'il ratait tant de moments essentiels.

— Quand vous voulez, vous n'avez qu'à passer.

Carter et Molly tinrent parole tout l'été. Ils m'aidèrent aussi souvent que possible. Grâce aux heures de sommeil gagnées et à mon nouvel emploi du temps de maman d'une toute petite, je commençais à me sentir de nouveau moi-même et à m'imaginer réellement capable de tenir jusqu'au retour de Nick.

CHER NICHOLAS,

Mackenzie pousse tellement vite ! Elle fêtera son premier anniversaire dans une semaine, et quelques mois après, tu rentreras chez nous. Je lui prépare un gâteau en forme de vache. Sa chambre est déjà pleine de jouets-vache, que Carter n'arrête pas de lui offrir.

Elle a mes cheveux bouclés, bien qu'ils soient encore courts. Elle ressemble un peu à Shirley Temple, mais avec des cheveux bruns comme les miens. Et mes taches de rousseur aussi. Il n'y en a encore que quelques-uns, mais je suis sûre qu'elle en aura sur toute la figure en grandissant. Oh, et t'ai-je parlé de ses mignonnes petites dents ? Elles sont adorables. Elle est adorable.

Elle m'appelle désormais maman et elle sait aussi dire papa. Apparemment, elle est plutôt précoce pour un an. Elle babille beaucoup et je suis sûre qu'elle croit avoir une conversation avec nous quand elle le fait. Je lui ai montré des photos pour qu'elle te reconnaisse quand tu rentreras. Carter est frustré qu'elle n'arrive pas encore à prononcer son nom, mais il persiste à essayer de le lui apprendre. Elle sait parfaitement dire « meuh », en tout cas, mais c'est sans doute parce qu'elle rend souvent visite à Betsy et à son petit veau. Enfin... Tank n'est plus vraiment petit, mais Mackenzie est folle de lui. Mme Gladstone dit qu'elle le gardera pour la reproduction, parce qu'il est vraiment énorme et que Duke se fait vieux.

On dirait que Mackenzie change de jour en jour, elle grandit si vite ! Papa la filme en train de faire... eh bien, en fait il la filme tout le temps. Mais tu reviendras bientôt et tu verras de tes yeux. Plein de bisous de bébés de la part de Mackenzie.

On t'aime,

Joelle et Mackenzie

LE PREMIER MAI était un jour idéal. J'ignorais encore que j'allais m'en souvenir toute ma vie. C'était un dimanche matin, et je venais de passer sa nouvelle robe à Mackenzie. Elle marchait désormais, sans vaciller, et elle avait même couru quelques fois.

— Tu devrais porter cette robe quand papa reviendra, commentai-je. Mais tu seras déjà trop grande d'ici deux mois...

— Joelle, donne-moi Mackenzie, dit mon père en regardant par la fenêtre.

Je cessai de peigner la petite et j'aperçus l'expression inquiète de mon père.

— Papa, ce n'est pas terminé...

— Ma puce, donne-la-moi maintenant. Je vais l'emmener dans le jardin. Toi, reste ici avec Marge. Allez, ma chérie, voyons si papy peut te trouver un cupcake spécial et une glace...

— Walter ? Qu'est-ce qui se passe ? demanda Marge en se tournant elle aussi vers la fenêtre.

Elle blêmit aussitôt, et je me demandais ce qui avait bien pu l'épouvanter de la sorte.

Dès que mon père disparut, des larmes commencèrent à rouler sur les joues de Marge.

— Marge ? Qu'est-ce qui se passe ?

Elle ne dit rien et se contenta de m'attirer contre elle et de me serrer si fort dans ses bras que je crus qu'elle allait me briser une ou deux côtes.

— Il faut que tu sois forte pour ta fille, tu m'entends ? me chuchota-t-elle à l'oreille.

— Oui, bien sûr. Oh mon Dieu, qu'est-ce qui t'arrive ?

Marge tremblait. Elle ne me lâcha pas jusqu'à ce qu'on sonne à la porte, puis elle me prit par les épaules, me regarda droit dans les yeux et dit :

— Souviens-toi... reste forte.

J'étais terrorisée, à présent. Elle me prit par le bras et nous nous dirigeâmes toutes deux vers l'entrée. Lorsque j'ouvris, je découvris avec un peu de surprise deux agents de police qui n'étaient pas de la ville. L'un d'entre eux tenait un drapeau américain plié, et le capitaine Clark les accompagnait. Marge se mit à sangloter avant même qu'ils ne se mettent à parler. Tout au fond de moi, un déclic se produisit, mais je repoussai l'idée troublante qui tentait de monter à la surface.

— Bonjour, dis-je calmement.

— Mademoiselle Kagen ? Madame Tuscan ? Pouvons-nous entrer, je vous prie ?

— Oui, bien sûr.

Je m'écartai, les jambes soudain en coton. Nous passâmes au salon, et Marge me força à m'asseoir sur le canapé. Les policiers restèrent debout.

— Je suis navré de devoir vous annoncer que votre fils…

L'homme avait regardé Marge et se tourna ensuite vers moi.

— … est décédé.

L'autre s'avança pour me tendre le drapeau plié. Je refusai de pleurer, parce que je refusais d'y croire. Ça ne pouvait pas être vrai. Je l'aurais senti si Nick était mort, et je me contentai donc de secouer la tête.

— Où est son corps ? murmurai-je.

— Madame, je suis absolument navré, mais M. Tuscan est mort lors d'un affrontement en mer. Nous n'avons pas retrouvé son corps.

Non, non, non. Il fallait que je voie son corps, sinon je ne pourrais jamais y croire.

— Désolé de devoir vous apporter cette nouvelle, mais vous pouvez me contacter si je peux vous aider de quelque façon que ce soit.

Je restai assise, le dos droit, fixant la photo de mariage accrochée au mur, de l'autre côté de la pièce, jusqu'à leur départ. Et ensuite, peu à peu, je sentis mon cœur se briser en millions de morceaux, mes poumons se vider, mon âme quitter mon corps. Dès que la porte se referma, je fondis en larmes.

Cher Nicholas,

Ça ne peut pas être vrai. Je refuse d'y croire, je n'y croirai jamais.

Tu m'avais promis que tu reviendrais. Tu m'avais dit que nous fonde-rions une famille. Pourquoi as-tu menti ? Nous avons procédé à tes funérailles il y a un mois. Nous avons enterré des vêtements à toi, des livres que tu aimais et les cailloux que tu ramassais sur Pebble Beach. C'était étrange. Le côté positif, quand on n'enterre pas de corps, c'est que l'on garde l'espoir. Je t'imagine encore, quelque part, perdu, et je prie chaque soir pour qu'un jour tu retrouves le chemin de la maison. Et chaque fois que je vois une étoile filante, je formule le même souhait. Que tu reviennes.

Mackenzie se porte bien. Je ne crois pas qu'elle comprenne ce qui s'est passé, simplement que maman et le reste la famille sont tristes. Je ne veux pas lui dire que tu es parti au ciel. Je ne veux pas non plus lui voler son espoir. Et comme je ne t'ai pas vu dans ce cercueil, je crois que je ne cesserai jamais d'espérer. S'il te plaît, Nicholas... reviens. Reviens pour ta petite fille et pour moi. Je t'en prie, je ne veux pas faire ça toute seule. Je ne peux pas.

Tiennes pour toujours,
Joelle et Mackenzie

CE FUT la première lettre d'une longue série que je ne postai pas. Je les conservai dans une vieille boîte à chaussures sous mon lit.

~

JE N'AURAIS JAMAIS PENSÉ que les anniversaires seraient si diffi-ciles. Personne n'y pense, non ? Pour les deux ans de Macken-zie, nous n'invitâmes que la famille et les amis les plus proches, y compris son parrain et sa marraine : Carter et Molly.

Le printemps tardait, et il restait un peu de neige dans les rues. À bien y réfléchir, l'année s'était révélée particulièrement déprimante, mais comment aurait-il pu en être autrement ? Nick était mort. Parfois, je rêvais qu'il revenait à la maison. Et

plus serein. Il l'avait été autrefois. Et puis j'avais appris la mort de Nick et ma vie avait changé à tout jamais.

— S'il y a bien une chose qu'on ne devrait jamais perdre dans la vie, c'est l'espoir.

Il y réfléchit un instant avant d'acquiescer.

— Tu as raison, tant que ça ne fait pas de mal à ta merveilleuse petite fille.

— Je ne ferais jamais de mal à Mackenzie.

Il me tourna vers lui et essuya une larme sur ma joue.

— Je sais. Ce n'est pas ce que je voulais dire.

Molly revint à cet instant avec la petite. Je les entendais rire dans le jardin. Je me levai, séchai mes larmes et rajustai ma robe avant de me retourner vers Carter.

— Tu penses vraiment que je risque de lui faire du mal ?

— Pas intentionnellement.

— D'accord. Je crois qu'il faut que ça change.

Il fronça les sourcils, mais sans rien ajouter, car la porte d'entrée venait de s'ouvrir. Nous entonnâmes *Joyeux Anniversaire* en chœur, nous embrassâmes abondamment Mackenzie, et après avoir coupé le gâteau, nous la regardâmes ouvrir ses cadeaux, aux motifs de vache noirs et blancs ou noirs et marrons pour la plupart.

Quand elle finit par se fatiguer, Marge l'emmena à l'étage pour la doucher, et je sortis discrètement de la maison pour aller me promener du côté de Pebble Beach, à l'endroit où Nick et moi avions fait l'amour pour la première fois.

Quelques instants plus tard, j'entendis des pas crisser sur le sable et les cailloux, mais je ne me retournai pas. L'espace d'un instant, je m'autorisai à rêver qu'il s'agissait de ceux de Nick.

— Jo, tu ne peux pas enfouir toutes ces émotions que tu ressens. Ce n'est pas juste, dit Carter en s'asseyant à mes côtés.

— Ce n'était pas juste de la part de Nick de m'abandonner là, et pourtant il l'a fait.

Je me levai pour marcher un peu et m'éloigner de lui.

— Jo, il faut que tu parles à quelqu'un.

Bien sûr, il me suivait.

— Fiche-moi la paix, Carter.

— Il faut que tu dises à quelqu'un que tu souffres.

— Je t'ai dit de me ficher la paix !

— Je crains bien de ne pas pouvoir faire ça, Jo.

— Pourquoi ? Pourquoi tu ne peux pas retourner dans ton foutu garage et me laisser tranquille ?

— Parce que j'ai promis à mon meilleur ami que je prendrais soin de toi s'il lui arrivait quoi que ce soit. Et je n'ai pas l'intention de rompre cette promesse.

Je me retournai pour lui faire face.

— Eh bien va te faire foutre ! Et Nick peut aller se faire foutre aussi, lui et ses promesses foireuses !

Je lui donnai un coup de poing en pleine poitrine. J'avais frappé fort, mais il tressaillit à peine.

— Il m'a abandonnée ! Il nous a abandonnés et je ne lui pardonnerai jamais d'être parti et d'être mort ! Sa fille ne connaîtra jamais son père, et je ne retrouverai jamais l'amour de ma vie !

Je criais à pleins poumons, entrecoupant mes hurlements de gros sanglots disgracieux, mais Carter s'approcha de nouveau et je le frappai une seconde fois.

— Je lui ai dit de rester et il est parti quand même !

— Vas-y, Jo, il faut que ça sorte !

— Ah !

Je m'étais mise à le frapper si fort, des deux paumes, que j'en avais mal aux mains. Au bout du compte, il me saisit les poignets et m'attira contre lui pour me serrer dans ses bras. Tandis que je tremblais toujours, agitée par de violents sanglots, il s'agenouilla puis s'assit en m'entraînant avec lui et en me tenant nichée contre sa poitrine, caressant mes cheveux et m'embrassant la tête.

— Je suis désolé, Jo. Je suis vraiment désolé pour toi, ma chérie.

— Il m'a abandonnée.

Je parlais avec moins de véhémence à présent. J'avais épuisé toutes mes forces à laisser sortir ma colère, et il ne me restait plus la moindre énergie. Je tremblais de tous mes membres, bouleversée. Carter me berça dans ses bras sans jamais me lâcher, en murmurant : « je suis désolé. »

J'ignore combien de temps nous restâmes ainsi, mais je ne voulais pas me lever. Pourtant, nous finîmes d'une façon ou d'une autre par nous retrouver chez Carter. Il m'étendit sur son canapé et me donna une couverture, puis appela mon père et Marge et me prépara un thé.

— Je ne veux pas retourner dans cette maison, soupirai-je. Ça me fait trop de peine. Tout me rappelle Nick.

— Tu peux rester ici tant que tu voudras. Avec Mackenzie.

— Merci.

— De rien.

— Je sais que tu es au courant de ce qu'on ressent quand on perd quelqu'un qu'on aime, murmurai-je.

— En effet.

— Mais avec Nick, c'était différent. Il était toute ma vie.

— Je sais, Jo. Je sais. Tu as l'impression que personne ne comprend ce que tu endures. Tu te sens perdue. Tu perds le goût à la vie.

Je redressai aussitôt la tête. Pour la première fois en un an, je lisais une véritable compréhension dans le regard de quelqu'un.

— Mais tu as survécu, toi, dis-je.

— Oui, et tu survivras aussi. Et je m'en assurerai, parce que c'est ce que tu es : une survivante. Et tu as une belle petite fille qui t'attend à la maison.

Je souris. Mackenzie était belle, oui. Marge disait qu'elle ressemblait à une version miniature de moi.

— Carter ? Peux-tu demander à mon père d'amener Mackenzie ici ?

— C'est déjà fait. Ils arriveront d'ici une demi-heure.

— D'accord. Je crois que je vais fermer les yeux un moment.

— Bien sûr. Prends tout le temps qu'il te faudra, Jo. Je serai là. Je te le promets.

Je me rappelai que Nick m'avait fait une promesse, lui aussi : il m'avait promis de revenir. Il l'avait rompue, et brisé mon cœur. Il me manquait tellement, je sentais son absence de tout mon corps, de toute mon âme. J'avais perdu mon meilleur ami et le père de mon enfant, qui n'avait même pas su qu'il était devenu papa. J'aurais au moins voulu qu'il la connaisse. Peut-être que dans ce cas, il ne serait pas parti. D'une certaine façon, je le détestais de nous avoir abandonnées, mais je savais également que je l'aimerais toujours parce qu'il m'avait donné le plus beau des cadeaux : une fille.

CHAPITRE 24

Les jours se muèrent en semaines, les semaines en mois et les mois en années : trois ans, précisément. Cela faisait trois ans que j'avais déménagé avec Mackenzie chez Carter, et quatre ans que j'avais appris la mort de Nick. Je voudrais pouvoir affirmer que la peine s'était estompée, ce qui était le cas dans une certaine mesure, grâce à Mackenzie, mais quand elle n'était pas là, au cœur de la nuit, j'avais toujours l'impression de vivre un cauchemar.

Ce jour-là, j'avais dû enchaîner les commandes ; je m'étais levée à quatre heures du matin sans avoir l'occasion d'embrasser Mackenzie lorsqu'elle s'était réveillée. Elle passait la journée avec Carter, qui était en congé. Je ne sortais pas de la pâtisserie avant dix-huit heures, et j'aimais rentrer tôt pour pouvoir passer du temps avec ma fille. Bien sûr, elle traînait toujours à la pâtisserie, cuisinant avec sa grand-mère, mais ce n'était pas la même chose. Quand il n'y avait que nous deux, avec Carter, bien sûr, je me sentais vraiment épanouie.

Sur le chemin de la maison, je croisai mon duo préféré devant le ranch de Mme Gladstone. Appuyée contre le portail, je regardai Mackenzie juchée sur Tank. Comme nous vivions juste à côté du ranch, Mackenzie connaissait bien les vaches, auxquelles elle donnait régulièrement mes cupcakes par la clôture du jardin. Le taureau qui était né le même jour qu'elle était désormais un énorme adulte.

Mackenzie poussait des couinements et des cris de joie tandis qu'il déambulait, mené par Carter. Parfois, Tank sautillait légèrement comme s'il savait que ce petit mouvement allait la faire rire. Je lui fis signe lorsqu'elle m'aperçut, et ils s'approchèrent du portail.

— Salut, ma puce. Tu es bien prudente, avec Tank ? demandai-je à Mackenzie, tout en fixant Carter.

Elle acquiesça et se pencha pour m'embrasser, mais en s'accrochant fermement au taureau.

— Je te promets que nous ne prenons pas de risque, dit Carter.

— Parce que tu sais que Tank a parfois de petites crises de mauvaise humeur.

Voir Mackenzie chevaucher Tank lorsqu'il était plus jeune m'avait amusée, mais je craignais qu'un jour, elle tombe de son perchoir, ou pire. Cela dit, malgré son caractère bien trempé, le taureau se montrait doux comme un agneau en présence de la petite.

— On craint rien, maman. Tank et moi, on est copains.

Il était peut-être temps de songer sérieusement à l'inscrire à la maternelle. Jusqu'à ce jour, Mackenzie passait tout son temps à la pâtisserie. Et elle devenait une vraie petite pâtissière, même si elle n'avait pas la langue dans sa poche quand il s'agissait de parler aux clients. Son assurance excessive et son optimisme me rappelaient Nick. Je me demandais toutefois s'il n'aurait pas mieux valu qu'elle côtoie des enfants de son âge.

— Vous en avez encore pour longtemps ? demandai-je.

— Une demi-heure, peut-être.

— Je ferais bien un petit somme.

— Prends ton temps. Le dîner est au chaud.

— Merci.

Je me penchai pour embrasser Carter sur la joue. Mackenzie, toujours sur Tank, me donna un baiser elle aussi.

— Allez, Tank, dit-elle. Je sais que tu peux galoper.

J'adressai un *non* silencieux à Carter. Pas question que Mackenzie galope à dos de taureau. Il répondit par un clin d'œil, comprenant mon appréhension.

Fatiguée, je rentrai chez nous. Une agréable odeur de spaghettis aux boulettes de viande me parvint, mais je n'avais pas la force de manger. Une fois assise sur le canapé, je ne parvins même plus à bouger. Je ressentais des élancements douloureux dans tous les muscles. Je m'étendis donc sous une couverture. Je dormis certainement un moment, car ce furent des cris de joie et des éclaboussures venues du jardin qui me réveillèrent. Carter y avait fait installer une piscine, et patauger était rapidement devenu l'une des activités favorites de ma fille. Je me levai et m'enroulai dans une couverture avant de sortir. Mackenzie se trouvait du côté le moins profond du bassin, où elle pressait une bouteille pleine d'eau afin d'arroser Carter, qui faisait semblant de se noyer. La petite riait aux éclats, si fort que son petit ventre tremblait. N'ayant jamais rencontré son père, elle devrait vivre toute sa vie avec un vide dans le cœur, mais au moins elle n'aurait pas eu à endurer la disparition de l'homme merveilleux qu'avait été Nick. Peut-être cela valait-il mieux. Peut-être valait-il mieux disposer d'un modèle masculin positif comme Carter plutôt que de pleurer celui qu'on avait aimé de tout son cœur.

Je m'avançai sur le patio et je sortis une chaise. Elle grinça lorsque je m'y installai, attirant l'attention de Mackenzie.

— Maman ! Viens nager !

Je lui fis un signe.

— Il est un peu tard, non ? Tu vas te rider comme un pruneau !

Mackenzie éclata de rire et m'ignora totalement.

— Regarde ! Je nage presque !

Elle agita ses petits bras d'avant en arrière tout en descendant les marches de la piscine. Elle n'était pas encore à l'aise toute seule du côté le moins profond. Plus petite que la plupart des enfants de son âge, elle tenait davantage de moi que de Nick pour ce qui était de la taille.

— Et tonton Carter m'a dit qu'il m'apprendrait à nager pour de vrai !

Chaque fois qu'elle disait *pour de vrai*, elle me rappelait Nick. Je sentis mes bras se couvrir de chair de poule.

— Tu es une nageuse née, Mac ! Je sais que tu peux y arriver, l'encouragea Carter en la maintenant au-dessus de l'eau.

Exactement comme son père.

— Maman, allez, viens ! Nage avec nous.

Je retirai la couverture de mes épaules et je m'approchai de l'eau. Allez savoir pourquoi, je portais un short, ce jour-là. J'ignorais d'où venait l'étrange sensation que je sentais au creux de mon ventre, mais quelque chose me semblait bizarre, comme si l'atmosphère tout entière avait changé. J'avais ressenti la même chose la nuit de la tornade, et je levai la tête, mais le ciel était dégagé. Je m'assis au bord de la piscine, trempant les jambes dans l'eau.

— Et si je regardais simplement tonton Carter t'apprendre à nager pour de vrai ?

— Oui, tonton Carter ! Apprends-moi ! couina-t-elle en l'éclaboussant.

Pendant le quart d'heure qui suivit, je le regardai donner à Mackenzie sa première leçon de natation. Mue par une détermination sans faille, elle ne s'arrêta pas avant de réussir à flotter sur le dos, puis sur le ventre, le visage dans l'eau et les bras tendus. Quand ils terminèrent, le soleil disparaissait derrière les arbres au fond du jardin et l'ombre recouvrait presque toute la piscine.

— T'as vu ça, maman ?

— Oui. Tu y arrives très bien, mais crois qu'il est temps de sortir de l'eau, dis-je en adressant à Carter un regard entendu, avant de lui demander de l'aider à sortir.

J'enveloppai la petite dans une serviette.

— C'est l'heure du bain.

— Avec des bulles ?

— Avec des bulles, oui.

— Tu savais que Tank aimait les bulles ? On lui a montré, aujourd'hui.

— Je crois qu'il est temps que tu te fasses des amis de ton âge, tu ne crois pas ?

— Il a mon âge, Tank.

— Des amis humains, Mackenzie.

Je savais qu'elle avait compris la première fois. Ma petite fille était bien plus futée qu'elle ne le laissait paraître. Après son bain moussant, elle mangea des céréales, se brossa les dents, et je la bordai dans son lit. Je lui lus une histoire, allumai la veilleuse et lui dis bonne nuit avant de redescendre au rez-de-chaussée.

— Un petit verre de rouge ? me proposa Carter en m'en tendant un.

— Mon préféré.

Je bus une gorgée que je pris le temps de déguster.

— Alors, ta journée ? demanda-t-il.

— Comme hier ?

— C'était une question ?

— Peut-être ?

— Jo, arrête.

— Quoi ?

— De jouer au jeu des vingt questions.

— D'accord, alors comment s'est passée ta journée ? Désolé, mais c'est une vraie question, pas un jeu. Tu as eu des nouvelles de Molly ?

— Nan, fit-il en secouant la tête. J'ai officiellement laissé tomber.

— Carter, tu ne peux pas faire ça. Vous êtes faits l'un pour l'autre. Je croyais que ça se passait bien entre vous. Qu'est-ce qui s'est passé ?

— C'est une longue histoire, mais la version courte, c'est qu'elle sort avec un autre type, maintenant. Mais je veux que tu saches que je suis prêt à tourner la page.

— Bon, eh bien c'est sans doute une bonne chose. Je ne peux pas prétendre que ça ne m'attriste pas. J'ai toujours pensé que vous alliez bien ensemble.

Molly travaillait dans un hôpital à quatre-vingts kilomètres de notre ville. Elle louait un appartement sur place, et je lui avais déjà rendu visite une fois avec Mackenzie. Elle semblait vraiment faite pour le métier d'infirmière. Je savais également que Carter pouvait se comporter en abruti machiste quand il se sentait nerveux, en particulier en présence de Molly, et je m'étais demandé si je ne devais pas leur organiser un rendez-vous en amoureux. Ou mieux : les enfermer tous les deux pour qu'ils trouvent l'amour ensemble, comme Nick et moi l'avions trouvé tous les deux.

— Eh bien en fait, je pensais qu'on pourrait sortir, *toi et moi.*

Quoi ? Mais d'où ça sort, ça ?

— Un rendez-vous, tu veux dire ?

— Ce serait une mauvaise chose ?

— Je… je ne suis pas sûre d'être prête. Et Molly…

— Molly a déjà quelqu'un. Je crois qu'il est temps pour moi aussi de passer à autre chose.

— Je ne voudrais pas perturber Mackenzie. Tant qu'on est amis, ça fonctionne très bien… et si ça ne marchait pas entre nous ?

— Désolé de devoir te le dire, mais je crois que ça marche très bien depuis trois ans déjà, Jo.

Il avait tout à fait raison sur ce point. Nous vivions

ensemble depuis trois ans, chacun dans notre chambre, bien sûr, comme amis, et tout se déroulait à merveille. Mais combien de temps cela durerait-il ? Je ne m'attendais pas à ce qu'il reste célibataire jusqu'à la fin de ses jours, et quant à moi… eh bien, Mackenzie m'occupait tellement que je n'avais pas vraiment le temps de penser à moi. Carter était un homme séduisant, que ma fille appréciait énormément. Sa nature prévenante vis-à-vis des enfants, voilà une qualité qui en aurait fait craquer plus d'une. Le gamin qui m'avait embrassée pour la première fois lors de l'excursion scolaire avait tellement changé ! Mais pouvions-nous devenir davantage que des amis ?

— Carter, je ne peux pas te donner mon cœur sans réserve. Il appartiendra toujours en partie à Nick, et je ne peux pas oublier ça.

— Jo, même si tu ne m'en donnais qu'une infime fraction, je serais le plus heureux des hommes.

Wow ! Quand Carter faisait le premier pas, il employait les mots qu'il fallait.

— Et si on n'était pas compatibles ?

— Oh, mais je suis sûr qu'on l'est. Regarde : tu aimes faire des cupcakes, j'aime les manger… déclara-t-il avec un clin d'œil.

Et c'était assurément un maître charmeur…

— Nous sommes compatibles comme amis…

— Ces cupcakes sont des trésors nationaux, dit-il en me pointant du doigt, sérieux comme un pape.

J'éclatai de rire.

— Heureusement que tu es mon amie, Cupcake, parce que si tu étais ma copine, je t'apprendrais à ne pas de moquer de tes aînés.

— De sept mois seulement, Carter.

— Ça n'empêche : c'est moi le plus vieux, donc c'est moi le plus sage.

— Et le comportement de gentleman ?

Il secoua la tête.

— Pourquoi ça ? Molly ne me comprend pas de toute façon. Pas comme toi.

— Carter…

— Tu as enduré beaucoup d'épreuves. Tu ne peux pas envisager de rester seule toute ta vie, et notre amitié se passe tellement bien… Je suis sûr qu'on ferait de parfaits am…

Il s'interrompit avant de conclure :

— Désolé. Je ne voulais pas insister là-dessus.

— Ce n'est pas grave, Carter.

Je pris sa main. Maintenant que Carter m'avait fait part de ses intentions, ce contact prenait une tout autre signification. Je retirai soudain la mienne, craignant qu'il n'interprète mon geste de travers. Et pourtant, j'éprouvais encore au creux de mon ventre cette sensation qui avait disparu depuis des années. C'était agréable de se sentir désirée de nouveau.

— Tu m'as permis de traverser les jours les plus affreux, et tu m'as aidée dans mon travail.

— C'est à ça que servent les amis. Tu as une belle petite fille à présent, et tu es la meilleure pâtissière de la ville. Non, mieux que ça : la meilleure pâtissière du monde.

J'éclatai de rire.

— Merci, mais je suis sûre que tu n'as jamais goûté les autres produits.

— Eh bien c'est leur problème, non ? Parce que les tiens sont les seuls qui me font envie.

Il fixait mes lèvres. Parlions-nous encore de cookies et de cupcakes ?

Je m'éclaircis la voix et je m'écartai.

— Toi aussi, tu as vécu beaucoup d'épreuves, Carter.

— Je sais. Parfois, on a l'impression que le chagrin ne s'estompera jamais.

— C'est vrai. Mais des amis comme toi, ceux qu'on gardera toujours, nous aident à le surmonter.

Et si nous passions notre vie ensemble ? Avions-nous une chance ? Notre relation fonctionnerait-elle si nous passions à l'étape supérieure ? Je sentis mes cuisses se serrer. Ces longues douches que je prenais parfois ne me semblaient jamais assez longues, et j'en avais envie sur-le-champ.

— C'est ce que nous sommes ? demandai-je.

Je ne savais pas pourquoi je posais cette question. Je me retournai vers Carter pour le regarder droit dans les yeux. Je les avais toujours trouvés splendides, mais jamais aussi fascinants que ce soir-là. Peut-être n'avais-je jamais pris la peine de m'y plonger suffisamment.

— Je...

Il ne poursuivit pas sa phrase. À la place, la bouche de Carter s'approcha de la mienne et effleura doucement mes lèvres. Je retins mon souffle, choquée et soulagée à la fois. Ce baiser chaud était attirant. Aucun homme ne m'avait embrassée depuis six ans. Sa bouche s'éloigna lentement de la mienne. Nos fronts se touchèrent et je sentis un sourire naître sur mes lèvres.

— J'aime te voir sourire.

— J'aime sourire. Et j'ai apprécié ce baiser.

— Ah oui ?

— Oui, peut-être qu'on peut essayer...

Il s'empara de nouveau de ma bouche avant que j'aie la moindre chance de terminer. Cette fois, il se montra plus dominant, rude et captivant. J'ouvris la bouche et je lui rendis son baiser, attendant patiemment que cette étincelle aventureuse fasse repartir le cœur désormais à moitié mort qui battait dans ma poitrine, mais le miracle ne se produisit pas. C'était... juste un baiser. J'aurais aussi bien pu embrasser Tank, mais je n'allais pas le présenter de cette façon à Carter. Nous nous séparâmes finalement, les yeux dans les yeux, en silence.

— Déçue ? demanda-t-il.

— Ne le prends pas mal, et j'ai peut-être oublié ce que ça faisait d'embrasser quelqu'un, mais… je n'ai rien ressenti.

Je retins mon souffle. Je voulais absolument éviter de chagriner Carter et de risquer de perdre mon ami. Tout s'était si bien passé jusqu'ici, pendant que nous élevions Mackenzie. Il était l'exemple masculin parfait pour elle, et elle l'adorait.

— Toi non plus ? Dieu merci ! J'ai cru que quelque chose clochait chez moi. Comme si j'avais perdu mon don.

Il poussa un soupir de soulagement.

J'éclatai de rire. *Son don ?*

— Alors ça ne t'a rien fait de particulier non plus ?

— Je suis sûr que Betsy me procure plus de sensation quand elle me lèche.

— Tu ne serais pas en train de me comparer de nouveau à une vache, quand même ?

Il esquiva mon coup de poing.

— Non, je voulais simplement que tu me comprennes.

— C'est le cas. Alors, qu'est-ce que ça signifie ?

— Que tu es coincée avec moi comme ami, Cupcake, jusqu'à la fin de tes jours.

Voilà une obligation qui ne me déplaisait pas.

CHAPITRE 25

Quand je me réveillai, le lendemain matin, je sus que la journée qui s'annonçait ne serait pas ordinaire. L'atmosphère me semblait encore plus étrange que la veille. Tout avait commencé par des rêves où la tornade emportait Daisy pendant la collecte de fonds. Je me rappelais la façon dont elle avait fermé les yeux et le sang qui coulait sur la civière. J'en sentais l'odeur cuivrée, et le goût dans ma bouche. Lorsque je me réveillai, à une heure du matin, en nage, je saignais de la lèvre inférieure, et je compris que j'avais dû me mordre dans mon sommeil. Arrivé à ce point, plus la peine d'essayer de dormir. Je ne voulais certainement pas retourner à mes cauchemars, mais j'avais du travail à faire le lendemain, et je n'étais pas du genre à baisser les bras. Je me rendis donc à la cuisine, je pris un verre d'eau avec un peu de mélatonine, bus quelque gorgée et retournai me coucher. Le songe suivant se révéla plus brutal encore.

Je portais une tenue de camouflage de l'armée et je courais dans des tranchées semblables à celles que j'avais vues dans des films de guerre, criant pour retrouver Nick. Dans ce dédale, je me perdis et je m'enfonçais de plus en plus à l'intérieur des tunnels, jusqu'à me retrouver dans un cul-de-sac. Je me réveillai finalement à huit heures, stupéfaite, et je me rendis compte que je n'avais pas entendu le réveil.

— Jo ? fit Carter, accroupi à mon chevet. Tu n'es pas censée te lever, aujourd'hui ?

— Merde, j'ai raté l'heure, grommelai-je.

Il portait son pantalon de jogging, prêt à faire sa course matinale avant le travail. Pourtant, il avait une semaine de congé, et je me demandai ce qu'il faisait debout si tôt.

— Je m'occupe du petit-déjeuner, déclara-t-il. Va te doucher.

— Merci.

— De rien, Cupcake.

J'étirai mes bras et sortis du lit à moitié endormie. La douche n'améliora pas vraiment mon état : j'avais des paupières de plomb. Je me rappelai m'être endormie sur le canapé après avoir partagé un verre de vin avec lui, puis Carter avait dû me porter jusqu'à ma chambre. Après m'être rapidement brossé les dents, je m'habillai et je me rendis à la cuisine. Carter s'y affairait à retourner des pancakes.

— Ça va mieux ?

— Plus ou moins. Merci de t'occuper de ça. J'espère que tu retourneras au lit après notre départ.

— Ce n'est rien, et non, je ne me recouche pas. J'ai promis à Mme Gladstone que je réparerais le portail de la ferme. Elle craint que Tank ne voie Betsy s'échapper un jour et qu'il ne se sauve lui aussi.

En chaussettes, il glissa sur le sol façon Tom Cruise, et je souris tandis qu'il m'embrassait la joue.

— Bonjour, dit-il.

— Oui, la journée commence à être un peu meilleure.

— Assieds-toi et mange, ordonna-t-il en désignant la table.

— Je crois que je couve quelque chose.

— Je crois que j'ai brûlé un ou deux pancakes. Le four refait des siennes…

— Je te promets que ça ne vient pas de ta cuisine. J'ai l'estomac barbouillé.

— Un petit café, alors ?

Ha ! Autant demander à un alcoolique s'il veut un verre. Je n'eus même pas besoin de répondre : Carter savait déjà que mon humeur s'allégerait avec une bonne tasse de café noir.

— Merci. Si je ne pars pas dans les cinq minutes, je serai en retard.

— Passe le bonjour à Marge et à ton père.

— Je n'y manquerai pas.

Je l'étreignis, puis je me figeai tandis qu'il me regardait. Il me fixait sans cesse avec cette sorte d'adoration qui me remplissait de joie. C'était vraiment l'un des meilleurs amis que j'aie jamais eus.

— Je ferai peut-être halte à la pâtisserie pour t'apporter le déjeuner.

— Tu es trop bon avec moi.

— C'est impossible, Jo, et tu le sais bien.

— Merci. On se voit tout à l'heure ?

— Absolument.

— Maman, maman, regarde ce que j'ai trouvé ! s'écria Mackenzie en se précipitant dans le salon avec quelque chose dans sa main minuscule.

J'espérais qu'elle n'ait pas trouvé un autre crapaud. La dernière fois qu'elle m'avait montré une de ses trouvailles, j'avais failli avoir une attaque quand la petite bestiole verte m'avait sauté sur la tête. Et il y avait ces araignées qu'elle mettait dans un bocal, et qui s'échappaient parfois par les trous qu'elle avait demandé à Carter d'y percer pour leur permettre de respirer. Nous ne nous étions pas rendu compte qu'elle compterait des créatures à six ou huit pattes parmi ses animaux de compagnie.

Ce matin, lorsqu'elle ouvrit la main, je sentis mes jambes se dérober sous moi. Elle tenait une pierre plate presque aussi large que sa paume.

— Où as-tu trouvé ça ? demandai-je en la saisissant, certaine qu'il s'agissait de celle que j'avais donnée à Nick pour son anniversaire.

En la retournant, j'y découvris en effet le N que j'y avais gravé, et je faillis m'écrouler. Il ne pouvait pas exister deux pierres exactement semblables, tout de même ? En particulier avec un N au milieu… Celui-ci s'était un peu effacé, mais c'était forcément celle que j'avais offerte à Nick.

— Elle était sur le porche. C'est la pierre idéale pour des ricochets, hein ? On peut aller au lac pour la lancer ?

Au lieu de répondre à la question de ma fille, je courus à l'entrée et j'ouvris brusquement la porte. Je regardai des deux côtés de la rue… déserte à l'exception de Mme Crafton, qui possédait l'épicerie voisine et promenait son yorkshire.

Mackenzie tira son mon jean et je me tournai vers elle.

— Qu'est-ce que t'as, maman ?

— Ma puce, c'est une des pierres que tu as trouvées près du lac ?

Nick l'avait peut-être utilisée, au bout du compte – encore que j'ignorais pourquoi il l'aurait fait sans moi –, et l'eau l'avait ramenée sur la berge…

— Non, maman. Toutes les bonnes sont sous mon lit. Rappelle-toi, c'est pour notre tournoi !

Je lui avais promis que nous retournerions faire des ricochets ce week-end. C'était un des talents que je voulais qu'elle maîtrise, tout comme son père.

— Elle n'était pas là hier, et je l'ai trouvée ce matin, apparue comme par magie !

Le bras couvert de chair de poule, je frissonnai, les cheveux hérissés sur la nuque. C'était le matin, et il faisait déjà chaud dehors, et je ne pouvais m'empêcher d'avoir l'impression que j'aurais dû me trouver ailleurs à cet instant.

— Jo ? Qu'est-ce qui t'arrive ? demanda Carter.

— Rien. En tout cas, je crois que ce n'est rien.

— Mac, si tu préparais ton sac pour la pâtisserie ? Je suis sûr que grand-mère aura envie de faire des coloriages aujourd'hui, dit Carter à la petite en désignant la table de loisirs créatifs.

Marge avait quasiment pris sa retraite pour m'aider à élever Mackenzie pendant que je m'occupais de l'essentiel des affaires. Nous avions également embauché deux pâtissiers l'an dernier, et notre extension sur internet nous rapportait de jolis bénéfices. Pendant que Mackenzie rangeait quelques babioles, des crayons et des livres de coloriage, Carter s'approcha.

— Tu es toute pâle, dit-il en passant la main sur ma joue.

— C'est la pierre que Mackenzie a trouvé sur le porche, dis-je en pointant un doigt encore tremblant dans la direction du caillou. C'est celle que j'ai donnée à Nick pour son treizième anniversaire.

— Je m'en souviens. Il t'avait préparé un gâteau.

— Oui ! Carter, je te jure que c'est la même. Je ne l'ai pas vue depuis des années.

— Je te crois. Tu penses que Mackenzie l'aurait trouvée chez Marge ? Peut-être que Nick l'avait cachée quelque part dans sa chambre ?

— Possible. Mais pourquoi prétendrait-elle l'avoir découverte sur le porche ?

— Je n'en sais rien. Les enfants aiment inventer des histoires, parfois, ou ils se mélangent un peu les pinceaux…

— Tu as raison. Elle a dû la trouver dans sa chambre. C'est la seule explication rationnelle.

— Allez, viens. Assieds-toi un instant, dit-il en approchant une chaise, où je m'installai.

— Je voudrais simplement qu'un jour se passe sans que quelque chose me fasse penser à lui, tu sais ? Je croyais qu'avec

le temps, les blessures se refermaient, et toutes ces conneries…
mais parfois, j'ai l'impression que ça ne fait que s'aggraver.

Je savais bien que quelque chose finirait toujours par me
rappeler Nick. Et de toute façon, je ne voulais pas l'oublier,
mais j'aurais voulu que la douleur s'apaise. Et même si c'était
une version miniature de moi, Mackenzie me faisait sans cesse
repenser à lui.

— Tu t'en tires bien mieux qu'avant, Cupcake. Je sais que
ce n'est pas facile, Jo, mais il faut que tu restes forte
pour Mac.

Nous regardâmes tous deux ma fille, occupée à fermer son
sac à dos.

— Regarde comme elle est organisée. Tout comme sa
maman.

Tout ce que je faisais tournait autour d'elle. C'était pour elle
que je vivais toujours, parce que sans Mackenzie et Carter, j'aurais cessé de vivre au moment où j'avais ouvert cette porte et
où le policier m'avait annoncé la mort de Nick.

— Tu as raison. Elle l'a trouvée dans sa chambre.

— Tu ferais mieux d'y aller si tu veux arriver à l'heure, dit-il
en consultant sa montre.

— Merci pour le café et le petit-déjeuner.

— Auquel tu n'as pas touché.

— Le café m'a suffi, dis-je avec un clin d'œil. À plus !

Il prit Mackenzie dans ses bras et la porta jusqu'à ma
voiture tout en plaisantant au sujet des requins qui proliflé-
raient dans la piscine. Elle gloussa, car il s'agissait d'un jeu
entre eux : ils le pratiquaient depuis la première fois où elle
était entrée dans l'eau. J'adorais ce lien qui s'était créé
entre eux.

Lorsque je me garai devant la pâtisserie, le parfum familier
des gâteaux et du pain frais me caressa les narines. Ces odeurs
portaient avec elles un véritable tourbillon d'émotions du
passé, et elles ne cesseraient jamais de le faire vivre. J'ouvris la

portière à Mackenzie, qui courut à la rencontre de son grand-père.

— Salut, ouistiti ! Qu'est-ce que tu m'apportes aujourd'hui ?

— Un caillou.

— Un caillou ? J'imagine qu'il doit être spécial, alors.

— Y a un N dessus. Le nom de papa, c'était Nick, alors c'est un caillou spécial, oui.

Mon père se tourna vers moi, puis reporta son attention sur sa petite-fille.

— De quoi parle-t-elle ? demanda Marge.

— Mackenzie s'est rendue dans la chambre de Nick, récemment ? Parce qu'elle a trouvé cette pierre. Celle que je lui avais donnée pour son anniversaire.

— Non, pas récemment. Mais elle aime y passer du temps, parfois, et y feuilleter ses livres de coloriage.

— Grand-père, quand est-ce que je serai plus grande qu'un ouistiti ?

— Tu n'aimes pas être un ouistiti ?

— Je veux être grande comme maman, pour faire de gros gâteaux !

— Mais nous faisons de grands gâteaux, ensemble. Et tu nous aides tout le temps.

— Mais je veux pouvoir arriver à la table toute seule. Sans monter sur une chaise.

— Ah ! Est-ce que tu as pris un bon petit-déjeuner, alors ? demanda malicieusement mon père. Un énoooorme petit-déjeuner ?

— Mais oui ! fit Mackenzie, excitée comme si elle allait immédiatement grandir comme Alice aux Pays des merveilles après avoir mangé un gâteau magique.

Ma fille avait toujours été menue comme moi, mais je savais qu'elle traverserait tôt ou tard une poussée de croissance.

Je sentis un coup de vent et poussai un soupir de soulagement.

— Ça va ? demanda Marge en retournant la pancarte de la pâtisserie côté « ouvert ».

— Je crois que c'est la chaleur qui me donne le vertige, répondis-je en m'essuyant le front tandis que l'écho d'un grondement me parvenait depuis l'arrière de la maison. Qu'est-ce qui se passe dans la vieille grange ?

— Je crois que quelqu'un la repeint, dit Marge en se penchant et en suivant mon regard. Il y a quelqu'un qui y travaille depuis un bout de temps. On entend une scie circulaire et des coups de marteau depuis quelques semaines.

— De qui s'agit-il ?

— Je n'en ai aucune idée, mon chou.

Plutôt bizarre. L'endroit était abandonné depuis mon enfance. Je n'aurais jamais cru que quiconque puisse y toucher, car j'espérais en secret y vivre un jour. Je ne savais pas comment j'y arriverais, mais quand je songeais à l'avenir, c'est là que je nous voyais, Mackenzie et moi. Et voilà que quelqu'un s'était mis en tête de repeindre ma grange ? Et pourquoi diable la considérais-je comme *mienne* ? J'avais pu caresser ce rêve à une époque, mais plus maintenant.

— Quelqu'un l'a rachetée ?

— On dirait bien.

Cette constatation m'attristait. La vieille grange qui se dressait là, immuable au fil du temps, m'avait toujours permis de conserver une forme d'espoir. Un faux espoir. Je me raccrochais à ce rêve qui consistait à vivre là avec Nick un jour, à décorer l'intérieur comme il l'avait décrit le jour où il m'avait demandé ma main, et à regarder nos enfants gambader dans les champs de maïs ou à se faire éclabousser par l'arroseur du jardin. Quelqu'un s'y était installé ? Comment se faisait-il que personne ne soit au courant en ville ? Garder secrète l'identité d'un nouveau voisin dans une si petite ville était une gageure.

— Pourquoi ça te chagrine, mon chou ?

— C'est là que Nick m'a demandé ma main, soupirai-je. Il

m'a dit que quand il reviendrait, nous l'achèterions pour la retaper. Je ne sais pas pourquoi ça me touche à ce point. C'est idiot. La journée vient juste de commencer, et il se passe déjà des choses bizarres.

— Comment ça, bizarres ?

— Eh bien, d'abord la pierre, et maintenant ça, dis-je en désignant la grange, toujours perplexe. On dirait que partout où je regarde, tout me fait repenser à lui. Et j'ai encore de la peine.

— Ma chérie, il n'y a rien de mal à se souvenir de lui. En fait, c'est même merveilleux. Il a vécu ici toute sa vie, et tu le connaissais depuis... eh bien, depuis toujours. Je ne suis pas étonnée que tu te souviennes de lui en permanence.

— Je sais... et d'habitude, ces souvenirs ne m'ennuient pas. Mais aujourd'hui, c'est différent. Et je ne sais pas pourquoi.

— Entre. Tu as déjà déjeuné ?

— Carter m'a fait des pancakes façon Mickey Mouse ce matin.

Je n'avais pas eu l'occasion de m'asseoir pour les manger, puisque j'étais déjà en retard et que mon appétit ne s'était pas encore réveillé. Mais je ne voulais pas inquiéter Marge, et je ne lui révélai donc pas que je tournai simplement au café depuis ce matin.

— Bien. Allons installer Mackenzie. Peut-être que tu te sentiras mieux en cuisine.

Réaliser des gâteaux me redonnait toujours le moral. Mais ce jour-là, le glaçage ne voulait pas coller, la pâte était trop liquide et je brûlai le premier gâteau que j'avais mis au four.

L'heure du déjeuner passa, mais pas cette impression curieuse et lancinante. J'essayai de me concentrer sur mon travail, mais en vain. Chaque fois que la sonnette de l'entrée résonnait, je levai la tête, pour une raison que j'ignorais. Je passais mon temps à jeter des coups d'œil à la fenêtre de derrière pour observer la peinture de la grange qui progressait, mais à cette distance, je ne voyais pas grand-chose. D'ordinaire, je restais à l'arrière, à décorer, à pétrir, à mélanger et à préparer de nouvelles commandes, mais ce jour-là, une atmosphère insolite régnait dans la boutique. Je pouvais presque en sentir le goût sur ma langue.

À quatorze heures, je retirai mon tablier, bus une gorgée d'eau, et me munis de deux boîtes de cupcakes frais avant de me diriger vers la grange. Mes jambes tremblaient et j'avais du mal à respirer régulièrement. Je n'avais pas remis les pieds dans ce bâtiment depuis cinq ans, et les souvenirs qui affluaient ravivaient la douleur que j'avais enfouie au plus profond de mon cœur. Je m'approchai et je fis signe aux hommes qui peignaient le toit.

— Messieurs, je vous apporte des cupcakes.

Je ne reconnus aucun d'eux, ce qui ne fit qu'accroître l'impression étrange qui me rongeait depuis ce matin. Des nouveaux venus en ville, dont personne n'avait jamais parlé ? Voilà bien de quoi se poser des questions.

Je déposai une boîte sur un pilier de bois, dans l'espoir que notre nouveau voisin apprécie mon petit cadeau de bienvenue. Je me demandai ce qu'il pouvait bien fabriquer à l'intérieur de cette grange, et ce qu'il envisageait de faire ici, dans notre ville.

Où est passée la porte ? Je me rappelais la grande porte coulissante sur le côté du bâtiment. À sa place se dressait désormais une cheminée en pierre qui dépassait largement du toit. Je passai le coin et découvris qu'on avait ajouté un porche vitré, où se trouvait désormais la porte d'entrée. Contre toute attente, cette extension ajoutait une touche harmonieuse à l'édifice.

Des rosiers fraîchement plantés fleurissaient tout autour du jardin de devant, et l'odeur de l'herbe flottait dans l'air. Ceux qui s'étaient occupés de cet espace fleuri venaient de terminer. Il y avait là quatre arroseurs, l'un étant placé devant la porte principale. Calculant mon itinéraire, je me hâtai de passer pour éviter de me faire mouiller. Je frappai à la porte, tout en observant les jets d'eau qui revenaient vers moi. Ils étaient presque à mi-chemin lorsque je toquai de nouveau, plus fort cette fois.

Pas de réponse. Tout près de me faire arroser, je n'avais plus que deux options : m'enfuir ou entrer. Je posai la main sur la poignée en me disant que je serais bien plus en sécurité de l'autre côté de la vitre. Heureusement, elle n'était pas verrouillée. J'entrai vivement et, satisfaite de mon évasion, je contemplai l'eau qui ruisselait sur la porte. Lorsque je fis volte-face pour frapper à la porte de bois de la grange, je me heurtai à une poitrine ferme.

Ce fut d'abord le parfum qui m'arriva et me troubla. Il déclencha un flot d'émotions avant même que je lève la tête, comme au ralenti. Je reconnus ces traits… et je m'évanouis.

CHAPITRE 26

J'avais mal à la tête. Je me retrouvais dans mon rêve, au milieu des tranchées. Mais au lieu d'un paysage de guerre, je courais dans une forêt sombre, où un ours me poursuivait. J'apercevais ses crocs chaque fois que je me retournais, j'entendais derrière moi son grondement sonore, et je sentais la puanteur de sa fourrure humide. Puis, tout se tut. Je m'arrêtai, inquiète. Nick était juste derrière moi, et me tenait la main.

— Nick ?

Mais en levant la tête, ce fut le regard plein d'affection de Carter que je croisai.

C'est un rêve, ça aussi ?

— Salut, Cupcake. Ça va ?

— Oui, je crois.

Je fermai les yeux pour rassembler mes pensées.

— Carter, je l'ai vu. J'ai vu Nick.

Ça ne pouvait pas être un rêve, tout de même ?

— Je sais.

— Quoi ?

— Je te dis que je sais.

Est-ce que j'avais perdu la tête ? Nick était en vie ? Alors pourquoi Carter ne sautait-il pas de joie ? Où était passé Nick ? Je me redressai en essayant de faire le vide dans ma tête. Mon cœur commençait à implorer qu'on le libère de ma cage thoracique pour pouvoir rejoindre Nick où qu'il soit.

— C'est vrai, alors ? Je ne l'ai pas seulement imaginé ?

— Tu t'es évanouie, et il m'a appelé. Au déjà, j'ai cru à une mauvaise blague, mais ce n'était pas le cas. C'est vrai. Nick est en vie. Tu es tombée dans les pommes en le voyant, et tu as perdu et repris connaissance à plusieurs reprises depuis.

Je tendis la main, essorai une serviette et la pressai contre ma tête. Je me rappelais vaguement de Nick l'appliquant sur mon front, et je ressentis soudain une chaleur brûlante sur ma peau, là où ses doigts s'étaient posés, dans mon souvenir. Je voulais ressentir de nouveau cette euphorie. Je voulais oublier les cinq dernières années et me retrouver dans ses bras.

— Où est-il ?

Je tentai de me redresser, mais le vertige eut raison de moi.

— Doucement, Jo. Il se trouve à côté du garage. Mackenzie est encore à la pâtisserie.

Le nom de ma fille me ramena aussitôt à la réalité.

— J'ai dit à Marge que tu te sentais mal et que je t'avais ramenée à la maison.

À la maison.

Je ne remarquai qu'à cet instant que j'étais étendue sur un fauteuil rembourré, dehors. Je ne reconnaissais ni le meuble ni le feu que je voyais à côté.

— Nous sommes toujours près de la grange, Jo.

— La grange ?

— Là où tu es venue apporter des cupcakes.

Ça me disait bien quelque chose, mais je n'arrivais pas à me concentrer en sachant Nick dans les parages.

— Tu as mangé depuis ton café ?

Je secouai la tête.

— Tiens, dit-il en me tendant un des gâteaux aux confettis alimentaires multicolores que j'avais laissé pour les ouvriers (quel meilleur moyen que *ce* gâteau pour souhaiter la bienvenue en ville ?).

En mangeant une bouchée, la mémoire me revint.

— Oh mon Dieu ! Il est vraiment là ? Vivant ?

Ma poitrine se soulevait et s'abaissait plus rapidement désormais. L'homme que j'avais pleuré pendant quatre ans venait de se matérialiser comme par magie. Le seul homme à qui j'aie jamais donné mon cœur, le père de mon enfant... Comment était-ce possible ?

— Il l'a vue ?

— Non. J'ignore ce qu'il sait ou pas.

J'essayai de me lever, mais mes jambes se dérobèrent.

— Doucement, Jo. Ça fait beaucoup à encaisser. Je ne te laisserai pas partir tant que je ne serai pas sûr que tu ne risques pas de tomber. D'accord ? Mange et bois un peu d'abord.

— D'accord.

Je mangeai lentement le délicieux gâteau, et je bus un peu d'eau du verre que Carter me tendait. Heureusement qu'il le tenait, car je tremblais comme une feuille. Une fois le cupcake terminé, j'essuyai mon front en sueur.

— Je crois que ça va, maintenant. Où est-il ?

Je me redressai de nouveau en position assise, prenant soin de ne pas me précipiter cette fois. Ou peut-être que la peur me freinait. Je n'avais jamais eu autant la trouille de toute ma vie, allez savoir pourquoi.

— Je t'accompagne, et ensuite je vous ficherai la paix à tous les deux.

À tous les deux, répétai-je mentalement. Même ces mots semblaient irréels. Nick, de nouveau dans la même pièce que moi.

— Merci. Mais tu restes dans le coin, hein ?

— Bien sûr, Cupcake. Je reste au cas où tu aurais besoin de moi.

Carter me soutint et me conduisit jusqu'à une porte de verre dépoli qui ouvrait sur la grange. Elle coulissa dès que nous approchâmes.

— Si jamais tu as besoin, fais-moi signe, proposa de nouveau Carter avec une expression soucieuse.

Ce dont j'avais vraiment besoin, sur le moment, c'était de remonter le temps. J'aurais interdit à Nick de partir, je l'aurais menotté pour l'en empêcher s'il le fallait. Il s'était passé tant de temps, et tant d'événements s'étaient succédé. J'ouvris la porte et je pris une profonde inspiration. L'odeur familière me submergea, de la tête aux pieds, ravivant toutes sortes d'émotions : joie, crainte, impatience, colère, confiance, désir, amour… Il y en avait tant que je me sentis prise de vertige sous leur assaut avant même de mettre le pied dans la grange. Cherchant désespérément à reprendre mon assurance, je respirai de nouveau, ce qui ne me calma pas vraiment. Je ne trompais personne. Quoi que je fasse, rien ne pouvait me préparer à revoir l'homme que j'avais aimé toute ma vie, et que j'avais tenu pour mort pendant quatre longues années.

— Je serai là, dit Carter en m'embrassant le front avant de partir.

Mes jambes me faisaient l'effet de s'être métamorphosées en frites de piscine, ces longs flotteurs flexibles dont Mackenzie se servait pour se maintenir à la surface. Je me décidai enfin à franchir le seuil, et je le vis. Mon cœur battait la chamade. Je ressentis des picotements dans les mains, et le cupcake que je venais d'avaler faisait le grand huit dans mon estomac. Je levai lentement la tête pour l'examiner des pieds à la tête, examinant le souvenir de l'homme que je connaissais déjà, mais intriguée par celui qu'il était devenu. Il me paraissait à la fois identique et différent. Nick s'était laissé pousser une barbe de bûcheron, et je lui découvrais quelques muscles supplémentaires, qui auraient fait craquer la chemise et le jean qu'il portait lors de son départ. Ses cheveux aussi avaient poussé, plus longs encore que pendant notre adolescence. Lorsqu'il fit claquer l'élastique à son poignet et les rassembla en chignon, je faillis baver. Je le dévisageai de nouveau, pleinement consciente de la force de ce corps nouveau, une force physique, mais aussi émotionnelle. Ses muscles étaient tellement bien définis que… oh bon sang ! L'homme qui se trouvait devant moi s'était transformé en véritable Adonis. Il passa ses doigts dans sa barbe et fit un pas en avant.

— Pardon. Je me serais rasé si j'avais su que je tomberais sur toi.

S'il avait su ? Qu'entendait-il par là ? Angoissée, je croisai les bras sur ma poitrine, craignant que mes mains se jettent d'elles-mêmes sur sa poitrine pour le toucher. Était-ce le même homme que celui que j'avais aimé ?

— Jo, dit-il en s'avançant d'un second pas.

Je levai la main, paume à plat devant lui.

— Arrête. Reste où tu es. Je ne suis pas sûre de pouvoir supporter ça pour le moment.

— D'accord.

Il recula jusqu'à sa position initiale, près du plan de travail de la cuisine. Ce fut alors que je pris conscience du décor intérieur : la manifestation parfaite de ce que Nick m'avait décrit le soir où il m'avait demandé ma main, mais encore plus splendide que je ne me l'étais imaginé. Il bougea, attirant de nouveau mon regard.

Je respirai avant de poser la question :

— Comment se fait-il que tu sois en vie ?

— J'ignorais que j'étais mort.

— Quoi ?

— Ils ont commis une erreur.

— Une sacrée erreur, Nick. Qu'est-ce qui s'est passé ?

Ma voix tremblait, et j'étais à deux doigts d'éclater en sanglots. Nick se dirigea du réfrigérateur, dont il sortit une bouteille d'eau. Il la posa sur le plan de travail en bois vernis d'une pellicule qui le rendait parfaitement lisse et me fit signe de venir boire. J'avais besoin d'un verre, mais certainement pas d'eau.

— Tu n'as rien de plus costaud ?

Il haussa un sourcil, mais ne rechigna pas, cherchant sous le comptoir une bouteille de ce qui ressemblait à du bourbon pour m'en verser un verre avant de tendre la main vers une canette de soda pour l'allonger.

— Un glaçon suffira.

J'en profitai pour observer de nouveau le splendide plan de travail. Il s'agissait d'une longue planche manifestement issue du cœur d'un arbre gigantesque, avec tous ses anneaux successifs, et dont les nœuds et les imperfections soulignaient encore l'aspect naturel. Je fis le tour de la pièce, puis je revins, fascinée par ce que je voyais… ou peut-être avais-je peur de regarder de nouveau Nick, de crainte que mon corps ne se jette contre lui pour qu'il me prenne dans ses bras musclés. Un seul contact, mais j'en avais tellement envie qu'il aurait suffi à me redonner le moral pour reprendre ma vie. Je bus une gorgée d'alcool et je fermai les yeux. Le bourbon me passa dans les veines et me réchauffa tout en me donnant un peu le vertige. Je sentis quelque chose derrière moi et je sursautai.

— Ce n'est qu'une chaise, Jo. Tu devrais t'asseoir.

Je hochai la tête et, les jambes toujours en coton, je m'installai.

— Il y avait un type qui portait le même nom que moi, dans l'équipe. Il s'appelait Nelson. À l'administration… ils se sont plantés. Ils ont vu un N. Tuscan et nous ont confondus. Je n'ai jamais su qu'on t'avait affirmé que j'étais mort. Enfin, pas jusqu'à ce que je revienne et que je me rende compte que la situation avait changé.

— Mais c'est absurde. Tu devais rester en mission deux ans seulement. Si tu étais en vie, ce qui était évidemment le cas, pourquoi n'es-tu pas rentré comme prévu ? J'ai écrit des lettres... Je t'en ai écrit tellement... murmurai-je en secouant la tête.

— Il me fallait terminer la bataille qu'avait engagée Nelson. Il m'a sauvé la vie et il y a laissé la sienne. Je n'avais pas le temps de m'expliquer, c'était une décision à prendre sur l'instant. Et qui entraînait trois autres années de déploiement sur le terrain. Je t'ai écrit une lettre avant de repartir, et je l'ai donné à un de mes officiers supérieurs. J'ai passé les deux années suivantes à bord d'un sous-marin. Je croyais que tu étais au courant.

— Je n'ai jamais reçu cette lettre.

— Je l'ai compris en te voyant agenouillée devant ma tombe au cimetière. Par la suite, j'ai découvert que l'officier en question avait succombé à un arrêt cardiaque juste après notre déploiement. Il n'a pas eu l'occasion de l'envoyer.

Je bus rapidement une autre gorgée, et le feu liquide me brûla la gorge avant de me réchauffer l'estomac.

— Depuis combien de temps es-tu revenu, Nick ?

— Depuis janvier.

— Depuis *six mois* ?

J'aurais voulu lui cogner le bras, le cogner n'importe où, en fait, mais le toucher m'aurait fait trop de mal.

— Tu es revenu depuis six mois et tu n'as pas pris la peine de nous dire que tu étais vivant ? Bon Dieu, mais qu'est-ce qui t'a pris ?

— Je t'ai vue avec Carter au Nouvel An. Je voulais te faire la surprise, et quand je t'ai aperçue dansant dans ses bras, j'ai vraiment pensé qu'il valait mieux que je sois mort.

— Nick ! Tu... tu... je ne sais même pas quoi dire.

J'étais tellement en colère contre lui que je sentais la rage dégouliner de mes yeux. Il s'était passé tant de choses. Ma vie avait été bouleversée depuis nos adieux, et j'avais cru trouver un moyen de gérer ma vie sans Nick en emménageant avec mon meilleur ami, Carter. Carter, qui m'avait aidé lorsque j'étais au fond du trou, qui était à mes côtés lors de la naissance de Mackenzie, et quand j'avais reçu la nouvelle de la mort de Nick. Carter qui avait toujours été là pour moi. Mais Nick n'était pas mort. Il était revenu. Il était vraiment revenu.

— Nos parents sont au courant ?

— Non.

— Eh bien je te souhaite bien du courage. Tu auras peut-être besoin de ta pierre tombale, après tout.

L'alcool avait émoussé mes angoisses. C'était tout à fait ce qu'il me fallait.

— Je vois que tu n'as pas perdu ton sens de l'humour.

— Je ne sais pas trop quoi dire ni quoi faire.

— Je t'aime, Joelle. Je n'ai jamais cessé de t'aimer.

— Nick, je n'ai jamais cessé de t'aimer moi non plus, mais je t'ai cru mort pendant plus de trois ans, et tu as disparu de ma vie cinq ans d'affilée. Je ne croyais jamais te revoir. Je me dis encore que c'est un rêve et que tu auras disparu quand je me réveillerai.

Son visage se crispa de chagrin.

— Je sais que ça te fait de la peine, mais c'est ce que j'ai vécu. Il fallait que je tienne le coup pour ma famille. Je… je ne savais pas que tu avais survécu. Ça m'a chamboulée, et j'ai besoin de temps pour réfléchir.

Je me penchai en avant, la tête près des genoux, sentant le sang circuler bien trop vite dans mes veines, puis je me redressai. Il prit une autre chaise pour s'installer en face de moi, à un mètre environ. Même à cette distance, je sentais l'énergie crépiter entre nous.

— Je suis de retour, et si j'ai la plus petite chance de refaire partie de ta vie, je saisirai l'occasion. Je sais que ça te perturbe, et que tu es avec Carter. Mais je veux que tu saches que je ferai tout ce qui est en mon pouvoir pour te prouver combien je t'aime. Je suis un imbécile qui a abandonné la seule femme qu'il ait jamais aimée, et qui est prêt à implorer son pardon jusqu'à la fin de ses jours. Et j'aurai beau supplier, je sais que je ne le mérite pas. Je ne te mériterai jamais, toi et ton amour, mais je ne cesserai jamais d'essayer.

Il me croyait avec Carter ? Je secouai la tête, essayant de comprendre, mais je ne le repris pas. Tout arrivait en même temps. Nick était assez proche de moi pour que je hume son parfum. Cette odeur masculine dont je me souvenais me grisait toujours, davantage encore que la boisson que je venais d'avaler.

— Je suis simplement... troublée. Il s'est passé tant de choses.

J'embrassai du regard la grange rénovée et les larmes se mirent à couler sur mes joues. Cet endroit était censé devenir notre foyer, le décor de notre happy ending. Nous devions nous marier et vivre ici, pour y élever nos enfants près de notre famille.

Mackenzie. Était-il au courant de son existence ? Serait-il choqué en l'apprenant ? Notre relation en changerait-elle ? Je n'étais pas encore prête à impliquer ma fille, notre fille, dans cette vie chaotique que je ne comprenais pas encore moi-même. Je ne voulais pas la perturber. Elle avait vu des photos de lui, mais la plupart dataient de notre adolescence, et Nick était un homme désormais.

Je savais que je n'aurais pas dû tenir Mackenzie à l'écart de son père. Mais j'étais tellement en colère après lui, d'abord pour nous avoir abandonnées, ensuite pour son décès présumé. Comment étais-je censée lui expliquer que son défunt père, qu'elle ne connaissait que sous la forme d'une pierre tombale et de quelques clichés, était encore en vie ? Je n'y arriverais pas. Pas encore, pas avant d'être sûre qu'il soit bel et bien revenu dans nos vies pour toujours. Et s'il ne s'agissait que d'une permission d'un mois pour lui ? S'il s'apprêtait à partir dès demain, s'il n'était là que pour me faire ses adieux parce que ses supérieurs de la Navy avaient encore une fois changé d'avis ? Je sentis une boule se former dans ma gorge. Je ne le lui pardonnerais jamais s'il se comportait de la sorte.

— Ils vont encore t'envoyer en mission ?

— Non. En acceptant le dernier déploiement, j'ai reçu en retour l'autorisation de rentrer chez nous et de travailler comme consultant à distance pour la Navy. Je devrai m'absenter une semaine tous les trois ou quatre mois, mais le reste du temps, je resterai ici. J'avais prévu de revenir, de t'épouser, de rénover cet endroit et de vivre une existence heureuse avec toi, Jo. Mais j'ai découvert que tu avais tourné la page.

Tourné la page ? Comment ça ? Il devait parler de Carter. Resterait-il à Hope Bay pour toujours ? C'était vraiment permanent ? Et dans ce cas, comment pourrais-je supporter de vivre si près de lui, avec ces émotions qui bouillonnaient en moi ? Maintenant que Nick était revenu, il occuperait chaque seconde de mon temps libre, et même du reste. Comment pourrais-je cesser de penser à lui ? Je n'y arriverais jamais, et je n'en avais pas envie. Mes larmes tombèrent sur mes cuisses et je les essuyai du dos de la main.

— Je… ça fait beaucoup à encaisser.

— Je comprends, Jo. Je ne te forcerai pas la main, et je ne veux plus jamais te faire de mal, mais je ne cesserai pas non plus de me battre pour toi.

— J'ai besoin de réfléchir à tout ça. C'est ici que tu vis, désormais ?

— Oui. La grange nous appartient. À toi et à moi.

Je fronçai les sourcils.

— Nick, tu ne peux pas me dire ça. Il s'est passé tant de choses. Je…

Mes sanglots m'interrompirent. C'était tellement difficile

d'entendre ça, de l'entendre, lui, et de le voir. Ce fut alors qu'il m'effleura la joue, essuyant une larme avec son pouce. Je reculai vivement, portant la main vers ma peau encore brûlante de son contact tandis que resurgissaient les souvenirs de toutes ces fois où il m'avait touchée, tenue dans ses bras et aimée.

— Ne pleure pas, Jo. Je t'en prie.

— Je… je ne peux pas m'en empêcher, dis-je en m'essuyant le nez avec ma manche. Je ne sais plus quoi penser.

— J'ai presque terminé les rénovations. Je devrais sans doute rendre visite à maman d'ici ce soir pour tout lui expliquer. J'ai eu le temps de réfléchir à nous deux, et de comprendre combien je me suis montré idiot. J'ai peur d'avoir commis la pire erreur de ma vie en partant. Et j'ai encore plus peur de ne pas avoir la moindre chance de me racheter. Dis-moi que je n'ai plus une chance, Jo. Dis-le-moi et je tournerai les talons, je partirai et tu ne me reverras plus jamais. Mais s'il reste le plus infime espoir auquel je puisse me raccrocher, alors je persévérerai jusqu'à ma mort.

Je ne répondis pas. Je ne pouvais pas. Je ne voulais pas qu'il parte, pour le bien de notre fille, mais il me fallait du temps pour appréhender pleinement la situation. J'avais peut-être cru avoir une vie compliquée jusqu'ici, mais cette fois, je me retrouvais au beau milieu d'une guerre nucléaire.

Mon silence le fit sourire.

— La pierre sur mon porche. C'était toi, n'est-ce pas ?

— Oui. Je t'ai vu avec ta fille au bord du lac. Tu lui apprenais à faire des ricochets. Je me suis dit qu'elle pourrait utiliser la pierre parfaite que tu m'avais donnée.

— Tu nous as vues ?

— Oui, par hasard. Je me rendais à Pebble Beach pour me vider la tête, et c'est là que je vous ai aperçues. Je suis resté caché. Il fallait que je trouve un moyen de te mettre au courant en douceur.

— Elle s'appelle Mackenzie.

— Et elle est très belle, comme sa maman. Elle a ton nez, tes cheveux et tes yeux. Et tes taches de rousseur, aussi.

Je souris. Alors que Nick voyait en elle mon image, c'est lui qu'elle me rappelait. Ses gestes, ses mots et ses talents, c'est de lui qu'elle les tenait.

— J'ai cru devenir folle quand elle m'a rapporté cette pierre. Je croyais qu'elle l'avait retrouvée chez toi.

— Je suis désolé, Jo. Pardon.

Un silence gênant s'installa entre nous, ou peut-être s'agissait-il d'autre chose. Je levai les yeux, croisant son regard. Les larmes coulaient toujours, mais je ne pouvais m'empêcher de fixer cet homme que j'avais cru mort.

— Je ferais mieux de rentrer. C'est… non, je suis désolée.

Je me levai, posai le verre de bourbon et me dirigeai vers la porte. Un contact délicat sur ma main me fit sursauter au moment où je m'apprêtais à tourner la poignée. La chaleur remonta le long de mon bras, dans tout mon corps, ressuscitant le désir si longtemps enfoui que j'éprouvais pour cet homme, faisant battre mon cœur à tout rompre tandis que mon esprit remontait le temps, jusqu'à l'époque où nous vivions ensemble et où la vie paraissait si simple.

Je n'y arriverai pas.

— Je t'en prie, pardonne-moi.

Je soufflai. Lui pardonner, mais quoi ? Un manque de communication ? Cette façon affreuse qu'avait eu le destin de nous séparer ? Je ne pouvais que lui pardonner sa décision de partir, et j'étais déjà sereine à ce sujet depuis bien longtemps.

— Je suis à la pâtisserie tous les jours.

— Je sais.

Il savait. Bien sûr qu'il savait. Il savait tout de ma vie depuis six mois, alors que je le croyais six pieds sous terre. Enfin, pas vraiment, puisque nous n'avions jamais retrouvé son corps, mais je le croyais au moins reposant en paix. Je me retournai avant de partir pour le dévisager une dernière fois.

— Il faut que tu expliques ce qui s'est passé à ta mère. Et avant demain, parce que je ne parviendrai pas à garder le secret une seconde de plus.

— Je le ferai, je te p…

— Ne promets pas. Je t'en prie, ne fais pas de promesse.

Je le poignardais peut-être en plein cœur, mais comment aurais-je pu croire à une autre de ses promesses ? Il avait rompu la dernière, celle qui consistait à revenir sain et sauf au bout de deux ans. Et pourtant, tout au fond de moi, je savais qu'il était sincère. Ce n'était pas sa faute s'il n'avait pas pu la respecter.

Je lui adressai un pâle sourire avant de partir. Je ne me retournai même pas pour voir s'il avait refermé derrière moi : je savais qu'il ne le ferait pas. Il me regardait, et la chaleur de ce regard me brûlait la peau. Je craignais, en me retournant, de me jeter dans ses bras pour ne plus jamais en partir. Mais je devais penser aux autres, à Mackenzie et à Carter. Tous deux méritaient une explication, même si je n'avais aucune idée de la façon de la leur présenter.

Carter nous ramena à la maison sans un mot. Lorsque je refermai la porte pour m'isoler du monde, je m'adossai tout contre et je me laissai glisser à terre en pleurant.

— Chut, ça ira, Jo. Tout ira bien.

— Comment peux-tu en être sûr ?

— Je l'ignore, mais je sais que quoi qu'il arrive, je te soutiendrai à cent pour cent.

Avais-je bien compris ce qu'il était en train de me dire ? Que je pouvais prendre une décision, n'importe laquelle, et qu'il n'y présenterait aucune objection ? Qu'il ne se battrait pas pour m'avoir ? Est-ce que je souhaitais qu'il le fasse, du reste ? Un peu, même si n'étions que des amis.

— Je me sens paumée.

— Je sais, Cupcake. Je sais. Mais on finira par démêler tout ça. Tu as une belle petite fille, une affaire qui marche, et ton meilleur ami pour protéger tes arrières.

— Merci, Carter. Pour tout.

Assise devant la porte, je songeais au mal que j'avais eu à encaisser la mort de Nick, et je me demandais si j'aurais autant de difficulté à accepter qu'il soit en vie.

CHAPITRE 27

L'après-midi, pendant que Mackenzie pataugeait dans la piscine avec Carter, je ressentis le besoin de vivre un moment normal, ou peut-être de m'éclaircir les idées. Munie de mon sac à main, je me dirigeai vers l'épicerie, encore sous le choc de ma rencontre avec Nick quelques heures auparavant. J'avais l'impression de sortir d'un rêve. Pour réellement croire à son retour, il allait me falloir du temps. À un moment, j'eus envie de me précipiter à la grange, de me jeter à son cou et de ne plus jamais le lâcher. Le souvenir de ses douces caresses me submergea et mit les poils de mes bras au garde-à-vous.

Près de la boutique de Mme Crafton, je m'arrêtai, le souffle coupé. Il était là, au milieu de la rue, occupé à charger dans son camion des conifères issus de la pépinière voisine de l'épicerie. Je respirai vigoureusement par le nez et, prise de colère, je marchai sur lui et le bousculai.

— Mais qu'est-ce que tu fiches ici ?

Je le poussai de côté, pour que le camion le dissimule un tant soit peu. Je ne voulais pas me montrer rude, mais peut-être s'agissait-il d'une excuse de ma part pour le toucher de nouveau et m'assurer qu'il était bien réel.

— Jo, je viens juste chercher quelques provisions.

Je jetai un coup d'œil à la boutique et je saisis son bras musclé pour l'attirer là où je pouvais le voir, désireuse de sentir de nouveau son contact. Il allait me falloir du temps pour me convaincre qu'il était bien là, et je voulais accumuler autant de preuves que possible.

— Et si quelqu'un te reconnaissait ? Tu as parlé à ta mère ?

Je le lâchai finalement. Il gratta sa longue barbe. Ses cheveux étaient toujours attachés en chignon.

— Pas encore.

— Tu sais ce qui arrivera si elle tombe sur toi ?

Je me trouvais assez près de lui pour humer son parfum, et ma tête bourdonnait, envahie que j'étais par son odeur qui faisait resurgir tant de souvenirs à chaque bouffée. Je sentais un mélange grisant de l'homme que je connaissais autrefois et de cet étranger, ce personnage aventureux et excitant. Je ressentis une curieuse sensation de picotement dans la poitrine et dans le ventre.

— Jo, je doute qu'elle me reconnaisse avec cette barbe et ces cheveux.

Si près de lui, au point que sa chaleur m'enveloppait tout le corps, j'avais du mal à me concentrer, mais je rassemblai mes esprits.

— N'importe quelle mère reconnaîtrait son enfant, même après des années. Crois-moi.

— J'imagine que tu es bien placée pour le savoir. Hum, félicitations.

— Pour quoi ?

— Ta fille. Elle est ravissante. Et la maison du vieux Grafton est très jolie aussi.

Il n'exprimait pas ce à quoi nous pensions tous les deux, mais il se trompait. Je le voyais ruminer l'idée que Carter et moi vivions ensemble, et je songeais à le détromper, mais je ne parvins pas à m'y résoudre. Il aurait fallu longtemps pour expliquer tout ce qui s'était passé, et je voulais le lui raconter… mais dans d'autres circonstances. C'était la première fois que je me sentais coupable de ne pas lui avoir dit la vérité dès que j'avais appris qu'il était en vie. Mais comment aurais-je pu, bouleversée comme j'étais ? Et à présent, eh bien, il me fallait trouver le moment idéal.

— Écoute, Nick, quand tu auras parlé à ta mère, il faudra certainement qu'on ait une conversation tous les deux.

— J'espérais que tu me dises ça.

— À Pebble Beach. Retrouve-moi là-bas demain après-midi, mais uniquement après avoir parlé à ta mère.

— Je te promets que j'y serai, Jo.

— Bon, très bien. Au revoir.

Je fis volte-face, laissant derrière moi l'aura de son parfum fascinant.

Mais l'odeur m'accompagnait encore lorsque je rentrai à la maison. Carter regardait les infos sur le canapé. Une longue sécheresse avait provoqué des incendies dans le nord. On faisait appel à beaucoup de pompiers issus des villes des environs, et Carter trépignait d'impatience, attendant que l'occasion de participer se présente pour lui. Le capitaine Clark insistait quant à lui pour que tout le personnel demeure à Hope Bay, parce qu'il fallait bien se résoudre à l'évidence : nous n'avions qu'une seule caserne. Et à bien y réfléchir, je ne me rappelais plus quand il avait plu pour la dernière fois chez nous.

— Alors, ce shopping ? s'enquit-il.

— Quel shopping ?

Merde ! J'avais complètement oublié de faire des courses après avoir croisé Nick, et je savais que Carter n'aurait aucun mal à déchiffrer mon expression. Je cherchai des yeux Mackenzie : je ne voulais pas évoquer le retour de son père devant elle avant d'avoir trouvé un moyen de lui annoncer la vérité.

— Je suis tombé sur lui, devant la boutique. Et ensuite, j'ai comme qui dirait oublié les provisions.

Je rougis devant le ridicule de la situation. Mais qu'est-ce qui me prenait ?

— Tu finiras par tout démêler, Jo. Tu sais, je n'ai jamais vu personne s'aimer autant que vous deux.

— Attends, tu parles au présent ?

— Je ne vois pas comment tu pourrais ne pas aimer Nick, tout comme je sais que j'aimerais Daisy si elle revenait.

— Carter, je suis désolée. Je me doute que ça doit te sembler injuste.

— Ne t'excuse pas. Sois reconnaissante au destin de permettre à Mackenzie de connaître son papa.

— Que ferais-tu à ma place ? Je me sens perdue.

Il soupira et détacha enfin les yeux du sol pour croiser mon regard.

— Jo, je sais que tu l'aimes encore, et qu'il t'aime, ça saute aux yeux. Il faudra du temps, mais tu devrais lui laisser sa chance. Ce qui m'inquiète, c'est surtout… eh bien, imagine qu'il décide de partir une nouvelle fois à l'aventure ? Et s'ils l'appellent ? Oh, il peut *affirmer* que ça n'arrivera pas, mais comment en être sûr ? Imagine comment tu expliqueras à cette petite fille, là-haut, que le père qu'elle a cru mort toute sa vie et qu'elle vient de retrouver doit repartir, sans pouvoir lui garantir quand il reviendra, ni même s'il reviendra un jour. Tu t'imagines Mackenzie ouvrant cette porte pour recevoir le drapeau ?

Mon cœur faillit s'arrêter de battre. Il avait raison. Comment avais-je pu m'emporter par mes émotions, et par la perspective de retrouver Nick, alors qu'il y avait tant de facteurs à prendre en compte ? La décision ne serait pas facile, malgré tout mon amour pour lui.

— Je veux simplement éviter que tu souffres de nouveau, ajouta Carter.

Je m'installai sur le canapé à ses côtés pour l'étreindre.

— Je ne sais pas ce que j'aurais fait sans toi, pendant ces cinq dernières années. Tu comptes énormément pour Mackenzie et moi. Je sais que nous sommes simplement amis, mais je t'aime, Carter…

— Je t'aime aussi, Cupcake, mais je sais que tu aimes également Nick. Tu n'as jamais cessé de l'aimer et je ne te l'ai jamais demandé. Quoi qu'il advienne, sache que je serai toujours là. Après tout, c'est moi, l'oncle, fit-il en souriant. Et tu as été là pour moi aussi. Sans toi, je suis sûr que je n'aurai pas tenu après la mort de Daisy. Personne ne te force, d'aucune façon. Je suis un adulte. Je te soutiendrai dans ta décision, mais quel que soit ton choix, je te promets que je ne te laisserai pas partir de ma vie.

Je lui passai les bras autour du cou et je le serrai contre moi, encore plus fort. Comment faisait-il pour toujours dire exactement ce qu'il fallait ?

— Prends ton temps, Jo, s'il te faut réfléchir sur quoi que ce soit. Et tu devrais vraiment lui parler de Mac.

— Je sais. Je lui ai demandé de me retrouver à Pebble Beach, demain après le travail.

— Bonne idée. Et Jo, je sais que c'est mon meilleur ami, ton premier amour et le père de Mac, mais ça ne m'empêchera pas de vous protéger, toutes les deux.

— Je n'en attends pas moins de toi, Carter.

— Bien. Et si on regardait un film ?

Il changea de chaîne avant que j'aie l'occasion de lui répondre. Nous regardâmes une comédie, ou peut-être un film de superhéros. Je ne m'en souviens pas vraiment, parce que je ne songeais qu'à une personne : cet homme nouveau qui était arrivé en ville et qui n'avait jamais quitté mes pensées.

~

LE MATIN SUIVANT, en entrant dans la pâtisserie, je sentis que l'atmosphère avait changé. Dès que je posai les yeux sur Marge, je sus qu'elle était au courant. J'accourus pour la serrer dans mes bras.

— Je l'ai appris hier, dis-je.

— Il est passé hier soir, confirma Marge. Je voulais qu'il reste, mais il a refusé. Il vit là-bas, désormais, dit-elle en désignant le champ derrière la boutique.

Même si un mur nous barrait la vue, je savais qu'elle désignait la grange que Nick rénovait.

— Je n'arrive pas à y croire.

Je sentis les larmes de Marge me couler sur l'épaule.

— Et je n'arrive pas à croire qu'il ait vécu à côté de nous pendant six mois sans rien nous dire.

Mon père apparut derrière nous et caressa l'épaule de Marge en approchant un tabouret de l'autre main pour qu'elle s'asseye. Je m'installai moi aussi.

— Nick est un type bien. La situation est compliquée pour tout le monde, mais je suis certain qu'il n'aurait jamais voulu vous faire souffrir, ni faire souffrir quiconque parmi nous, délibérément.

— Il croit que je vis en couple avec Carter, et je suis presque sûr qu'il pense que Mackenzie est la fille de Carter.

Heureusement que ma fille était restée à la maison avec son « oncle ». Je n'aurais pas pu avoir cette conversation devant elle.

— Et s'il part encore ? Pas question que je fasse subir à Mackenzie la perte de son père. Je ne sais pas quoi faire.

— Quoi qu'il en soit, il a le droit de savoir, dit mon père.

— Je sais, je sais.

J'appuyai ma tête entre mes mains et je la secouai. J'aurais dû être heureuse, mais à la place, je craignais tellement de le perdre à nouveau que je n'osais même pas faire l'effort de me réconcilier avec lui. Je ne voulais pas lui donner de seconde chance, car dans ce cas, je me raccrocherais à lui comme à la dernière bouée qui me restait.

— Joelle, ma puce. Est-ce que tu l'aimes ? demanda Marge en passant la main sur ma joue.

— Bien sûr que oui. Je n'ai jamais cessé de l'aimer. Je l'aimerai jusqu'à la fin de mes jours.

Ma réponse la fit sourire et elle souffla. Répondais-je à ses attentes en lui annonçant cela ? En tant que mère, je savais qu'elle espérerait toujours que son fils jouisse d'une famille complète. Et nous disposions de tous les éléments : l'espoir, la peur, la volonté, l'amour... Il ne nous manquait que la garantie que Nick reste bel et bien en ville.

Mais je lui faisais confiance. D'une certaine façon, je m'étais toujours fiée à lui. Il ne nous aurait jamais fait intentionnellement souffrir. Il serait revenu au bout de ces deux ans s'il l'avait pu.

— Alors parle-lui. Jo, c'est peut-être la chance que tu appelais de tes prières.

J'avais souhaité le retour de Nick chaque fois que je voyais une étoile filante, même quand je le croyais mort. *Une chance...* Ce que Marge venait de dire résonna dans mes pensées jusqu'à ce que vienne l'heure de retrouver Nick à la plage.

ASSISE dans le sable de Pebble Beach, j'étais occupée à regarder Mackenzie faire des ricochets lorsque j'entendis des pas derrière moi. Pas besoin de me retourner pour savoir que c'était lui : je sentis sa présence avant même d'entendre le bruit des galets. Il s'assit à côté de moi. Je regrettais qu'il s'installe si près, ce qui m'empêchait de réfléchir aisément, mais en même temps, j'en étais ravie. Ce n'était donc pas un rêve.

— J'ai vu Carter près de la voiture, déclara-t-il.

— Oui, il me protège. Il croit que tu vas repartir.

— Je ne partirai pas.

— Tu l'as déjà dit, avant.

— Mais cette fois je reste.

Mon cœur me martelait les côtes. Je tentai de maîtriser mon souffle, mais j'avais commis l'erreur de respirer son odeur. Je me concentrai donc plutôt sur le plus important : Mackenzie. Comme s'il avait lu dans mes pensées, il commenta :

— Elle est douée pour les ricochets. Comme sa mère.

— On vient régulièrement ici depuis sa naissance. L'endroit est calme et il me faisait penser à toi. J'ai toujours pensé qu'il nous appartenait, qu'il était spécial.

— Je me rappelle chaque minute. Et cet endroit compte beaucoup pour moi aussi.

Mackenzie s'affairait à chercher des pierres plates, qu'elle sélectionnait avec soin. Elle gardait celle de Nick dans sa poche depuis qu'elle l'avait trouvée sur le porche.

— Quel âge a-t-elle ? demanda-t-il.

— Cinq ans. Elle est née neuf mois après ton départ.

Je me tournai vers lui pour observer son expression changer au ralenti pendant qu'il faisait le calcul. La vérité commençait à s'insinuer lentement dans son esprit. Il cligna des yeux une fois, puis une autre, secouant légèrement la tête.

— Attends, je croyais que c'était la fille de Carter.

— Elle paraît un peu plus jeune que son âge, dis-je en haussant les épaules.

Je l'entendis déglutir.

— Merde, Jo, tu es en train de me dire que cette magnifique…

Sa voix vacilla entre les mots tandis que l'émotion le submergeait.

— Que cette magnifique petite fille est la mienne ?

— Oui Nick. Elle est à toi et à moi.

— Mais comment ? Je veux dire, je sais bien comment… mais c'est bien vrai ?

Il essuya les premières larmes qui roulaient sur ses joues. Je n'aurais jamais cru le voir pleurer un jour.

— Je ne te mentirais jamais sur ce genre de sujet, mais j'ai peur de lui parler de toi. Elle ne te connaît que par les photos prises à la remise des diplômes, et si jamais tu pars…

— Pas question que je parte, pas dans cette vie, Jo. Plus jamais, murmura-t-il. Je ne vous abandonnerai plus jamais. Ni l'une ni l'autre.

Malheureusement, le traumatisme émotionnel que m'avait infligé la perte de Nick me forçait à rester sur mes gardes. Je ne laisserais en aucun cas Mackenzie endurer ce genre de souffrance.

— Tu ne m'as pas abandonnée. Tu ne savais pas. Nick, je veux qu'elle te connaisse, mais je ne sais pas comment procéder, exactement. Je ne sais pas comment lui expliquer que ce père qu'elle croyait mort est ici. Je ne sais pas comment la protéger si tu…

— Je ne partirai pas, répéta-t-il.

Comme si elle avait perçu mes pensées, Mackenzie se retourna. La tête légèrement inclinée, elle nous observa, Nick et moi, assis côte à côte. Une expression fugace traversa ses traits : l'avait-elle reconnu ? Elle lâcha les pierres qu'elle tenait dans son poing minuscule. Les cailloux dégringolèrent et elle se précipita vers moi, manquant trébucher sur le chemin. Je me levai aussitôt pour aller à sa rencontre aussi vite que possible, et je l'arrêtai. Je m'accroupis devant elle avant qu'elle ne s'approche trop et qu'elle ne l'identifie, même si elle avait vraisemblablement peu de chances d'y parvenir, avec cette barbe.

— Tu as fini tes ricochets ?

— Maman, qui c'est ? chuchota-t-elle en regardant par-dessus mon épaule, fascinée par Nick et ignorant ma question.

— Pourquoi tu ne viens pas lui dire bonjour ?

Elle me prit la main et, à moitié cachée derrière moi, se laissa conduire jusqu'à lui. Nick ne se leva pas, ce qui valait sans doute mieux : sa taille immense l'aurait peut-être effrayée. C'était un étranger pour Mackenzie, et les étrangers n'étaient pas courants à Hope Bay.

Et si sa barbe lui fait peur ?

— Salut Mackenzie, dit-il.

— Salut, dit-elle en sortant de sa cachette.

— Tu es douée pour les ricochets, dis donc !

— Maman est encore meilleure. Et mon papa était encore meilleur qu'elle. Maman dit que j'ai ses bras costauds. T'habites à Hope Bay ?

— Oui.

— Pourquoi je t'ai encore jamais vu ?

— Parce que je suis parti très loin et que je viens de rentrer.

— T'es mon papa ?

Quoi ?

Je regardai Nick, puis Mackenzie. Le regard de Nick se fixa au mien, me scrutant pour savoir ce qu'il devait répondre, mais il n'avait pas besoin. Elle se jeta à son cou, l'entourant de ses petits bras, avant que nous n'ayons le temps de confirmer son intuition.

— Je le savais ! Je savais que t'étais revenu, parce que j'ai dit un secret à Tank, et alors il a meuglé, et je savais qu'il me disait que t'étais revenu parce que j'avais fait le vœu que tu reviennes chaque fois que j'ai vu une étoile filante, toute ma vie, et t'es là, maintenant, papa !

Mon cœur fondit lorsque je l'entendis appeler Nick *papa*.

Elle le serrait de toutes ses forces, au point que je crus qu'il allait suffoquer. Et Nick, lui, pleurait comme un bébé, et moi aussi. Il sanglotait bel et bien. Quand Mackenzie le lâcha, elle lui demanda :

— Pourquoi tu pleures ?

— Ce sont des larmes de bonheur, ma puce. Je suis heureux de pouvoir enfin de rencontrer.

Elle saisit son visage entre ses petites mains, puis s'approcha et l'embrassa sur le front.

— Je suis heureuse de te rencontrer aussi, mais tu ressembles à un homme des bois.

Elle tira sur sa barbe, puis regarda par-dessus l'épaule de Nick et s'écria :

— Tonton Carter, papa est là !

Elle s'écarta de Nick et courut dans les bras de Carter.

Je vis un éclair de culpabilité et de jalousie traverser les traits de Nick.

— Il lui faudra du temps pour se faire à l'idée qu'un autre homme fait partie de sa vie, dis-je, en me demandant au fond de moi si c'était de la petite que je parlais, ou de moi-même.

— Tu me permettras de passer du temps avec elle ?

— Bien sûr. C'est ta fille.

— Ma fille…

Nick, hébété, prenait conscience de sa paternité. Carter reposa Mackenzie, mais elle continua à le tenir par la main.

— Pardon. Je ne voulais pas vous interrompre, mais c'est bientôt l'heure de coucher Mackenzie.

— Tonton Carter ?

— J'ai gagné ce titre quand je l'ai mise au monde, expliqua fièrement Carter, ce qui prit Nick de court.

Cet échange ne fit que souligner tout ce que Nick avait manqué, et je me demandai si nous arriverions réellement à combler ce vide de cinq ans que son absence avait creusé dans nos vies à tous. Le soleil descendit sous l'horizon et je me levai.

— On devrait y aller, dis-je.

— Papa vient avec nous ? demanda la petite.

— Pas aujourd'hui, ma chérie, mais bientôt. Dimanche, peut-être ?

— J'adore les dimanches. Papa, tu viendras manger en famille avec nous ?

Nick nous regarda tour à tour, Carter et moi, puis il m'interrogea du regard, hésitant quant à la réponse qu'il devait donner cette fois encore. Puisque Mackenzie s'était aussitôt prise d'affection pour lui, je hochai doucement la tête. Après tout, je voulais que Nick fasse partie de ma vie, pas vrai ?

— J'en serais enchanté.

— Ce sera le meilleur dîner du monde. Tonton Carter, on fera un barbecue, mais pas avec de la viande de Tank.

— Elle veut dire « pas de bœuf », murmurai-je à Nick. Mackenzie affirme que c'est un outrage pour Betsy et Tank.

— Tout ce que tu voudras, répondit Carter.

Mackenzie n'avait pas mis longtemps à apprécier Nick. Pour elle, c'était comme s'il avait toujours fait partie de sa vie. Jamais parti, jamais oublié. Pouvais-je moi aussi me jeter à l'eau comme elle ? J'aurais voulu, vraiment, mais en cinq ans, les relations pouvaient changer du tout au tout, et je craignais plus que tout que la nôtre ne soit dégradée à jamais.

— Ça ne vous embête pas si je dis un mot à Nick, les filles ? demanda Carter.

Je reculai, un peu surprise du ton qu'il venait d'employer, mais je hochai la tête et je reconduisis Mackenzie à la voiture. Elle me montra les nouveaux galets qu'elle avait trouvés, mais lorsque j'entendis Carter et Nick hausser le ton, je lui demandai de m'attendre et je retournai sur la plage. Je les entendis se disputer bien avant de les voir.

— Tu ne comprends pas, Carter. Je ne pouvais pas les laisser croire que j'étais mort.

— Tout ce que je sais, c'est que nous étions heureux. Nous avions fini par faire notre deuil et nous formions une famille tout à fait épanouie. Et voilà que tu resurgis et que tu les chamboules toutes les deux !

— Elle ne serait jamais heureuse avec toi, et tu le sais. Quoi qu'il ait pu se passer entre vous, elle m'aime. Depuis toujours et à jamais.

— Ha ! s'esclaffa Carter en me faisant signe de m'approcher

dès qu'il m'aperçut. Allez, Jo ! Dis-lui. Qui est le premier garçon que tu as embrassé ?

Oh mon Dieu ! Je n'arrivais pas à y croire ! Pourquoi se querellaient-ils maintenant ? Et pourquoi cette question ? Tous deux avaient été mes premiers. Carter était mon *premier* premier, mais Nick m'avait donné mon premier baiser d'adulte. Comment leur expliquer que chacun comptait pour moi, mais d'une façon différente ? Attendez, et pourquoi était-ce à moi d'expliquer quoi que ce soit ?

— Jo ? insista Nick, soudain perplexe.

— Tu le vois dans son regard, n'est-ce pas ? Elle aurait très bien pu tourner la page sans toi, et tu le sais.

— Arrêtez ! Tous les deux ! m'écriai-je en désignant la voiture. Il y a là une petite fille qui espère passer un dîner agréable avec son oncle et son père, ce week-end, et je vous jure que si vous n'êtes pas capables de vous comporter en adultes, il n'y aura pas de dîner ! Pour personne. C'est compris ?

Tous deux acquiescèrent.

— Dans la vie, on ne fait pas ce qu'on veut. Peu importe qui m'a embrassée le premier, le deuxième ou le troisième.

À vrai dire, il n'y avait pas eu de troisième.

— Ce qui compte, c'est que nous parvenions à réfléchir à cette seconde chance que la vie nous offre de façon sereine, sans nous faire complètement paniquer, Mackenzie et moi.

— Pardon, Cupcake, dit Carter en baissant la tête. Mais j'ai peur qu'il reparte, et je ne veux pas que tu souffres. Je veux que tu sois heureuse.

— Et je t'aime parce que tu as toujours su prendre soin de nous deux. Et je t'aimerai toujours, Carter, mais peu importe ce que Nick envisage de faire par la suite, je ne peux pas priver Mackenzie de son père.

Je pris sa main avant d'ajouter :

— On trouvera bien un moyen. S'il y a bien quelqu'un qui puisse m'aider à traverser cette épreuve, c'est toi.

Nick piétina sur place, gêné, les yeux envahis par le doute. Je n'avais ni le temps ni le cran d'expliquer les mécanismes de notre relation, à Carter et à moi, et je m'en voulais de laisser Nick penser que nous étions en couple, mais je vis Mackenzie apparaître derrière la colline.

Cette conversation devra attendre.

— On te voit dimanche, alors ? demandai-je.

— Oui, je viendrai.

— Bien.

Lorsque je me tournai vers Mackenzie et que je la vis faire un signe à Nick en lui criant « au revoir, papa », mon cœur s'arrêta un bref instant. S'il y avait bien quelqu'un qui savait comment envisager nos retrouvailles avec sérénité, c'était ma petite fille.

CHAPITRE 28

*L*e samedi après-midi, je frappai à la porte en bois de la grange de Nick, en songeant que je devais arrêter de désigner mentalement cette maison comme une « grange ». Deux jours s'étaient écoulés depuis notre entretien à la plage, et Mackenzie n'arrêtait pas de parler de lui. Quand elle apprit où il vivait, elle se mit à épier l'endroit depuis le jardin de ses grands-parents. Elle avait même rempli une petite valise de vêtements dans l'intention d'aller passer la nuit chez son papa un de ces jours. Quant à moi, j'avais passé les deux dernières nuits à m'agiter dans mon lit. Mon esprit vagabondait et errait parmi les souvenirs du temps passé ensemble. Et une fois que je les eus tous passés en revue, mon imagination élabora de nouvelles possibilités. Mon corps se languissait de lui. J'avais besoin de ses caresses, et je me demandais s'il se montrerait aussi doux que cinq ans auparavant, ou bien un peu plus rude. Des retrouvailles bien plus intimes avec Nick figuraient en tête de mes pensées, jour et nuit.

Debout devant le porche vitré, je savais exactement ce qui m'avait amenée ici. C'étaient les hormones. C'était ce stupide tourbillon dans le ventre qui ne me lâchait plus, combiné à mes culottes trempées qu'il me fallait jeter au panier à linge tous les matins. C'était cette façon que Nick avait de me regarder à l'épicerie, et quand je l'avais vu pour la première fois la semaine dernière. Ce nouveau corps promis au péché qu'il avait, ce corps qui m'attirait et me faisait m'interroger : le contact de sa peau serait-il le même ? Ces pensées me faisaient tambouriner le cœur, m'écartelaient de la manière la plus exquise. Mes nerfs vibraient dans tous mes membres et je piétinais sur place, me demandant ce qui m'avait pris d'enfiler des sous-vêtements assortis avant de venir. Mais à quoi je pensais ?

En fait, je ne pensais pas du tout. Ce jour-là, c'était mon corps qui prenait les décisions et luttait pour obtenir ce que le sort lui refusait depuis cinq longues années. J'avais beau me répéter qu'il fallait progresser à petits pas : mes hormones hilares n'en faisaient qu'à leur tête et m'avaient traînée jusqu'ici.

Nick ouvrit la porte, vêtu d'un jean déchiré et d'un tee-shirt délavé, ce qui ne ressemblait pas au Nick que j'avais connu, il s'appuya à l'encadrement de la porte avec un sourire en coin. Son expression assurée me réveilla et suscita une nouvelle vague de désir dans tout mon corps. S'attendait-il à ma visite ? Je ne lisais aucune surprise sur ses traits, juste une étincelle de désir dans son regard, mêlée à l'attitude d'un homme qui venait de recevoir exactement ce qu'il voulait.

— Salut, dis-je.

— Salut, je…

— Je sais que j'aurais dû appeler, mais je n'ai même pas ton numéro.

— Jo, ma maison est la tienne. Toujours. Entre, je t'en prie.

Il s'écarta et ouvrit la porte en grand. Je me faufilai à l'intérieur et mon bras frôla le sien par inadvertance, répandant de délicieux frissons dans tout mon corps. Ma poitrine fourmillait d'impatience, désireuse que j'étais de me coller tout contre lui. Tout ce dont j'avais besoin, c'était de me jeter dans ses bras. Je voulais qu'il me rappelle ce que l'on ressentait dans les bras d'un amant prévenant.

Le délicieux parfum d'un repas mitonné flottait dans la pièce. J'embrassai du regard cet intérieur impeccable, et la chaleur qui en émanait me fit immédiatement me sentir à l'aise.

— Je t'ai apporté quelque chose.

Je lui tendis la boîte pleine des lettres que je lui avais écrites ces trois dernières années sans les envoyer, cette compilation de chagrins, de peines, de premiers moments de Mackenzie et de vœux de retour émis devant des étoiles filantes. Ces lettres que je n'avais jamais envoyées parce que je le croyais mort.

— Je me suis dit que tu voudrais peut-être en lire quelques-unes avant de passer demain.

Surpris, il ouvrit le couvercle.

— Des lettres ?

Quoi ? Il ne s'attendait tout de même pas à ce que j'écarte les cuisses pour lui à peine entrée ? De toute évidence, je n'étais pas la seule à espérer un peu plus qu'une vague excitation de cette visite à l'improviste. La vague excitation s'était transformée en fournaise de désir dès que j'avais franchi le seuil. Je sentis une goutte de sueur me couler dans le dos.

— Je les ai écrites après qu'ils m'ont annoncé ton décès. Je ne voulais pas y croire. Elles m'ont permis de ne pas perdre la tête.

— Tu y parles de Carter ?

— Oui.

Il me considéra, déconcerté.

— Jo, je ne suis pas sûr de vouloir lire ces passages-là.

— Lesquels ?

— Ceux qui parlent de toi et de Carter. Enfin, je comprends, parce que tu me croyais mort et que tu as des besoins, et Carter est plutôt séduisant, et...

— Wow, attends un peu ! Nick, je n'ai jamais… nous n'avons jamais… Carter est un ami, rien de plus. Tu es le seul homme avec qui j'aie jamais couché.

— Quoi ?

— Pourquoi ça t'étonne ?

— Il n'est pas avec Molly.

— Et alors ? C'est un bon ami.

— Vous avez vécu chez lui… comme de simples amis ?

— Oui. Je n'arrivais pas à remonter, après ce qu'ils m'ont raconté à ton sujet. Crois-moi, j'ai essayé, mais ta maison évoquait trop de souvenirs, et je ne pouvais plus le supporter. Je suffoquais : partout où je posais les yeux, quelque chose me rappelait les moments passés ensemble. Ton absence et l'idée que tu ne reviendrais jamais me faisaient souffrir à chaque minute que je passais là-bas. J'ai craqué au bout de la première année et j'ai emménagé chez Carter.

— Et tous les deux, vous n'avez jamais…

Je secouai la tête. Il poussa un soupir de soulagement et posa les mains sur la chaise devant lui.

— Dieu merci.

J'essayai de me mettre à la place de Nick, en me demandant comment je me sentirais s'il avait habité avec une autre femme, même si celle-ci avait été ma meilleure amie. Je n'appréciais pas vraiment cette idée.

— Enfin bref, je te les laisse, dis-je d'une voix tremblante. Je ferais mieux d'y aller. Mackenzie fait le grand ménage dans sa chambre depuis deux jours, et je lui ai promis que nous lui confectionnerions un gâteau spécial pour demain.

Lâchant la chaise, il me prit par les hanches. La chaleur de ses mains me brula au travers de ma robe, et d'autres gouttes se formèrent instantanément le long de mon échine pour ruisseler dans mon dos. Je ne m'attendais pas à ce qu'il me tienne ainsi, si longtemps. Je le souhaitais, mais je n'imaginais pas qu'il le ferait. En fait, je ne me figurais même pas qu'il me toucherait de la sorte. Mais maintenant qu'il avait fait le premier pas, je ne pouvais plus reculer.

— Dîne avec moi, m'implora-t-il d'une voix plus profonde qu'autrefois, et pleine de concupiscence.

Ou peut-être prenais-je mes désirs pour une réalité ?

— Ils m'attendent, à la maison.

Je mentais, bien sûr. J'avais déjà annoncé à Carter que je risquais de m'absenter un bon moment. Il avait voulu m'adresser un geste triomphal, en me frappant dans la main, mais j'avais refusé, refusant moi-même d'avouer les raisons qui me poussaient à venir.

— Alors appelle Carter. Nous avons beaucoup de temps à rattraper. Il comprendra.

Je sortis mon téléphone de mon sac et j'envoyai un texto à Carter pour lui dire que nous devrions sans doute repousser la réalisation du gâteau au lendemain matin. Il répondit immédiatement par trois émojis de baiser suivis d'un pouce victorieux, et je coupai le volume du téléphone. Connaissant Carter, il allait me taquiner pendant au moins quelques heures.

— Tu as fait la cuisine ? demandai-je.

— Oui, je meurs de faim.

Le ton qu'il venait d'employer me donna la chair de poule. Je me repris, pensant qu'il était encore trop tôt pour céder aux exigences de mon corps… qui voulait la totale. Mon corps avait soif de Nick comme un survivant qui venait de traverser le Sahara.

— Assieds-toi, Jo. On parlera en mangeant.

Il m'offrit une chaise, où je m'assis en sentant son regard posé sur moi. Nick sortit un plateau de patates, d'asperges grillées et de blanc de poulet du four. Ce repas semblait m'attendre, comme s'il se préparait à ma venue ce soir.

— Tu en as fait pour une armée.

— Eh bien, j'espérais bien avoir de la compagnie. Simplement, je n'avais pas compris qu'il te faudrait deux jours pour me rendre visite, ajouta-t-il d'une voix aguicheuse.

— Je voulais passer hier, mais je ne savais pas si je pouvais.

— Je suis ravi que tu sois venue. Du vin ?

Je hochai la tête. Un petit verre d'alcool me calmerait les nerfs. J'avalai le contenu du mien en quelques gorgées et je m'essuyai la bouche du dos de la main, au grand amusement de Nick.

— Quoi ?

— Je ne t'avais jamais vue comme ça, répondit-il.

— Comment ?

— Tu as toujours été belle, Jo. Mais tu es devenue cette femme époustouflante, et je n'arrive pas à détacher mes yeux de toi. Tu as changé.

— Arrête de flirter.

Mais en réalité, je voulais qu'il continue, et il le savait bien.

— Je ne fais qu'énoncer une évidence.

Il me servit du poulet et des légumes, ainsi que quelques pommes de terre. Au lieu de manger, je vidai de nouveau mon verre.

— Si tu ne manges rien, ce vin te montera à la tête encore plus vite.

— C'est un peu l'idée. Ça m'empêche de trop réfléchir.

Et ça me pousse à vouloir me livrer à des activités pour lesquelles je ne suis pas sûre d'être prête. L'alcool me donnait le courage dont j'avais désespérément besoin.

Toutefois, je ne voulais pas céder à mes pulsions, et je demandai :

— Où sont les peaux de mouton ?

— Tu avais dit qu'elles n'iraient pas avec le reste.

— Quand nous sommes venus pour la première fois ?

Il hocha la tête. Je n'aurais pas pensé qu'il s'en souviendrait. C'était vrai. Tout ce qu'il avait décrit ce jour-là était là, à l'exception des peaux de mouton, et j'adorais cette maison. Elle était magnifique.

Je finis par manger une bouchée de légumes et j'observais l'intérieur.

— Je n'arrive pas à croire que tu aies fait tout ça.

— Pas tout seul.

— C'est d'une beauté à couper le souffle.

Tout à fait conforme à sa description, avec le lustre en bois de cerf et l'escalier en spirale menant à l'étage, où devait se trouver sa chambre. La simple image mentale de son lit, et de Nick qui y dormait, nu peut-être, me donna le vertige. Ou peut-être que ce bon vin commençait à faire effet.

— C'est toi qui es belle à couper le souffle, Jo. Tu l'as toujours été.

Ce compliment me submergea d'émotion. La chaleur qui m'était montée aux joues se répandit jusqu'au plus profond de moi, et je plantai ma fourchette dans un morceau de poulet pour me concentrer sur autre chose que le désir émanant de la voix grave de Nick.

— Cette maison me semblera toujours vide sans toi. Elle ne deviendra jamais un foyer si tu n'y habites pas ; ce ne sera qu'une maison.

Je secouai la tête, refusant de lui dire non, mais ne souhaitant pas non plus le mener en bateau. Je ne pouvais pas me contenter d'abandonner Carter pour emménager ici. Je ne pouvais pas déraciner Mackenzie. Le temps avait érigé des montagnes d'incertitudes entre nous. Incapable de trouver une réponse adéquate, je changeai à nouveau de sujet.

— Comment se fait-il que personne n'ait su que tu travaillais ici ?

— Je vis de peu. Et j'ai fait promettre à Mme Crafton de ne rien révéler quand je passais m'approvisionner chez elle. En échange, je nettoyais son jardin et je réparais les tuiles de sa vieille remise.

— Petit sournois !

— Il faut ce qu'il faut. La Navy m'a largement dédommagé pour avoir rapporté par erreur à ma famille que j'étais mort. Ils t'auraient indemnisée toi aussi si tu avais été ma femme.

Je reportai mon attention sur mon annulaire gauche, dépourvu d'anneau. On l'avait peut-être dédommagé, mais durant les trois ans et demi où j'avais cru Nick mort, j'avais eu l'impression de perdre mon cœur. Mon cœur et mon âme. Sans Mackenzie, je n'aurais pas survécu.

— Désolé. Je ne pouvais plus la porter. J'ai pensé…

— Pas besoin de te justifier, Jo. Je comprends. Tu me croyais mort, et je suis navré. Navré que tu aies dû endurer toute cette souffrance. Si les rôles avaient été inversés, si j'avais dû porter le deuil de mon amour, je… je n'aurais pas été aussi fort que toi. Si je pouvais remonter le temps, je le ferais.

Du temps… nous en avions désormais, mais j'ignorais comment en faire le meilleur usage. J'ignorais comment abattre ces montagnes, ou au moins les traverser.

Un silence gêné s'installa. Je ne me sentais pas tant mal à l'aise que troublée.

— Nick…

— Tu vas me dire que tu ne peux pas vivre ici, et je comprends. Mais je ne peux pas l'entendre pour le moment. S'il te plaît, ne le dis pas, parce que l'espoir que tu reviennes un jour dans ma vie est la seule chose à laquelle je puisse me raccrocher, même s'il me paraît vain.

Pourquoi considérait-il cet espoir comme vain ?

— J'ai besoin de temps. Tout ça ressemble à un rêve. Un rêve heureux, et comme je n'en ai pas fait beaucoup ces dernières années, il faudra un moment pour m'y habituer.

Je souris.

Il s'était passé tant de choses, et tout avait tellement changé. Et au bout du compte, je voulais simplement qu'il me prenne dans ses bras. Je voulais retrouver ce lien que je sentais toujours entre nous, mais je ne savais pas comment abattre ce mur que les cinq années de séparation avaient bâti entre nous. Il n'ajouta rien. Nous restâmes plongés dans nos pensées, et le dîner s'acheva sans un mot.

— Pourquoi n'en lis-tu pas quelques-unes ? Pendant que je fais la vaisselle ?

Je désignai la boîte à chaussures pleine de lettres et j'écartai ma chaise de la table.

— D'accord.

Il m'aida à débarrasser avant de s'installer sur son canapé. Je tournai le robinet et versai un peu de produit sur l'éponge, me concentrant sur ma tâche pour éviter de le rejoindre au milieu des coussins où il s'était enfoncé. Une fenêtre, près de l'évier, donnait sur notre pâtisserie et l'ancienne maison de Nick. Je me demandai combien de fois Nick m'avait aperçue pendant qu'il rénovait la grange. Je voulais qu'il me raconte sa vie dans la marine, ce qui s'était passé pendant ses missions, et qu'il me dise s'il en éprouvait des regrets.

En nettoyant les assiettes et les verres, je me sentis gagnée par le calme. Voilà ce que je ressentirais si nous vivions ensemble : nous partagerions des dîners, nous parlerions, plaisanterions et profiterions de la compagnie l'un de l'autre, puis nous ferions la vaisselle. Mackenzie pourrait jouer dehors. Elle demandait un lapin domestique depuis un moment déjà. Ici, nous pourrions bâtir à ce lapin une maison spéciale près de la grange. Ici, les difficultés de la vie s'estompaient. En fait, plus j'y passais du temps, plus je me sentais chez moi dans la grange.

Je le sentis derrière moi avant même qu'il ne me touche, et je me figeai. L'eau continuait à couler et j'aurais dû continuer à nettoyer la dernière assiette, mais je ne pouvais pas. Nick se trouvait trop près de moi. Je fermai les yeux, et le bruissement de l'eau me rappela ce soir où nous nous étions perdus, lors de l'excursion de camping, et où nous nous étions embrassés pour la première fois au bord de la rivière.

Il se colla contre mon dos et ses mains glissèrent sur mes avant-bras, puis mes paumes, ses doigts se lovant autour des miens, pleins de savon. Ce contact provoqua un nouveau déferlement d'émotions dans tout mon corps. J'inclinai la tête de côté et je sentis son souffle chaud qui me chatouillait le cou, puis ses lèvres qui frôlaient ma peau lorsqu'il murmura :

— Bon sang, ce que tu m'as manqué.

Nick me fit doucement pivoter face à lui. Je craignais d'ouvrir les yeux et de voir la réalité. J'avais encore peur que tout ceci ne soit qu'une illusion.

— Tu m'as manqué aussi. Tu ne veux pas lire les lettres ?

— Si, mais je préférerais faire autre chose que lire pour le moment.

Ses mains désormais humides remontèrent le long de mes bras, jusqu'à mon visage. Il le prit délicatement, son pouce longeant la lèvre inférieure, son regard concentré sur ma bouche pendant que je cherchais à trouver la sienne sous cette moustache et cette barbe. Lorsqu'il m'embrassa, je gloussai et je m'écartai.

— Ce n'est pas la réaction que j'attendais, dit-il contre mes lèvres.

— Désolée. Ça chatouille.

— Je me rase sur-le-champ si ça me permet de t'embrasser.

Je me mordis la lèvre, brûlant de sauter sur l'occasion.

— Et pourquoi tu ne me laisserais pas m'en occuper ?

Il baissa les mains et m'adressa un sourire un peu perplexe avant de reculer. Pendant qu'il gravissait l'escalier en spirale pour aller chercher le nécessaire, je terminai la vaisselle et je me séchai les mains. Le temps que je tire une chaise pour la rapprocher de l'évier, Nick était revenu.

— Ça fait un bail qu'il n'a pas servi, dit-il en me tendant un rasoir.

— Je te promets de te raser en douceur. Tu es sûr que tu

veux te débarrasser de ça ? dis-je en tirant malicieusement sur sa barbe.

— Eh bien, puisque j'ai droit à un nouveau départ, autant que je la rase, ça me paraît approprié.

Un nouveau départ... mais avec plaisir !

— La raser, je ne sais pas... Il faut couper le plus gros d'abord, dis-je en tendant la main vers les ciseaux. Tu prévoyais de te métamorphoser en ours ?

— Je ne prévoyais rien du tout. Mais j'espérais qu'un jour je pourrais être de nouveau à toi.

J'en restai bouche bée.

À moi ?

Je savais que Nick avait du mal à prononcer ces mots. C'était toujours *son* toit, *sa* pâtisserie, *son* record de ricochet, *son* besoin de mener à bien des missions pour la Navy, et *ses* décisions. Mais voilà bien que cet homme solide, qui avait traversé une des plus difficiles formations possibles, qui s'était battu pour son pays et pour la liberté, s'offrait à moi, une simple fille de la campagne.

Je ne parvins pas à lui répondre. Au lieu de ça, je m'emparai des ciseaux et je coupai le plus gros de sa barbe et de sa moustache, prenant soin de ne pas l'égratigner par inadvertance, car l'opération nécessitait de la concentration. Une fois les poils réduits à moins de deux centimètres, je le savonnai de mousse à raser et j'y passai délicatement le rasoir. Il ferma les yeux jusqu'à ce que je termine, confiant dans ma façon de manier la lame acérée. Je pris mon temps, retirant peu à peu la mousse et les poils. Je me sentais plus à l'aise auprès de lui, désormais, et au fur et à mesure, je commençais à reconnaître mon Nick. Je me penchai de l'autre côté, et je m'immobilisai en sentant son souffle sur ma poitrine. Quelques centimètres plus près, et ses lèvres effleureraient ma peau. Je le nettoyai au moyen du torchon de cuisine, et lorsque je retirai la main, il ouvrit les paupières et me prit le poignet.

Je fixai ses yeux, fascinée.

— Sans toi, je ne suis pas un homme, Joelle. Si tu veux bien de moi, sache que je suis à toi. Tout ce que je demande, c'est une deuxième chance.

Et j'étais à lui. Je le serais toujours. Au lieu de m'écarter et de gaspiller de précieuses minutes, qui n'auraient servi qu'à faire dresser de nouvelles montagnes entre nous, je remontai ma robe au-dessus de mes genoux, passai un pied entre ses jambes et m'installai à califourchon sur sa cuisse, prenant entre mes mains son visage rasé de frais.

— Nous avons beaucoup de temps à rattraper et énormément de choses à nous dire, mais je t'aime, Nicholas. Je n'ai jamais cessé de t'aimer, et je t'aimerai toujours.

Ce moment que j'avais espéré depuis des années arriva enfin : nos bouches et nos corps entrèrent en collision. Ses bras musclés se lovèrent autour de moi, me serrant à me couper le souffle. Mais l'air que nous partagions me suffisait. Ses lèvres noyèrent tous mes sens, m'emportant dans son monde. C'étaient celles du Nick d'autrefois, et celles d'un inconnu, elles étaient douces mais exigeantes, chaudes et pleines de désir.

Mon âme me parut s'échapper de mon corps ; je me sentis fondre de l'intérieur. L'intensité de notre baiser augmentait à chaque seconde, nos mains cherchant de nouvelles zones à explorer, nos corps cherchant à fusionner et nos bouches se livrant à une véritable danse. Même si j'avais voulu m'arrêter, je n'aurais pas pu. Ses mains vagabondèrent sur mes bras, allant et venant, hésitant à palper, à saisir, jusqu'à ce qu'elles se calent sur mes hanches, retroussant ma robe et dévoilant mes cuisses. Je tendis les mains vers la boucle de sa ceinture. Il se débarrassa de son pantalon en remuant, tout en écartant ma culotte de sa main libre. De toute évidence, il pouvait accomplir plusieurs tâches à la fois. Nick ne portait pas de sous-vêtement, et il était déjà prêt. Mue par un appétit grandissant, je me hissai pour le laisser glisser en moi, mon essence intime lubrifiant son sexe tandis que je m'y empalai.

Je m'immobilisai.

Je voulais savourer l'instant.

La pénétration par son membre épais me procura le même sentiment de plénitude qu'autrefois, et je sentis une larme couler sur ma joue, heureuse que ces souvenirs ne se soient pas évanouis avant le retour de Nick. J'avais besoin de sentir le lien qui nous unissait et de m'en souvenir pour toujours, au cas où il s'agirait du dernier moment que je passerais avec lui. Ce genre d'idée ne m'aurait jamais traversé l'esprit, auparavant. Nous avions tout le temps du monde, et je n'avais pas apprécié ce temps à sa juste valeur jusqu'à cet instant précis.

Son baiser suivant fut doux, et il appuya son front contre le mien. Je fermai les yeux en commençant à agiter mes hanches, lentement, dans un mouvement qui me parut inédit et exquis, le rythme s'accroissant peu à peu. Il déboutonna rapidement ma robe et baissa mon soutien-gorge pour libérer mes seins afin d'accoler ses lèvres à mes tétons durcis.

Sentir sa bouche sur ma peau et le sentir en moi déclenchait des sensations délicieuses.

Je sentais s'épanouir le désir en moi. Comme s'il lisait mes pensées, Nick raffermit sa prise sur mes hanches et je me mis à le chevaucher plus vigoureusement, jusqu'à ce que mes fesses claquent contre ses cuisses. Dans la pièce, on n'entendait plus que ses grognements, mes gémissements et nos souffles mêlés. Il était dur, brûlant et massif, la perfection de l'homme que j'avais cru mort pendant si longtemps.

La friction augmentait à chaque coup de reins. Lui-même donnait des à-coups de plus en plus violents, et j'accélérais, cherchant à atteindre l'orgasme. Il s'empara passionnément de ma bouche et je tremblai, des spasmes d'extase se répandant dans tout mon corps pendant que je mordais sa lèvre et qu'il poussait un ultime grondement en se répandant en moi.

J'étais à bout de souffle.

Nick m'entoura de ses bras, dans une étreinte plus vigoureuse encore. Nous restâmes connectés jusqu'à ce que nos cœurs se calment et que le monde redevienne net autour de nous.

— Voilà le genre d'accueil que j'espérais à mon retour, dit-il avec un sourire impertinent qui me fit glousser.

— Tu m'as manqué. Tu m'as tellement manqué…

— Je suis là, maintenant, ma chérie. Et je ne te quitterai jamais.

— Je ne crois pas que je te laisserais partir, dis-je en me levant lentement.

Sa semence ruissela le long de mes cuisses et il prit une serviette en papier près de l'évier pour m'essuyer.

— Je voulais qu'on fasse ça autre part, mais je n'ai pas réussi à me retenir.

— Autre part ? demandai-je.

— On ne le voit pas d'ici, mais depuis notre chambre, une échelle permet d'accéder à une terrasse sur le toit.

— *Notre* chambre ?

— Oui. La tienne et la mienne. Côté est, pour que tu puisses faire des vœux chaque fois qu'une étoile traverse le ciel.

De *mon côté* ? Aurais-je dû lui dire que c'était inutile, que tous mes vœux venaient d'être exaucés ? Parce qu'il était de retour et que je retrouvais ses bras ? Mais je me tus. Au lieu de ça, je l'embrassai de nouveau sur la bouche en admirant son visage rasé de près.

Pour le deuxième round de nos retrouvailles, nous passâmes dans la chambre à coucher où Nick eut l'occasion de tester les limites de son immense lit. J'aurais pu y passer la journée, et si nous n'avions entendu frapper à la porte, nous aurions sans doute enchaîné plusieurs fois…

Mais le martèlement à la porte me secoua, remplaçant par

un sentiment d'effroi l'euphorie qui m'avait animée jusqu'à présent.

ick enfila un jean et ouvrit la porte.

— Carter ? Qu'est-ce qui se passe ? demanda-t-il.

Cette question m'arracha à mon extase sensuelle et je repassai aussitôt en mode « vigilance maternelle ».

— C'est Mackenzie. Elle a disparu, entendis-je Carter répondre.

— Quoi ?

Je faillis descendre complètement nue, mais je parvins à mettre mes sous-vêtements. Plutôt que de remonter péniblement ma robe, je passai un tee-shirt de Nick et je descendis les marches quatre à quatre.

— Comment ça, disparu ?

— Jo, on a cherché partout.

— Certainement pas, parce que si vous aviez cherché partout, vous l'auriez retrouvée.

Mackenzie avait l'esprit aventureux, mais Carter n'avait certainement procédé à une fouille assez méticuleuse. Un jour, elle s'était endormie sur Tank, dans une étable. Le taureau était jeune à l'époque, mais déjà bien plus grand qu'elle. Nous les avions trouvés ensemble, l'un contre l'autre. Si Tank avait remué, il aurait tout à fait pu l'écraser, mais ils s'entendaient tellement bien, tous les deux, qu'ils étaient sans doute faits pour être amis.

— Comment as-tu pu perdre ma fille ? l'accusa Nick.

— Hé, doucement, le marine. Personne n'a « perdu » ta fille.

— Je ne l'entendais pas comme ça.

— Ah bon ? Comment l'entendais-tu, alors ? Je me suis davantage comporté comme un père pour cette petite que toi.

— Elle reste ma fille.

— Et ma nièce.

Ils se parlaient à deux doigts du nez, et de la testostérone aurait aussi bien pu leur jaillir des oreilles.

— Doucement, vous deux. Baissez d'un ton. Je sais que vous l'aimez, et je suis sûre qu'on va bien finir par la retrouver.

Carter m'examina de pied en cap, et Nick se déplaça devant moi pour me couvrir plus ou moins, ce qui fit se rembrunir son ami.

— Qu'est-ce qu'elle a dit ? demandai-je. La dernière fois que vous avez parlé.

— Elle a parlé de trouver de quoi décorer le gâteau spécial.

— Les seules décorations qu'elle garde, ce sont des galets au grenier. Tu as pensé à vérifier le grenier ?

— Non. Merde, désolé. Je ne voulais pas vous interrompre.

Je ne me rappelai pas la dernière fois que j'avais su garder mon calme à ce point en apprenant que Mackenzie manquait à l'appel, mais la vie me souriait de nouveau, et rien n'aurait pu me mettre de mauvaise humeur, même si une sensation affreuse me vrillait l'estomac. Le téléphone de Carter sonna, puis le mien. Il décrocha et pâlit.

— Papa ? fis-je en entendant la voix à l'autre bout du fil.

— Dieu merci vous allez bien. Nous nous sommes fait du souci en apprenant que la maison de Carter avait pris feu.

Quoi ?

Lâchant le téléphone, je me ruai vers la porte. Nick et Carter me crièrent quelque chose, mais je les entendais à peine. Seuls quelques sons indistincts me parvenaient, étouffés par les idées effroyables qui se bousculaient dans ma tête. Je courus jusqu'à ce que mes jambes crient grâce et que mes pieds se mettent à saigner. Je courus comme si le sol constituait l'unique lien qui me maintenait en contact avec Mackenzie. Je courus alors que je voulais voler jusqu'à elle. La camionnette de Carter s'arrêta à côté de moi pendant que je dévalais la rue, vêtue seulement d'une culotte et d'un tee-shirt.

— Grimpe, Jo ! fit Nick en sautant du siège passager et en m'ouvrant la portière de derrière. Et enfile un pantalon.

— Et Mackenzie ? demandai-je en plongeant les pieds dans ce qui ressemblait à un jogging de Nick, bien trop long et trop large, mais il fallait s'en contenter.

Je le roulai à la ceinture et au bas des jambes pour qu'il tienne.

— Pas de nouvelle pour le moment.

Je priai pour qu'elle soit en sécurité. Elle était toute ma vie, et je mourrais s'il lui arrivait quoi que ce soit. Nous n'étions plus très loin de la maison, et compte tenu de la vitesse à laquelle roulait Carter, nous y arriverions d'ici une trentaine de secondes.

Mon cœur s'arrêta lorsque j'aperçus le panache de fumée qui montait de chez nous.

— Non, non, non.

— Merde ! s'exclama Carter en écrasant le champignon.

Le moteur rugit, et je fus reconnaissante à mon ami d'être un mécano en plus d'un pompier, et d'avoir toujours maintenu son véhicule en parfait état.

À mesure que nous approchions, la fumée s'épaissit, et j'aperçus les flammes qui jaillissaient des fenêtres.

— Oh mon Dieu, non ! fis-je en portant la main à ma bouche.

— On va la retrouver, Jo. Je te le promets.

Carter se concentra sur la destination avec un calme que je ne lui connaissais pas, alors que je savais qu'il se rongeait les sangs. Si quoi que ce soit arrivait à Mackenzie… Non, il *fallait* qu'elle soit saine et sauve.

Le capitaine Clark se précipitait vers la maison au moment où nous nous arrêtâmes. Les trente secondes qu'il nous fallut pour arriver m'avaient paru durer une éternité. Plusieurs pompiers en tenue complète fixaient à une bouche à incendie la lance à eau qu'ils avaient apportée, peut-être dans un autre véhicule.

Le capitaine Clark interpela Nick et Carter pour leur demander s'ils faisaient partie de l'équipe, mais ni l'un ni l'autre ne l'écoutèrent. Je me précipitai à leur suite en direction de la maison.

— Jo, n'approche pas, dit Carter en me faisant signe de m'arrêter.

— C'est ma fille.

— Et je l'aime comme si c'était aussi la mienne. Si elle est là, je te promets de l'en sortir.

Nick me retint en me saisissant par les bras. J'étais prête à me jeter dans les flammes sans regarder en arrière.

— Tu ne peux pas entrer là-dedans, dit Nick. Pas sans moi.

— Attendez, vous ne pouvez pas y aller tous les deux.

Mon regard passa de l'un à l'autre, et avant que j'aie le temps de protester, Nick me prit les mains.

— Il faut que tu restes pour Mackenzie, déclara-t-il. S'il arrive quelque chose, notre fille aura besoin de toi.

— Je t'aime.

Il déposa un bref baiser sur mes lèvres, et tous deux se précipitèrent vers la porte avant que le capitaine Clark ne puisse les intercepter. Même une centaine d'hommes n'auraient pu les empêcher d'y aller.

— Où est passé le camion ? demandai-je.

— En révision, répondit le capitaine avant de s'adresser à ses hommes : Joe, Andrew, mon imbécile de fils vient de se jeter là-dedans pour jouer les héros. Grouillez-vous d'ouvrir l'eau !

Mais lorsqu'ils activèrent la lance, elle n'émit qu'un chuintement sonore et quelques rares gouttes.

— Merde ! Carter ! Nick ! Sortez d'ici !

Deux minutes plus tard, Nick émergea du bâtiment en tenant le corps inanimé de Mackenzie dans ses bras.

— Oh mon Dieu !

Nous nous éloignâmes rapidement de la maison, et il déposa la petite par terre.

— Carter l'a trouvée cachée dans le grenier. Elle n'avait pas encore perdu connaissance.

Je m'agenouillai à côté d'elle pour voir si elle respirait encore, mais ne détectant aucun signe, je commençai le bouche-à-bouche et le massage thoracique.

— Allez, ma puce. Respire !

Une fenêtre explosa dans notre direction après n'avoir émis pour tout avertissement qu'un craquement de verre sous une bourrasque d'air frais juste avant de céder.

Nick haletait lui-même, épuisé, mais je ne pouvais pas le regarder. Je soufflai de nouveau dans la bouche de Mackenzie, et ses paupières frémirent. Elle prit une inspiration.

Lorsqu'elle toussa bruyamment, mon cœur bondit d'allégresse.

— Je voulais faire un gâteau pour papa, hoqueta-t-elle.

— Et mon fils ? demanda le capitaine Clark.

— Ma puce, tout va bien à présent. Tout va bien.

— Papa ? Où est passé tonton Carter ? s'enquit Mackenzie.

Nous nous tournâmes toutes deux vers la maison en feu juste avant que Nick ne se précipite à l'intérieur. À peine eut-il disparu que les flammes engloutirent l'entrée. Je serrai la petite contre ma poitrine pour lui couvrir les yeux. Si une catastrophe se produisait, je ne voulais pas qu'elle se souvienne de ce spectacle.

— Ne bouge pas, Mackenzie. On va te donner de l'air spécial, d'accord ? dit le capitaine Clark en plaçant un masque à oxygène sur son visage pendant que la voiture du docteur Burke s'arrêtait près de nous. Est-ce que quelqu'un pourrait sortir mon fils de cette fournaise ! hurla-t-il.

— Maman ? demanda Mackenzie au travers du masque. Tonton Carter va bien ?

— Oui, papa est parti le chercher. Ils reviendront dans un instant.

Je voulais croire à ce que je venais de dire, mais en voyant les flammes surgir du toit d'une maison qui ressemblait de plus en plus à un squelette calciné, j'avais du mal. Les secondes suivantes s'écoulèrent au ralenti. Quand Andrew, l'un des pompiers, entendit le premier craquement, il s'écarta de la porte d'entrée. Il avait dû le pressentir : Carter m'avait raconté que les pompiers avaient une intuition pour ces choses. La structure calcinée s'effondra, et les murs de notre foyer se transformèrent en gueule de dragon béante. Les flammes et la chaleur projetèrent Andrew à terre, et je cherchai désespérément à respirer, les poumons brûlés par l'air chaud.

— Non ! m'écriai-je en me levant, Mackenzie calée contre mon corps, à l'abri des langues de feu. Non !

Les flammes étaient partout, consumant l'air que je cherchais à respirer, dévorant mes espoirs et mes rêves. Je tombai à genoux au moment où mon père arrivait dans la rue en courant, une Marge hors d'haleine sur les talons. Elle se figea en me voyant m'effondrer.

— Non, sanglotai-je en berçant Mackenzie.

Au moment où je croyais que ces deux hommes étaient revenus dans ma vie, on me les arrachait. Je regardai nos souvenirs disparaître dans des volutes d'épaisse fumée grise, quand une silhouette familière émergea du nuage : Nick, portant le corps inerte de Carter de l'autre côté de la maison, là où se trouvait son garage. Il se trouvait encore à portée des flammes, dans la fournaise. Le corps de Nick, son visage et ses cheveux étaient couverts de suie. Son pantalon et son tee-shirt avaient brûlé par endroits, laissant paraître des zones de peau rouge et brûlée.

Quelqu'un l'aida à porter Carter en sécurité et à l'étendre à l'abri.

— Ma chérie, reste avec grand-père et grand-mère. Je vais voir comment vont papa et Carter.

Sur ces mots, je laissai Mackenzie avec Marge et mon père.

Je me ruai vers Nick et Carter, mais en les voyant de près, je me paralysai sur place. Le tee-shirt de Carter avait entièrement disparu, brûlé à même son corps, et le côté gauche de son torse était couvert de cloques rouges, ensanglanté et écorché. Des zones noires et craquelées lui couvraient le visage. Nick leva la tête vers moi des yeux terrorisés : il craignait qu'il ne soit trop tard.

Je secouai la tête. Nick se leva et vint à ma rencontre. Je me serrai contre lui, l'entourant de mes bras pour me nicher tout contre lui, refusant d'envisager que je puisse perdre Carter.

— Désolé, Jo. J'ai vraiment fait tout ce que j'ai pu. Il est resté coincé après m'avoir passé Mackenzie, au grenier.

— Il a sauvé Mackenzie ?

— Nous ne l'aurions jamais retrouvée sans lui.

— Est-ce qu'il va…

Le mot resta coincé dans ma gorge nouée par l'angoisse.

— Je ne sais pas. Je ne sais pas.

Je vis la voiture de Molly s'arrêter dans la rue. Elle en sortit en trombe pour se ruer auprès de Carter et aider le docteur Burke à le ranimer.

— Il faut l'emmener à l'hôpital, dit ce dernier.

Ils ne me virent pas scruter leur expression, une expression de peur et de désespoir, parce qu'ils s'efforçaient de se presser davantage alors qu'ils faisaient déjà tout ce qu'ils pouvaient. Je savais qu'il ne survivrait pas. J'avais l'impression que toute la ville s'était réunie, la plupart des habitants se pressant autour de Carter. Mme Gladstone fit un signe de croix au-dessus de lui. Plus personne ne s'occupait de l'incendie, qui consumait le reste de notre ancien foyer. Ceux qui étaient venus avec des seaux d'eau arrosaient le côté du bâtiment pour que les flammes ne gagnent pas la ferme de Mme Gladstone.

Andrew apporta ce qui ressemblait à une planche de surf dont les côtés comportaient des trous pour le transport. Les pompiers y installèrent soigneusement Carter et l'emmenèrent dans le van du docteur Burke. Je rejoignis en courant Mackenzie, qui était restée avec Marge et mon père, le masque à oxygène toujours sur le visage. Je sentis Nick derrière moi.

— Maman ? fit la petite, les yeux pleins de larmes.

— Oui, ma puce ?

— Je voulais faire un gâteau en forme de plage, comme celui que tu m'as montré sur la photo, celui que papa avait fait pour toi, et j'ai dit à tonton Carter que j'avais besoin de décorations, alors je suis allé au grenier et quand je suis descendue, tonton Carter était parti et j'ai senti de la fumée, mais la porte était bloquée.

Il avait dû croire que Mackenzie était sortie chercher des décorations. Je la pris dans mes bras et je la serrai tout contre moi.

— Ce n'est rien, ma puce. Tout ira bien.

— Mais on n'a plus de maison, sanglota-t-elle en posant doucement sa tête contre mon épaule et en reniflant.

— Tu sais, notre maison, c'est cette ville.

Nick s'accroupit près de nous et lui caressa le dos.

— Tonton Carter est un costaud, sans doute le plus fort de tous les hommes que je connais.

— Mais où je vais dormir ? J'ai plus de chambre.

— Si tu veux, et si ta maman est d'accord, tu peux venir dans notre maison.

Mackenzie ne remarqua sans doute pas qu'il parlait de *notre* maison, mais moi si. Je la posai et mon père lui prit la main.

— Allons préparer des cupcakes pour les pompiers, dit-il.

— On devrait l'emmener à l'hôpital, on ne sait jamais, ajouta Marge.

Je hochai la tête.

— Oui, bonne idée, répondis-je.

En outre, je voulais rester près de Carter. J'avais besoin qu'il sache que nous étions en train de prier pour lui.

— Tu es blessé, dis-je en touchant le visage de Nick.

Il se pencha sur moi et murmura :

— Ça ira, mais si quelque chose arrive à Carter... je ne me le pardonnerai jamais.

Pour la première fois depuis le retour de Nick, j'avais l'impression que nous avions réellement besoin les uns des autres pour survivre.

— Le four faisait des siennes depuis longtemps. Ce n'était pas ta faute.

— J'aurais dû faire plus vite. J'aurais pu, mais les flammes...

Nick ne termina pas, perdu dans ses pensées, comme si son esprit vagabondait dans un passé dont j'ignorais tout.

— Il faut qu'on emmène Mac à l'hôpital. On demandera des nouvelles là-bas.

Tout le monde prit l'unique route qui menait de notre petite ville à sa grande voisine. Et tout le long du trajet en voiture, je ne pouvais m'empêcher de trembler à l'idée de perdre un autre ami.

Molly faisait les cent pas à l'accueil lorsque Mackenzie et Nick furent admis aux urgences. On allait leur faire passer des radios pour s'assurer que leurs poumons n'avaient subi aucun dégât. Mackenzie, en blouse d'hôpital, s'assit près du brancard de Nick pour sucer une sucette et jouer avec son père en tapant dans sa main. Le docteur nous assura qu'elle irait bien puisqu'elle ne semblait ni tousser ni cracher de la suie.

— Et Carter ? demandai-je à Molly une fois que le personnel eut pris en charge Mackenzie et Nick.

Le capitaine Clark, assis dans un coin, se passait la main dans les cheveux, comme Carter le faisait toujours, tout en essayant de rassurer son épouse. Molly m'entraîna hors de portée de voix.

— Toujours en chirurgie. Il n'a pas repris conscience, et les brûlures… eh bien, elles sont assez graves.

Je pris sa main dans la mienne.

— Carter est un battant, Molly. Il va s'en sortir. J'en suis sûr. *Il le faut.*

— Je m'inquiète, Jo. Ils ne veulent pas m'en dire plus, parce que techniquement, je ne fais pas partie de la famille. Je ne suis qu'une amie, alors ils ne me donnent pas plus d'informations, mais ses parents n'en ont pas reçu plus que moi.

Elle se tourna vers Mme Clark, qui avait tellement pleuré qu'elle arrivait à peine à ouvrir ses yeux rougis et gonflés. Un rosaire entre les doigts, elle faisait rouler les perles en enchaînant les Je vous salue Marie.

— Accompagne-nous au service de radiologie. Ça te changera les idées.

Elle souffla et hocha la tête. Nous passâmes l'heure qui suivit à traverser des couloirs en poussant Mackenzie sur son brancard, puis sur une chaise roulante, jusqu'à ce que les docteurs en aient terminé de ses examens et de ceux de Nick. Nous retournâmes à la salle d'attente. Quand le docteur passa la porte, tout le monde se leva.

— Il est aux soins intensifs désormais. L'opération s'est bien passée, mais ses brûlures au troisième degré nous ont forcés à retirer beaucoup de tissus morts. Il a perdu une grande partie de l'épiderme, et les risques d'infections demeurent élevés.

— Il respire par lui-même ? s'enquit le capitaine Clark.

— Oui, ses poumons se remettront. Il aura besoin d'une greffe de peau d'ici peu. Nous commencerons dès ses signes vitaux s'amélioreront. Son corps reste en état de choc. Il a perdu beaucoup de fluides et nous surveillons l'apparition d'éventuels œdèmes, mais si son état progresse, nous passerons aux greffes dès que possible.

— C'est une bonne nouvelle n'est-ce pas ? demanda Mme Clark.

À en croire l'expression de Molly, pas vraiment…

— Transplanter de grandes quantités de peau risque d'infliger un choc à l'organisme.

— Et avec un donneur particulièrement compatible ? demanda Nick.

— Ses chances s'amélioreraient.

— Prenez-moi, alors.

Quoi ?

— Si je corresponds, prenez toute la peau nécessaire pour aider Carter.

Mackenzie avait dû nous entendre, et elle leva la main pour crier, depuis l'endroit où elle se trouvait avec papa et Marge :

— Moi aussi ! Je veux aider tonton Carter !

Je souris. Savoir que tant de gens priaient pour Carter me redonnait l'espoir, et c'était l'espoir qui m'avait ramené Nick. S'il y avait bien quelqu'un qui pouvait s'en sortir, c'était Carter.

CHAPITRE 30

QUATRE MOIS PLUS TARD

Je n'avais pas pris conscience que nous nous retrouvions sans domicile avant de retourner à Hope Bay. Durant les deux premières nuits, je logeai chez papa et Marge. La troisième, Nick reçut l'autorisation de sortie de l'hôpital. Il était tout à fait compatible avec Carter, et les médecins transplantèrent donc une partie de la peau de sa cuisse et de sa fesse à son ami. Il me paraissait logique de m'occuper de lui, et j'emménageai donc dans la maison de la grange avec Mackenzie pour veiller sur lui pendant sa convalescence. Les jours se transformèrent en semaines, les semaines en mois, et au fil du temps, nous redevînmes une vraie famille. Je n'aurais pas su dire à quel moment exact le changement s'était opéré, mais je sus que nous étions chez nous au moment où je franchis le seuil de cette demeure avec Mackenzie.

— Comment va ma préférée ? dit Nick en lovant ses bras autour de ma taille par-derrière pour m'embrasser la nuque.

— À merveille maintenant.

Je me retournai pour retrouver ses lèvres, persuadée que

tous les baisers que je viendrais chercher sur ces lèvres ne suffiraient pas à me rassasier. Au fil des mois, je m'étais tellement habituée à ces gestes tendres que je n'aurais pas su m'en passer.

— Et notre bout de chou ? demanda-t-il en me caressant le ventre avant de s'accroupir pour l'embrasser à travers ma robe.

Le bébé donna un coup de pied et je souris.

— Il est réveillé.

Ce bébé était tout l'opposé de Mackenzie. Il avait commencé à donner des coups de pied deux semaines plus tôt et dormait la nuit, ce dont je lui étais reconnaissante, se montrant plus actif en journée. J'avais calculé que sa conception datait du jour de l'incendie, quand j'avais fait l'amour avec Nick pour la première fois depuis son retour. Il s'était montré enthousiaste dès que nous avions découvert que j'étais enceinte. En fait, Nick adorait mon ventre, il voulait sentir le moindre coup de pied du bébé et satisfaisait toutes mes envies de cornichons. Nous en avions des bocaux entiers, offerts par Mme Clarke, qui n'arrêtait pas de remercier Nick d'avoir sauvé Carter. S'il avait pu, Nick se serait probablement levé au milieu de la nuit pour aller faire pipi à ma place.

Quant à moi, je ne saurais jamais remercier suffisamment Carter d'avoir sauvé la vie de notre fille.

J'embrassai les lèvres de Nick lorsqu'il se leva, puis je lui montrai le dessin qu'avait réalisé Mackenzie, avec sa grande inscription « Bienvenue à la maison ». À présent, elle mettait la dernière main aux fleurs et aux papillons qui la décoraient. Carter rentrait le jour même, et nous avions prévu une grande fête pour lui chez les Clark. J'avais fait fabriquer une plaque en bois à partir d'un des rares morceaux de sa maison que nous avions retrouvé dans les décombres. On pouvait y lire : « Aucun incendie n'est assez ravageur pour détruire notre famille. »

— Tu crois que ça lui fera plaisir ? demandai-je à Nick en désignant le paquet.

— Il va adorer. Et j'ai également retrouvé autre chose sur place, dit-il en sortant de sa poche un petit objet.

Un galet gravé d'un N.

— Quoi ? Mais comment ?

— J'y suis retourné après l'enquête. Il m'a fallu un moment pour mettre la main dessus, mais le voilà.

Il posa la pierre sur la table devant Mckenzie.

— Papa, c'est notre galet !

— En effet.

— On devrait le faire encadrer.

— J'ai une meilleure idée. Pourquoi on n'irait pas le jeter sur Pebble Beach ? Je crois qu'il est temps que ce petit gars batte de nouveaux records.

Je ne me rappelai même plus quand nous avions fait des ricochets pour la dernière fois, et puisqu'il ne nous restait plus beaucoup de temps pour profiter des derniers beaux jours de l'automne, mieux valait sans doute y aller avant la petite fête.

— Je devrais peut-être changer de robe. Celle-là me paraît trop chic, dis-je.

La semaine passée, j'avais fait du shopping en ville avec Marge, qui avait insisté pour m'offrir cette robe blanche d'été. Ornée de splendides motifs floraux, elle m'allait à merveille, du moins pour le moment.

— Tu es splendide, et c'est une occasion spéciale, non ? Carter revient enfin.

— Oui, tu as raison. C'est un jour spécial, en effet.

— Et s'il veut emménager avec nous un moment, il sera le bienvenu. Notre maison est aussi la sienne.

— Merci, mais aux dernières nouvelles Molly avait proposé de l'accueillir chez elle. Elle a terminé son internat.

— Elle renonce vraiment à l'hôpital pour lui ?

Après être devenue infirmière, Molly avait décidé d'entreprendre des études pour devenir médecin.

— Elle a dit qu'elle avait bien plus à gagner en revenant ici. Et le docteur Burke ne va pas tarder à prendre sa retraite, ce qui fera qu'elle aura le seul cabinet de la ville.

— Allez, Mackenzie, mets ta robe, toi aussi.

Nick lui adressa un clin d'œil, et elle lui répondit de même. Je ne les avais jamais vus échanger ce genre de signal. Nick se pencha vers moi.

— J'espère que ça ne t'ennuie pas, chuchota-t-il, mais je lui ai acheté une robe spéciale à elle aussi.

— Toi, tu as acheté une robe ?

— Oui. Maman m'a aidé.

En temps normal, je me serais interrogée sur ce geste, mais comme nous avions tout perdu dans l'incendie, nous rachetions au fil des semaines les vêtements, les jouets et les autres accessoires de la vie de tous les jours ;

Mackenzie descendit l'escalier, rayonnante. Elle arborait le même sourire immense que son père.

— On dirait que papa a très bon goût en matière de robes. Tonton Carter ne va pas te reconnaître, ma grande.

— C'est une robe spéciale.

— En effet. Allez, il est temps de partir.

— Papa, je peux cueillir des fleurs pour tonton Carter ? demanda Mackenzie avec un autre clin d'œil.

C'était à croire qu'ils avaient pris une nouvelle habitude, tous les deux. En les voyant se rapprocher, j'avais l'impression que tous les morceaux de mon cœur brisé se recollaient par magie.

— Bien sûr.

Quinze minutes plus tard, nous roulions vers Pebble Beach.

— Tu crois qu'on arrivera à temps ? La fête commence dans un quart d'heure, dis-je en consultant nerveusement ma montre.

— On arrivera à temps, répondit Nick avec un calme imperturbable.

Il se gara dans l'herbe et je pris Mackenzie par la main.

— Maman, tu peux me tenir ça ? demanda-t-elle en me tendant son splendide bouquet de marguerites.

— Bien sûr.

Nick prit son autre main et nous franchîmes la colline qui bordait le lac. Dès que nous arrivâmes au sommet, je me figeai. Au bord de l'eau, on avait installé une arche décorée de fleurs et de morceaux d'étoffe blanche qui flottaient sous la brise. Des chaises s'alignaient de part et d'autre, autour d'une allée centrale, et toute notre famille, nos amis et la majorité des habitants de la ville nous y attendaient. Au bout de l'allée, Carter souriait, assis dans un fauteuil roulant à côté de Molly. Nous nous approchâmes d'eux avec Mackenzie. Ce ne fut qu'en voyant tous les regards posés sur Nick et moi que je compris qu'il ne s'agissait pas de la fête de retour de Carter.

— Nick ?

Mais il s'était déjà agenouillé devant moi.

— Je veux passer le reste de ma vie avec toi. Tu es mon amour. Tu es tout pour moi, et je donnerai non seulement ma vie pour toi, mais pour tous ceux qui sont ici. Nous étions faits pour vivre dans cette ville et nulle part ailleurs, et je promets d'y rester jusqu'à la fin de mes jours avec toi, nos enfants et, un jour, nos petits-enfants. Je sais que techniquement, nous sommes encore fiancés, mais vu tout ce qui s'est passé depuis, j'aimerais te le demander devant notre famille et nos amis. Veux-tu m'épouser, Joelle Kagen ? Veux-tu m'épouser dès aujourd'hui ?

Mackenzie, tout excitée, tira sur ma main.

— Dis oui, maman ! Dis oui !

Ses yeux s'emplirent de cette joie dont elle rayonnait en permanence, et qui gagna le cœur de toute l'assistance.

J'éclatai de rire, les joues baignées de larmes, et je quittai des yeux notre fille pour me tourner vers Nick.

Molly me tendit un mouchoir.

— Oui, je veux t'épouser aujourd'hui.

Mackenzie poussa un couinement d'enthousiasme, Marge pleura et tous les convives applaudirent.

— Ce sera toi le témoin ? demandai-je à Carter.

Il se leva de son fauteuil sur des jambes un peu chancelantes, mais Molly le soutint.

— Je suis tellement ravie de te voir un peu remis, ajoutai-je.

Des bandages couvraient encore les blessures du côté droit de son visage.

— Tu ne vas pas te débarrasser de moi comme ça, Cupcake. Je suis comme les paillettes.

— Comment t'y connais-tu si bien en paillettes ?

— Grâce à Mac.

Je ris de nouveau.

— Molly, tu veux…

— Bien sûr. J'en serais honorée.

Tous les cinq, nous nous acheminâmes jusqu'à l'arche où le père Sinclair nous attendait. La scène tenait du rêve. Quand je m'étais réveillée ce matin, je ne m'attendais pas à me marier dans la journée, et pourtant voilà que nous devenions mari et femme, partageant un baiser pour sceller nos vœux. Mackenzie applaudit de joie, et tous les invités se joignirent à elle.

— C'est le moment, papa ? demanda-t-elle.

— Oui, je crois.

Il sortit de sa poche le galet que je lui avais donné pour son treizième anniversaire. Je retirai les sandales de Mackenzie, puis les miennes. Nick retroussa son pantalon, abandonnant ses chaussettes et ses chaussures sur la berge. Tous trois, nous nous avançâmes dans les eaux de Stone Lake, et Nick tendit à notre fille la pierre spéciale. Elle balança le bras comme une pro et la jeta avec énergie. Le galet rebondit plus loin que jamais, ricochant sur l'eau claire jusqu'à ce que sa forme en cœur finisse par disparaître.

Les applaudissements et les rires résonnaient autour de nous. Papa et Marge pleuraient. Molly se pencha sur Carter pour l'embrasser, et pour la première fois de ma vie, je sus que je n'avais plus besoin d'étoiles filantes : tous mes vœux avaient été exaucés. Le monde cessa d'être à lui et à moi, et il devint simplement le nôtre.

∾

~

Cher lecteur / Chère lectrices,

Après des années de tribulations, entourée par leur famille et leurs amis, Nick et Joelle ont enfin trouvé la paix et le bonheur. Et cette petite Mackenzie, n'est-elle pas adorable ?

C'est une petite fille très spéciale, qui a un oncle affectueux. Carter donnerait sa vie pour sa petite nièce, il l'a prouvé à maintes reprises.

Cet homme-là traverserait les flammes pour séduire une dame, mais ses relations se compliquent dès que ses paroles dépassent sa pensée.

Si vous aimez les récits qui parlent d'amis et d'amants, vous apprécierez l'aventure que vivent Carter et Molly dans : *Juste sous tes yeux*. Retrouvez le pompier à la langue bien pendue qui découvre le sentier de l'amour et de la bienveillance avec une infirmière timide qui a bien plus besoin de lui qu'elle ne veut l'avouer dans mon prochain roman : *Juste sous tes yeux*.

Bonne lecture !
Lacey Silks

~

DE LA MÊME AUTEUR

La série des cicatrices

Éblouie par l'Argent (Introduction à la série des Cicatrices)

Cicatrices profondes (Tome 1)

Cicatrices fraîches (Tome 2)

Cicatrices guéries (Tome 3)

La série des Croix

Croix de Bois (Tome 1)

Mise en Croix (Tome 3)

La Croix et la Bannière (Tome 3)

Poing de Croix (Tome 4)

La série des instants parfaits

Le Parfait Amant (Tome 1)

Le Parfait Séducteur (Tome 2)

Le Parfait Baiser (Tome 3)

Le Parfait Amour (Tome 4)

Titres contemporaines

Mon premier, mon dernier

Rien que toi

À toi et à moi

Juste sous tes yeux

Suivez-moi sur le net:

www.LaceySilks/Livres-Français

À PROPOS DE L'AUTEUR

Lacey est une auteure de romance érotique et contemporaine avec une touche de suspens. Quand elle ne pense pas à écrire des histoires torrides, ce qui se présente rarement, Lacey aime le camping et skier avec sa famille (pas en même temps bien sûr). C'est une femme mariée, mère de deux enfants, qui se sert de son mari pour mettre à l'épreuve les scènes les plus intimes de ses romans – ce qui ne semble pas le gêner du tout.

Elle aime le rose sur les joues d'une femme, les hommes avec de grands pieds et la lingerie sexy, surtout quand elle est arrachée du corps. Son vêtement préféré est le costume de naissance.

https://LaceySilks.com/Livres-Français

REMERCIEMENTS

À toi et à moi a vu le jour pour trois raisons :

1. Je souhaitais raconter l'histoire de deux amis qui deviennent amants et qui doivent affronter les épreuves de la vie pour rester ensemble.

2. *Mon premier, mon dernier* est probablement l'un des romans que je préfère parmi ceux que j'ai écrits, et je voulais proposer une expérience semblable à travers celui-ci (même si les deux récits se révèlent tout à fait différents).

3. Plusieurs dames talentueuses ont décidé que nous pourrions écrire une série consacrée au thème des « amis qui couchent ensemble », avec un accent sur le thème du passage de l'amitié à l'amour, et les publier à quelques jours d'intervalle. Et c'est ainsi que la série « Friends with Benefits » est née.

Ce roman se distingue de ce que j'écris d'ordinaire : plutôt que de faire reposer le suspense sur l'intervention de méchants qui poursuivent les amoureux, je l'ai associé au périple d'un couple qui traverse les épreuves de la vie et les coups durs. Je voulais souligner le pouvoir de l'amour, de la persévérance et de la famille. Il me fallait insister sur l'espoir, et « j'espère » y être parvenue.

À mon groupe d'AA (non, ce n'est pas ce que vous pensez) : vous m'avez tous tant appris, merci, merci, merci !

Aux LOL Ladies : vous êtes les nanas les plus marrantes et les plus encourageantes qui soient !

Aux Bimbos : je ne serais pas arrivée là où j'en suis aujourd'hui sans vous.

À mes lectrices : j'adore vos emails et l'enthousiasme que vous manifestez. Vous me donnez envie d'écrire encore davantage. Il n'existe rien de plus agréable que de savoir que vous appréciez mon travail.

À tous ceux qui ont donné leur chance à mes livres : merci !

À ma famille : je ne pourrais pas faire ce que j'aime sans vous. Maman, ton attitude de fonceuse a déteint sur moi. Papa, ton humour est contagieux. Mike, « tout ce qu'il te faut, c'est de l'amour ». Maya et Alex, c'est pour vous que je vis. Vous comptez plus que tout pour moi.

À TOI ET À MOI